Andrew March
FEINDES LIEBE

Andrew March

FEINDES LIEBE

Brücken der Freundschaft in Zeiten des Krieges
Ein wahrhaftiger Roman

aus dem britischen Englisch
übersetzt von Rainer Barczaitis

THELEM

Bibliografische Information der Deutschen Nationalbibliothek
Die Deutsche Nationalbibliothek verzeichnet diese Publikation in der Deutschen Nationalbibliografie; detaillierte bibliografische Daten sind im Internet über http://dnb.d-nb.de abrufbar.

Bibliographic information published by the Deutsche Nationalbibliothek
The Deutsche Nationalbibliothek lists this publication in the Deutsche Nationalbibliografie; detailed bibliographic data are available at http://dnb.d-nb.de.

ISBN 978-3-95908-531-1

© 2023 THELEM Universitätsverlag
und Buchhandlung GmbH & Co. KG
Dresden und München
www.thelem.de
Alle Rechte vorbehalten. All rights reserved.
Gesamtherstellung: THELEM
Umschlaggestaltung: Lucie Weigelt | Viktor Hoffmann
Titelbild: Gudrun Trendafilov
Made in Germany

Für Alicia, Isabelle und Ben

Seid Brückenbauer und wagt zu lieben.

Inhalt

Vorwort 9
Prolog: Albträume in Indien 12

TEIL I: Fred
1931–1939 Brüchiger Friede
Erstes Kapitel: 1931–1936
Von Liverpool nach Cambridge und Wien 14
Zweites Kapitel: Herbst 1936
Ankunft in Dresden 34
Drittes Kapitel: 1936–1937
Politische Diskussionen 66
Viertes Kapitel: 1937–1939
Wieder zu Hause 86

TEIL II: Fred
1939–1946 Vom Widersinn des Krieges
Fünftes Kapitel: 1939–1941
Kriegsausbruch 98
Sechstes Kapitel: 1941–1942
Indienfahrt 114
Siebtes Kapitel: 1942–1944
Wüstes Land Indien 126
Achtes Kapitel: 1945
Zerrüttet in Indien 138
Neuntes Kapitel: 1946
Zusammenbruch 153

TEIL III: Rike
1939–1946 Vom Leben und vom Sterben

Zehntes Kapitel
Kindheit und frühe Jugend 164
Elftes Kapitel:
Neue Schicksalsschläge 182

TEIL IV: Fred und Rike
1946–1948 Die Glut in der Asche

Zwölftes Kapitel: 1946
Ein Briefwechsel beginnt 202
Dreizehntes Kapitel: 1947
Pläne reifen 228
Vierzehntes Kapitel: 1947
Nicht so einfach 247
Fünfzehntes Kapitel: 1947–1948
Zu neuen Ufern 275
Sechzehntes Kapitel: 1948
Papierkrieg in Berlin 284
Siebzehntes Kapitel: 1948
Und neues Leben blüht 306
Epilog
Juli 2000 317

ANHANG

Nachwort des Autors 322
Anmerkungen des Übersetzers 326
Danksagung des Übersetzers 329
Ausgewählte Quellen 330
Bildnachweise 332

Vorwort

Seit den finsteren Zeiten des Zweiten Weltkriegs liegt Dresden den Menschen in Coventry am Herzen. Nicht allein, dass uns schreckliche Erfahrungen in der Vergangenheit gemeinsam sind, wir haben diese Erfahrungen auch in Zukunftshoffnung verwandelt, rufen zur Versöhnung auf und leben im Geist des Friedens und des gegenseitigen Vertrauens.

Der junge Fred Clayton, klassischer Philologe und frischgebackener Absolvent der Universität Cambridge, tat das schon weit vor uns. Mitte der 1930er Jahre war er bemüht, Brücken zwischen England und Deutschland zu errichten – gerade noch rechtzeitig, wie wir heute wissen. Als später der Gedanke Brücken zu bauen wieder aktuell wurde, war unermesslicher Schaden eingetreten, unzählige Menschen hatten ihr Leben verloren, die Frauenkirche in Dresden und die Kathedrale von Coventry lagen in Schutt und Asche.

Andy March lässt uns in seiner Erzählung von Freundschaft, von Begegnung von Kulturen und von Liebe die prophetische, ja visionäre Stimme Fred Claytons vernehmen, mitten in einem Europa, das wie ein Schlafwandler auf dem Weg in den Krieg war – wir wissen das heute, aber Fred Clayton war es schon damals klar. 1936 macht er sich nach Dresden auf ›mit der vagen Vorstellung, er könnte vielleicht Brücken bauen‹. Bei Kriegsausbruch 1939 geht ihm durch den Kopf, dass ›die Brücken, die er gebaut hatte, nun der Zerstörung anheimfallen mussten‹.

Am Ende sollten Freds Brücken dem Trauma und dem Hass des Krieges auf eine Weise standhalten, die er, und wir als Leserinnen und Leser mit ihm, wohl nie erwartet hätten. Sein Kampf gegen die Ungeheuerlichkeit von Krieg und Zerstörung bringt ihn zu der Erkenntnis, dass Liebe und Hass ganz verschiedenen, kategoriell unterschiedlichen Ebenen angehören. Sie stehen nicht auf herkömmliche Weise miteinander im Wettbewerb, so, wie etwa zwei Gegner ihre Kräfte messen und einer den anderen aus dem Feld zu schlagen sucht. Und damit wird eines deutlich: Wo unter Menschen Liebe und Freundschaft herrscht, wo man, in Freds Worten, »emotional verbunden« ist mit den Menschen, die man hassen soll, dort wird der Irrsinn von Krieg und Hass als etwas Bösem sichtbar, etwas, das sinnlos ist und verderbt. Es

Feindes Liebe

bietet für das, was die Menschheit bedarf, keine Lösung. Am Ende siegt bei Fred die Liebe. Entscheidend ist dabei aber: Die Liebe war nie ein Mittel im Kampf. Die Liebe siegt gerade deshalb, weil sie sich stets dem Einfluss des Hasses entzieht. Darin liegt die Botschaft des »liebet eure Feinde«.

Ich durfte Dresden viele Male besuchen. Immer wieder am jährlichen Gedenken an die Zerstörung Dresdens teilzunehmen, und dies in Gegenwart von Überlebenden der entsetzlichen Nacht des 13. Februar 1945, gehört zu den bewegendsten Erfahrungen in meinem Leben. 2015 begleitete mich Andy March als Gemeindepfarrer von Coventry am siebzigsten Jahrestag der Bombardierung. Ich war tief berührt, als ich miterlebte, wie Andy in Dresden von den Spuren seines Großvaters erzählte und nahm tiefen Anteil, als er sich mit dessen außergewöhnlicher Lebensgeschichte beschäftigte, die auch eine Geschichte der Liebe ist, der Liebe zwischen Fred und Andys Großmutter Rike, deren Heimatstadt Dresden war.

Zu meiner großen Freude hat Andy jetzt die Ergebnisse seiner sehr persönlichen Auseinandersetzung mit seiner Familiengeschichte als Buch veröffentlicht. Es ist ihm gelungen, Freds Geisteshaltung, seine Aufrichtigkeit und seine reiche Gedankenwelt einzufangen, seine Reaktion auf die furchtbare Welle der Gewalt, in der Europa in den 1930er und 1940er Jahren unterzugehen drohte. Im Mittelpunkt der Erzählung stehen jedoch nicht Ideologie oder Politik, den Mittelpunkt bilden Menschen, Orte, bedeutungsvolle Begegnungen und die sorgsame Pflege von Freundschaften. Es ist eine Entwicklung, die Fred enormen Mut abverlangt, wenn er im Deutschland der 1930er Jahre offen eine gefährliche Ideologie attackiert, wenn er Kindern aus dem nationalsozialistischen Herrschaftsgebiet Zuflucht zu geben bemüht ist, und wenn er nach der Bombardierung Dresdens erkennen muss, dass »auf unserer Seite Barbarei ebenso wie auf ihrer über Toleranz gesiegt hat«. Mit den Worten des Gebets, das im Zentrum des Friedens- und Versöhnungsdienstes der Kathedrale von Coventry steht: Wir *alle* müssen sagen, »Vater, vergib«. Und um Bonhoeffer zu zitieren, ein Friede wie der Freds »muss gewagt werden«.

Bedeutungsvolle Verbindungen zu pflegen, uns der Wunden bewusst zu bleiben und sie, wenn die Zeit da ist, mit Gottes Gnade zu heilen, ist der Mittelpunkt der Mission von Coventry. Natürlich leben wir

Vorwort

heute in einer anderen Welt; aus dem Buch wird deutlich, wie sehr sich unsere Art zu reisen und miteinander zu kommunizieren seither verändert hat. Aber ebenso wie Freds Brücken die schweren Stürme seiner Zeit überstanden, so wird seine Geschichte den Test der Zeit bestehen. Mein Wunsch ist, dass diese Erzählung von Andy March alle, die sie lesen, so inspiriert, wie sie mich inspiriert hat, als Wegweiser und Wahrzeichen auf dem Pfad der Versöhnung, des Vertrauens und der Liebe, der Coventry mit Dresden und Großbritannien mit Deutschland verbindet.

Rt Reverend Dr. Christopher Cocksworth, Bischof von Coventry

Prolog: Albträume in Indien

Der Nachthimmel war blutrot vom Widerschein hunderter Feuer. Die Stadt brannte, ein entsetzlicher Feuersturm. Unaufhörlich detonierten die Bomben. Durch das Brausen der Flammen konnte er die verzweifelten Schreie der flüchtenden Menschen hören, wie sie in den engen Straßen, die zu Todesfallen geworden waren, nach ihren Kindern riefen. Die Gluthitze sengte seine Haut, Geruch von verbranntem Fleisch erfüllte die Luft.

»Ist was mit dir, Clayton?« Die Stimme kam von dem Bett an der Wand gegenüber, sie klang besorgt.

Fred fuhr hoch, schweißgebadet. Er brauchte einen Moment, bis er sich zurechtfand. Ja, es war Krieg, er war in Indien, einquartiert in einer beschlagnahmten Villa zusammen mit anderen Offizieren seiner Einheit. Tausende Meilen fort von zu Hause, von Dresden und von den Menschen, die er dort liebgewonnen hatte.

»Clayton« – die Stimme war jetzt dringender – »Clayton, was ist mit dir los?«

»Ach, nichts, entschuldige«, stotterte Fred. »Es war ein Albtraum, nichts weiter«.

»Dann nimm dich zusammen, ja? Du hast einen derartigen Rabatz gemacht, bestimmt ist die halbe Belegschaft davon aufgewacht!«

»Ja, tut mir wirklich leid. Soll nicht wieder vorkommen.«

Aber es war immer derselbe Albtraum, Nacht für Nacht. Dresden ging in Flammen auf und all die Jungen der Kreuzschule kamen um.

TEIL I: Fred
1931–1939
Brüchiger Friede

Erstes Kapitel: 1931-1936
Von Liverpool nach Cambridge
und Wien

Fred erhält ein Stipendium, studiert am King's College der Universität Cambridge, fährt nach Wien und entschließt sich, ein Jahr in Dresden Englisch zu unterrichten.

Wir schreiben das Jahr 1934. Im altehrwürdigen King's College der Universität Cambridge schreibt Frederick William Clayton seine Abschlussarbeit im Bereich klassische Philologie. Mit seinen zwanzig Jahren ist er ein Jahr jünger als die anderen seines Jahrgangs, eine knabenhaft zierliche Gestalt, klare blaue Augen unter einer pechschwarzen Haartolle. Im Mai ist er fertig und gibt ab, die Arbeit wird ihm ein Forschungsstipendium verschaffen, aber das weiß er jetzt noch nicht. Dagegen weiß er genau, was er als nächstes tun will, bevor im Herbst dann das Master-Studium anfängt. Wir sehen ihn wie er die Rasenflächen im College umrundet, er blättert in einem Lehrbuch der deutschen Sprache, das auf einem Deutsch-Wörterbuch in der Armbeuge balanciert. Fred wird die Gelegenheit ergreifen, sich mit einer anderen Sprache und Kultur zu beschäftigen, neue Welten zu entdecken, die Werke Goethes, Hegels, Schleiermachers und anderer im Original zu lesen. Das wird ihm auch eine Gelegenheit geben, diese neue Bewegung kennenzulernen, die politischen Umwälzungen besser zu verstehen, die sich wie ein Flächenbrand in Deutschland verbreiten. Er ahnt nicht, dass dieser Entschluss sein Leben entscheidend prägen wird.

Fred hatte sein Studium am King's College im Jahr 1931 aufgenommen, einem Jahr wachsender politischer Spannungen in einer Welt, die noch unter den Folgen des Ersten Weltkriegs und der Weltwirtschaftskrise von 1929 litt. In Deutschland war die Niederlage im Weltkrieg immer noch eine offene Wunde und es gab jede Menge Schuldzuweisungen. Das war eine der Ursachen für den Aufstieg von Adolf Hitler, der versprach, der deutschen Nation ihre Würde zurückzugeben. Gleichzeitig erhob sich im Osten ein scharlachrotes Tier und das sowjetische Russland erklärte, es habe

Von Liverpool nach Cambridge und Wien

als einziges Land der Welt die Kriegstreiber verjagt, die den ersten Weltkrieg zu verantworten hätten. Man konnte diesen Themen nicht ausweichen, nicht in den Debattierclubs von Oxford und Cambridge, nicht bei den gemeinsamen Mahlzeiten im College, nicht bei der traditionellen Tasse Tee in den Aufenthaltsräumen der Dozenten. Überall gab es heiße Diskussionen über Nationalsozialismus und Kommunismus und darüber, was ihr Aufstieg bedeutete. Bei einer ihrer berühmten öffentlichen Debatten sorgte im Februar 1933 die »Oxford Union« mit dem Antrag für Aufsehen, »nie mehr für König und Vaterland ins Feld zu ziehen« – er bekam eine Mehrheit, was in der konservativen Presse mit wütenden Schlagzeilen wie »TREULOSES OXFORD: KNIEFALL VOR DEN ROTEN« quittiert wurde. Auch in Cambridge wandte sich eine erhebliche Anzahl von Angehörigen der Universität dem Kommunismus zu und sah in ihm den einzigen Garanten für den Frieden.

Fred beteiligte sich mit Verve an diesen Debatten. Dabei spürte er immer wieder einen Unterschied: Er kam aus einfachen Verhältnissen und war nicht wie seine Mitstudenten im King's oder in den anderen Colleges auf eine der teuren Privatschulen wie Eton gegangen. Seine Kindheit hatte er in einem Reihenhaus in einem Vorort von Liverpool verbracht, zur Schule gegangen war er in einem staatlichen Gymnasium. Während seine Kommilitonen meist aus wohlhabenden Familien stammten, war sein Vater William Rektor an einer kleinen Dorfschule bei Liverpool, seine Mutter Gertrud war Hausfrau und in der Verwandtschaft gab es Briefträger und kleine Ladenbesitzer – von Reichtum war keine Rede. Freds älterer Bruder Don hatte seine eigenen Träume von einem Studium begraben müssen, die Eltern waren einfach nicht der Lage, das Geld für zwei Jungen an der Universität gleichzeitig aufzubringen; Don arbeitete nun bei einer Versicherungsgesellschaft. All das konnte Fred überspielen und so tun, als sei er gar nicht so anders, aber sobald er den Mund aufmachte, war es damit vorbei: Sein breiter Liverpooler Akzent verriet ihn sofort als jemanden, der alles andere als aus der Oberschicht kam. Am King's College war er damit sofort aufgefallen, so etwas wie ihn hatten sie dort noch nicht gehabt und er war, so hatte er das Gefühl, Zielscheibe des Spotts, den der Dialekt von Liverpool oft auf sich zog. Am Anfang hatte er sich unwohl gefühlt, immer wieder sprach jemand ihn auf seinen nordenglischen Tonfall an und ließ ihn merken, dass er »anders« war, selbst wenn gut gemeint war. Einmal schlug ihm sogar jemand vor, er solle doch seinen Namen ändern, mit Fred sei man im King's College fehl am Platze, Francis sei viel besser, oder Hilary (aber das waren doch Mädchennamen, oder?). Er erlebte die Zeit seines Studiums wie einen Rausch, in gesellschaftlicher Hinsicht ebenso wie in akademischer. Das anfängliche Gefühl, nicht »dazu zu gehören«, verschwand rasch angesichts einer allseitigen Bewunderung ob seiner Brillanz als Student, zumal angesichts seins Alters. Bald standen ihm die Türen zu den inneren Zirkeln der akademischen Welt offen und er fand Freunde, denen er sich anschloss. Einladungen bei der geistigen Elite folgten, Fred speiste bei dem weltberühmten Maynard Keynes und in Gesellschaft literarischer Größen wie E.M. Forster und T.S. Eliot. Keynes, der wie Fred dem King's College angehörte, lud ihn mehrmals zu Lunch und Dinner ein, er hatte seine Wohnung am Webb's Court, die Wände waren halbhoch eichengetäfelt, darüber stellten acht großartige Wandbilder von Duncan Grant und Vanessa Bell die Musen der Künste und der Wissenschaften dar. Fred war selbst kein großer Kunstkenner, wusste aber, dass Keynes einer war und war klug genug, ihn nach den Bildern zu fragen, die Keynes selbst in Auftrag gegeben hatte. Bei der zweiten Einladung zum Lunch saß Fred am Tisch zusammen mit Basil Willey, der am Pembroke College englische Literatur lehrte, und T.S. Eliot. Fred war sehr gespannt auf die Gesellschaft eines so berühmten Dichters gewesen, wurde aber enttäuscht: Eliot sagte keine zwei Sätze. Das kam ihm etwas seltsam vor, später erfuhr er, dass dies bei Eliot nicht selten vorkam. Die Atmosphäre beim Essen wurde zunehmend unangenehm und Willey machte sich bald aus dem Staub. Auf der verzweifelten Suche nach einem Gesprächsgegenstand erkundigte Keynes sich nach dem Thema von Freds Abschlussarbeit, und zur allgemeinen Erleichterung sorgte nun Fred für Unterhaltung, indem er begeistert von seinem Untersuchungsgegenstand erzählte.

Später würde er sich fragen: ›Warum bin ich im King's so gut angekommen? Weil ich so ungewohnt war – so naiv und dabei so vielversprechend?‹ Er versuchte nie, seine Herkunft zu verleugnen,

Von Liverpool nach Cambridge und Wien

Links: Fred als Jugendlicher vor dem Eintritt ins King's College. Rechts: Ausschnitt aus dem Photo zur Immatrikulation, Fred ist der zweite von links in der ersten Reihe. Alan Turing, mit dem Fred sich anfreunden sollte, steht oben rechts

entwickelte eine heiter-kritische Sicht auf die snobistische englische Klassengesellschaft und konnte über die naiven Ansichten der Elite ebenso lachen wie über seine eigene Unerfahrenheit. Gern erzählte er später, wie er bei einem großen Dinner, das Keynes gab, zum ersten Mal vor einem Teller Austern saß. Er war sichtlich verlegen und wusste nicht, was er mit dieser wenig einladend aussehenden Delikatesse anfangen sollte, und es wurde nicht besser davon, dass Keynes ihn fragte, »also, Clayton, wie halten Sie's: Erst bisschen kauen oder gleich schlürfen?« Das schallende Gelächter der Tischgesellschaft ließ ihn vermuten, dass hinter dieser Frage irgendeine mehr als eindeutige Anspielung steckte. Er ließ sich nicht aus der Ruhe bringen und konzentrierte sich auf die anstehende Aufgabe, schließlich entschied er sich für Schlürfen, so würde es jedenfalls schneller vorbei sein. Die vielen ihm zugewandten Gesichter versuchte er zu ignorieren. Später sollte er auch die spaßige Seite der Geschichte sehen – damals hatte er es nicht so lustig gefunden.

Auf die Dauer gewöhnte er sich an die Neckereien und ließ sich nicht weiter davon stören. Etwas anderes konnte ihn dagegen richtig ärgern: Wenn Leute ihn seiner Herkunft wegen für ihre politischen

Feindes Liebe

Der gesamte Immatrikulations-Jahrgang am King's College, Herbst 1931

Ziele vereinnahmen wollten. So war es zum Beispiel an einem Abend gewesen, als er mit seinem Freund und Kommilitonen am King's College, Alan Turing, im Studentenclub des Trinity College bei einem Bier saß.

Turing hatte er beim Rudern kennengelernt. Rudern deshalb, weil Fred, obzwar keine Sportskanone, mit seiner zierlichen Gestalt einen guten Steuermann abgab, und Turing war in seinem Achter. Sie befreundeten sich rasch, sie hatten den gleichen scharfen Intellekt und waren zudem beide Außenseiter – Fred, weil er so klein war und wegen seiner Herkunft, Alan wegen seiner sexuellen Vorlieben. Fred sprach immer gerne mit anderen über ihre Ansichten und Empfindungen, er fühlte sich von Alan Turing angezogen, der stets ganz offen mit ihm über seine Homosexualität sprach und davon, was er im Internat erlebt hatte. Fred bewunderte Alan dafür, wie selbstverständlich er damit umging, denn was seine eigene Sexualität anging, war er mehr als verwirrt. Ein Dozent hatte ihn einmal einen ›ziemlich normalen heterosexuellen Mann‹ genannt, aber das entsprach so gar nicht seiner Erfahrung. Er wusste nicht, was er war, und auch wenn er sich zu Männern hingezogen fühlte, so wusste er doch, dass dieser Weg ihm versperrt war – für jemanden mit seinem gesellschaftlichen Hintergrund war es ein Tabu, zudem war es auch gegen das Gesetz. Und was es noch schlimmer machte,

Von Liverpool nach Cambridge und Wien

außer seiner Mutter hatte in seinem Leben noch nie eine Frau eine Rolle gespielt. Es schien ihm als habe er nie eine Gelegenheit gehabt, sich zu einer Frau hingezogen zu fühlen – alle Frauen, denen er begegnete, empfand er als furchteinflößende Respektspersonen, oder sie nahmen kaum Notiz von ihm, wohl weil er so klein war, in ihren Augen nur ein Junge.

Als begeisterter Leser verschlang Fred die »Sexual-psychologischen Studien« von Havelock Ellis ebenso wie die Schriften von Sigmund Freud, und auch in seinem eigenen Fach, der Literatur der Antike, machte er einschlägige Entdeckungen, von denen er Turing berichtete, der als Mathematiker selbst kaum Zugang zu Latein oder Griechisch hatte. An diesem Abend, Fred erzählte Turing gerade von seinem neuesten Fund, trat plötzlich ein Mann zu ihnen an den Tisch. Er sah blendend aus, wie ein Filmstar, trug ein gestreiftes Jackett, eine gepunktete Krawatte und ein cremegelbes Beinkleid – selbst für Cambridge war das auffällig. Der Mann nickte Turing zu und richtete seine Aufmerksamkeit auf Fred. »Hallo, wir kennen uns noch gar nicht. Was wollen Sie trinken? Ich nehme einen Gin Fizz, für Sie auch einen?«

»Ehm, danke – für mich ein kleines Bier bitte.«

»Soll so sein.« Der Mann schlenderte zur Bar.

»Da hat jemand ein Auge auf dich geworfen«,» murmelte Alan. «Glaub mir, ich kenn mich da aus."

»Was redest du da?« Fred war gar nicht erbaut. »Ach hör schon auf, Alan.«

Turing zog die Augenbrauen hoch, aber bevor er etwas sagen konnte, war der Mann schon wieder zurück. »Kann ich mich zu euch setzen?« Er wartete die Antwort gar nicht erst ab, und zu Fred: »Sie sind also nicht von hier aus der Gegend.«

»Nein, ich bin aus Liverpool«.

»Liverpool? Das ist ja interessant. Ich hab mir sagen lassen, dass es dort oben schlimm zugeht. Arbeitslose zu Tausenden. Zeigt mal wieder, wie völlig bankrott das kapitalistische System ist. Ich hab davon die Schnauze längst voll, ich und eine Menge anderer Leute hier, deshalb bin ich dann auch in die Partei gegangen. Großartig bei denen. Dieses Wochenende zum Gedenken an den Waffenstill-

Feindes Liebe

stand gibt's eine Demonstration am Kriegerdenkmal. Kommen Sie doch einfach mit! Du bist auch dabei, Turing, oder?«

Turing nickte.

»Also, hm, ich weiß noch nicht so recht, ob ich am Wochenende Zeit habe«," meinte Fred.

»Ach so«, stutzte der Mann, offenbar etwas gekränkt. »Also, ich muss jetzt weg.« Er streckte Fred seine Hand hin: „Freut mich Sie kennengelernt zu haben, Herr...

»Fred Clayton.«

»Ich bin Burgess. Guy Burgess. Wir sehen uns bestimmt wieder einmal.«

Die Begegnung verwirrte Fred: Er fühlte sich erst geschmeichelt von der Aufmerksamkeit, die er erweckte, aber weshalb Burgess sich so an ihm interessiert gezeigt hatte, war ihm nicht recht klar. Mit der Zeit merkte er, dass man wegen seiner bescheidenen Herkunft einfach annahm, er würde sich natürlich auf die Seite der wachsenden kommunistischen Bewegung schlagen. Aber für Fred war das nicht so einfach – für Fred war es nie so einfach. Es ärgerte ihn maßlos, wenn Leute aus der Oberschicht, Eton-Absolventen wie Burgess, mit ihrem ganzen vornehmen Charme plötzlich anfingen, sich über die Arbeiterklasse zu verbreiten, von der sie kaum eine Ahnung hatten. Fred sah sich einer regelrechten Kampagne ausgesetzt, um ihn zu ihrer Sache zu bekehren. Aber er misstraute dem Dogmatismus, mit dem sie den Marxismus für alles und jedes als Erklärung heranzogen, und manchmal kamen ihre Ansichten ihm einfach nur albern vor. Er wurde den Verdacht nicht los, dass er für die kommunistische Partei nur als Vorzeige-Arbeiterkind interessant war, und er mochte auch ihr Vorgehen nicht. Er mochte es nicht, eingekreist zu werden.

Ein andermal saß Fred mit Alan Turing auf dem Rasen hinter dem Bodley Court, wo Turing in dem Jahr wohnte. Gerne zogen sie sich nach dem Dinner dorthin zurück, sie liebten den perfekt geschnittenen Rasen und den Blick auf die Bäume am Fluss im Schein der Abendsonne. Plötzlich ertönte hinter ihnen die wohlbekannte schneidende Stimme:»Turing, Clayton. Immer zusammen. Dachte mir, dass ihr hier seid.« Ohne eine Aufforderung abzuwarten, ließ Burgess sich nieder und fuhr fort:»Also Clayton,

Von Liverpool nach Cambridge und Wien

Bodley Court, der Lieblingsaufenthalt von Fred und Alan

wenn jemand unserer kommunistischen Partei beitreten sollte, dann du – schließlich wissen wir doch Bescheid über die unterdrückte Arbeiterklasse, und wirklich, ich muss mich wundern über dich, bei deiner Herkunft...«

Fred und Alan sahen sich entnervt an, Fred wusste gar nicht mehr, wie oft Leute wie Burgess oder Anthony Blunt, die beide später für die Sowjetunion spionieren sollten, schon versucht hatten, ihn zu rekrutieren. Bis zu diesem Tag hatte er sich auf Diskussionen mit ihnen eingelassen und ihre Avancen mit einem Lächeln zurückgewiesen, aber als Burgess seine höflichen Absagen einfach nicht zur Kenntnis nehmen wollte, da riss ihm der Geduldsfaden.

Er stand vom Gras auf. »Jetzt ist aber gut, Burgess. Ich weiß ja, ihr hättet mich gern als Aushängeschild, der Junge aus der Unterschicht, und ihr redet als wüsstet ihr alles über uns arme Zurückgebliebene dort im abgehängten Norden. Ihr schwingt Reden über die Arbeiterklasse und erklärt mir, was sie erdulden muss, aber ihr habt keinen blassen Schimmer. Ich glaube, ihr seid noch nie einem richtigen Arbeiter begegnet – und ich bin ja eigentlich auch keiner. Für euch ist der Kommunismus der einzige Garant des Weltfriedens, aber ihr wollt nicht sehen, wie grausam in Russland die Gegner von Stalin und seiner Korona behandelt werden – wer nicht linientreu ist, für den bleibt nur das Grab. Offen gesagt, mir steht es bis hier. Ich trete eurem Verein nicht bei, jetzt nicht und in Zukunft nicht.« Fred warf einen Blick auf Turing, der ein Grinsen kaum unterdrücken konnte. »Bis später, Alan, ich geh auf mein Zimmer.« Er rauschte ab und ließ einen konsternierten Burgess zurück, dem es dieses eine Mal tatsächlich die Sprache verschlagen hatte.

Auch wenn Fred hier kein Interesse gezeigt hatte, so war er doch ein durch und durch politischer Mensch. Er war überzeugter Pazifist, wollte sich jedoch nicht auf eine politische Linie festlegen – er wollte sich nicht einengen lassen. So misstraute er auch dem Nationalstereotyp, das alle Deutschen als Bösewichte darstellte; er war überhaupt streitbar und es fehlte ihm nie an dem Mut, in politischen Debatten seine eigenen Ansichten in die Waagschale zu werfen, auch wenn das zu Kontroversen führte. So war es auch, als er zum Herausgeber der Wochenschrift »Cambridge Review« ernannt wurde – dem jüngsten in der Geschichte der bedeutenden Zeitschrift und dem ersten, der auf einem staatlichen Gymnasium gewesen war, nicht auf einer Privatschule. Fred fand die Zeitschrift ziemlich grau und langweilig und nahm sich vor, sie aufzumischen. Das gelang ihm ausgezeichnet, aber er litt Höllenqualen dabei. Er las nie noch einmal durch, was er gerade geschrieben hatte, hoffte einfach, dass es gut sein würde, und machte sich direkt an die nächste Ausgabe. Zugleich gab er sich alle Mühe mit der Abschlussarbeit, um sich seines Stipendiums würdig zu zeigen.

Als Herausgeber kümmerte er sich um die üblichen Besprechungen von Theateraufführungen und Neuerscheinungen, ließ aber auch die Gelegenheit nicht aus, Aufmerksamkeit auf die politischen Debatten zu lenken, in die er selbst verwickelt war, und schrieb Artikel, die den Marxismus erst kritisierten, dann wieder verteidigten. Seine eigenen Erfahrungen hielt er im Februar 1935 in einem satirischen Beitrag fest, »Gespräche mit Kommunisten«. Darin spielte er darauf an, wie jede Unterhaltung mit Kommunisten, ganz gleich, worum es ging, stets beim Klassenkampf endete. Der Artikel schlägt ein neues Gesellschaftsspiel vor:

> Stellen Sie sich als Ziel des Spiels vor, dass ein Gespräch nicht irgendwie in Gang gehalten wird, wie in herkömmlichen Unterhaltungen, dass es vielmehr so bald wie möglich den

Von Liverpool nach Cambridge und Wien

Gang in Richtung Klassenkampf einschlägt. Ein Spieler kann, was das Spiel anbetrifft, einen Punkt machen, sobald er den Klassenkampf ganz unverhohlen aufs Tapet bringt. Ich sage »was das Spiel anbetrifft«, denn es ist fraglich, ob der Klassenkampf sonst etwas anbetrifft.

Der Artikel gibt dann Ratschläge, wie man in dem Spiel erfolgreich sein kann, zum Schluss heißt es:

> Wie zynisch man werden darf, ist eine schwierige Frage. Ich würde es als Regelverstoß ansehen, wenn jemand ruft, »Die Massen können mich mal!«. Mancher Beteiligte meint aber auch, in diesem Spiel sei einfach alles erlaubt. Meiner persönlichen Ansicht nach sollte ein derartiger Schlag unter die Gürtellinie nur dann in Erwägung gezogen werden, wenn der Gegner mit »Tatsachen« droht. Aber selbst dann, sei mir erlaubt zu sagen, und ich meine es, wie ich es sage, selbst dann halte ich das für absolut geschmacklos.

Fred wusste, dass er in ein Wespennest stach, und er legte zwei Wochen später noch eins drauf, als er Leserbriefe zu dem Thema veröffentlichte sowie einen Artikel, in dem der Kommunismus verteidigt und er selbst kritisiert wurde:

> Allein, ein nachdenklicher und intelligenter Autor wie F.C. muss merken, was er da alles ablehnt. Er sagt doch praktisch: Es ist mir egal, dass der größere Teil der Menschheit leidet und unterdrückt wird, ich lehne es ab, mich dafür zu interessieren und ich lache nur darüber, dass es irgendjemanden interessieren könnte, es hat nicht den geringsten Einfluss darauf, was ich denke oder tue.

Dieselbe Nummer des *Cambridge Review* veröffentlichte einen Artikel zu einem bevorstehenden Besuch des Führers der englischen Faschisten, Sir Oswald Mosley, in Cambridge, der bei einem Dinner der British Union of Fascists an der Universität zugegen sein würde. Der Artikel warnte vor den Gefahren des Faschismus für Großbritannien mit diesen Worten:

Feindes Liebe

> Wir müssen wohl kaum darauf hinweisen, welche Katastrophe es für die englische Kultur bedeuten würde, sollte der Faschismus hier die Oberhand gewinnen. In einem faschistischen Staat hat die kulturelle Avantgarde keinen Platz. Er kann wissenschaftliche Neuerungen nicht nutzen. Er will keine hochqualifizierten, kritischen Köpfe, er will Muskelprotze, die stumpfsinnig seinen Befehlen folgen und in seinen Kriegen kämpfen, ohne kritische Fragen zu stellen.
> Bisher ist der Faschismus nur eine kleine Wolke am Horizont, kaum handtellergroß. Aber in Zeiten von Unruhe und Krisen kann eine solche Wolke unversehens anschwellen und alles verdunkeln. Alle, denen die Kultur am Herzen liegt, alle, die sich um die Zukunft von Cambridge sorgen und allem, wofür Cambridge steht, sollten diese Warnung ernst nehmen.

Diese Artikel im *Cambridge Review* waren eine Provokation für alle in den Colleges, für die kommunistischen ebenso wie die faschistischen Studenten und auch für diejenigen unter den Dozenten, die von dem Sturm ungewöhnlich radikaler Ansichten, der sich in der Universität zusammenbraute, noch nichts bemerkt hatten. Anfänglich machte es ihm Spaß, sich das Stirnrunzeln der Dozenten vorzustellen, wie sie beim Nachmittagstee über die Artikel sprachen, aber das änderte sich rasch, als ihm klar wurde: Er war es zu weit gegangen – am Ende seiner Herausgeberschaft hatte er es mit beiden Seiten verdorben und sah sich auch noch mit einer Klage wegen übler Nachrede konfrontiert.

Zu Hause in Liverpool sorgte er auch für Aufregung, als er, auch wenn ihm die Knie dabei zitterten, seinem Vater eröffnete, er sei Pazifist. Der Vater hatte wie so viele im Ersten Weltkrieg gekämpft, als nun sein Sohn erklärte, »Du hast keine Ahnung von den Deutschen. Euer Krieg war sinnlos«, schoss er umgehend zurück: »Du wirst noch an mich denken, mein Sohn, wenn du merkst, wie die Deutschen wirklich sind, diese Hunnen.«

Es war typisch Fred, dass ihn diese Ermahnung seines Vaters nur noch mehr darin bestärkte, Deutsch zu lernen. Oh ja, er würde »diese Hunnen« kennenlernen und seinem Vater zeigen, wie sie wirklich waren. Also nahm er sich vor, 1935 die langen Ferien zu

Von Liverpool nach Cambridge und Wien

Fred und sein Jahrgang am King's College bei der Graduierung 1934. Im Ausschnitt sieht man Fred in der zweiten Reihe, zweiter von links; Alan Turing ist der zweite von rechts in der ersten Reihe

nutzen, um sein Deutsch zu verbessern und die Wahrheit über die Deutschen herauszufinden. All die Bücher, die er gelesen hatte, konnten das eigene Erleben nicht ersetzen, er musste ganz in die Sprache und Kultur eintauchen. Ein glücklicher Zufall kam ihm zu Hilfe: Einer seiner Freunde kannte jemanden in Wien, der ihn für ein, zwei Tage bei sich unterbringen würde, während er sich nach einer Bleibe umsah. Das war doch wunderbar: Er hatte eine erste Anlaufstelle in einer Stadt, die als Kulturstadt ebenso berühmt war wie für ihre Schönheit. Auf nach Wien!

***

So kam Fred Ende April 1935 in Wien an. Seine erste Sorge war, sich nach einer Unterkunft umzusehen – bei dem Bekannten seines Freundes, wo er die erste Nacht verbrachte, war es doch recht eng und unbequem gewesen. Und er hatte Glück: Ganz in der Nähe und mitten im Stadtzentrum, so erfuhr er, wohnte eine Frau namens Helene Schneider, die vielleicht ein Fremdenzimmer vermieten würde. Frau Schneider, eine Jüdin, war vor kurzem Witwe geworden und wohnte nun allein mit ihren beiden Söhnen Robert und Karl; wahrscheinlich konnte sie etwas Geld von einem Untermieter gut gebrauchen.

Am Tag nach seiner Ankunft macht sich Fred also auf den Weg in die Weihburggasse, wo Frau Schneider wohnen sollte. Es war der Erste Mai 1935, überall in der österreichischen Hauptstadt hingen weiß-rote Fahnen, die Stadt und der ganze Staat betonten damit ihre Souveränität und Unabhängigkeit. Aber noch wirkte das politische Chaos des Jahres 1934 nach, als Nationalsozialisten mit der Ermordung des österreichischen Kanzlers Dollfuß einen Staatsstreich zu inszenieren versucht hatten. Die Armee hatte den Aufstand niedergeschlagen und der Regierung Rückhalt gegeben, aber immer noch lag Spannung in der Luft, Hitlers Schatten lag schwer auf dem Land. Fred fragte sich, ob trotzig flatternde Fahnen reichen würden, Hitler in Zaum zu halten. Die Straßen waren voller Menschen, es war wie bei einem Fußballspiel. Fred drängte sich durch die Feiernden zur Weihburggasse, die er nach einigem Suchen auch fand. Und ehe er es sich versah, war er schon in die

Wohnung hereingebeten und fühlte sich wie ein Gast des Hauses. Vielleicht war es das Neue daran, einen Ausländer beherbergen zu können, weshalb sie ihm so bereitwillig ein Zimmer überließen.

In den folgenden Wochen verbrachte Fred mehr und mehr Zeit mit Helene Schneider und den Jungen, bald hatte er das Gefühl, er gehöre zur Familie. Als er erfuhr, dass der Vater Selbstmord begangen hatte, empfand Fred eine noch tiefere Verbundenheit – warum, war ihm selbst nicht ganz klar. Helene und die Jungen sprachen nicht viel über die Tragödie in ihrem Leben, er wusste nicht, wann dieser Schlag sie ereilt hatte oder wie lange und wie tief sie um ihn getrauert hatten. Aber eines war klar: Der Vater fehlte in der Familie, und Fred stellte zu seiner Überraschung und Freude fest, dass er hier einen Platz ausfüllte.

Er merkte auch, dass die Familie einen Platz in seinem eigenen Leben ausfüllte. Fred sehnte sich nach liebevoller Zuneigung, er war des gesellschaftlichen Lebens in Cambridge überdrüssig, wo man die meiste Zeit eine Fassade aufrechterhalten und vornehm tun musste. Er war überall stets der jüngste gewesen, in der Schule und dann auch im College war er immer eine Art Nesthäkchen – er wollte doch auch einmal jemand sein, zu dem man aufblickte, der gebraucht wurde. Sogar sein neun Jahre jüngerer Bruder George war selbstbewusster und hatte es nie nötig gehabt, seinen großen Bruder um Hilfe anzugehen. Helenes Sohn Karl dagegen, ein kleiner, schmächtiger Zehnjähriger, sah in ihm eine Vaterfigur. Zum ersten Mal in seinem Leben hatte Fred das Gefühl, dass jemand ihn brauchte und ihn bewunderte, und er genoss das. Er mochte den Jungen und aus der Zuneigung erwuchs Liebe.

Einmal, Fred war schon ein paar Wochen in Wien, nahm Karl ihn mit zu einem Fußballspiel. Fred murrte zwar, Fußball gehöre doch in den Winter, nicht an einen heißen Junisamstag, aber er ging mit und es sollte eine unerwartete Erfahrung werden. Es war sein erstes Match und obwohl er nicht gerade ein Fußball-Fan war, konnte er sich der Faszination der rhythmischen Schlachtrufe nicht entziehen. Er spürte, wie sein Blut in Wallung geriet und schließlich schrie er genau so laut wie die die Österreicher um ihn herum. Zum ersten Mal spürte er, was Massenhysterie war.

Feindes Liebe

Die Zeit verging wie im Fluge und ehe Fred es sich versah, musste er wieder zurück nach Cambridge. Er war nicht lang in Wien gewesen, aber Helene und ihre Jungen waren ihm ans Herz gewachsen. Kaum zurück in England, schmiedete er schon Pläne für einen zweiten, kürzeren Aufenthalt in Wien im Frühjahr 1936, unter dem Vorwand, er müsse seine Deutschkenntnisse verbessern. In Wahrheit wollte er die Schneiders wiedersehen, vor allem Karl. Er war sich über die Gefühle nicht ganz im Klaren, die in ihm aufkamen und deren er sich nicht erwehren konnte. Er konnte einfach nicht unbeteiligt bleiben.

Gegen Ende seines zweiten Besuchs in Wien machten die drei zusammen einen Abendspaziergang. Karl kickte ein Steinchen den Weg entlang, er konnte mit der Unterhaltung der beiden Erwachsenen nichts anfangen. Nach einer Weile murrte er »Das hat doch alles keinen Zweck«. »Ach, Karl«, sagte seine Mutter mit einem müden Lächeln, »das ganze Leben hat keinen Zweck, aber wir leben trotzdem alle gerne.« Und Fred dachte daran, wie diese Familie seinem Leben ganz unerwartet einen Zweck gegeben, ihn die Freude am Leben gelehrt hatte.

Nach seiner Rückkehr aus Wien blieb Fred mit Karl im Kontakt, sie schrieben sich Briefe und er schickte ihm ein Geschenk zum Geburtstag. Er hatte ein Foto von Karl mit nach Cambridge gebracht, das gut sichtbar auf seinem Schreibtisch stand. Einmal kam ein Freund herein, sah das Foto und meinte: »Sieht gut aus, der Junge. Aber geht das nicht in Richtung Kindesmissbrauch? Zehn? Fast elf? Ist vielleicht bei deinen klassischen Griechen in Ordnung, aber heute ist das nicht mehr angesagt, was, alter Junge?«

»Jetzt werd nicht eklig«,» knurrte Fred. «Der Bub bekommt gerne Post und ich kann dabei Deutsch üben. Weiter ist da nichts, komm mir nicht mit deinen Geschichten aus dem Internat!" Sein Freund warf ihm einen skeptischen Blick zu. Aber Fred konnte an seinen Empfindungen für diesen Jungen nichts Schlechtes oder Falsches finden. Gut, in seinen Gefühlen herrschte Wirrwarr, aber über eines gab es keinen Zweifel: Seit seiner Rückkehr aus Wien war ihm deutlicher bewusst als je, wie gerne er Vater wäre – und er würde einen guten Vater abgeben, da war er sich sicher.

Von Liverpool nach Cambridge und Wien

Im Juli 1936 – soeben war in Spanien der Bürgerkrieg ausgebrochen – erhielt Fred eine Nachricht von Helene. Sie führte mit ihrer Schwester zusammen in Wien ein Hutgeschäft und sie trugen sich mit dem Gedanken auszuwandern, nach London, oder Liverpool, oder auch nach Dublin. Das Geschäft in Wien lief schlecht und sie baten um Auskunft darüber, was die Aussichten für einen solchen Schritt wären. In seiner Antwort riet Fred ihnen eher davon ab, er wusste um die Schwierigkeiten für Einwanderer, gerade für Flüchtlinge aus Deutschland: Es gab kaum offene Stellen, eine Arbeitserlaubnis war schwer zu bekommen, und sich an das Leben in England zu gewöhnen war nicht so einfach. Die aus der gewohnten Umgebung herausgerissenen Jungen würden sich in ihrem neuen Leben nicht ohne Weiteres zurechtfinden; überdies kannte er auch deutsche Juden, die in ihrer Wahlheimat nicht eben glücklich waren, weil sie auch hier mit Antisemitismus zu kämpfen hatten. Und außerdem, schrieb er, sei es ja nicht dringend, falls es wirklich einmal nötig würde, hätten sie immer noch Zeit genug. Zwar erinnerte er sich an den Antisemitismus, der ihm in Österreich begegnet war – Helene kannte das und war es gewöhnt – aber er vertraute doch darauf, dass der Frieden in Österreich halten würde. Nein, Helene und ihre Kinder taten besser daran, in Österreich zu bleiben, dessen war er sich sicher.

Bald darauf schlief der Briefwechsel mit Karl und Helene ein, aber was er in Wien erlebt hatte, hatte in ihm etwas wie eine Obsession geweckt: Einen tiefen und wachsenden Abscheu gegenüber Hitler. Er hatte in Wien »Mein Kampf« gelesen – was die meisten Nazis, deren Bibel es doch war, nicht von sich sagen konnten – und das Buch war ihm ziemlich unverdaulich vorgekommen, er fand es von Anfang bis Ende einfach nur Schrott. Mit seinen 21 Jahren kam er, vielleicht in jugendlichem Ungestüm, zu diesem Schluss: Hitler war ein Schwachkopf, ein Wahnsinniger, ein mordlustiger Möchtegern-Napoleon.

Eine Frage trieb ihn dabei besonders um: Glaubten die Deutschen wirklich an die Nazi-Doktrin, die Hitler und seine Spießgesellen so lautstark predigten? War das möglich? Wenn er darauf eine Antwort finden wollte, gab es nur eins: Er musste es selbst erleben, musste nach Deutschland fahren und mitbekommen, was sich dort abspielte, was Nationalsozialismus im Alltag bedeutete. Er wollte wissen, wie es wirklich war, aber gleichzeitig zog ihn die Vorstellung an, er könnte bei allem vielleicht doch persönliche Kontakte knüpfen, könnte irgendwie Brücken bauen. Es mochte Optimismus sein, oder jugendlicher Idealismus, aber er hoffte, er könne etwas ausrichten.

Und so machte er es. Als er den Bachelor, den ersten Studienabschluss, mit Auszeichnung bestanden hatte und ein Forschungsstipendium für drei weitere Jahre an der Universität erhielt, nahm er eine Aus-Zeit von einem Jahr, um sich seinen Deutsch-Studien zu widmen. Er wandte sich an das Büro des Akademischen Austauschdiensts – wahrscheinlich wollen die einen guten Nazi aus mir machen, dachte er bei sich – und erhielt ein Schreiben von Dr. phil Max Helck, Rektor des Gymnasiums zu Heiligen Kreuz: Es war das Angebot, dort im Schuljahr 1936/37 Englisch zu unterrichten.

Dresden galt als eine der bedeutendsten Städte Deutschlands, berühmt wegen seiner Bauten und als Stadt der Bildung und Kultur. Vor dem Ersten Weltkrieg hatten in Dresden sogar viele Engländer gelebt. Die Schule selbst, bekannt als »Kreuzschule«, war, wie er erfuhr, die älteste in Dresden, schon seit dem vierzehnten Jahrhundert die Bildungsstätte für den weltberühmten Kreuzchor. Dort ein Jahr verbringen zu können, fand er ideal.

Aber in was für einem Sturm von widerstreitenden Gefühlen würde er sich finden: Da waren einerseits die hysterischen Aufgeregtheiten und die Brutalität des Nazi-Regimes, andererseits würde er in eine Gemeinschaft junger Männer kommen – mit all den verwirrenden Emotionen, die sich einstellten, wenn er bei ihnen Aufmerksamkeit, Respekt und Bewunderung erlangte, vielleicht sogar die Zuneigung der Jungen, nach der er sich so sehnte. Fred war klug genug, um sich Rechenschaft darüber abzulegen, in was für eine Feuerprobe er sich begab, aber seine jugendliche Hartnäckigkeit, sein angeborener Eigensinn und eine unstillbare intellektuelle Neugier ließen ihn alle Bedenken überwinden.

Und so reiste im Herbst 1936 ein jungenhaft aussehender Zweiundzwanzigjähriger namens Fred Clayton, im Vollgefühl seines mit Auszeichnung bestandenen Examens, mit der Bahn nach Dresden. Die Aussicht, in einer so weithin berühmten

Von Liverpool nach Cambridge und Wien

Bildungsstätte tätig zu werden wie der Kreuzschule, die Persönlichkeiten wie Richard Wagner zu ihren Alumni zählte, rief ihm seine eigene akademische Laufbahn bis zu diesem Punkt ins Gedächtnis.

Die Fahrt quer durch Europa war lang genug: Fast zwei Tage dauerte sie, zunächst mit dem Zug von Cambridge nach London, dort vom Bahnhof King's Cross durch die Stadt zur Victoria Station und dem Kanalzug nach Dover zur Fähre, über den Kanal nach Oostende, dann wieder in den Zug nach Berlin und dort noch ein letztes Mal umsteigen nach Dresden. Er hatte viel Zeit sich zu erinnern, während draußen die Landschaft an ihm vorbeizog.

Nachdenklich sah er aus dem Fenster. War das wirklich erst ein paar Jahre her? Diese unbändige Freude, als er die Nachricht vom Stipendium für das berühmte King's College in Cambridge bekam? Er war so aufgeregt gewesen: Sie hatten ihm einen der lediglich vier Studienplätze zuerkannt, die nicht für die Schüler der Eliteschule von Eton reserviert waren.

Mit sechzehn hatte Fred schon die Aufnahmeprüfung fürs College abgelegt und an seinem siebzehnten Geburtstag, dem 13. Dezember 1930, bekam er das schönste Geburtstagsgeschenk seines Lebens. Er saß in seinem Zimmer, in ein Buch vertieft, das er geschenkt bekommen hatte, als seine Mutter ihn rief: »Fred, komm mal her, der Telegrammbote ist an der Tür, ich glaube es ist für dich!« Er stürzte zur Eingangstür, fast hätte er seine Mutter umgerannt. Wahrhaftig, da stand der Telegrammbote, ein adrett gekleideter Junge mit einem runden Käppi, am Gürtel die blank gewienerte Ledertasche mit glänzenden Messingschließen, die dunkelblaue Uniform war makellos und das Postfahrrad glänzte. »Telegramm für Herrn Frederick Clayton?« sagte er.

»Ja, das bin ich«, sagte Fred verwundert. War das ein Geburtstagsglückwunsch oder so etwas? Der Bote reichte ihm den versiegelten Umschlag, schnell riss er ihn auf – und konnte kaum glauben, was da stand. »Mama, es ist vom King's College in Cambridge. Ich bekomme einen Studienplatz. Im Oktober geht's los!«

Fred war immer noch erst siebzehn, als im Herbst 1931 sein neues Leben am »King's« begann. Sein Studium der klassischen Sprachen war ein Triumphzug, Preise und Auszeichnungen, die Cambridge regelmäßig ausschrieb, gewann er in Serie. Auf den

Feindes Liebe

Preis für Aufsatz in lateinischer Sprache 1932 folgte 1933 der »Porson Prize«, der für die Abfassung griechischer Verse vergeben wurde – Fred erhielt ihn für seine Übersetzung einer Passage aus Shakespeares »Heinrich VIII.« ins Griechische Im Jahr darauf wurde ihm die seit 1813 verliehene Medaille der Universität für englische Lyrik zuerkannt. Er bekam sie für sein Gedicht »Die englische Landschaft. Verse verfasst in einer Industrievorstadt«. Es war eine Klage über den Verlust landschaftlicher Schönheit durch die wachsende Verstädterung, einen Verlust, dessen man erst gewahr wird, wenn er schon eingetreten ist. Hier schreibt Fred:

Oh liebes reines Himmelsblau! Doch ach
Blau ist der Rauch über dem blauen Schieferdach
Stahlblau der Lichtschwerter Gefunkel
Vom Gaswerk überm Fluss, der trübe fließt und dunkel,
Die Schlacke türmt sich dort, und gib auch acht
Im Wasser auf das Öl in bunter Farbenpracht
Bunt ist es wie der Regenbogen, doch ich seh'
Lieber den Bogen in der Höh'.
Ach, ich bin doch von überall betrogen,
Die Feinde sind so grellbunt angezogen,
Nie wieder seh' ich ein Vergissmeinnicht
In seiner Schönheit, rein und schlicht.
Der Himmel bleibt im Nebligen, im Trüben
Wenn über mir die Narren ihre Künste üben
Und ganz gewiss ist mir ein Graus
Das Schieferdach, das Backsteinhaus
Dies England kenn ich nur zu gut
Dies *andre* Eden, halbe Höllenbrut.

Dann noch mehr Preise und schließlich der Höhepunkt, das Forschungsstipendium als Anerkennung für seine Abschlussarbeit über Edward Gibbon, den berühmten Historiker des 18. Jahrhunderts. Und während er sich immer für Shakespeare begeisterte, hatte ihm das Studium des Lateinischen und Griechischen doch eine ganz neue Welt eröffnet, in die er sich versenken konnte. Sprachen hatten für ihn immer eine besondere

Schönheit gehabt, Worte konnten Menschen bewegen, konnten neue Wege, neue Welten aufzeigen, überdies hatten Sprachen eine bildende, formende Kraft. Und als er selbst zu schreiben begann, merkte er, dass ihm diese Kraft auch zur Verfügung stand.

Er liebte das Leben für die Wissenschaft und die abgesonderte Welt des Colleges, aber nur einige hundert Meilen entfernt lebten zur gleichen Zeit Menschen unter dieser seltsamen, erschreckenden, alles umwälzenden Bewegung, dem Nationalsozialismus, und wurden zu Fanatikern gemacht. Seine intellektuelle Neugier und sein ausgeprägtes politisches Bewusstsein brachten ihn dazu, dass er sich selbst ein Bild davon machen wollte, was in Deutschland unter der Herrschaft dieser »Nazis« geschah.

Fred (links) mit seinen Eltern, William und Gertrud Alison, und einem Nachbarjungen

Zweites Kapitel: Herbst 1936
Ankunft in Dresden

Fred beginnt seinen Unterricht an der Kreuzschule und lernt die Familie Büttner-Wobst kennen.

Endlich näherte sich der Zug Dresden, der Endstation seiner langen Reise, dem Ort, wo er nun ein Jahr lang zu Hause sein sollte. Sie fuhren über eine Brücke und Fred reckte den Hals, um einen ersten Blick auf die Silhouette der Altstadt am Südufer der Elbe zu erhaschen: Dort links war die Kuppel der Frauenkirche, sie sah aus wie eine steinerne Glocke, oben glänzte das goldene Turmkreuz in der Sonne. Weiter rechts erkannte er die katholische Hofkirche mit ihrem reichen barocken Figurenschmuck, dahinter war das Königsschloss zu erahnen. Fred staunte über die Vielzahl der Dächer und Türme, die sich vor dem hellen Himmel abzeichneten: Das also war das »Florenz an der Elbe«. Stunden hatte er in Cambridge damit zugebracht, in der Bibliothek Fotos der Stadt zu bestaunen, aber was er nun sah, übertraf seine Erwartungen, selbst wenn es nur ein Blick aus dem Zugfenster war. Viele der Barockbauten waren zwar vom Zug aus nicht zu sehen, aber er wusste, sie waren dort irgendwo und er konnte es kaum erwarten, sie selbst zu erkunden.

Der Zug hatte die Elbe überquert, bis zum Hauptbahnhof waren es nur noch wenige Minuten und Fred schaute gebannt, wie ein beeindruckendes Gebäude nach dem anderen am Fenster vorbeizog. Gleich hinter der Brücke war ihm ein exotisches Gebäude aufgefallen mit einer Kuppel wie in einer Stadt im Orient. Später sollte er zu seinem Erstaunen erfahren, dass es nichts weiter war als eine Zigarettenfabrik. Aber in dieser schönen Stadt war sogar eine Zigarettenfabrik ein wunderbarer Anblick.

Der Zug hielt und Fred stieg herunter auf den Perron. Er stellte sein Gepäck ab und sah sich um. Der Bahnhof war ungefähr so groß wie King's Cross in London, wo er tags zuvor umgestiegen war – ihm kam es vor wie ein kleine Ewigkeit. Hier stand er unter einem beeindruckend großen, auf Eisenträgern ruhenden Glasdach, das die Bahnsteige überspannte und das Tageslicht einströmen ließ. Er

Ankunft in Dresden

sah sich nach einem Kofferwagen um, verstaute sein Gepäck darauf und machte ich auf den Weg in die Empfangshalle. Das riesige Gewölbe ließ ihn an eine Kathedrale denken, eine Weihestätte der deutschen Ingenieurskunst. Ein überdimensionales Plakat sprang ihm ins Auge. Auf einem Felsen breitete der deutsche Adler seine Schwingen aus, dahinter waren Palmen zu erkennen und ein schneebedeckter Berg, die Hakenkreuzfahne wehte am Himmel. Unten stand in Frakturschrift: »Deutschland, Deine Kolonien!« Es war offenbar eine Forderung nach Rückgabe der afrikanischen Kolonien, die Deutschland nach dem ersten Weltkrieg hatte abgeben müssen. Die Zeitläufte hatten ihn sofort eingeholt. Ob die Rückgabe der Kolonien Hitlers Hunger nach »Lebensraum« stillen würde?

Fred hatte die Mitteilung erhalten, dass jemand von der Kreuzschule ihn am Bahnhof abholen und zu seiner Unterkunft bringen würde, also blieb er in der Bahnhofsvorhalle stehen und überlegte, wie lange er wohl würde warten müssen. Nach ein paar Minuten wurde er unruhig: Sie würden ihn doch nicht vergessen haben? Oder hatten sie sich am Ende die falsche Zeit aufgeschrieben?

Er war erleichtert, als ein junger Mann auf ihn zu kam: »Sie sind Herr Clayton, ja? Herzlich willkommen in Dresden!« Er stellte sich als Friedrich Jehn vor, Mathematiklehrer an der Kreuzschule. »Es macht Ihnen doch nichts aus, wenn wir mit der Straßenbahn zu Ihrer Unterkunft fahren? Weit ist es nicht, aber mit dem Gepäck...« Er nahm zwei von Freds Koffern.

»Ja, gerne«, erwiderte Fred, »und bitte sagen Sie Fred zu mir.«

Jehn hatte schwarzes Haar, darunter blickten sanfte braune Augen irgendwie bekümmert drein, seine Hände waren weich. Er war offenkundig nervös, blickte sich ständig um, als hätte er Angst beobachtet zu werden, oder gar verfolgt. Ob das in Dresden so war? Musste man hier ständig auf der Hut sein?

Es war wirklich nicht weit vom Bahnhof zu Lüttichaustraße 20, wo Fred nun ein Jahr lang wohnen sollte. Mächtige mehrstöckige Wohnhäuser mit Sandsteinfassaden und einheitlichen Fensterfluchten säumten eine breite Stadtstraße, er sah Geschäfte, Hotels, Pensionen; auch die Straßenbahn fuhr hier entlang – wie angenehm. Jehn erzählte ihm, dieses Viertel sei einmal als »die englische

Kolonie« bekannt gewesen: Um die Jahrhundertwende hätten über tausend Briten in Dresden gewohnt, die meisten in diesem Bezirk. »Es ist jetzt nur noch eine Erinnerung«, meinte er traurig. »Der Weltkrieg hat dem ein Ende gesetzt. Inzwischen sind nur noch wenige Engländer in unserer schönen Stadt zu Hause.«
»Nun«, erwiderte Fred lächelnd, »ich möchte schon hier zu Hause sein, wenigstens ein Jahr lang.«

Sie stiegen aus der Bahn und gingen ein paar Schritte die Straße hinunter bis zu dem Haus, wo Fred wohnen würde. Mit einem Dank dafür, dass er ihn hierher begleitet hatte, verabschiedete sich Fred von Jehn.

»Das ist gern geschehen«, gab Jehn zurück, »wir sehen uns dann in der Schule.«

»Wie weit ist es denn bis zur Schule?«

»Gar nicht weit, nur die Straße runter und dann links.«

Fred atmete tief durch, zumindest bis jetzt schien alles glatt zu gehen, und in Jehn hatte er vielleicht schon einen Freund gefunden. Ob wohl die anderen Kollegen an der Kreuzschule auch so nett zu ihm sein würden?

Freds Vermieterin war eine Witwe, Frau Professor Günther. Er suchte das Klingelschild ab: Ah hier, Günther. Auf sein Klingeln ging die schwere Haustür auf und er stieg die breite Treppe hinauf in den zweiten Stock, wo ihn Frau Günther begrüßte. Sein eigenes Zimmer lag noch ein Stockwerk höher im dritten Stock des Mietshauses (wie gut, dass er sein Gepäck nur dieses eine Mal würde hochschleppen müssen). Das Zimmer war bescheiden möbliert mit Tisch, Bett und Schrank, aber dabei recht gemütlich, und die beiden großen Fenster machten den Raum hell und luftig. Der Tisch stand vor dem einen Fenster, das gefiel ihm: Man konnte direkt auf die Straße hinunterblicken, und als er sich nun an den Tisch setzte, dachte er mit einem Lächeln: Hier kann ich dann Stunden zubringen, meinen Träumen nachhängen und dabei unten das Stadtleben vorbeiziehen sehen.

Das neue Schuljahr fing noch nicht sofort an, so blieben Fred ein paar Tage zum Eingewöhnen und die Stadt zu erkunden. Seine Wirtin hatte ihm gleich ein paar Tipps gegeben, auch einen Stadtplan hatte er von ihr bekommen. Als erstes machte er sich auf den Weg zu Kreuzschule, in der er die meiste Zeit zubringen würde.

Ankunft in Dresden

Das imposante eingeweihte Gebäude der Kreuzschule am Georgplatz. Es fiel 1945 den Bomben zum Opfer

Es war tatsächlich nicht weit, er fand das imposante neogotische Gebäude rasch; mit seinen Pilastern und Spitzbögen erinnerte es ihn an seine Schule in Liverpool. Weiter Richtung Innenstadt kam er zur Prager Straße, von der Frau Professor Günther ihm erzählt hatte: Hier kämen die Leute von weit her zum Einkaufen. Fred hatte das nicht sehr beeindruckt – warum sollte jemand weite Wege auf sich nehmen, nur um einzukaufen, das war doch eher eine lästige Notwendigkeit als ein Vergnügen? Er sah sich um: Prächtige Gebäude säumten den Boulevard, sie strahlten Luxus aus, ein Inbegriff bürgerlicher Lebensart des 20. Jahrhunderts. In London war das die Oxford Street, hier also die Prager Straße. Besser gefiel es ihm weiter zum Elbufer hin, er schlenderte durch Gassen und über Plätze und konnte sich an den prachtvollen Bauten nicht sattsehen. Hier sollte er also nun ein Jahr leben, es war wie ein Traum.

Nachdenklich ging er zurück und kam wieder an der Kreuzschule vorbei. Beim Gedanken an den ersten Tag dort empfand er eine Mischung aus Hochgefühl und Beklemmung. Erneut musste er an das Gymnasium in Liverpool denken und seinen ersten Schultag dort, der sich ihm ins Gedächtnis eingebrannt hatte. Als Hochbegabter hatte er einen Jahrgang übersprungen und war nun der Jüngste in

Feindes Liebe

Fred in der Lüttichaustraße
auf dem Weg in die Schule

der Klasse. Er hatte so dringend raus gemusst, aber der Klassenlehrer hatte sich nicht um sein verzweifeltes Fingerschnippen gekümmert, da war er schließlich in Tränen ausgebrochen: Er hatte sich in die Hose gemacht. Ein beschämender Anfang war das gewesen und es hätte eine schlimme Schulzeit werden können. Nicht nur, dass er der Kleinste in der Klasse war, er war in Sport eine Niete und kam schnell ins Weinen, wenn es einmal rau zuging. Was hatte er anderes zu erwarten als ständig gehänselt und gemobbt zu werden? Vor allem, nachdem der Tränenausbruch am ersten Tag nicht der letzte blieb. Aber während der ganzen sieben Jahre auf der Schule gab es zwar immer wieder Hänseleien, doch sie waren gutmütig und freundschaftlich. Fred war überaus anhänglich und weckte freundliche Beschützerinstinkte. Er hoffte, er würde die Jungen an der Kreuzschule so behandeln können, wie er selbst behandelt worden war.

Am Morgen seines ersten Schultags ging die Sonne strahlend auf, es wehte ein leichter Wind. Auf dem Weg in die Schule genoss Fred

Ankunft in Dresden

dankbar den milden Spätherbsttag, das schöne Wetter half ihm seine Nervosität zu überwinden. Beklommen trat er zum ersten Mal in seiner neuen Rolle auf den Schulhof, schüchtern schlängelte er sich durch die Schülermenge. Er kam sich sehr als Fremder vor, alle schienen ihn anzustarren. Ob er überzeugend aussah mit seinem Filzhut, weißen Hemd und Krawatte, dem Staubmantel und der schwarzen Aktentasche – oder war ihm der Junge anzusehen, der er eigentlich war?

Seine erste Stunde, hatte der Direktor ihm bei einem Vorgespräch gesagt, sollte in der Obertertia sein bei einem Herrn Klinge, er würde ihn an der Eingangstür abholen. Ob dieser Klinge wohl ein glühender Nazi war, ging es Fred durch den Kopf, als er die Stufen zur Eingangshalle hinaufstieg. Und die anderen Kollegen? Bei einer weiteren Begegnung mit Friedrich Jehn hatte er das Thema nicht angesprochen, aber Jehn hatte nicht den Eindruck eines überzeugten Nationalsozialisten auf ihn gemacht.

Klinge erwartete ihn schon. Er begrüßte ihn mit einem »Heil Hitler« und Fred hob ebenfalls den Arm zum Gruß, was sollte er auch anders tun, er wollte den Kollegen ja nicht gleich vor den Kopf stoßen. Klinge sah Fred skeptisch an, als habe er gespürt, dass sein Gegenüber die Geste nur notgedrungen erwidert hatte. »Herr Clayton, Sie sind wohl heute bei mir im Unterricht«, sagte er kurz angebunden, »kommen Sie.« Dann schlug er tatsächlich die Hacken zusammen, drehte sich um und marschierte vorweg, mit Fred ein paar Schritt hinter ihm, als wäre er Klinges Hündchen oder sein Diener.

In der Klasse führte Fred sich gleich mit einem Missgeschick ein: Er stolperte über eine Schultasche, worauf ihm ein automatisches »I'm awfully sorry« entfuhr. Sechzehn Schülerköpfe fuhren herum, er hatte sich schon verraten. Und sofort kam der nächste unangenehme Moment, als Klinge nun »Heil Hitler!« blaffte.

Die Klasse erwiderte im Chor »Heil Hitler!« und Fred war klar, er stand unter Beobachtung. Wie würde dieser Ausländer auf den Gruß reagieren?

Später schämte er sich dafür, dass er zusammen mit den anderen »Heil Hitler« murmelte, wenn auch nicht so laut und deutlich. Er stellte sich vor, wie seine Freunde in Cambridge vor Schreck

39

Feindes Liebe

zusammenzucken würden, dass er die Worte überhaupt in den Mund nahm, aber was sollte er machen?

»Wie ihr seht, haben wir einen Gast bei uns. Dies ist Herr Clayton aus England«, sagte Klinge. »Herr Clayton wird dieses Jahr bei uns unterrichten.« Fred wurde rot – die Augen von sechzehn Schülern blieben weiter auf ihn gerichtet, einige freundlich, andere herausfordernd, die meisten einfach desinteressiert.

Bei Klinge trat Fred sofort ins Fettnäpfchen. Der Lehrer forderte einen Jungen namens Wilhelm Schmidt auf, seine Hausaufgaben vorzulesen. Das tat er auch, aber mit einem derartigen Akzent, dass man ihn kaum verstehen konnte. Außerdem benutzte er ständig den Ausdruck »That will say« – das will sagen. Fred fühlte sich als Muttersprachler verpflichtet, einen Kommentar abzugeben.

»Wilhelm, ich glaube, wir haben nicht recht verstanden, was du vorgelesen hast, vielleicht kannst du deine Aussprache noch etwas verbessern? Und, nimm's mir nicht übel, aber du sagst immer ›That will say‹, das sagen wir im Englischen nicht, das ist eine französische Wendung, keine englische.«

Sofort richteten sich alle Augen auf Klinge. Offensichtlich hatte er ihnen diesen Ausdruck beigebracht. »Ahh ja, Herr Clayton, vielen Dank für diese wertvolle Anmerkung«, säuselte Klinge. »Es ist so gut, dass wir einen *richtigen* Muttersprachler bei uns haben. Meint ihr nicht auch?« wandte er sich an die Klasse, die wenig begeistert Zustimmung grunzte. Klinge sorgte jedoch dafür, dass er das letzte Wort behielt, als er nun fortfuhr. »Ihr müsst aber auch ein bisschen vorsichtig sein: Seine Aussprache ist nicht die allerfeinste, er hat einen leichten regionalen Akzent. Bitte kopiert ihn nicht, er spricht, wie soll ich sagen, nicht das Englisch des Königs.« Fred lächelte gequält. Das konnten ja interessante Schulstunden werden mit Klinge.

Gleich in der nächsten Stunde landete Klinge denn auch einen Überraschungscoup: Er überließ Fred die Klasse ganz allein. »Reden Sie einfach Englisch mit ihnen. Sprechen Sie über das englische Schulsystem. Das verstehen sie schon, keine Angst.« Klinge war offensichtlich fest vom Erfolg seines Unterrichts überzeugt. Fred war peinlich berührt und merkte, wie er wider Willen rot wurde, aber es blieb ihm keine Wahl. Er versuchte, etwas Zusammenhängendes zu formulieren, stotterte sich etwas zurecht, stockte immer wieder, sprach viel zu leise und undeutlich, fast als wolle er sich entschuldigen, und dabei überlegte er die ganze Zeit, wieviel die Schüler wohl verstanden – ihren verständnislosen Blicken nach zu urteilen, herzlich wenig.

Während er sprach, fiel ihm ein Junge auf, leuchtend blaue Augen, himmelblauer Pullover und schwarze Cordhosen, keine Krawatte – er war ganz anders angezogen als die anderen, aber das schien ihm nichts auszumachen. Fred fiel ein seltsam störrischer Zug um seinen Mund auf, ernst und irgendwie in einer gewissen Abwehrhaltung gegen die Welt, als wollte er sagen, ihr kriegt mich nicht so leicht, und als könnte Fred einer von denen sein, die versuchten, ihm am Zeuge zu flicken. Er sah Fred mit einem amüsierten Lächeln an. Sie wechselten Blicke des Einverständnisses, sie schienen zu sagen: ›Was für eine bizarre Geschichte. Wir wissen beide, dass du wahrscheinlich kein Sterbenswort verstehst. Aber das ist nicht schlimm, es ist sowieso nur dahergeredet. Absurd, was?‹ Der Spaß ging auf Klinges Kosten, ganz offensichtlich war der kein so guter Englischlehrer, wie er glaubte.

Nicht lange nach dieser Stunde begegnete der Junge Fred auf den Steinstufen vor der Schule. Sie wechselten einen kurzen Gruß, der Junge höflich zuerst: »Heil Hitler«, deklamierte er mit todernster Miene. Fred zögerte einen Moment, dann versetzte er ebenso förmlich: »Heil Hitler«, mehr brachte er nicht heraus. Hinterher überlegte er, ob sich nicht in diesem Austausch des Hitlergrußes erneut ein Einverständnis zeigte, vielleicht machten sie sich wieder zusammen lustig. Fred bedeutete der Gruß nichts und er fragte sich, ob der Junge wohl etwas damit gemeint haben mochte. Der Gruß in der Klasse, oder sonst in einer Gruppe von Leuten, das war eine Sache, aber zu grüßen, wenn außer ihnen beiden niemand zugegen war, das war doch etwas ganz anderes. Machte er einen Witz, oder forderte er den Engländer heraus – zu Rebellion, zu offener Missachtung? Das musste die Zeit zeigen.

Als sie sich das nächste Mal begegneten, wollte Fred unbedingt die Chance nicht wieder ungenutzt verstreichen lassen, außerhalb der Schulgemeinschaft mit einem Deutschen in näheren Kontakt zu kommen. Er fragte ihn nach seinem Namen. »Götz Büttner-Wobst«, kam die Antwort.

»Und wie gefällt es dir in der Schule, Götz?« Der zuckte die Achseln. »Ich mag die Schule nicht so. Ich weiß, zu Hause sind sie von mir enttäuscht. Mutti sagt immer, ich muss fleißiger sein. Aber es ist langweilig«.

»Nun«, versetzte Fred, »vielleicht kann ich dir ein bisschen helfen? Meinst du, deine Eltern wären damit einverstanden?«

Hoffentlich klang das ruhiger und geschäftsmäßiger als er sich dabei fühlte – er sehnte sich nach Kontakt, nach Freundschaft, nach Verständnis. Vielleicht fand er über den Jungen einen Weg zu seiner Familie und zu Freundschaft. Er stellte sich schon vor, wie Götz zu Hause so nebenbei sagte, »ach, in der Schule, da ist dieser junge Engländer, der hat mich gefragt, ob er mir bei den Hausaufgaben helfen soll«. Würden seine Eltern die Idee gut finden? Würden sie sich für einen jungen Ausländer interessieren, einen Besucher aus der weiten Welt da draußen?

Nicht lange danach erhielt Fred zu seinem freudigen Erstaunen einen Brief von den Eltern: Wäre er bereit, Götz und seinem Bruder Wolf privat Unterricht zu geben? Fred war gespannt darauf, ob er für die beiden nur der Lehrer sein würde oder ein Erwachsener, der sich wirklich für sie als Person interessierte, der es für wert hielt, mit ihnen zu sprechen, der sie ernst nahm. Er fragte Klinge nach den beiden. »Die Büttner-Wobsts? Also, der Götz ist nicht gerade ein Prachtexemplar: Zu kurz geraten, sportlich eine Niete, kein großer Gelehrter. Na ja, er ist halt das Nesthäkchen in der Klasse. Und Wolf, der ist auch keine große Leuchte.«

Die beiden Jungen, erfuhr Fred weiter, wohnten außerhalb, sie kamen jeden Morgen mit dem Zug aus Langebrück und liefen dann die zehn Minuten vom Hauptbahnhof zur Schule. Die Familie war wohlhabend, der Vater Arzt, Spezialist für Tuberkulose, mit einer Praxis unweit der Schule, in der Mosczinskystraße am Rande der Altstadt. Ganz in der Nähe von Freds Zimmer.

Am nächsten Tag klopfte es an die Tür zum Lehrerzimmer. Götz stand draußen und hatte eine sehr höfliche Einladung seiner Eltern für Fred zum Kaffee am folgenden Sonntag. »Meine Mutter ist

Ankunft in Dresden

richtig froh, dass Sie uns Unterricht geben wollen,« sagte er, »und sie meinte auch, es wäre vielleicht gut für mich, wenn wir mal Englisch miteinander sprechen könnten.« Fred war erleichtert, dass einen Monat nach seiner Ankunft in Dresden Abwechslung in die eintönigen Sonntagnachmittage kam – bisher hatte er zusammen mit Frau Professor Günther Patience gespielt.

Götz holte ihn in Langebrück am Bahnhof ab. Er kam Fred besonders höflich vor, nicht unfreundlich, vielleicht ein klein wenig misstrauisch. Sie kamen schwer ins Gespräch, schweigend überquerten sie den kleinen Bahnhofsvorplatz. Schließlich versuchte es Fred mit einer Frage: »Warum wohnt ihr hier draußen, so weit weg von der Stadt?«

»Ach, weiß ich auch nicht. Mein Vater meint, es ist hier gesünder. Eine Menge Leute in der Stadt, sagt er, haben Probleme mit der Lunge und mit dem Atmen.«

»Dein Vater ist Arzt«, versetzte Fred, mehr eine Feststellung als eine Frage.

»Ja, das stimmt! Woher wissen Sie das?« Nun war Götz doch erstaunt.

»Herr Klinge hat es mir gesagt. Ich hab ihn nach deiner Familie gefragt.«

Die peinliche Stille trat wieder zwischen sie. Fred zerbrach sich den Kopf darüber, was er sagen könnte. »Wir haben etwas gemeinsam«, meinte er schließlich.

Götz setzte sein höfliches Lächeln auf: »Ja?« sagte er, irgendwie doch interessiert.

»Wir sind beide die Nesthäkchen in der Klasse. Ich war in meiner Klasse immer der Jüngste«, erklärte Fred und erzählte Götz seine Schul-Laufbahn, in Kurzform. Er wusste, er schwätzte daher, aber er konnte sich nicht bremsen. Und es schien auch etwas zu bewirken – Götz entspannte sich, während Fred erzählte.

Plötzlich sagte Götz: »Da hinten ist schon unser Haus. Aber wir könnten noch einen kleinen Umweg machen durch die Heide, das ist schöner. Unser Haus liegt direkt am Waldrand.« Fred sah sich um, als sie in den Wald kamen, er fand die Landschaft ungeheuer deutsch. »Es erinnert mich hier an Grimms Märchen«, sagte er.

Feindes Liebe

»Ja, vielleicht«, erwiderte Götz, »aber für mich ist es einfach zu Hause.«

»Also, wenn ich bei mir zu Hause in Liverpool einen Hang hoch gehe, dann sehe ich immer das Meer. Aber hier kann ich es nicht einmal hinter dem Horizont ahnen. Der Wald ist so finster. Man kommt sich hier bestimmt leicht verloren vor.«

Kurzes Schweigen, dann sagte Götz: »Unser Haus ist gleich hier unten, wir sind einen Bogen gelaufen. Jetzt können wir hier einfach runter gehen, aber es ist ziemlich steil.«

»Heimweh ist etwas ganz Seltsames«, murmelte Fred. Götz sah ihn verständnisvoll an. »Sie können sicher nicht so bald wieder nach Hause«?

»Nein, noch lange nicht. Und ich möchte auch gar nicht. Ich habe Heimweh, ja, aber gleichzeitig habe ich auch Angst davor nach Hause zu fahren.« Fred wusste nicht, ob das einleuchtend klang, aber er machte einfach weiter. »Man hat das Gefühl, als ob man den festen Boden verlassen hätte. Aber jetzt muss man weiter, bis man wieder neuen Boden unter den Füßen hat.«

Götz schaute etwas verwirrt drein, also gab Fred seine Erklärungsversuche auf und fragte stattdessen: »Hast du schon einmal daran gedacht, nach England zu fahren?« »Nein,« erwiderte Götz, »aber ich hab schon oft gedacht, ich würde gerne nach Italien fahren.«

»*Kennst du das Land, wo die Zitronen blühn?*« deklamierte Fred, die Chance, ein bisschen mit Bildung zu protzen, konnte er nicht vorbei gehen lassen.

Götz blickte überrascht auf. »Kennen Sie viele deutsche Gedichte?«

»Eigentlich kaum welche. Ich lerne schnell und vergesse schnell wieder.«

»Geht mir auch so.«

»*Du liebes Kind*«, fing Fred an, in einem seltsam neckenden Tonfall. Er sah, dass Götz einen Moment stutzte: War etwa er damit gemeint? Dann erkannte er das Zitat, und als Fred fortfuhr »*komm, geh mit mir!*« sagte er eifrig »Also das kenne ich!«

Fred fing melodramatisch an, den Anfang des »Erlkönig« zu zitieren:

Ankunft in Dresden

»Wer reitet so spät durch Nacht und Wind?«
Sie gingen jetzt rasch den Abhang hinunter. Nach der ersten Strophe sprachen sie den Text in verteilten Rollen. Götz war der Knabe und quietschte vor Angst, Fred gab einen lächerlich bärbeißigen Vater und einen richtig dämonischen Erlkönig. Der düstere Wald mit seinem Unterholz spielte seinen Teil, auch wenn sie sich den heulenden Wind dazu denken mussten. War das ein Spaß! So stürmten sie den Hang hinab und jeder sprach eine Halbzeile des Gedichts:
»Den Vater grauset's« –
»Er reitet geschwind« –
»Er hält in den Armen« –
»das ächzende Kind« –
»Erreicht den Hof« –
»mit Müh und Not« –
Götz klingelte an der Tür, und gemeinsam sprachen sie kummervoll den letzten Vers:
»In seinen Armen das Kind war tot.«

Langebrück war offensichtlich ein Refugium für wohlhabende Dresdner, die der Enge der Stadt entkommen wollten. Die Familie Büttner-Wobst wohnte in der Blumenstraße, das Haus war, wie viele andere in Langebrück, groß und stattlich. Sie waren wohl besonders vermögend, Fred bemerkte ein Auto und neben dem Haus eine Garage. Aber das war ihm jetzt nicht wichtig, er versuchte sich die Familie vorzustellen, deren Bekanntschaft er gleich machen würde. Klinge hatte etwas von Töchtern und zwei Söhnen gesagt.

Ein Dienstmädchen öffnete die Haustür und Götz ging mit Fred ins Wohnzimmer, wo schon das erste Familienmitglied wartete: Wolf, in dessen Klasse Fred noch keinen Unterricht gehabt hatte. Wolf hatte krauses Blondhaar, seine blauen Augen schienen immer in Bewegung, schalkhafte Neugier blitzte in ihnen auf, während die seines Bruders etwas Stilles, fast Grüblerisches hatten. Wolf schien sich mehr am Leben zu freuen. Ein Ausländer? Das konnte lustig werden – man konnte Spaß mit ihm haben, oder sich über ihn lustig machen. Die Mutter und zwei der Schwestern kamen jetzt auch ins Zimmer. Fred wollte ja unbedingt Bekanntschaft schließen – aber Mädchen? Er hatte fast jeden Tag Umgang mit Jungen, das

Feindes Liebe

Blumenstraße 4, hier wohnte die Familie Büttner-Wobst

war ganz selbstverständlich. Mit Mädchen wusste nie recht etwas anzufangen.

Und hier war es auch nicht anders. Die eine, Traudi, war siebzehn und hatte einen Freund, sie kam ihm ziemlich albern vor und auf Fred ging sie gar nicht ein. Das war typisch, er hatte sich schon immer darüber geärgert, dass solche albernen, oberflächlichen Dinger ihn derart von oben herab behandeln konnten. Ihre Schwester Mädi war zwanzig, die älteste Tochter und eine durchaus intelligente Person, aber Fred hätte sie lieber jünger und nicht so selbstbewusst gehabt, wollte er doch, seiner kleinen Gestalt ungeachtet, der große männliche Beschützer sein. Nur, Mädchen dieser Art schienen nicht im Angebot zu sein – Mädi jedenfalls brauchte keinen Fred, sie brauchte, das ließ sie durchblicken, gegenwärtig gar keinen Mann, da hatte es offenbar keine Eile. Den Schwestern und auch der Mutter gegenüber war Fred seltsam gehemmt, bei Jungen oder Männern kannte er so etwas gar nicht. Er kam sich unbeholfen vor, Frauen zogen ihn nicht instinktiv an und es fiel ihm schwer, ihnen Komplimente zu machen. Er sah nicht recht ein, warum man dieses Spiel mitspielen sollte, plötzlich einen anderen Tonfall anschlagen und sich extra auf sie einstellen. Wozu all das gekünstelte Gehabe bei

Ankunft in Dresden

diesem anderen Geschlecht, wo es doch mit Jungen und Männern so einfach und natürlich war?

Während der Kaffeetafel begann die Mutter ein höfliches Gespräch: »Wie gefällt es Ihnen in Deutschland?«

»Also ich…«

»Er findet es zu groß«, sagte Götz schnell, »weil man das Meer nicht sehen kann.«

Alle lachten, und Fred musste jetzt erklären, worüber sie sich in der Heide unterhalten hatten. Danach, nur um etwas zu sagen, brachte er das Gespräch auf Opern und machte er eine Bemerkung über die hohe musikalische Bildung in Dresden, vor allem die Semperoper. »Ich bin ja völlig unmusikalisch«, erklärte er, »deshalb beneide ich alle, die für Musik begabt sind.«

»Leider hat Götz auch kein rechtes Talent für Musik«, erwiderte die Mutter. Götz verdrehte die Augen und er tat Fred leid, als sie fortfuhr: »In Musik ist er Klassenletzter«, und nun direkt an ihren Sohn gewandt: »Also, hast du ordentlich Englisch mit Herrn Clayton gesprochen?«

»Er hat mal was auf Englisch gesagt, als er ausgerutscht ist«, versetzte Götz grinsend.

Seine Mutter zwang sich ein Lachen ab und wandte sich wieder Fred zu: »Was würden *Sie* mit so einem Jungen anfangen?«

Fred hatte das Gefühl, er müsse nun als Erwachsener reagieren, und mit einem entschuldigenden Blick zu Götz murmelte er, »Das ist sicher ein Problem, ja…«

»Und ob das ein Problem ist … Nun gut, er ist noch jung für die Klasse. Manchmal überlege ich, ob es nicht doch ein bisschen zu schwierig für ihn ist. Dumm ist er ja nicht, aber er ist so empfindlich. Er müsste mehr lernen und besser aufpassen, finde ich. Er könnte viel, viel besser sein, wenn er sich mehr anstrengen und nicht dauernd aus dem Fenster gucken würde.«

Fred war das für Götz sehr peinlich, er wollte ihm so gerne helfen. Das Beste war wohl, das Thema zu wechseln, also fing er an, von seiner Schule in Liverpool zu erzählen und sie mit der Kreuzschule zu vergleichen. Zu Freds Erleichterung sprach nun niemand mehr von der Enttäuschung über den älteren der beiden Söhne.

Feindes Liebe

Er merkte, wie Wolf und Götz aufatmeten, als die Kaffeetafel vorbei war und sie Fred mit in ihr Zimmer nehmen konnten. Sie zeigten ihm, womit sie sich beschäftigten und was sie früher gespielt hatten. Sie schienen gut miteinander auszukommen; Fred hatte das Gefühl, dass es eher an Wolf lag als an Götz, wenn sie sich mal kabbelten. Die Mutter hatte Fred etwas verunsichert, er wusste nicht recht, wie er sich ihr gegenüber verhalten sollte. Vorsicht war hier wohl angebracht.

Nach einiger Zeit kam der Vater nach Hause, ihm gegenüber fühlte Fred sich von vorneherein frei und sicher. Als sie seine Stimme im Erdgeschoss hörten, gingen sie hinunter und Fred stellte sich vor. Ihm fiel sofort auf, wie abgezehrt der Mann aussah – er war augenscheinlich krank, und die Krankheit hatte ihn früh altern lassen. Er entschuldigte sich, dass er Fred nicht gleich hatte begrüßen können, aber seine Arbeit als Arzt, so erklärte er, hielt ihn manchmal selbst sonntags von zu Hause fern. Unter der Woche waren die Sprechstunden und Hausbesuche meist nachmittags und abends, so dass er seine Kinder oft nur sonntags sah – wenn nicht die Hitlerjugend sie in Beschlag nahm.

Dr. Büttner-Wobst erzählte Fred von seinen Englandbesuchen vor dem Weltkrieg, wie er sich damals sogar in ein englisches Mädchen verliebt hatte, und von seinen Erfahrungen in englischer Kriegsgefangenschaft. In einer Geschichte ging es um einen unfreundlichen Franzosen und einen netten Schotten, der sich für das Benehmen der »Fucking Frogs« entschuldigte, der »Doofen Froschfresser«. Fred und der Arzt lachten beide unbändig über diese Geschichte und die Jungen lachten mit, vielleicht, weil sie es lustig fanden, dass die beiden Männer sich vor Lachen auf die Schenkel schlugen. Fred fragte, woher der ungewöhnliche Name der Familie stammte, und die beiden Jungen stöhnten, als ihr Vater anfing, die Familiengeschichte auszubreiten, offensichtlich war das sein Steckenpferd. Die Büttner-Wobst waren eine alteingesessene Dresdner Familie, mit Verbindungen zum sächsischen Königshaus.

Nicht lange, und sie waren alle im Arbeitszimmer, wo an den Wänden dicht an dicht kleinformatige Porträts hingen, Büttners, Wobsts und anderen Vorfahren. Der Vater erklärte Bild für Bild, wen es darstellte. Zum Schluss legte er Wolf mit einer zärtlichen

Ankunft in Dresden

Geste die Hand auf die Schulter: »Und das ist jetzt das letzte Bild.«

»Ich gratuliere dem Künstler«, versetzte Fred.

»Nun ja, Übung macht den Meister. Er ist das vierte Kind.« Liebevoll sah er Wolf an, der wurde rot, vor Scham und auch vor Stolz auf das Kompliment.

Fred blickte zu der Uhr auf dem Schreibtisch hinüber. »Haben Sie herzlichen Dank für Ihre Gastfreundschaft, aber ich glaube, ich muss jetzt wieder nach Hause.«

»Ich bringe Sie zur Tür«, erwiderte der Arzt. Als sie noch einen Moment vor der Tür zusammenstanden, fragte er: »Und haben Sie die Inschrift über der Tür bemerkt?«

»Ja, sie ist mir vorhin schon aufgefallen – Thue recht scheue niemand«.

»Ja, genau. Das ist seit Generationen der Wahlspruch der Familie. Ich ließ die Worte in den Stein meißeln, als wir 1920 hier in die Blumenstraße zogen.« Der Vater senkte die Stimme und gab ihr einen verschwörerischen Tonfall, als fürchte er, jemand könne ihn hören: »Ich will heute nicht zu politisch werden –«

»Gut!«, rief Wolf dazwischen, »da bin ich aber froh!«

»Also, wie gesagt«, fuhr sein Vater fort und warf dem spitzbübisch grinsenden Sohn einen sprechenden Blick zu, »wir wollen heute nicht von Politik sprechen, aber wenn wir je gut daran taten, nach diesem Wahlspruch zu leben, dann jetzt.«

Und mit wieder erhobener Stimme: »Auf Wiedersehen, Herr Clayton, danke für Ihren netten Besuch. Wir würden uns freuen, wenn wir Sie bald wieder bei uns begrüßen könnten.«

Auf dem Weg von der Blumenstraße zum Bahnhof war Fred in einer seltsamen Stimmung, zugleich verwirrt und begeistert. Er überlegte, ob er sich bei diesem ersten Zusammentreffen vielleicht hätte höflicher verbeugen müssen, unbedingt hätte er besser angezogen kommen sollen, mehr auf Bügelfalten und passende Farben achten, um einen guten Eindruck zu machen. Aber waren Bekanntschaften, bei denen man sich in solchen Dingen Mühe geben musste, diese Mühe überhaupt wert? Für eine Beziehung, die etwas taugte, brauchte man sich doch nicht zu verbiegen? Auf jeden Fall wollte er die Familie wiedersehen und weiter an der Brücke bauen, die er begonnen hatte, und er hoffte, dass dieser

Feindes Liebe

Wunsch auf Gegenseitigkeit beruhte. Er dachte noch einmal an den Wahlspruch, der Arzt zeigte damit einen trotzigen Stolz. Nur, welchen Preis würde er dafür zahlen?

***

Woche um Woche verging und Fred merkte, dass sich in Dresden allmählich eine Routine einstellte, nicht zuletzt wegen des Schulalltags mit seinem wöchentlichen Rhythmus. Er hatte sich fest vorgenommen, so tief wie irgend möglich in die deutsche Sprache und Kultur einzutauchen, las so viel Literatur wie seine Zeit es zuließ und suchte nach Gelegenheiten, mit Menschen ins Gespräch zu kommen. Dabei vermied er bewusst den Kontakt mit anderen Briten, die sich in Dresden aufhalten mochten – immerhin gab es hier mindestens eine englische und eine schottische Kirche – er suchte seine Bekanntschaften und Gespräche vor allem in der kleinen Schulgemeinschaft der Kreuzschule. Das gab ihm Gelegenheit, die beiden Jungen zu beobachten und mit der Zeit besser kennen zu lernen, zudem ertappte er sich dabei, wie er sich mit mehr als einem Kollegen über sie unterhielt. Ein Kollege namens Zetsche kannte die Büttner-Wobsts etwas näher und meinte: »Eine mehr als seltsame Familie. Die Mädchen sind enorm gescheit, aber nicht gerade hübsch. Die Jungen sind bildschön (so drückte er sich aus), aber alles andere als helle.«

»Wolf ist doch ganz aufgeweckt«, widersprach Fred.

»Ja, aber er kann sich auf nichts konzentrieren«, beharrte Zetsche, »der lässt sich von jeder Fliege an der Wand ablenken.«

Das musste Fred zugeben, Wolf verschwendete wirklich nicht viel von seinem Verstand auf die Schule, selbst in Freds Unterricht war er kein Musterschüler. Aber Fred war ihm dankbar, als Wolf sich einmal dazu herbeiließ, von seiner raren Aufmerksamkeit ein Weniges auf einen Text zu verwenden, den Fred vorlas und der eine lustige Pointe hatte: Wolf lächelte ihm verschmitzt und aufmunternd zu, seine blauen Augen blitzen genau in dem Moment des komischen Höhepunkts auf. Fred hatte die Fliege an der Wand besiegt!

Ankunft in Dresden

Ursprünglich war es Götz gewesen, der Freds Aufmerksamkeit erregt hatte, aber nun entwickelte sich eine nähere Bekanntschaft mit Wolf, und die beiden verbrachten auch Zeit außerhalb der Schulstunden miteinander. Die Eltern von Götz und Wolf hatten das gerne gesehen. Der Vater, Werner Büttner-Wobst, lud Fred häufig nach Langebrück ein und sprach gern mit ihm über Politik. Fred fragte sich, wie offen in der Familie über dieses Thema gesprochen wurde, wenn kein ausländischer Besucher zum Beeindrucken dabei war. Wie viel Einfluss hatte der Vater auf seine Kinder?

Er sollte es bald herausfinden: Eines Nachmittags machten Wolf und Fred nach der Schule zusammen einen Spaziergang durch den Großen Garten. Fred konnte in dem Park mit seinen weiten Rasenflächen und den baumbestandenen Alleen stets freier atmen. Eine Weile gingen sie schweigend nebeneinanderher, dann platzte Wolf mit einer Frage heraus: »Was halten Sie von der politischen Lage in Deutschland?«

»Interessierst du dich für Politik?« Fred war von diesem unerwartet aufgebrachten Thema verblüfft.

»Ja, sehr«.

»Ah so – hm, was willst du wissen? Dazu gibt es viel zu sagen.«

»Also«, Wolf überlegte, »einfach was Ihnen dazu einfällt, es interessiert mich. Englisch, und Französisch und so, das finde ich langweilig, das ist nur Auswendiglernen. Ich hab lieber Geschichte und so, alles, was mit Ideen und Gedanken zu tun hat.« Wolf sagte das sehr ernsthaft, er wollte Fred sichtlich davon überzeugen, dass er es mit einem Jungen zu tun hatte, der Aufmerksamkeit verdiente. »Ich meine, Sie müssen doch das Leben hier manchmal ganz anders finden.«

»Oh ja … es ist sogar so vieles anders, ich weiß gar nicht, wo ich anfangen soll. Es ist viel schwerer hier, als ich es mir vorstellen konnte. Wie zwei Welten, Worte haben plötzlich nicht dieselbe Bedeutung.«

Ihm war klar, das war nicht überzeugend, viel zu abstrakt. Sich auf Deutsch auszudrücken, fand er unglaublich einschränkend. Seine begrenzten Sprachkenntnisse ließen ihn seine Gedanken und Ideen nicht so überzeugend äußern, wie er gerne wollte. Sein in England so hochgeschätzter Scharfsinn war im Deutschen wie gefesselt.

Feindes Liebe

Er ärgerte sich darüber, es kam alles so grob und holzschnittartig vereinfacht heraus. Also bremste er seinen Gedankenflug und fuhr fort: »Kurz vor meiner Abreise habe ich bei einem Freund eine Deutsche getroffen, die auf Besuch in England war. Sie wollte vor allem die Zeitungen lesen, weil, sagte sie, es ist so schrecklich, einfach schrecklich, wie die jungen Leute von der Propaganda vergiftet werden – sie sagte, sie wissen nichts von der Welt da draußen und was wirklich los ist ...«

»Ach was!«, unterbrach ihn Wolf. »Wir können ausländische Zeitungen lesen und Radio aus dem Ausland hören! Ja, mein Vater meint zwar, ich merke das nicht, aber er hört heimlich BBC. Und ich wette, er ist da nicht der einzige. Wissen Sie, ich glaube in meiner Klasse sind nicht mal die Hälfte echte Nazis.«

Fred konnte seine Überraschung über diese Behauptung nicht verbergen, und Wolf kam jetzt richtig in Fahrt: »Also, ich meine, Sie kennen doch Heinz Sandmann, den Freund von Traudi, der fliegt Einsätze in Spanien – wir wissen das alle, auch wenn es heißt, niemand ist da unten in Spanien. Sie sehen, wir wissen, was los ist. Und ich persönlich habe meine Zweifel bei der ganzen Sache. Ich traue Italien nicht über den Weg.« Und so argumentierte Wolf munter weiter – waren es seine eigenen Argumente, oder wiederholte er, was sein Vater gesagt hatte? überlegte Fred. Nach seinem Eindruck wollte Wolf sich vor ihm beweisen. Er merkte auf, als Wolf von einer »Nacht der langen Messer« sprach.

»Was ist das?«, fragte Fred interessiert. Er hatte diesen Ausdruck noch nicht gehört.

»Ach, der 30. Juni – Röhm – das alles. Als hätten nicht alle schon monatelang von ›der Schweinerei‹ gewusst!«

Fred war nun doch beeindruckt von diesem frühreifen Vierzehnjährigen: »Du weißt wirklich mehr, als ich dir zugetraut hätte«, und gleich zuckte er innerlich zusammen, so trocken und lehrerhaft war das herausgekommen. Er wollte Wolf auf keinen Fall von oben herab behandeln. Vielleicht konnte er mit ihm über die Sache mit dem Reichstag sprechen, Fred war sich sicher, dass er von den Nazis selbst angesteckt worden war. »Kennst du den Witz über den Reichstag?« fragte er.

Ankunft in Dresden

»Ja, aber erzählen Sie mal...«, versetze Wolf. »Kommt einer zu Göring: Der Reichstag steht in Flammen! Sagt Göring: Mein Gott, jetzt schon?«

Sie lachten beide. Natürlich kannte Wolf sämtliche Reichstagswitze, und er erzählte sie alle. Fred merkte, an seinem jungen Begleiter hatte er einen Gleichgesinnten – Wolf war pfiffig, weit über seine vierzehn Jahre hinaus vernünftig, und wenn auch Fred als sein Lehrer vorgesehen war, in Dresden würde häufig Wolf Freds Lehrer sein. Er war ein rechter Satansbraten, er hatte vor nichts Ehrfurcht, und wenn ihm eine witzige Bemerkung einfiel, dann war es ihm herzlich egal, dass die deutsche Politik ein Glashaus war, er warf mit seinen Witzen um sich wie mit Kieselsteinen.

Nicht lange danach machte sich Fred zu seinem nächsten Besuch bei Wolfs Eltern auf. Diesmal hatte er zwar keine Einladung, aber er fühlte sich einsam und hatte Heimweh, und er empfand die Büttner-Wobsts wie eine Art Verwandtschaft in Dresden. Er ging den langen Weg zu Fuß, von der Altstadt durch die ganze Heide bis nach Langebrück – nur um dort festzustellen, dass der Vater zu Hause war, aber im Bett lag. Das Dienstmädchen ließ ihn gar nicht erst herein, und so musste Fred wieder den ganzen Weg zurück unter die müden Füße nehmen. Er hatte sich umsonst gemüht.

Fred ließ sich aber von dieser Erfahrung nicht abschrecken und unternahm einen zweiten Anlauf, wieder ohne eingeladen zu sein. Diesmal traf er nur Wolf allein an. »Ach guten Tag, Herr Clayton«, begrüßte er ihn, »schön, dass Sie uns besuchen kommen. Leider muss ich gleich weg – wir haben Hitlerjugend und ich muss mir noch die Uniform anziehen. Sie können gerne hierbleiben, meine Eltern müssen jeden Moment zurück sein.«

»Dann wirst du also zum Wölfling«, versetzte Fred, er konnte sich das dumme Wortspiel nicht verkneifen. Der Junge rollte die Augen, das war absolut danebengegangen. Er ging sich umziehen, aber in dem Augenblick kam ein kleines Mädchen herein, sie hatte Zöpfchen und ihre mandelförmigen blauen Augen sahen ernst drein. Anscheinend hatte sie die Neugier von der Veranda gelockt, sie hielt ein Buch in der Hand, »Viele schöne Sachen zum Lesen und Lachen«. Fred fragte: »Und, sind die Sachen auch schön?«

Sie zuckte die Achseln: »Ich lese die nicht zum ersten Mal.«

»Dann ist es jetzt ein bisschen langweilig?«
»Ja, ein bisschen«, erwiderte sie. Fred fiel an dem Mädchen, das er bisher gar nicht gesehen hatte, eine seltsam kehlige Stimme auf, kein Sprachfehler, aber es klang, als hätte sie eine schlimme Erkältung, oder sonst etwas mit dem Hals.

Sie zog sich zurück als jetzt Wolf wiederkam, in Uniform diesmal – ein ganz neuer Anblick für Fred. »Schade, dass du wegmusst«, sagte er.

»Schon in Ordnung«, erwiderte Wolf und setzte sich auf das Sofa, »so schnell muss ich nicht weg.«

»Ah so, also gut«, sagte Fred. »Ich wusste gar nicht, dass du noch eine Schwester hast.« Er wies auf die Verandatür, durch die das Mädchen mit den Zöpfchen verschwunden war.

»Ach, Rike«, meinte Wolf in einem wegwerfenden Ton, »Sie ist zehn – das Nesthäkchen.« Mehr sagte er nicht zu ihr, und bald waren sie bei anderen Themen. Fred wunderte sich etwas, wieso war Wolf jetzt doch nicht zur Hitlerjugend gegangen? Vielleicht wollte er ja schwänzen und hatte den unerwarteten Besuch des Engländers dazu genutzt, er war ja der Einzige im Haus, der sich mit dem Gast beschäftigen konnte, bis auf seine kleine Schwester war sonst niemand da. Wolf sagte das nicht direkt, er kümmerte sich einfach nicht um die Uhrzeit, so als ob Pünktlichkeit in der Hitlerjugend keine Rolle spielte.

Schließlich hörte man einen Schlüssel in der Haustür und Dora Büttner-Wobst kam herein. Als sie Fred sah, war sie merklich bestürzt, sagte aber mit einem höflichen Lächeln »Guten Tag, Herr Clayton, welche schöne Überraschung!« Trotz ihres Lächelns machte sie auf Fred nicht den Eindruck als sei sie erfreut, ihn zu sehen. »Möchten sie eine Tasse Tee?« fuhr sie fort.

»Äh, ja gerne, Frau Büttner-Wobst«, stammelte Fred.

Sie wandte sich nun ihrem Jüngsten zu: »Wolf, ist heute Nachmittag nicht Hitlerjugend?«

»Ja, schon, aber dann ist Herr Clayton gekommen und ich dachte es wäre unhöflich, ihn wegzuschicken.«

Dora runzelte die Stirn, als sie nun in die Küche ging. Fred merkte, sie war nicht gerade begeistert und hielt es nicht für angezeigt, dass er so unangemeldet ankam und Wolf eine Ausrede fürs Schwänzen gab, das konnte ihren Sohn in Schwierigkeiten bringen. Fred war damals noch nicht klar, dass diese Familie sowieso schon wegen ihrer unangepassten Haltung gegenüber dem Nazi-Regime bekannt war und es sich nicht leisten konnte, bei den örtlichen Behörden weiter übel aufzufallen. Für Dora war ein englischer Besucher nicht gerade eine ideale Ausrede dafür, ein Treffen der Hitlerjugend zu verpassen.

Beim Vater der Jungen kam Fred besser an, zwischen ihnen herrschte Einvernehmen. Der Arzt hatte seine Praxis in der Mosczinskystraße, direkt um die Ecke von Freds Zimmer, und so konnte er ihn oft besuchen. Werner Büttner-Wobst war ein Anhänger des Stahlhelm-Bundes der Frontsoldaten des 1. Weltkriegs, ein Erzkonservativer. Er machte daraus auch kein Geheimnis, das Stahlhelm-Symbol war trotz der Auflösung des Bundes durch die Nationalsozialisten weiterhin als Zeichen über der Eingangstür des Hauses in Langebrück angebracht. Es zeigte ihn als Verfechter der gestürzten Monarchie, er wünschte sich nichts sehnlicher als die Rückkehr der Hohenzollern mit Hilfe der Armee. Kurz, er wünschte die Welt vor 1914 zurück. Seine Haltung gegenüber dem Nationalsozialismus war unmissverständlich: Das war nichts weiter als eine Kanaille, ein Rudel wilder Tiere, und Hitler ein Verrückter.

Im Sprechzimmer hing das obligatorische Führerbild, aber er hatte eines ausgesucht, auf dem Hitler in Frack und Zylinder zu sehen war, wie er sich vor Hindenburg verbeugte. Fred betrachtete das Bild und murmelte »Maskerade...«: Dieser unbeholfene, unterwürfige, aufgeregte Kleinbürger hatte sich zu dem großen Anlass ganz offensichtlich eigens in Schale geworfen, aber er wirkte wie kostümiert. Zu dem Arzt gewandt, sagte Fred nur, »Der böhmische Gefreite«, und als nun Dr. Büttner-Wobsts Augen aufleuchteten, wusste er: Das war ins Schwarze getroffen.

Der Arzt lud ihn zum Sitzen ein. »Sie sind neulich bei uns gewesen, höre ich, und es war niemand da außer mir. Mir ging es nicht so gut und ich war im Bett, da hat sie das Mädchen fortgewiesen, das tut mir leid. Sie hätte mir Bescheid sagen sollen, Ihre Gesellschaft auf ein Stündchen wäre mir ganz recht gewesen. Es ist nämlich so«, fuhr er fort, »ich lungenkrank, unheilbar, ich werde daran sterben. Meistens ist es noch erträglich und ich kann

Feindes Liebe

meiner Arbeit nachgehen, aber manchmal kann ich nichts weiter tun als das Bett hüten.«

Die Offenheit, mit der der Arzt seinem jungen englischen Gast von seiner Verletzlichkeit erzählte, beeindruckte Fred; so ins Vertrauen gezogen zu werden war nicht selbstverständlich, es ermunterte Fred dazu, ebenfalls schwierige Fragen anzusprechen. Er erzählte, wie er sich mit Wolf über die »Nacht der langen Messer« unterhalten hatte. Der Arzt schüttelte nur den Kopf: »Pack schlägt sich, Pack verträgt sich«, das war sein Urteil über die Morde an Röhm und seinen Kumpanen im Jahr 1934. Für ihn hatte 1934 eine andere Bedeutung: Die Behandlung der Kirche im Nationalsozialismus war dem Arzt Grund zu großer Sorge.

1934 hatten Martin Niemöller und weitere Protestanten zum Unmut des NS-Regimes die Bekennende Kirche ins Leben gerufen. Sie stand im Gegensatz zu den »Deutschen Christen« und lehnte die Gleichschaltung ab, die der evangelischen Kirche aufgezwungen werden sollte. Jetzt, zwei Jahre später, gehörte Niemöller zu den Unterzeichnern einer Petition gegen den »Arierparagraphen«, demzufolge Juden nicht länger der Kirche angehören durften. Die Petition erklärte diese Vorschrift für unvereinbar mit den Glaubensgrundsätzen der Kirche. Der Arzt sorgte sich um Niemöller. »Das ist ein tapferer Mann«, meinte er, »aber ich habe Angst um ihn. Er hat sich exponiert, hat sich zur Zielscheibe gemacht.«

»Aber er ist doch ein hoch angesehener Pfarrer, sie würden doch nicht wagen...«, widersprach Fred.

»Denken Sie nur an Röhm, er war sogar ein Freund von Hitler«, versetzte der Arzt, »die scheuen sich vor nichts, – keiner ist vor denen sicher, nicht einmal ein Pfarrer.«

Er hielt inne und lächelte. »Wolf hat sich übrigens jetzt in den Kopf gesetzt, Pfarrer zu werden. Ich glaube, das ist nur, weil sie gegen die Nazis aufstehen. Wolf ist ein Trotzkopf, gerade wie sein Vater.« Fred kannte den Ausdruck »Trotzkopf« nicht, und als er später das Wörterbuch zu Rate zog, hieß es dort »eine Person, die unbedingt ihren Willen haben muss«, aber das passte nicht ganz auf Wolf, da fehlte das Herausfordernde an ihm, das verschmitzte Widerstandsteufelchen. Deutsch war doch ganz schön schwierig.

Ankunft in Dresden

So verstand Fred sich mit Wolf und vor allem mit seinem Vater immer besser; mit Götz dagegen kam er nicht so einfach zurecht. Fred sah in ihm einen Heranwachsenden, der schwer zu kämpfen hatte, mit der Last der elterlichen Erwartungen ebenso wie mit dem politischen Tumult in der Welt, in der er lebte – zu Hause, in der Schule, auf den Straßen. Während sein jüngerer Bruder sich dem Vater anschloss und das Regime ebenso wie der Arzt mit Hohn und Spott behandelte, war die Sache für Götz nicht so einfach. Er wehrte sich gegen diese rein negative Sichtweise auf den Nationalsozialismus, für ihn war das hohl, fast bequem und irgendwie leichtfertig. Es zog ihn zur ernsthaften Debatte, zur kämpferischen Auseinandersetzung mit der Gegenwart, er las Spenglers »Der Untergang des Abendlandes« und seine Prophezeiung, die abendländische Zivilisation sei dem Tode geweiht und die Preußen dazu berufen, die Überreste der Kultur zu verteidigen und zu bewahren. Mit dieser Lektüre war Götz zwar überfordert, aber Fred musste die Entschlossenheit bewundern, mit der Götz sich für den aufziehenden Sturm wappnete. Seine Schulzeit neigte sich dem Ende zu und bald würde er wie alle jungen Männer zwischen 18 und 25 seine sechs Monate Reichsarbeitsdienst abzuleisten haben. Sein Vater hatte gut reden, der hatte sein Leben gelebt, aber für Götz und seine Altersgenossen war es etwas Anderes, die Zukunft lag vor ihnen, doch sie konnten nicht darüber bestimmen. Der Staat, so schien es, bestimmte vollständig über sie. Hatte Götz denn eine Chance, sich dagegen aufzulehnen?

Wenn Fred Götz jetzt sah, dann sah er einen jungen Mann, der sich nicht zurechtfand, die blauen Augen, die ihn so fasziniert hatten, blickten ratlos drein und verunsichert, da glänzte nichts mehr. Fred wurde das Gefühl nicht los, dass er die große Begabung, die er sein eigen nennen durfte, hier nicht sinnvoll nutzte. So gern wollte er Götz die Hand reichen, ihm seine Hilfe anbieten, wo immer er konnte, so lange Götz noch in Hörweite für Warnrufe war. Anders als Götz war Fred ein begabter Junge gewesen, dem das Lernen leichtfiel – vielleicht konnte er Götz ja über die Hürden helfen. Aber wie sollte er das einem Jungen vermitteln, in dessen Gegenwart er regelmäßig kaum einen Ton herausbrachte?

Feindes Liebe

Da war zum Beispiel dieser Tag, als er zusammen mit Götz die Prager Straße hinunter zum Hauptbahnhof ging und dann noch auf dem Bahnsteig mit ihm auf den Zug nach Langebrück wartete. Götz war schweigsam, etwas schien ihn zu beschäftigen. Fred überlegte, ob er es mit seiner Gegenwart Götz vielleicht sogar schwerer machte, sich über seine Zukunft klar zu werden und darüber, wo seine Loyalitäten lagen. Hatten nicht die Jungen im Jahrgang über ihm erleben müssen, dass sie plötzlich ein Jahr früher Abitur machen mussten, damit sie schneller zum Arbeitsdienst und dann zur Wehrmacht eingezogen werden konnten? Ob er Angst hatte? Fred wusste nicht, was er sagen sollte, er wollte ihm einfach sein Mitgefühl zeigen. Sie standen nebeneinander auf dem Bahnsteig und blickten in die Richtung, aus der der Zug kommen musste. »Sie tun mir leid«, sagte Fred und wusste doch, wie unbeholfen das klang. Götz gegenüber fühlte Fred sich nie sicher genug, um ihn zu duzen, das konnte er nur bei Wolf. Bei Götz spürte er immer eine gewisse Förmlichkeit, eine Distanz. Und in dem Moment wurde die Kluft noch breiter:

»Ich brauche niemandem leid zu tun!«, versetzte Götz brüsk. Fred hatte genau den falschen Ton getroffen. Das Schweigen vertiefte sich und sie sahen beide betreten vor sich hin, bis der Zug einfuhr.

Ende November verbrachte Fred zwei Wochen in der Schulungsstätte Rankenheim vor den Toren Berlins. Er war als Lektor zu einem Lehrgang eingeladen, einem »Fachschulungslager«, bei dem Lehrerinnen und Lehrer Englisch lernen sollten. Die Nationalsozialisten hatten Englisch statt Französisch als erste Schul-Fremdsprache eingeführt und Lehrer mit guten Englischkenntnissen waren rar.

Er war froh über die Einladung, er hatte ja Zeit genug. Und außerdem war es eine Ablenkung von den Kämpfen, die er bei Götz beobachtete.

Der Kurs umfasste ungefähr achtzig Teilnehmer, wie er bei seiner Ankunft feststellte. Er hatte gehofft, er würde auf Menschen seines Alters treffen, neue Bekanntschaften machen und Verbindungen knüpfen; zu seiner Enttäuschung waren die meisten jedoch im mittleren Alter oder noch darüber. Sie trugen alle eine Art Uniform, die Frauen weiße Blusen und blaue Röcke, die Männer einheitliches

> **Zentralinstitut**
> **für Erziehung und Unterricht**
> Fernruf: Sammel-Nr. B1, Kurfürst 9321
> Postscheckkonto: Berlin 68731
>
> Aktenzeichen: 153 - 12
> (Bei Antwortschreiben bitte angegeben.)
>
> Berlin W 35, den 30. November 1936
> Potsdamer Straße 120
>
> Herr Frederick W. C l a y t o n aus Liverpool (England) hat an dem vom Deutschen Zentralinstitut für Erziehung und Unterricht in seiner Schulungsstätte Rankenheim/Mark durchgeführten englischen Fachschulungslager als Lektor für Englisch teilgenommen. Neben der Leitung von Übungsgruppen hat er Vorträge gehalten. Die Mitarbeit von Herrn Clayton ist sehr wertvoll gewesen und allgemein anerkannt worden.
>
> Rankenheim/Mark, den 24. November 1936
>
> Der Lagerleiter.
>
> Herrn
> Frederick W. C l a y t o n
> <u>D r e s d e n - A l</u>
> Lüttichaustr. 20
>
> Wir überreichen Ihnen hiermit eine Bescheinigung über Ihre Arbeit an unserm Fachschulungslager für Englisch und sprechen Ihnen dafür unsern herzlichsten Dank aus.
>
> Die Leitung des Deutschen Zentralinstituts
> für Erziehung und Unterricht
> In Vertretung

Grau. Uniform war auch die Anrede – kein »Herr« oder »Frau Doktor«, alle sollten sich mit »Kamerad« ansprechen. Die Absicht dabei war, keine Rangunterschiede zu machen, aber Fred hatte eher den Eindruck, dass es darum ging, keine Individualität zuzulassen. Alle gingen in der Masse auf, was zählte, war die Masse.

Später beschrieb Fred, wie er den typischen Tagesablauf erlebt hatte, für eine englische Zeitung, Überschrift »Englisch lernen nach Nazi-Art«:

Feindes Liebe

Wer in der Annahme angereist war, nun zwei Wochen lang seine Englischkenntnisse aufpolieren zu können und sonst nichts, sah sich schnell getäuscht. Früh um sieben war die Nacht zu Ende und es ging nach draußen zum Morgenappell samt fünfzehn Minuten körperlicher Ertüchtigung. Genau eine Stunde später (Ordnung muss sein) inspizierte der von der Zentrale eingesetzte Lagerleiter die Schlafräume, während die Zimmerbewohner strammstanden. Zur Belohnung gab es ein einfaches Frühstück, nichts Warmes außer dem Kaffee, ungesüßt und von zweifelhafter Qualität – etwas anderes wäre denn doch zu viel des Guten gewesen – aber immerhin eine Art Mahlzeit. Beim Essen war jeder Tisch für seine Bedienung selbst zuständig und es wurde zum Abwaschdienst eingeteilt, der oft unter Absingen sentimentaler Lieder vonstattenging. Nach dem Frühstück kam das Hissen der deutschen Fahne (oder sollte man sagen: der Naziflagge?). Im Anschluss daran teilten die Kameraden sich in Gruppen auf und es gab eine Stunde Arbeitseinsatz – Holz hacken, den Hof fegen, die Gemeinschaftsräume und Treppenhäuser durchwischen. Der Sinn dieser Tätigkeiten war mehr »ideologischer« als praktischer Natur: Den akademisch Gebildeten sollte der Wert körperlicher Arbeit nahe gebracht werden.

Erst um zehn Uhr kam es zu einer einstündigen Unterbrechung der Bemühungen um das Seelenheil der Lagerinsassen. Die Dozenten, meist allenfalls halb so alt wie ihre Schülerinnen und Schüler, hielten ihre Stunden in englischer Konversation ab. Danach kam eine Vorlesung auf Deutsch, Mittagessen, Mittagspause mit kleinem Orientierungsmarsch, dann eine Stunde englische Lektüre und Diskussion, Kaffeetrinken, ein oder zwei weitere Vorlesungen, um sieben Abendessen, anschließend Flaggenparade und um acht das abendliche Beisammensein, bei dem alles Mögliche einen Ausdruck fand: Mal gab es Klagen über Ostpreußen und den Danziger Korridor, mal erklangen melodiös fragwürdig aber stimmgewaltig englische Lieder. Um zehn war »Licht aus«.

Ankunft in Dresden

Am Sonntag wurde anstelle eines Gottesdienstes ein Stück für Violine und Klavier zu Gehör gebracht und danach eine Erzählung vorgelesen, in der ein Kavalleriehauptmann im Kampf gegen die Russen den Tod fand. Neue Götter und Helden verdrängten den alten Gott der Christen im Herzen des Nationalsozialismus, der sich neue Gottheiten nach dem eigenen Bilde schuf. So war das also mit den Beteuerungen der Nationalsozialisten, sie würden die Kirchen nicht behelligen, dachte Fred bitter.

Der Nationalsozialismus dominierte auch in den Vorlesungen, zum Beispiel, wenn ein Vergleich angestellt wurde zwischen den Gedichten über den Weltkrieg von Rupert Brooke und denen von Siegfried Sassoon: Brookes Gedicht »The Soldier« mit den Zeilen »Wenn ich denn falle, denke Du nur dies: Es ist ein Feld dort in der Fremde, das immer England ist, und sei es nur an einer Stelle« wurde als ein Meisterwerk gepriesen, patriotisch, idealistisch, alles, was ein Kriegsgedicht sein soll. Das Gedicht »The Dreamers« von Sassoon dagegen zeigte die typisch jüdisch negative Einstellung – so etwas wie »Soldaten sind Bürger in dem grauen Land des Tods, das Morgen ihrer Zeit kann ihnen nichts mehr nützen / bringt ihnen keinen Zins / keinen Ertrag« konnte nur von einem Juden stammen. Shakespeare musste auch an den Tanz: Als Vorbild an Lebensführung und deshalb eigentlich schon fast ein Nationalsozialist war er seinem Zeitgenossen, dem Lebemann Christopher Marlow, klar überlegen. Diese Vergleiche hätte einfach lustig wirken können, überlegte Fred, wäre nicht die Lage, in der Deutschland sich befand, so todernst gewesen.

Als Fred von Rankenheim zurück war, rückte Weihnachten schon näher. Er bekam von einigen aus der Abschlussklasse ein Geschenk, als Dank für die Nachhilfestunden, die er ihnen gegeben hatte. Die freundliche Geste berührte ihn und er dachte: »Diese Jungen sind in gewisser Weise älter als ich, ernster und reifer. Sie merken, wie sich die Welt um sie herum immer schneller dreht, deshalb möchten diese anständigen, wohlerzogenen Jungen mir, solange es noch geht, bedeuten, «wir jedenfalls sind keine Nationalisten und auch die ganze Nazi-Propaganda bringt uns nicht zum Hass auf einen netten jungen Engländer, der uns gegenüber auch keinen Hass hegt.«

Feindes Liebe

Viele der Jungen schienen bestrebt, ihm persönlich ein »nichts für ungut« zuzuzwinkern, auch wenn sie ihn in der Klasse genau so gnadenlos veralberten wie jeden anderen wenig durchsetzungsfähigen Lehrer. Er hatte das Gefühl, sie waren oft bessere Menschen als viele der Älteren, Männer näher an Freds eigenem Alter, die meinten, sie müssten unbedingt eine neue Welt schaffen, gleich um welchen Preis, und die jüngere Generation müsse dabei tapfer mitmachen.

Am letzten Schultag vor den Weihnachtsferien hatte Fred noch beim Direktor zu tun, und als er aus seinem Büro kam, wartete Götz draußen mit einem Brief, den er abzugeben hatte. Der Direktor nahm den Brief entgegen und ging wieder zurück in sein Büro, jetzt standen nur noch sie beide im Flur.

»Du fährst jetzt nach Hause, ja?«, fragte Fred, »kann ich ein Stück mitgehen?«

»Ja, natürlich«, erwiderte Götz.

»Ich bin zu einer Fortbildung weg gewesen«, erzählte Fred munter, als sie zusammen über den Schulhof gingen, »eine Art Ausbildungslager für Lehrer, Englischlehrer. Leute wie Klinge, und alle gleich angezogen, wie Sträflinge. Ich weiß immer noch nicht genau, ob ich da nun Englischunterricht geben oder politischen Unterricht bekommen sollte. Einer hat einen langen Vortrag über die englische Politik gehalten, einen Blick hinter die Kulissen hat er das genannt, hat uns Engländern an allem Möglichen die Schuld gegeben, an Spanien und China und wer weiß was noch. Das war unglaublich. Dann ging es Abende lang um die deutschen Minderheiten, jeden Abend eine andere, Schleswig, Tirol, Schlesien, Memelland ... Ich muss im Januar wieder zu so etwas hin, und dann, wenn ich wieder hier bin, fahre ich mit dir ins Skilager – also mit deiner Klasse, meine ich.«

»Mit uns?«, wunderte sich Götz, »fahren wir denn dieses Jahr? Wusste ich gar nicht.«

»Ja, Reinhardt fährt mit euch, es sind auch noch andere Klassen dabei.«

»Ah so«, sagte Götz.

Ankunft in Dresden

»Ich fahre über Weihnachten weg«, erzählte Fred weiter, »wir müssen vorher noch einmal zusammen spazieren gehen. Vielleicht kommst du einmal zum Tee zu mir?«

»Das geht nicht«, lehnte Götz rasch ab, »meine Mutter sagt, ich muss mehr lernen« und dann, ziemlich brüsk, »Warum laden Sie nicht Herrn Reinhardt ein?«

»Ach, sinnlos, die Herren Kollegen haben nie Zeit, da kommt doch keiner.«

»Wir haben halt viel zu tun in Deutschland.«

»Ich weiß«, versetzte Fred. »Keine Zeit zum Nachdenken, immer in Bewegung gehalten. ›Denk an die Bewegung‹.«

Wie sie so an der Straßenecke standen und sich unterhielten, kamen ein paar Kreuzschüler vorbei, zwei waren aus Götz' Klasse. »Heil Hitler!«, riefen sie unisono, halb freundlich halb spöttisch; vielleicht jeder einzelne mehr aus Freundlichkeit, aber in der Masse mehr aus Spott. Fred wurde rot, zog die Stirn in Falten und grüßte flüchtig zurück.

»Sie mögen das nicht!« sagte Götz in scharfem Ton.

»Was?«

»Den Deutschen Gruß.«

»Andere Länder, andere Sitten.«

»Aber es geht Ihnen gegen den Strich.«

»Man gewöhnt sich daran.«

»Aber gerne tun Sie es nicht«, beharrte Götz.

Fred runzelte die Stirn. »Warum soll ich das unbedingt zugeben?«

»Na ja, ich weiß auch nicht«, fing Götz an, aber dann brach es aus ihm heraus:

»Sie können das halt alles nicht verstehen ... Sie denken an die armen Juden und die armen Kommunisten und an die schrecklichen Lager. Sehen Sie mich nicht so an – ich höre doch, was meine Eltern immer reden, ich weiß Bescheid über Dachau, meine Großeltern wohnen da in der Nähe. Da werden die politischen Gefangenen hingeschickt. Ich bin nicht so dumm wie ich aussehe, ja? Und Sie, wieso sind Sie überhaupt hergekommen, wenn sie so anti-deutsch sind?«

»Bin ich gar nicht«, protestierte Fred. »Ich bin vielleicht anti-Hitler...«

Feindes Liebe

»Ach, das ist doch dasselbe, und das wissen Sie auch. Was wollen Sie denn? Warum können Sie mich nicht in Ruhe lassen? Warum können Sie ihre Propaganda-Kampagne nicht an jemandem anderen ausprobieren?«
»Was ist denn los?« fragte Fred bestürzt. »Ist etwas passiert?«
»Nein«, schüttelte Götz den Kopf, »und – ach es nützt ja doch alles nichts. Und ich muss jetzt auch fort.« Er drehte sich um rannte beinahe davon. Fred war wie benommen, er hoffte nur, dass die Beziehung zwischen ihnen beiden jetzt nicht völlig am Ende war. Sie würden sich vor den Ferien nicht mehr sehen, und es war bitter, dass dieses Gespräch einen solchen unangenehmen Verlauf genommen hatte. Nannte man das jetzt Brücken bauen?

Nach den Weihnachtsferien war das Verhältnis zu Götz angespannt, er schien ihn auf Abstand zu halten. Im Unterricht fühlte Fred sich jetzt nicht mehr frei, Götz musste ja die Ansprüche des Regimes erfüllen und spürte gleichzeitig Freds Bestreben, das Regime in Frage zu stellen, Widerspruch herauszufordern und Zweifel zu säen, das konnte er nicht unter einen Hut bringen. Fred rief sich die Unterhaltung vor Weihnachten noch einmal zurück und überlegte: Hatte er den jungen Mann überfordert? Götz befand sich mit seinen sechzehn Jahren nicht nur mitten in der Pubertät, er musste auch mit der Bürde der elterlichen Erwartungen umgehen, zu Hause hatte er einen todkranken Vater, dessen Zustand einen Schatten über das Familienleben warf, und dann war er in der Schule und bei der HJ ständig der Propaganda ausgesetzt. Vielleicht, so überlegte Fred, musste Götz sich den Ansprüchen des Regimes einfach beugen, um zu überleben. Es würde das Beste sein, ihn in Ruhe zu lassen.

Fred sollte noch einen unangemeldeten Besuch im Hause Büttner-Wobst machen. Direkt vor dem Haus begegnete er der Mutter, und diesmal machte sie gar nicht erst den Versuch, ihren Unmut über den Besuch des Engländers zu verbergen. .»Guten Tag, Herr Clayton. Es ist nett, dass Sie vorbeikommen, aber das geht nicht, Sie können nicht einfach so außerhalb der Nachhilfestunden zu uns kommen. Sie regen die Jungs auf, bringen sie richtig durcheinander. Es ist sehr fraglich, ob es gut für sie ist, wenn Sie so einfach hereingeschneit kommen.«

Ankunft in Dresden

Fred war wie vor den Kopf geschlagen, er musste heftig schlucken und sein Magen drehte sich um. Das war deutlich: Es war ihm verboten worden, die Familie zu besuchen. Zorn stieg in ihm auf, er wollte sich gegen das Verbot auflehnen, eine Erklärung fordern. Ihn so direkt vor der Haustür abweisen, das war so demütigend, das hatte er nicht verdient.

Aber er musste sich damit abfinden. Er machte nur eine Verbeugung, bat die Frau Doktor kleinlaut für die Störung um Entschuldigung und wünschte ihr noch einen schönen Tag, bevor er sich wieder zum Bahnhof trollte, immer noch wie betäubt von dieser schroffen Abweisung zermarterte er sich das Hirn darüber, wie er dazu gekommen war.

Später erfuhr er, dass ihre Schwägerin Dora vor Fred gewarnt hatte als einem gefährlichen Agitator gegen den Nationalsozialismus. Die Schwester des Arztes war mit einem der Lehrer verheiratet. Der Kollege war Fred gegenüber nie besonders freundlich aufgetreten, er war in Großbritannien in Kriegsgefangenschaft gewesen und führte seine chronischen Magenschmerzen auf die schlechte Behandlung und das schlechte Essen dort zurück. Als Fred davon erfahren hatte, waren ihm nur ein paar allgemeine Worte der Entschuldigung für sein Land über die Lippen gekommen.

Er zerbrach sich den Kopf darüber, was die Jungen über ihn zu hören bekommen würden, welche Andeutungen oder Anschuldigungen, die er nicht mitbekam und gegen die er sich nicht zur Wehr setzen konnte. Das war ihm ein unerträglicher Gedanke, und insgeheim beklagte er sich bei Gott, dessen Existenz er durchaus in Zweifel zog, über diese eklatante Ungerechtigkeit. Götz, Wolf in der Schule gegenübertreten zu müssen, ohne zu wissen, was sie mittlerweile von ihm dachten oder glaubten! Es blieb ihm keine Wahl. Er konnte nur so gut er es vermochte zeigen, wer er wirklich war, um wenigstens in den Augen der Jungen nicht in ein falsches Licht zu geraten. Er konnte nur hoffen, dass sie sich von Stimmungsmache gegen ihn nicht würden irre machen lassen.

Drittes Kapitel: 1936-1937
Politische Diskussionen

In der Kreuzschule trifft Fred auf unterschiedliche Einstellungen zum Nationalsozialismus. Er macht keinen Hehl daraus, dass er Hitler verabscheut, was zu Auseinandersetzungen führt.

Während seiner gesamten Zeit in Dresden verkehrte Fred bewusst in bürgerlichen Kreisen, er wollte herausfinden, nach welchen Maßstäben und Grundsätzen man hier lebte. Für ihn war es so etwas wie eine Beweisaufnahme: Was brachte Menschen dazu, mit dem Regime einverstanden zu sein oder es zurückzuweisen? Ohne Angst davor, die Nationalsozialisten herauszufordern oder zu kritisieren, machte er regelrecht Propaganda gegen sie. Das war vielleicht wenig diplomatisch, aber er konnte nicht anders, er war es gewöhnt, frei von der Leber weg zu reden. Instinktiv wandte er sich gegen das Absurde, die Unvernunft, gegen das oberflächliche Vorurteil, so, wie er es schon in der Schule, wie er es eigentlich sein Leben lang getan hatte. Er verwahrte sich dagegen, dass seine Gegnerschaft zum Regime vielfach als anti-deutsch angesehen wurde, das waren doch zwei Paar Schuhe, und war bemüht, das allen zu beweisen, die ihm zuhören mochten. Viele seiner Schüler hörten ihm zu, für sie war das wie ein frischer Wind. Weniger Eindruck machte er bei den Herren Kollegen – viele von ihnen waren überzeugte Nationalsozialisten. Einmal diskutierte er in einer Vormittagspause mit Reinhardt und versuchte, ihn zu überzeugen:

»Also, Maynard Keynes, Sie kennen ihn?«

»Ja, der berühmte Wirtschaftswissenschaftler. Was ist mit ihm?«

»Der war gegen die Reparationen. Er ist nie deutsch-feindlich gewesen.«

»Ach nein?«

»Nein. Aber er hält dieses Regime für eine Gaunerbande. Ich auch.«

Reinhardt wollte erst aufbrausen und etwas entgegen, aber dann hielt er an sich. Fred seinerseits wollte mit seinem Freimut demonstrieren, dass er alles andere als ein Deutschenhasser war, so

Politische Diskussionen

heftig er auch Hitler und das Nazi-Regime ablehnen mochte. Man hätte es ein Narrenstück nennen können, aber er hielt an seinem Ein-Mann-Feldzug fest und war zufrieden, wenn ihm hin und wieder doch einmal ein Punkt gelang.

An der Kreuzschule gab es jeden Montag und an Feiertagen nach dem morgendlichen Schulgebet eine Ansprache in der Aula, einem beeindruckenden Festsaal, der sich über zwei Stockwerke an der Vorderseite des Gebäudes erstreckte. Eine breite Holztreppe führte zum Eingangsportal, das den Blick auf einen reich mit Bildern und Schnitzereien geschmückten Raum freigab. An der Stirnseite waren zwei Emporen, über dem Eingang zeigte ein von holzgeschnitzten Türmchen eingefasstes Gemälde Schüler, die den Unterweisungen der Weisheit lauschen. Zu beiden Seiten des Eingangsportals waren lebensgroße Bilder, sie zeigten Beispiele der Liebe zu Gott (Abrahams Opfer), zur Wahrheit (Sokrates leert den Schierlingsbecher) und zum Vaterland (Marcus Curtius opfert sich in Rom) sowie für den Mut vor Königsthronen (Martin Luther vor dem Reichstag zu Worms). Wie lange, fragte sich Fred, würde wohl das erste Gemälde mit seiner jüdischen Thematik in der fiebrigen antisemitischen Stimmung unbehelligt bleiben?

In dieser prächtigen Umgebung nun hielten Lehrer Vorträge zu unterschiedlichen Themen, oft mit großem Engagement vorgetragen, und wenn es ihnen auch manchmal an rhetorischem Glanz mangelte, so fanden sie doch Widerhall bei den Heranwachsenden mit all ihrem jugendlichen Enthusiasmus und ihrer inneren Unruhe. Die Vorträge stellten etwa den Wert der Treue heraus – Treue gegenüber der Schule, zu Freunden, zum Vaterland, selbst wenn nicht immer alles fehlerlos war, oder es wurde der Fleiß gepriesen – jeder Augenblick im Leben sei zu nutzen und für ein Ziel einzusetzen, sonst sei es vergeudet. Fred fand das aller Ehren wert, nur blinde Treue kam ihm fragwürdig vor. Es war doch auch wichtig, überlegte er, sich kritische Gedanken zu machen?

Im Lehrerzimmer stritt er sich darüber mit einem anderen Englischlehrer namens Rudert, einem Mann mit strengen Gesichtszügen und schneidender Stimme. Er kam aus bescheidenen Verhältnissen und war eine ganz eigene, starke Persönlichkeit, sie diskutierten miteinander über die Vor- und Nachteile der

Feindes Liebe

Demokratie. Irritiert hatte Fred ihn sagen hören, ›Ich will nur einen klaren Befehl haben‹. Fred hatte das nicht verstanden, irgendwie setzte es Passivität und Fatalismus in ein heroisches Licht.

Rudert schien gegenüber der Familie Büttner-Wobst eine instinktive Abneigung zu hegen, für ihn waren sie typisch verwöhnte Oberschicht, die es allzu bequem hatte. Mehr als viele andere aus Freds Bekanntschaft repräsentierte Rudert den Sozialismus im Nationalsozialismus. Er war ohne Frage antikapitalistisch eingestellt und die Familie des Arztes tat er einfach ab, schließlich waren die mit reichen jüdischen Bankern befreundet gewesen. Als Fred von dem topmodernen Radio erzählte, das der Arzt ihm mit einigem Stolz vorgeführt hatte, schürzte Rudert verächtlich die Lippen: »Das sieht denen ähnlich«.

Mit Fred und mit England verband ihn eine seltsame Hassliebe. Auch wenn sie lange und erbittert über Politik stritten, so bewahrten sie einander doch einen widerwilligen Respekt, beinahe war es Freundschaft. Einmal gingen sie die Prager Straße entlang und Fred nannte Hitler einen Kriegstreiber. »Bertrand Russell hat eine Studie über Macht geschrieben, die erscheint bald. Hier, diese Stelle…: ›Für Hitler und Mussolini ist der Krieg die edelste menschliche Betätigung, deshalb wären sie selbst dann nicht zufrieden, wenn sie die ganze Welt erobert hätten: Sie hätten dann keinen Feind mehr zum Bekämpfen.‹ Ich sehe das genauso wie er.«

»Unsinn! Anti-deutsche Propaganda, wie immer«, rief Rudert. »So sind sie alle.«

»Also, das ist nicht wahr«, erwiderte Fred. »Russell war im ersten Weltkrieg Pazifist. Er äußerte sich öffentlich dagegen, dass unser Land gegen Ihres ins Feld zog – er verlor seine Stelle als Professor, musste sogar sechs Monate ins Gefängnis dafür. Er hat ein größeres Recht, Hitler zu kritisieren, als alle Deutschenhasser. Sie können uns nicht alle über einen Kamm scheren.«

»Die Bomben«, Ruderts Stimme wurde scharf, »die Bomben werden da keine Unterschiede machen.«

Fred dachte, was für ein grandios dummes, pseudo-fatalistisches Argument, und gab zurück: »Bomben sind dumm. Menschen können Unterschiede machen, oder sie sind es nicht wert, Mensch zu heißen.«

Einmal gab Rudert widerwillig ein wenig nach und gestand zu, dass es auch für ihn manches am Nationalsozialismus zu kritisieren gab. Aber dann rief er plötzlich: »Und dennoch sagen wir Ja!« Vielleicht war es ein bisschen weit hergeholt, aber instinktiv sagte Fred sich, ›dieser Mann hat bei sich selbst eine Abstimmung gehalten und das Regime hat sie mit 51% gewonnen. Jetzt ist das Regime seine Regierung und kann mit ihm machen, was es will‹.

Später überlegte er: Für Rudert war Opposition zum Nationalsozialismus kaum denkbar, denn nachdem er sich einmal dem Regime ganz ergeben hatte, ließ ihm der Stolz keine andere Wahl. Ob Menschen wie Rudert Zweifel am Nationalsozialismus hatten, die sie nicht mehr zugeben konnten? Aus lauter Stolz machten Menschen sich vor, dass sie alles gut fanden, dass sie das aus eigener freier Wahl taten und keine Sklaven waren, dass sie sich gemäß ihrem wohlerwogenen Urteil verhielten. All ihr Handeln, ja selbst ihre Gedanken mussten nun zu ihrem geknebelten Zustand passen. Ja, so war es: Ihr Stolz ließ diesen schrecklichen, dummen Hitler zu einem großen Mann werden. Niemand würde sich eingestehen wollen, dass er sich nur aufgrund einer seltsamen Laune oder eines dummen Zufalls jetzt einem Schwachkopf unterordnete.

Zum Glück hatten im Kollegium nicht alle so drastische Ansichten wie Rudert, der »dennoch-Ja-Mann«. Friedrich Jehn zum Beispiel, ihn mochte Fred am liebsten von allen Kollegen. Jehn schwärmte für Österreich – das echte, nicht das Nazi-Österreich. Er hatte nichts von diesem Stolz, kein heroisches »Dennoch – Ja!« wie Rudert, er gab auch nicht vor, das schreckliche, kriegslüsterne Regime zu mögen. Instinktiv jeder Aggressivität abgeneigt und den Hass beklagend, war er ganz nach Freds Herzen. Er war so gar nicht der von den Kollegen gerühmte arische Kraftmensch, sie verspotteten ihn als Weichling, aber Fred sah seine inneren Werte: Er war ehrlich und grundanständig, das Regime machte ihm offenbar Kopfzerbrechen. Jehn schwamm nicht einfach mit dem Strom.

Und außerdem: Er konnte seine Zunge nicht im Zaum halten, redete unüberlegt drauf los und machte sich hinterher die größten Sorgen. Er erzählte Fred ein Erlebnis aus den ersten Tagen der Nazi-Herrschaft: Ein unruhiger, rebellischer Junge meinte, er könne den neu eingeführten »Deutschen Gruß« nicht akzeptieren und vertraute sich Jehn an. »Ich hab ihm gesagt«, meinte Jehn, »man müsse sich schon an bestimmte in einer Gemeinschaft übliche Formen halten. Wie die Sitten halt sind – in einer Synagoge würde man ja auch den Hut aufbehalten.« Kaum war der Junge aus der Tür, als Jehn siedend heiß einfiel, dass der Vergleich des Dritten Reichs mit einer Synagoge nicht gerade glücklich gewählt war. Er hoffte nur, der Junge würde so klug sein, niemandem von diesem interessanten Vergleich zu erzählen.

Jehn bat Fred immer wieder, etwas nicht weiterzuerzählen, aber mit seiner eigenen Offenherzigkeit, wohl so etwas wie der Mut der Harmlosen und Hilflosen, brachte er sich selbst in die größte Gefahr. Bei einem Vortrag für die Kollegen über eine Reise durch Österreich und Italien kam er auf Südtirol zusprechen und wie es unter dem italienischen Joch ächzte – »aber davon reden wir jetzt nicht, schließlich sind wir jetzt mit unsren italienischen Freunden und Verbündeten ein Herz und eine Seele.« Er strahlte die Zuhörer an, als er das sagte. Fred zuckte zusammen – der Sarkasmus in Jehns Worten war derart offensichtlich und die implizite Kritik daran, wie die Nazis und ihre Verbündeten Minderheitenrechte mit Füßen traten, musste jedem der Zuhörer klar sein. Das war so gar nicht Jehns Art – hatte er es bewusst darauf angelegt oder war es ein Lapsus? Fred fragte sich, ob Jehn in dieser Nacht wohl ruhig schlafen würde, oder ob er sich wegen seiner gewagten Worte schlaflos herumwälzte. Jeder seiner regimetreueren Kollegen konnte ihn deswegen in Schwierigkeiten bringen.

Einen Abend saßen sie in Freds kleinem Zimmer bei einem Glas Moselwein und er sagte zu Jehn, »ich werd die alle überleben – Hitler, Mussolini, Stalin, die ganze Bande!« »Sie sind ja noch jung«, erwiderte Jehn traurig, »Sie schaffen das vielleicht. Aber die haben tiefe Wurzeln geschlagen, gegen die kommt so schnell keiner an.«

»Wir werden sie überleben«, beharrte Fred, »wir alle beide. Wir müssen. Wir sind wichtiger für die Welt als die. Die Sanftmütigen werden das Erdreich besitzen! Prost, auf die Sanftmütigen!« Er war natürlich ein bisschen beschwipst, aber es war ihm ernst mit jedem Wort. Er war entschlossen zu überleben, das Gute musste doch irgendwie die Oberhand behalten.

Politische Diskussionen

Im neuen Jahr erlebte Fred eine Überraschung: Es gab eine umfassende Luftschutzübung. Verdunklung in allen Fenstern, die Straßenbeleuchtung komplett ausgeschaltet, es war nach Freds Eindruck ein voller Erfolg deutscher Gründlichkeit. Die Leute schienen das Ganze zwar nicht gar so ernst zu nehmen, in der verdunkelten Prager Straße rempelten sie einander an, als sei es ein großer Spaß, aber Fred machte sich Gedanken darüber, was diese Übung bezweckte. Bereitete das Regime sich etwa auf einen Krieg vor? Er glaubte nicht, dass derartige Übungen in England durchgeführt wurden. Die Engländer hinkten den Deutschen weit hinterher, und das konnte sich leicht als großer Fehler erweisen.

Ende Januar ging es in das lang erwartete einwöchige Skilager in Oberwiesenthal, direkt an der Grenze zur Tschechoslowakei. Fred fuhr mit dem Oberstufenleiter Direktor Reinhardt zusammen, es waren drei Klassen insgesamt. Die Skier musste er sich natürlich leihen, er hatte noch nie auf Skiern gestanden, und er wusste von vornherein, dass er sich blamieren würde. Er konnte sich richtig vorstellen, wie sein Vater die Augenbrauen hochziehen würde bei der Vorstellung, dass sein zweitältester Sohn sich mit zwei Holzbrettern an den Füßen einen Hang hinabstürzte. Befangen war er auch deshalb, weil er noch nie so lange mit den Jungen zusammen verbracht hatte, und Götz war ja auch mit von der Partie. Die Erinnerung an ihr letztes Gespräch vor Weihnachten war ihm noch allzu gegenwärtig. Wie es seine Art war, versuchte er seine Beklemmung mit Humor zu überspielen und begrüßte die Gruppe, die sich auf dem Bahnsteig versammelte, mit einem vergnügten »*Grüß Gott!*«

Je weiter der kleine Zug hinauf in die Berge schnaufte und je mehr Schnee draußen lag – in Dresden war gar kein Schnee gefallen – desto mehr hatte Fred das Gefühl, als käme er in eine andere Welt. Dieses Gefühl wuchs noch, als die Gruppe dann die drei Kilometer von der Bahnstation zu ihrer Herberge stapfte, durch eine ihm ganz ungewohnte Winterlandschaft, die Felder und Wiesen unter der Schneedecke verschwunden, zu dem einsam weitab von dem winterlich stillen Dorf gelegenen Haus. Fred ging ganz in der Gruppe auf, sie alberten herum, rissen Witze, sangen zusammen Lieder. Ja, er war sogar eine Art Mittelpunkt, er war die

Feindes Liebe

In Oberwiesenthal mit einem der Lehrer

große Neuigkeit, und er nutzte das aus, erzählte Geschichten vor allem um der Reaktionen willen, um die andern zum Lachen zu bringen. Es war gut, dass er gleich am ersten Abend gebeten wurde, auf Deutsch einen kleinen Vortrag über das Schulwesen in England zu halten, so lernten ihn die Schüler, die ihn noch nicht kannten, schon ein wenig kennen. Hinterher bekam er Komplimente für seinen ausgezeichneten Vortrag und sein gutes Deutsch – Fred freute sich ungemein darüber, dass er so einen guten ersten Eindruck gemacht hatte.

Politische Diskussionen

Am Skifahren scheiterte er zunächst kläglich, wie erwartet, aber er genoss es, einfach dazu zu gehören – in seiner ganzen Zeit in Deutschland fühlte er sich wahrscheinlich während dieser Woche am meisten zugehörig: Hier war er eine ganz normale Person, nicht *der Engländer*. Nach einer Weile fand er sogar Geschmack daran, auf Skiern zu stehen, jedenfalls solange er sich an die leicht wellige Landschaft in der Nähe des Landheims hielt. Er genoss den Rhythmus der Bewegungen, verlor sich darin und war dankbar für diese Ablenkung, die ihn wenigstens am Tage vor den ständig kreisenden Gedanken bewahrte. Verlieren konnte er sich auch in der großen Gruppe, die sich an den langen Abenden versammelte, sie fingen schon nachmittags um vier an, wenn die Sonne allmählich unterging. Er konnte sich zwar auch in die Schlafstube zurückziehen, aber dort war es zu kalt und da kam er doch lieber nach unten, in die Wärme der beiden großen Gemeinschaftsräume. In Freds Gruppe mit Götz und dem Direktor waren sie zwanzig, die anderen waren zu vierzig. An den Abenden wurde Gitarre gespielt oder Akkordeon, der Gesang war laut und fröhlich, manche spielten auch Karten, es gab Scherze und auch mal eine kleine Rauferei. Nach dem Abendessen las Direktor Reinhardt aus einem Buch vor, das für den Aufenthalt vorgeschriebene Lektüre war: *Das Dorf an der Grenze*, darin ging es um den Kampf ums Sudetenland. Er las gut und mit Engagement.

Fred hatte den Eindruck, dass Reinhardt mehr und mehr von ihm enttäuscht war, jedenfalls von seiner Neigung, auch die gewichtigsten Themen nicht so ganz ernst zu nehmen. Das geschah nicht immer mit Absicht – bei schwierigen Themen merkte Fred, wie unbeholfen er sich ausdrückte, sein Deutsch war doch noch lückenhaft, er sprach dann gehemmt und unselbständig, ein wenig wie ein Kind. Außerdem war Reinhardt auch neidisch auf Freds Beliebtheit bei den Schülern; mit seiner schmächtigen Gestalt sah er aus wie einer von ihnen, nicht wie ein Lehrer. Reinhardt dagegen war groß und stattlich, er hatte eine Glatze und es war klar, dass er schon lange nicht mehr zu den Jüngeren gehörte. Fred hatte immer ein wenig das Gefühl, die offensichtliche Spannung zwischen ihm und dem Direktor könnte sich plötzlich entladen, jetzt, wo sie auf

Feindes Liebe

so engem Raum zusammen waren und quasi um die Zuneigung der Schüler wetteiferten.

Und dann war da noch Götz: Auch wenn sie kaum dazu kamen ein Wort zu wechseln, nur mal ein gemurmeltes »Guten Morgen« auf der Treppe, die Anspannung war spürbar und Fred hätte so gern den Kontakt wieder hergestellt, hätte er nur gewusst, wie er das anfangen sollte.

Am 30. Januar hielt der große Führer eine Ansprache zum vierten Jahrestag der Machtübernahme und alle wurden zum Zuhören verdonnert. Der Führer war weithin berühmt als großer Redner, aber für Fred glich seine Rede den Fieberfantasien eines Wahnsinnigen.

Wer will daran zweifeln, daß in diesen hinter uns liegenden vier Jahren tatsächlich eine Revolution von gewaltigstem Ausmaß über Deutschland hinweggebraust ist? Wer kann dieses heutige Deutschland noch vergleichen mit dem, was an diesem 30. Januar heute vor vier Jahren bestand, da ich zu dieser Stunde den Eid in die Hand des ehrwürdigen Herrn Reichspräsidenten abgelegt hatte?

Nein, dachte Fred, das Deutschland von heute lässt sich wohl kaum mit dem vor vier Jahren vergleichen, und heute ist es bestimmt viel schlimmer als damals. Die Gewitterwolken hängen weiter dunkel über dem Land, und ich fürchte, sie werden immer dunkler und bedrohlicher.

»... Die nationalsozialistische Revolution ist so gut als vollkommen unblutig verlaufen ... Dies war vielleicht die erste Revolution, bei der noch nicht einmal eine Fensterscheibe zertrümmert wurde, ...«

Unblutig verlaufen? Erzähl das mal Röhm, und den 150 oder 200 anderen, die so töricht waren, sich mit ihm zu verbünden, oder sich Hitler in den Weg zu stellen wagten. Die Stimme dröhnte weiter und weiter, pries die Revolution als außergewöhnlichste in der Geschichte der Menschheit. Fred sah sich im Raum um: Wie nahmen die Jungen Hitlers Worte auf? Sie waren jetzt nicht selbst bei der Rede dabei, es herrschte keine Massenhysterie wie bei einem

Politische Diskussionen

Fußballspiel (er erinnerte sich gut an den Sog der Begeisterung bei dem Spiel damals in Wien) oder auf politischen Kundgebungen. Sie hörten das Geschrei dieses Mannes nur im Radio. Und die Jungen waren zu Tode gelangweilt. Sie nickten ein, schreckten hoch, sahen sich schuldbewusst um, dann fielen ihnen wieder die Augen zu. Fred kannte einige der Jungen inzwischen recht gut, manche konnten das Regime ganz offensichtlich nicht ausstehen. Viele nahmen alles fatalistisch hin. Andere wieder, eine ganze Anzahl vielleicht, hätten sich wohl, wären sie dabei gewesen, von der Massenhysterie anstecken lassen. Eine nüchterne, ruhigere, vernünftigere Rede wäre eindrucksvoller als dieses haltlose Gegeifer, dachte Fred. Aber vielleicht war es ja sogar besser so? Fred machte der Inhalt dieser Rede Angst, es ging um Rassereinheit, darum, dass die Juden zersetzend wirkten und daran gehindert werden mussten, die Weltherrschaft an sich zu reißen. Und es schauderte ihn, wie die Masse über den der Einzelnen gestellt wurde, der Einzelne sollte sein Leben für die Partei hingeben. Es ging in der Rede um die Jungen, die hier vor dem Radio saßen. Sie würden, fürchtete Fred, für Großdeutschland geopfert, für das deutsche Volk, Hitler würde ihnen ohne zu zögern befehlen, dafür in den Tod zu gehen.

Er wurde wieder aufmerksam, als nun Hitler von der britischen Regierung und Außenminister Antony Eden anfing ...

»...Ich habe so oft versucht, zu einer Verständigung in Europa einen Beitrag zu leisten und habe besonders oft dem englischen Volke und seiner Regierung versichert, wie sehr wir eine aufrichtige und herzliche Zusammenarbeit mit ihnen wünschen...«

Gewiss, Hitler sprach von seinem Wunsch nach Frieden und einem guten Verhältnis zu anderen Völkern, aber das glaubte Fred ihm einfach nicht. Seine Äußerungen über »die Pest« und »die unerträgliche Weltgefahr« des Bolschewismus, gegen die Deutschland sich wappne – zu seinem Schutz gegen die Bedrohung, die offenbar aus Russland erwartet wurde – waren Panikmache und zeigten einen Kriegstreiber, nicht einen Mann des Friedens.

***

Feindes Liebe

»Wie fanden Sie die Rede unseres Führers?« Reinhardt stellte die Frage vor der gesamten Gruppe – es war ganz klar eine Fangfrage. Fred zögerte. Er wusste nicht recht, was er sagen sollte, aber er musste ja antworten. Doch bevor er noch zu einer Antwort ansetzen konnte, fuhr Reinhardt schon in harschem Tonfall fort: »Was sind Sie eigentlich?«

»Wie – was ich bin?«

»Ja, politisch, meine ich.«

»Ich bin kein Politiker. Aber am ehesten würde ich mich wohl einen Liberalen nennen, meine Geisteshaltung ist liberal – «

»Das ist nichts weiter als der Luxus, überhaupt keine Haltung zu haben, sich nicht entscheiden zu wollen. Der typische Liberale. Wie Hamlet, Sie verlangen hundertprozentige Gewissheit, bevor Sie handeln. Das Leben hält keine Gewissheiten für uns bereit.«

»Ja, sagte Fred, «das sehe ich auch so. Aber meine skeptische Haltung ..."

»... ist eine Entschuldigung dafür, nichts tun zu müssen.«

»Bei Ihnen geht es darum, nicht denken zu müssen.«

»Handeln ist wichtiger als Denken«, entgegnete Reinhardt. »Leben ist nicht Gedanke, Leben ist Tat. Unsere Aufgabe ist, zu handeln, nicht zu verstehen. Wir sind nicht auf der Welt, um über Probleme zu grübeln. Wir sind da, um Kräfte zu schaffen, Entscheidungen herbeizuführen. Der akademische, intellektuelle Skeptizismus – der Liberalismus – verneint das Leben. Die nationalsozialistische Revolution ist eine konservative Revolution, eine Revolution des schrankenlosen, unbedingten Lebens gegen die tausenderlei Bedingungen und Vorbehalte des liberalen Denkens.«

»Ich weiß nicht recht, was das heißt«, setzte Fred an, er sprach jetzt langsamer, suchte in der fremden Sprache nach den richtigen Worten, »es klingt, als könne Ihre Bejahung des Lebens auch einen Führer dafür entschuldigen, dass er Elend nicht abzuschaffen vermag, und seine Anhänger dafür, dass sie ohne Einwand alles hinnehmen, was der Führer tut, eben als Teil des Lebens. Ja, es ist eine Entschuldigung dafür, ihn zu einem Gott zu machen.«

Ohne auf Freds letzten Einwand einzugehen, versetzte Reinhardt: »Elend lässt sich nicht abschaffen! Das ist nur ein Traum der Liberalen. Weder kann die Medizin den Tod abschaffen, noch können Regierungen die Armut beseitigen, noch kann der Völkerbund den Krieg ausrotten.«

»Der Tod liegt nicht in unserem Ermessen, Krieg und Armut schon.«

»Das möchten Sie gerne so haben.«

»Sie möchten es nicht einmal so haben.«

Einen Moment lang stockte die Diskussion. Fred gab sich alle Mühe, sich verständlich zu machen – für Reinhardt, für die Gruppe allgemein, für Götz vor allem, Freds ganze Mühe war darauf gerichtet, sein Innerstes zu erreichen. Fred wusste, Götz hatte der Diskussion gebannt zugehört.

»Der Bolschewismus«, fuhr Reinhardt fort, das Kinn energisch vorgereckt, »der Bolschewismus ist die logische Konsequenz des Liberalismus, mit seiner falschen, materialistischen Vorstellung von Freiheit und von Glück und seiner ebenso falschen Gleichmacherei. Die liberalistische Vorstellung von Freiheit ist Ausweichen vor Pflicht und Verantwortung, und Glück besteht darin, möglichst viele zufrieden zu stellen, alle mit dem gleichen Häuschen im Grünen und so weiter, das führt die Menschheit direkt in die Moskauer Sackgasse. Nein, ich glaube nicht an Ihr Glück. Im Leben geht es nicht um Glück.«

»Und der Nationalsozialismus?« fragte Fred, der nun wirklich wissen wollte, was Reinhardt dachte.

»Der Nationalsozialismus bricht mit der ganzen falschen materialistischen Weltanschauung des 19. Jahrhunderts, dem Zeitalter der Maschine, der Masse, des Menschen als Wirtschaftsfaktor. Die moderne Gesellschaft hat das große Unergründliche entthront, das die Menschen Schicksal nennen, oder Gott, und an dessen Stelle ihre eigenen Götzen gesetzt, den Intellekt, die Materie, das Ich. Sie vergaß die hehre Wahrheit, dass, wer sein Leben retten will, es verlieren wird, dass es ein tieferes, bedeutenderes Leben gibt, jenseits der paar Jahrzehnte, die der Mensch auf der Erde verbringt, dass er Teil von etwas ist, das größer ist als er.«

»Teil des Reiches?« fragte Fred.

»Genau! Und der Tod ist der Höhepunkt, die höchste Form des Lebens, und es gibt keinen höheren Tod, keine größere Liebe als die, sein Leben hinzugeben für seine Freunde.«

Feindes Liebe

»Oder für seinen Staat«, warf Fred ein. »Sie sagen, Glück ist nicht das Ziel des Lebens. was ist es dann?«

»Das Leben selbst – das Leben in Fülle, wie Christus es ausdrückt. Leben in all seiner Intensität, alle Höhen und Tiefen, die Abgründe und die Gefahren, die tragischen und die großartigen Momente. Hitler hat einmal gesagt, nur eine seichte Bürgerlichkeit habe jemals den Mittelweg als den Weg zum Himmel bezeichnen können. Hunger und Hass haben Größeres bewirkt als zufriedene Bequemlichkeit.«

Fred traute seinen Ohren nicht – Christus und Hitler in einem Atemzug, der eine als Argument für den anderen. Das ging denn doch zu weit.

Die Diskussion wogte weiter, kam von einem Thema zum anderen. Reinhardt sprach jetzt von der schwindenden Bedeutung der Wahrheit.

»Wir sind Menschen der Realität. Wir anerkennen und bejahen das Leben, das Leben folgt seinen eigenen Gesetzen und bedarf keiner Wahrheit. Wir zweifeln an einer Wahrheit, die sich nicht als Kraft, als Tatsache, als Macht erweist.«

Kraft! Tatsache!! Macht!!! War dieses Crescendo Musik, Philosophie oder Politik? Hier ist es alles eins, dachte Fred, alles große Oper. Was für eine schöne Sprache, und wie gefährlich!

»Also« begann er langsam, »das zerstört jede Grundlage für Streit oder Verständigung. Nur Denkvorgänge sind der Erkenntnis zugänglich, nur deren Ergebnisse – Wahrheiten, nicht Realitäten – lassen sich kommunizieren.«

»Ja, und? Das erkenne ich an.«

»Sie erkennen das an? Wirklich? ... Nein, das können Sie nicht«, widersprach Fred. »Sie können nicht einen Mythos des 20. Jahrhunderts erst selbst erschaffen und dann daran glauben. Sie können als denkender Mensch nicht zurück zum Instinkt, ebenso wenig, wie Sie wieder Kind werden können. Ihre konservative Revolution läuft darauf hinaus, die Zivilisation, die Große Stadt Stein um Stein einzureißen, um wieder in Steppe und Wald zu leben. Bei Ihrer Gesellschaftsvision gibt es einen entscheidenden Widerspruch. Sie wollen den Krieg fast so sehr wie den Frieden, und das wissen Sie auch. Sie singen, ›Wir werden weitermarschieren,

Politische Diskussionen

wenn alles in Scherben fällt, und heute gehört uns Deutschland und morgen die ganze Welt‹, und wenn Sie das singen, dann meinen Sie es auch genau so, besonders das mit in Scherben fallen. Sie wollen sterben und zugleich nicht sterben, zerstören und nicht zerstören.«
»Im Augenblick, das gebe ich Ihnen zu, kann man mehr noch nicht sehen. Aber glauben Sie mir, unter der Oberfläche wirken in Deutschland mächtige Kräfte – Kräfte der Zerstörung vielleicht, aber auch der Neugeburt, und nicht nur unserer Neugeburt, der von ganz Europa. Hitler, das ist vielleicht nur der Anfang. Und es mag sein, dass wir selbst nicht zum Instinkt zurückkehren können, wie Sie sagen, aber es wird eine neue Generation erstehen – «
»Ein Traum ist das, oder ein Albtraum.«
»Der Traum kann wahr werden!«
Fred sah Reinhardt an: Hoch aufgerichtet stand er da, das Gesicht gerötet von der Hitze in der Stube und von der eigenen trotzigen Begeisterung, grotesk war es und tragisch. Ob das wohl eine deutsche Eigenschaft war: Albträume wahr werden lassen, um im allgemeinen Ruin recht zu behalten? Wie viele glaubten sonst an diese kommende Apokalypse, die einer angeblichen Neugeburt ganz Europas den Weg bereiten sollte? Fred schauderte es, er hatte genug von der Debatte.
»Wo wir gerade von Träumen sprechen«, sagte er, »ich glaube, es ist Bettzeit.« Die Gruppe löste sich auf und sie gingen auf die Schlafstuben.
Die weiteren Tage vergingen ohne besondere Ereignisse, aber Fred musste immer an die Diskussion mit Reinhardt denken, besonders, wenn es einmal wieder um die »Sudetenfrage« ging. Die ganze Woche über war ständig davon die Rede, wie die Sudetendeutschen von den Tschechen unterdrückt wurden. Zetsche, einer der anderen Lehrer, sprach nur verächtlich von den Tschechen und Fred fragte ihn schließlich entnervt, »Wie wollen Sie es denn haben?« Darauf er mit einer herrischen Geste: »Auflösen diesen Bindestrichstaat, dieses hybride Etwas, ein für alle Mal auflösen!«
Fred machte das Angst, diese fast hysterische Denunziation der Tschechen war schlimmer als alles, was er sonst zu hören bekam. Zetsche war nicht mal ein Nazi, das machte es umso bedrohlicher. Er unterrichtete Englisch und war Fred ganz freundlich begegnet,

Feindes Liebe

er war eigentlich ganz vernünftig, und doch wollte er offenbar das Nachbarland – nur dreißig Kilometer entfernt von Dresden – von der Landkarte getilgt sehen. Der Führer redete immer noch von Frieden, das jedenfalls versicherten ihm alle. Aber Frieden um welchen Preis? Nach der Rückkehr aus den Bergen beschäftigte Fred sich immer mehr mit Hitler. Er studierte seine Reden Wort für Wort. Aufmerksam verfolgte er die Propaganda überall in der Stadt – die antitschechische Ausstellung im Rathaus, in die die Schüler der Kreuzschule geführt wurden, die Ausstellung, in der die Rückgabe Tanganjikas und anderer ehemaliger deutscher Kolonien propagiert wurde, die Forderung nach mehr »Lebensraum« für die Deutschen, die englandfeindliche Rhetorik in den Zeitungen, all das brachte ihn zu der Überzeugung, dass von Hitler Gefahr ausging, dass er sich nicht mit dem Status quo zufriedengeben würde. Fred war überzeugt, er würde die Truppen in Marsch setzen – aber wohin? Von seinen Besuchen in Österreich im Jahr zuvor wusste er, dort gab es so viele Nationalsozialisten, dass dieser Zweig am deutschen Stammbaum jeden Augenblick dem Reich anheimfallen konnte – jederzeit konnten die deutschen Expansionsgelüste sich Bahn brechen, es konnte nicht mehr lange dauern, war nur eine Frage des *wann*, nicht des *ob*. Seine Gedanken wanderten zu Familie Schneider in Wien, er hoffte, sie würden Zeit finden, sich vor dem großen Sturm in Sicherheit zu bringen, der alles hinwegfegen würde.

Fred konnte da nicht einfach tatenlos zusehen, er musste etwas unternehmen. Die Tschechen, davon war er überzeugt, würden als erste in die Schusslinie geraten, und er fasste den Entschluss – einen kühnen Entschluss, das war ihm klar – an das Außenministerium in London zu schreiben. Er schlug vor, Großbritannien solle Hitler ein oder zwei Kolonien anbieten, mit denen weder die Briten noch die Deutschen viel anfangen konnten. Dann wäre er gezwungen Farbe zu bekennen, ob es ihm darum ging oder um etwas anderes. Er wusste, der Brief war verrückt und würde nichts bewegen, dennoch wartete er auf eine Antwort in der verzweifelten Hoffnung, dass der Irrsinn noch zu stoppen war, dass jemand, der die Macht dazu hatte, sich entscheidend für Diplomatie und Gerechtigkeit einsetzen und

Politische Diskussionen

Hitler als den Wahnsinnigen entlarven würde, der er war. Es war dann auch keine Überraschung, wohl aber eine Enttäuschung, als das Ministerium ihn in seiner Antwort als übernervösen, naiven Jüngling behandelte, dessen blinder Eifer nur schaden konnte, während die erfahrenen Diplomaten sich vorsichtig zurückhielten.

Doch auch wenn er Hitler und seine Spießgesellen nicht aufhalten konnte, er hoffte weiterhin darauf, die Herzen der Jungen zu gewinnen, die ihm anvertraut waren, und auch die einiger Kollegen. Er hoffte darauf, dass er ihnen bewusstmachen konnte, wie gefährlich die Ideologie des Nationalsozialismus war, dass er den Jungen klarmachen konnte, dass sie nicht einfach jedes Wort der Hitlerreden glauben und alles für bare Münze nehmen sollten, was die Propagandamaschine eines Göbbels unter die Leute brachte. Aber vor allem hoffte Fred darauf, dass er den Jungen zeigen konnte, wie nahe sie ihm waren, dass er mit ihnen fühlte und dass seine Herkunft als Engländer ihm dabei nicht im Wege stand.

***

Im Februar war England Gesprächsthema im Lehrerzimmer. Es ging um Joachim von Ribbentrop, seit Oktober des Vorjahrs Botschafter in London, der König George VI. mit einem Hitlergruß fast von den Beinen holte. Der König war gerade auf Ribbentrop zugegangen, um ihm die Hand zu geben, als der Botschafter den Arm hochriss. Fred konnte nicht anders, er kochte angesichts des Verhaltens des Botschafters vor Wut. (Schon die Aufmerksamkeit, mit der einige Monate zuvor die Krise um die Abdankung von Edward VII. verfolgt wurde, hatte ihm gar nicht gefallen.) Einem der Lehrer gegenüber, Herrn Schmidt, machte er die Bemerkung: »Das war taktlos von Ribbentrop.«

Schmidt gab steif zurück: »Das ist jetzt der deutsche Gruß, den hat man zu akzeptieren.«

»Wir sagen, in Rom muss man sich nach den Gebräuchen der Römer richten«, entgegnete Fred, »und das gilt ebenso für London. Sie haben doch sicher gesehen, dass ich mich Tag für Tag nach den Gebräuchen hier in Dresden richte, und die haben eine politische Bedeutung. Ribbentrop dagegen hätte gut die üblichen Höflichkeitsregeln einhalten können, ohne dass er dadurch zum Royalisten geworden wäre.« Schmidt sah erbost drein und stürmte aus dem Lehrerzimmer.

Später schilderte Fred Wolf die Szene. »Und seitdem spricht er nicht mehr mit mir.«

»Das ist kein Schaden«, versetzte Wolf trocken, »ich wollte, er würde mit mir auch nicht mehr sprechen, aber ich muss ihm zuhören.«

Der Februar ging dem Ende zu und Fred wurde klar, sein Jahr in Dresden war schon mehr als zur Hälfte vorbei. Es war Zeit, seine Erfahrungen Revue passieren zu lassen und endlich zum Schreiben zu kommen, das hatte er schon die ganze Zeit tun wollen. Zumindest würde es ihm helfen, den Kopf freizubekommen, und er hätte etwas, das er später einmal würde durchlesen können, auch wenn ihm im Augenblick alles surreal vorkam und nebulös. Was war sein Fazit bisher und wie würde das in ein, zwei Jahren auf ihn wirken – vielleicht einfach nur als konfuse Ängste und Sorgen, jugendlich naive Träume? Seufzend griff er zum Stift…

> Als ich hierherkam, habe ich mich als eine Art Amateur-Journalist betrachtet. Ich würde alles über den Alltag im Dritten Reich herausfinden, was die Leute hier denken und sagen und essen und trinken. Und natürlich würde ich sie auf den rechten Weg bringen. Und außerdem würde ich viel arbeiten, mich intensiv mit Klassik und Romantik beschäftigen. Aber ich finde gar nichts heraus. Von Arbeit ist keine Rede. Ich führe fruchtlose Streitgespräche, lerne Leute kennen und verliere sie wieder aus den Augen. Es war wohl von vornherein ein Irrtum zu glauben, es würde um Fakten gehen, die man säuberlich in Listen eintragen kann, oder um zwingende Argumente – Wahrheit, Einsicht. Das gibt es für mich wohl nicht. Und dazu bringen diese verflixten Jungen mich ganz durcheinander. Ich muss ständig an sie denken, zerbreche mir den Kopf über sie.
>
> Mit Götz habe ich es wohl leider verdorben. Er steht allzu sehr unter dem Zwang, sich anzupassen. Die Mutter ist offenbar auch vor mir gewarnt worden. Sie macht sich Sorgen um die Jungen, Wolf sieht sie als unbesonnen und leicht beeinflussbar, sie hat

Politische Diskussionen

versucht, uns auseinanderzubringen. Ich weiß, sie handelt wie jede Mutter, will ihn nur beschützen, in Sicherheit wissen, aber dennoch, es schmerzt, dass sie mich zurückweist. Immerhin, der Vater und Wolf sind zugänglich, sie sehen in mir einen Freund. Sie lassen sich nicht davon beeindrucken, was andere vielleicht insgeheim gegen mich vorbringen. Ich hoffe, Götz wird das mit der Zeit auch verstehen: Ich bin zwar unbeholfen und bedränge ihn manchmal zu sehr mit dem, was ich für die Wahrheit halte – soweit wir aufgeklärten Engländer ihr auf der Spur sind – aber es geschieht alles mit guter Absicht. Ich will ihnen nichts Böses. Ich liebe ihn und Wolf von ganzem Herzen, sie dauern mich, sie und die anderen Jungen.

So komme ich also nicht damit voran, die Wahrheit über Deutschland herauszufinden und Deutschland die Wahrheit über sich selbst zu sagen. Diese Art Journalismus ist wohl doch meine Sache nicht. Wenn das alles überhaupt zu etwas führt, dann nur zu Wahrheit über und für einige einzelne Menschen: In diesen Fällen hat meine leidenschaftliche Neugier mir sicher den Willen gegeben zu erkennen und zu verändern. Es gibt nämlich auch diese intellektuelle Seite – eine unbändige Neugier auf ihre geistige Verfassung und der unbedingte Wille, sie von etwas zu überzeugen. Dabei stellt sich natürlich die Frage, auf welchen Weg will ich sie bringen? Ich weiß ja selbst jeden Tag weniger, was ich glauben soll, in dieser verwirrenden Stimmung, in der es kaum Tatsachen gibt. Aber ich glaube fest an Tatsachen. Ich glaube an logisches Denken – wenn die Wahrheit oder die Vernunft derart ungeheuerlich verzerrt werden, macht mich das wütend. Und ich glaube an Toleranz und Gerechtigkeit und solche Dinge. Ich merke, dass in Deutschland dem Verstand der Menschen etwas angetan wird, gegen das mein ganzes Inneres sich sträubt.

***

Die Monate vergingen, und Fred begann, sich auf seine Rückkehr nach England vorzubereiten. Er wusste, der Abschied würde ihm schwerfallen, vor allem von der Familie Büttner-Wobst, die er lieben gelernt hatte. Mit Wolf und seinem Vater hatte sich im Verlauf des Jahres eine Freundschaft entwickelt, sie würden bestimmt in Verbindung bleiben. Das Verhältnis zu Götz dagegen war gespannt geblieben und er erwartete nicht, dass Götz ihm oft schreiben würde. Er hoffte nur, sie würden nicht im Streit auseinander gehen.

»Ich wollte noch richtig Auf Wiedersehen sagen – ich möchte nicht das Gefühl haben, es gibt zwischen uns noch Missverständnisse. Ich möchte das klar haben.«

»Wir lassen es wohl besser ruhen«, erwiderte Götz.

»Aber ich hab das Gefühl, ich habe alles so durcheinander gebracht. Ich weiß nicht, hat es mit der Sprache zu tun, ich meine, was ich sage, kommt so anders heraus als ich es sagen wollte.« Fred stockte, seine Worte klangen schon wieder so unbeholfen. »Ich weiß, es ist alles nicht einfach für dich. Ich möchte nicht in deiner Haut stecken. Du kommst damit so gut zurecht, dafür bewundere ich dich.« Er hielt inne. »Du bist sehr mutig, Götz. Es wäre mir nur lieber, du müsstest das nicht sein. Also, ich wollte mich verabschieden und mich vergewissern, dass es zwischen uns keinen Groll gibt.«

Götz schüttelte den Kopf und lächelte. »Nein, bestimmt kein Groll. Auf Wiedersehen, und danke, dass es Ihnen immer um Verständnis gegangen ist.«

Sie gaben sich die Hand.

Das war nun eher wie ein endgültiger Abschied und Fred bezweifelte, dass er je wieder von Götz hören würde. Er gestand sich ein, dass er Angst hatte um den jungen Mann, der im dem dunklen Schatten des Nazi-Regimes lebte.

Fred packte seine Koffer und machte noch einen letzten Spaziergang, schlenderte noch einmal durch die wunderschönen Straßen und Gassen der Altstadt. Diese Stadt war ihm ans Herz gewachsen, sie war ihm näher als alle anderen, selbst seine Heimatstadt, und er versuchte nun alles noch einmal in sich aufzusaugen, erinnerte sich an Gespräche, Gelächter, an all die Momente, die er mit anderen zusammen genossen hatte. Er empfand nicht nur eine tiefe Trauer, er hatte auch Angst. Er fürchtete für die Zukunft der Stadt und ihrer Menschen.

Politische Diskussionen

Und was hatte er gelernt in Dresden? Er hatte gelernt, dass weder ein scharfer Verstand noch ein mitfühlendes Herz ausreichten, um den Virus des Nationalsozialismus zu bekämpfen. Viele derer, mit denen er diskutiert und gestritten hatte, fühlten Fred und England gegenüber Liebe und Hass gleichermaßen und sie kamen zu keinem Schluss. Sie anerkannten Freds Argumente, aber sie ließen sich nicht davon berühren. Sie machten Zugeständnisse und blieben doch unverrückbar bei ihren Standpunkten. Sie opferten sich auf und waren stolz darauf – es war ihre Freiheit zu denken, die sie opferten. Sie waren zu stolz, zuzugeben, dass sie anders handelten und sprachen, als sie dachten, dass sie Sklaven der Angst waren. Sie hatten, so kam es Fred vor, Angst vor der Angst. Ihr Selbst, ihren freien Willen bewiesen sie, indem sie sich eins machten mit dem Regime, die damit einhergehende todbringende Intoleranz wollten sie nicht wahrhaben. Sie wollten klare Befehle. Und die, da war Fred sich sicher, die würden sie bekommen.

Vor allem, spürte Fred, war eine tiefe emotionale Verbundenheit mit den Menschen entstanden, die er in Dresden kennengelernt hatte. Zugleich empfand er Unruhe und Besorgnis, verstärkt durch das Gefühl, dass die Schüler der Kreuzschule in einem System gefangen waren, für das bewusst sich zu entscheiden sie viel zu jung waren. Er hatte große Furcht davor, dass ein Krieg zwischen seiner Nation und ihrer unabwendbar war, der dann viele Opfer fordern würde, vor allem in der Generation dieser unschuldigen Jungen. Zuerst hatten Götz und Wolf und ihre Familie seine Aufmerksamkeit und sein Mitgefühl erregt, dann aber auch andere Schüler. Fred wurde immer wieder von Mitleid und Zuneigung überwältigt, gepaart mit einer schlimmen Vorahnung. Er war mit der vagen Vorstellung nach Dresden gekommen, er könne Brücken bauen, aber war er mit seinem Reden gegen Hitler am Ende vielleicht mehr eine Plage gewesen als eine Hilfe? Vielleicht waren ihm auch einige Brücken geglückt, aber würden sie überdauern?

Viertes Kapitel: 1937-1939
Wieder zu Hause

Von Cambridge aus verfolgt Fred die Entwicklungen in Europa mit zunehmender Sorge. Er bekommt Besuch aus Dresden und fährt selbst wieder hin – beinahe.

Es fiel Fred nicht leicht, sich nach Dresden wieder an den Alltag zu gewöhnen, auch wenn er das Leben im College mit all den Vorteilen genoss, die ihm sein dreijähriges Forschungsstipendium bot. Er war viel in der Bibliothek, gab als Mitglied der Dozentenschaft Seminare in Latein und Griechisch und traf sich oft mit Freunden.

Zugleich verfolgte er aufmerksam die internationale Politik und suchte das wachsende Gefühl der Hilflosigkeit zu bekämpfen, indem er eine Friedensgesellschaft namens »New Peace Movement« gründete, gemeinsam mit seinem Freund Tom Lyon, der auch aus Liverpool war. Die Gesellschaft befasste sich mit allen Aspekten von Krieg und der Verhinderung von Kriegen, sie veranstaltete Vorträge mit Unterhausabgeordneten sowohl der Labour- als auch der konservativen Partei, mit Wirtschaftswissenschaftlern, Historikern und Psychologen. Besonders bemühte Fred sich darum, eine Gruppe zur Untersuchung der Sudetenfrage ins Leben zu rufen, versuchte, an Propaganda-Schriften aus Deutschland und der Tschechoslowakei heranzukommen. Natürlich war es vergebliche Liebesmühe, aber Fred brachte es nicht fertig, einfach dazusitzen und nichts zu tun. Keine seiner Initiativen hielt sich lange, aber immerhin hatte er versucht, etwas zu unternehmen.

Bei alledem dachte er immer wieder an Dresden und seine Freunde dort, besonders an die beiden Jungen und ihre Familie. Er schrieb an Wolf und auch an andere, wobei er ohne Unterlass gegen Hitler Stellung bezog, und das so sehr, dass Wolf ihm vorwarf, er interessiere sich ja doch nur für Politik. Wolf wiederum schrieb ihm, was sich in der Familie ereignete, aus seinen Briefen erfuhr Fred, dass Götz das Abitur bestanden hatte und nun seine Zeit beim Arbeitsdienst ableistete. Einmal schickte er ihm Bilder von dem Skilager, die er mit einem wehmütigen Lächeln betrachtete.

Wieder zu Hause

Wolf selbst kam in der Schule gut voran, nur beschwerten die Lehrer sich über seine Handschrift – sie konnten sie nur mit einer Lupe entziffern. Er überlegte, was er werden sollte, und schwankte zwischen Missionar und Arzt. Fred wiederum hörte nicht auf sich Gedanken zu machen und versuchte, seine Besorgnisse mit Arbeit zu überspielen, indem er sich in seine Forschungen vertiefte.

Als Hitler im März 1938 den Anschluss von Österreich vollzog, wuchs seine Angst, er musste wieder an Helene und ihre Söhne denken und welches Schicksal ihnen wohl in Wien bevorstand. Seit er ihnen davon abgeraten hatte, ein neues Leben in England zu beginnen, war der Kontakt zwischen ihnen abgebrochen und er bedauerte jetzt, ihnen damals abgeraten zu haben. Er hoffte nur, dass sie diesen Rat auch in Österreich bekommen hatten, der Gedanke, dass er vielleicht allein die Schuld daran trug, dass Helene noch in Wien war, quälte ihn. Wieder überfiel ihn dieses Gefühl absoluter Hilflosigkeit und er verbiss sich umso mehr in seine Arbeit.

Einen Lichtblick gab es aber: Im Juli 1938 bekam er Besuch von Wolf und einem ein Jahr älteren anderen Jungen, Heinrich Vollmann, die mit Fred und seiner Familie die Sommerferien in Port Erin auf der Isle of Man verbringen sollten.

Fred holte sie in London vom Zug ab; sie blieben erst noch einige Tage dort und machten Besichtigungen, die St. Paul's Cathedral, das Unterhaus und anderes mehr. An einem Tag kamen sie gerade aus der National Gallery am Trafalgar Square und waren auf dem Weg zu ihrer Unterkunft, als sie an einem großen modernen Denkmal vorbei kamen, auf einem Steinsockel stand die überlebensgroße Marmorskulptur einer Frau in Schwesterntracht. »Was ist das?«, fragte Wolf und las die Inschrift: »Edith Cavell ... Brüssel .... Dawn – das heißt doch Morgengrauen? – 12. Oktober 1915 ... Wer war das denn? Was bedeutet das Denkmal?«

»Edith Cavell?«, antwortete Fred, »das war eine englische Kriegskrankenschwester im Ersten Weltkrieg. Sie hat Soldaten beider Seiten behandelt, ohne Unterschied, aber dann wurde sie von den Deutschen verhaftet und des Verrats angeklagt, weil sie zweihundert alliierten Soldaten zur Flucht aus dem besetzten Belgien verholfen hatte. Das Kriegsgericht sprach sie schuldig und sie wurde zum Tod verurteilt. Du kannst dir vorstellen, was das für einen Aufschrei gab – Regierungen in aller Welt setzten sich für ihre Begnadigung ein. Es half nichts, sie wurde vor ein Hinrichtungskommando gestellt und erschossen, am frühen Morgen des 12. Oktober 1915. Die Deutschen wurden wegen dieser Grausamkeit von der gesamten Weltöffentlichkeit verurteilt.«

Wolf erschauerte über diese Rohheit seines Volkes und schüttelte den Kopf. »Das wundert mich nicht. Also davon hab ich noch nie gehört. Und woher auch, darüber spricht bei uns niemand.« Noch einmal betrachtete er das Denkmal, am Sockel sah er jetzt eine Inschrift: »Patriotismus allein genügt nicht. Ich darf niemandem gegenüber Hass oder Bitterkeit empfinden.«

»Das hat sie zu ihrem Beichtvater gesagt, am Abend vor ihrer Hinrichtung«, erklärte Fred. »Das ist eine Lektion, die wir uns heute alle zu Herzen nehmen müssen.« Wolf nickte und sah mit strahlenden Augen zu seinem Schulkameraden hinüber.

Fred ärgerte sich maßlos über Vollmann, der war ein richtiger kleiner Nazi und fand in England alles schlechter als in Deutschland. Er fällte ständig Urteile über »die Engländer«, etwas, was Fred ebenso ablehnte wie Wolf, der darüber nachdachte, wie es war, als deutscher Junge in einem fremden Land zu sein: »Manchmal möchte ich einfach vergessen, dass Vollmann und ich Deutsche sind und Sie Engländer – ich will dann die ganzen sogenannten nationalen Unterschiede vergessen. Warum können wir nicht alle bloß Menschen sein? Aber dann wieder scheint es, als könnten wir unserer nationalen Herkunft nicht entfliehen, so sehr wir uns auch Mühe geben. Ich bin in der deutschen Falle gefangen, und Sie können aus der englischen Haut nicht heraus. Einfach nichts zu machen.«

Vollmann hingegen hatte da kein Problem: Was irgendwie weniger wert zu sein schien, war eben englisch, das war alles. Als in ihrem Ferienhaus auf der Isle of Man ein Schiebefenster plötzlich nachgab und Freds Mutter sich dabei die Finger klemmte, machte Vollmann eine Bemerkung über die blöde Einrichtung englischer Fenster, während Wolf gleich mit seinem kleinen Verbandkasten zur Stelle war.

Er fand Freds Mutter wunderbar, und sie ihn auch. Eine Mutter, die selbst kochte, unterstützt nur von einer Cousine von Fred,

Wieder zu Hause

die alles selbst erledigte, ohne Dienstmädchen, Chauffeur oder Köchin wie bei ihm zu Hause, das beeindruckte Wolf. Er genoss die ungewohnte Atmosphäre einer gut eingespielten Familie, überhaupt alles Fremde, nicht zuletzt das Essen. Fred musste laut lachen, als Wolf zum ersten Mal Marmite probierte und zu dem Urteil »Affenschiss« kam – aber er aß die ungewohnte salzige Hefepaste trotzdem. Fred war etwas unwohl gewesen bei dem Gedanken, wie sein stramm anti-deutscher Vater mit Wolf zurechtkommen würde, aber selbst er mochte den Jungen. »Der kleine Schlingel«, sagte er bärbeißig, »gibt halt Kinder, die muss man einfach gerne haben.«

Im Kino von Port Erin lief ein Film über den Weltkrieg. Fred erkundigte sich genau, ob die jungen Deutschen sich davon verletzt oder beleidigt fühlen könnten und man versicherte ihm, das sei ein sehr guter Film und könne niemanden kränken. Also nahm er sie mit in das kürzlich eröffnete Strand Cinema, wo alles so schön und neu war, dass die beiden beeindruckt schienen, auch Vollmann – vielleicht war das der Standard, den sie von zu Hause gewohnt waren. Weniger beeindruckend war der Film, »Lancer Spy«: Es ging darin um einen englischen Spion in Deutschland, sämtliche deutschen Offiziere wurden als steife Monokelträger veralbert und die deutsche Nationalhymne wurde parodiert. Selbst Wolf war aufgebracht, nicht zuletzt deshalb, weil der Film Vollmann darin bestätigte, dass die nationalsozialistische Presse mit ihrer Behauptung recht hatte, in England laufe die anti-deutsche Propagandamaschinerie auf vollen Touren – die anti-deutsche, wohlgemerkt, nicht die gegen Nazi-Deutschland gerichtete.

Um seine Landsleute zu verteidigen, musste Fred einen richtigen Disput mit den beiden Jungen führen und vorgeben, sie hätten einige Szenen falsch aufgefasst. »Du hast eine ganze Menge missverstanden!«, herrschte er Wolf an. Das ließ den zwar an seinem ersten Eindruck zweifeln, aber Fred hatte nicht die Wahrheit gesagt. Er war wütend und beschämt, und seine Familie konnte diese Reaktion nicht einmal verstehen – sie sahen ihn nur verständnislos an, als er seinem Ärger Ausdruck gab. Fred erinnerte sich gut daran, wie unangenehm Karl in Wien ein Kriegsfilm gewesen war, in dem »die Engländer« die Feinde waren, die sich zuweilen recht ungehobelt aufführten. Karl war damals nur ein Kind gewesen, aber mit seinem feinen Empfinden für die Gefühle seines englischen Freundes hatte er die oft so gefühllosen Erwachsenen beschämt. Fred hatte ihn beruhigt, es sei nicht weiter schlimm, er fände es ganz lustig. Aber im Nachhinein kam es ihm jetzt so vor, als strampelten Leute wie Wolf als Arier und Karl als Halbjude und er selbst sich ständig ab, um ein bisschen zur Verständigung und der Liebe unter den Menschen beizutragen, während die Filme beider Seiten nichts Besseres zu tun hatten, als die Flammen des Kriegs und des Hasses anzufachen.

Alles in allem aber verbrachten sie glückliche Tage in Port Erin. Sie schwammen viel in der geschützten Bucht unter den steilen Klippen von Bradda Head, waren viel auf dem Tennisplatz, und abends saßen sie bei Spielen zusammen. Fred genoss jede Minute – er kam sich vor wie auf einer friedlichen Insel inmitten der unruhigen See der internationalen Politik. Nicht, dass sie deren Tumult hätten vollständig ausweichen können, Politik war im Gegenteil stets Gesprächsgegenstand. Einmal beendete Wolf ein solches Gespräch unmutig mit dem Ruf, »Wozu das Ganze? Wir wissen ja doch nichts, wissen ist bei uns verboten.« Dieser Ausbruch erschütterte Fred, ihm wurde daran klar, für ihn war Politik ein Art Spiel, aber für Wolf war Politik todernst.

Die schöne Zeit auf der Isle of Man ging zu Ende und sie verbrachten noch einige Tage in Liverpool zu Hause bei Freds Eltern. Wolf bemerkte in Freds Zimmer ein ganzes Regal mit Büchern in deutscher Sprache. Etliche kritische Bücher über den Nationalsozialismus zogen ihn an, sie kamen aus der Schweiz, aus Österreich oder Holland und waren in Deutschland natürlich verboten. Besonders interessierte er sich für »Das Leben eines Diktators« von Konrad Heiden: »Das würde ich gerne lesen«, sagte er zu Fred. »Ich habe immer das Gefühl, ich weiß überhaupt nichts und wüsste so gerne mehr.«

»Wären nicht englische Bücher besser, wenn du etwas lesen möchtest?«, fragte Fred, »deutsche kannst du doch zu Hause immer lesen.«

»Aber nicht solche«.

»Also, du würdest besser englische Bücher lesen, solange du die Gelegenheit hast. Schließlich wollen wir doch deinen Eltern

Wieder zu Hause

erzählen können, wie viel Englisch du hier gelernt hast.« Widerwillig gab Wolf sich einverstanden, und sie lasen gemeinsam in einem englischen Buch.

Am nächsten Morgen kam Fred in Wolfs Zimmer ihn wecken und sah das Buch von Heiden auf seinem Nachttisch. »Du meine Güte«, sagte er und sah nach, wie weit Wolf gekommen war, »du bist aufgeblieben und hast gelesen – du bist ja schon halb durch, da muss es spät geworden sein! Kein Wunder, dass du nicht aus dem Bett kommst. Heute Abend geht das aber nicht, morgen fährst du nach Hause, da brauchst du den Schlaf.«

»Dann lass es mich jetzt zu Ende lesen«, gab ihm Wolf zurück, »es ist sehr interessant. Und es ist doch wichtig, die Wahrheit zu wissen.«

Ja, dachte Fred, er hat Recht, wiewohl er sich nicht sicher war, wie brauchbar die Wahrheit für Wolf sein würde. Laut sagte er: »Nun, wir müssen heute noch viel erledigen, ich glaube nicht, dass dafür Zeit ist.«

Abends dann, an ihrem letzten gemeinsamen Tag, setzten sie Freds tragbaren Plattenspieler in Gang, legten Schuberts unvollendete Sinfonie auf und lauschten gemeinsam der Musik. Sie drückte genau die Gefühle aus, die Fred empfand, Melancholie, Schwermut, wie das Erwachen aus einem Traum.

Und dann war der Traum vorbei. Wolf sagte Freds Eltern Lebewohl. »Sag deiner Mutter«, trug ihm Mrs Clayton auf, »dass du ein sehr guter Botschafter für Deutschland warst – auch wenn du nicht so viel Englisch gelernt hast.«

»Auf Wiedersehen!« Fred rief es auf Deutsch, er war todunglücklich, wie er nun seinem Freund vom Bahnsteig aus zuwinkte.

Am nächsten Tag fühlte Fred sich einsam und verlassen. Er saß neben seiner Mutter auf einer Bank am Bootsteich im weitläufigen Sefton Park und erinnerte sich: Als kleiner Junge hatte er hemmungslos geweint über das unbarmherzige Vergehen der Zeit, darüber, dass etwas »endgültig vorbei« war, so, wie seine Tage in der kleinen Dorfschule. Seine Mutter nahm ihn in die Arme, wie sie es damals getan hatte, vor so vielen Jahren. Vielleicht konnte sie nicht

Feindes Liebe

die ganze Tiefe seines Gefühls verstehen, aber sie hatte jedenfalls Mitleid mit ihm, das war tröstlich.

***

Im September kam dann die Sudetenkrise. Im Radio liefen ständig Berichte über Hitlers Drohung mit Einmarsch in die Tschechoslowakei, wenn seiner Forderung, das Sudentenland dem Großdeutschen Reich anzuschließen, nicht nachgegeben würde. Fred war beständig am Radio und verfolgte die Entwicklung, er war überzeugt, dass ein kriegerischer Konflikt unmittelbar bevorstand, und das machte ihn regelrecht krank. Er bekam kaum einen Bissen herunter, kaute eine geschlagene Stunde an zwei Scheiben Toastbrot. Als am 30. September das Münchner Abkommen geschlossen wurde und Chamberlain mit der Botschaft »Peace in our time – Frieden für unsere Zeiten« nach London zurückkehrte, war Fred erleichtert, dass die drohende Gefahr abgewendet schien, auch wenn er nicht in die Begeisterung einstimmen konnte, mit der die Einigung im ganzen Land begrüßt wurde. Selbst vor dem Buckingham Palace versammelte sich eine jubelnde Menge, Chamberlain grüßte vom Balkon neben dem Königspaar. Bei dem Abkommen hatte Hitler allem Anschein nach bekommen, was er wollte – das Sudetenland, von dem Fred in Dresden so viel gehört hatte, war zurückgekehrt, »heim ins Reich«.

Doch mit der Erleichterung war es bald vorbei. Am 9. Oktober hörte Fred die Radioübertragung von Hitlers Rede in Saarbücken, in der er über die konservativen Gegner der Appeasement-Politik herzog – er sprach von Winston Churchill, Alfred Duff Cooper und Anthony Eden als einer kriegslüsternen anti-deutschen Fraktion. Die Rede ließ sein Herz sinken, er hatte eine böse Vorahnung.

»Habt ihr die Hitlerrede gestern gehört?« fragte er seine Freunde, als sie im Speisesaal des King's College beim Essen saßen. »Hitler reicht München nicht. Er ist noch lange nicht zufriedengestellt. Er dankt Chamberlain halbherzig und giftet gegen Churchill, Eden und Duff Cooper. Er hat es Chamberlain übelgenommen, dass der sich eingemischt hat, er wollte doch einmarschieren, beweisen, dass

Wieder zu Hause

niemand ihn aufhalten kann, dass er ein Napoleon ist, oder wer weiß was für ein Held. Er will die Vorherrschaft.«

Wie er so sprach, konnte er spüren, wie seine Unruhe wuchs und er fuhr fort: »Und habt ihr die Zeitungen gelesen? Sie sagen das alle auch, sind alarmiert angesichts von Hitlers gereiztem Ton.«

Gegenüber am Tisch lehnte Gerald Shore sich in seinem Stuhl zurück. Er war ein netter Kerl, ein Sozialist und Pazifist, und er meinte jetzt: »Du und die Zeitungen, ihr könnt nur alles schwarzmalen. Die Kommentare sind viel zu aufgeregt und du machst auch zu viel Lärm um die Sache. Warum soll Hitler nicht englische Politiker kritisieren, die greifen ihn doch auch scharf genug an?« Fred schüttelte ungläubig den Kopf, er konnte nicht begreifen, wieso Shore der drohende Unterton in der Rede gar nicht aufgefallen war.

Und noch schlimmer wurde es für ihn, als er aus einem Brief von Wolf erfuhr, dass Götz mit seinen gerade einmal siebzehn Jahren an dem Tag bei dem Aufmarsch dabei gewesen war, einer von des Führers Soldaten. Götz war eine Figur auf dem Schachbrett des großen Führers, sein Leben war auf Gedeih und Verderb dem unstillbaren Machthunger dieses Größenwahnsinnigen ausgeliefert.

Kurz nach der Münchner Konferenz bekam Fred eine Postkarte aus Dresden, von seinem Kollegen Jehn. Sie waren nach Freds Abreise aus Dresden vor mittlerweile einem Jahr in brieflichem Austausch geblieben, Jehns Briefe waren meistens voll von kleinen Anekdoten über den Schulalltag an der Kreuzschule – er mied politische Themen. Aber jetzt, nach der Sudetenkrise, schrieb er dies:

> Wir wissen alle ziemlich gut Bescheid über die Ereignisse, dank der ausländischen Radiostationen, zum Beispiel haben wir die Rede von Chamberlain gehört. Wenn der Frieden erhalten bleibt, dann haben wir das vor allem auch Chamberlain mit zu verdanken, glauben wir. Als die Spannungen nachließen, waren wir alle sehr froh. Jedenfalls, wir sind froh, dass wir jetzt hoffentlich lange Frieden haben werden.

Feindes Liebe

Fred musste über den Satz »dann haben wir das vor allem auch Chamberlain mit zu verdanken« lächeln: Es war ein Zeichen vorsichtigen Innehaltens, dieses »vor allem auch ... mit«. Wem denn noch? Mussolini vielleicht? Das war typisch Jehn – erst die unbedachte kleine Indiskretion, und gleich darauf der Schrecken – hatte er sich etwa verraten? Fred war dankbar dafür, dass er selbst seinen Gefühlen freier Ausdruck geben konnte.

Der Jahreswechsel kam, und als sich 1939 keine weiteren Feindseligkeiten abzeichneten, erlaubte Fred sich doch ein klein wenig Hoffnung darauf, dass Chamberlain vielleicht Erfolg gehabt haben könnte. Dann kamen die Iden des März mit Hitlers Einmarsch in die »Rest-Tschechei«, er musste befürchten, dass ein wilder Strom alles mit sich fortreißen würde, all die Liebe und Hoffnung würde, wie Lord Byron es ausdrückte, »in einem blutroten Untergang enden«.

Die Ereignisse in der Tschechoslowakei brachten Fred in einen Zwiespalt. Die Familie Büttner-Wobst hatte ihn zu einem Gegenbesuch im Juli nach Dresden eingeladen, und er hatte sich sogar auf den Weg gemacht, unschlüssig und zunächst nur bis London. Dort verbrachte er einige Tage bei einem Freund und seiner Frau, die als Jüdin nach London geflohen war. Ihre Verwandten waren oft bei ihr und er lernte einige kennen, auch ihren Bruder Josef, einen überzeugten Marxisten. Als der beim Abendessen Freds Unruhe bemerkte, fragte er: »Warum können Sie sich nicht entscheiden? Wovor haben Sie Angst?«

»Nun, die Atmosphäre in Deutschland wird bestenfalls nicht sehr angenehm sein, aber vor allem habe ich Angst davor, dass plötzlich ein Krieg ausbricht und ich dort nicht mehr wegkomme«, antwortete Fred.

Josef hatte für diese, wie es ihm vorkam, naive Einfalt nur ein müdes Lächeln: »Zwischen Chamberlain und Hitler bricht kein Krieg aus«, erklärte er. »Eine Krähe hackt der anderen kein Auge aus.«

»Bei der einen Krähe bin ich mir nicht so sicher«, erwiderte Fred.

Nein, Fred wurde seine Unruhe nicht los und schließlich kam er, widerwillig, zu dem Entschluss, auf den Besuch zu verzichten. Von London aus schrieb er an Dr. Büttner-Wobst, entschuldigte sich für

Wieder zu Hause

sein Fernbleiben und erläuterte seine Befürchtungen. Die Antwort war ganz der großzügige Mann, den er kannte: Eine Reise nach Deutschland, schrieb er, wäre bei der Stimmungslage sicher kein reines Vergnügen. Fred wusste, dass vor allem Wolf enttäuscht sein würde, hatten sie doch erst ein Jahr zuvor gemeinsam so herrliche Ferien auf der Isle of Man verbracht.

Fred musste daran denken, wie Wolf bei der Abreise von der Insel gesagt hatte, »Adé, Isle of Man, ob wir uns je wiedersehen?« und als Freds Bruder George ihn fragte, warum er das jetzt gesagt hätte, meinte Wolf, er wisse auch nicht genau, aber er hätte so ein Gefühl, dass er vielleicht nie mehr dorthin zurückkehren würde.

Vielleicht hatte er recht gehabt. Würde er diese turbulenten Zeiten überstehen, wo ein Krieg offenbar kaum noch zu vermeiden war? Und was war mit Götz? Und mit ihm selbst? Vor gerade einmal einem Jahr hatten er und Wolf als Freunde vor dem Edith-Cavell-Denkmal gestanden. Er hatte ein tiefes Einverständnis gespürt, dass ihre Freundschaft an den nationalen Grenzen nicht scheitern sollte, es war wie ein unausgesprochenes Versprechen gewesen: Auch wenn sie gezwungen würden, einander mit der Waffe gegenüberzutreten, dann würden sie sich in demselben Moment aus der Umklammerung der hohlen, hasserfüllten Parolen der nationalistischen Propaganda befreien.

Jetzt sollte das mehr denn je auf die Probe gestellt werden. Seine Freunde, das fühlte Fred, würden bald zu den Feinden gehören. Sie hatten sich seit Port Erin so viele Briefe geschrieben – ob er je wieder von Wolf hören würde?

TEIL II: Fred
1939-1946
Vom Widersinn des Krieges

Fünftes Kapitel: 1939-1941
Kriegsausbruch

Fred erhält unerwartet einen Brief aus Wien. Er kommt zum Geheimdienst und beschließt, einen Roman zu schreiben, mit dem er Verständnis auch in Kriegszeiten wecken will.

Heute Morgen hat der britische Botschafter in Berlin der deutschen Regierung ein Ultimatum überreicht, in dem bis 11 Uhr eine Mitteilung über den Rückzug der deutschen Truppen aus Polen verlangt wird, andernfalls zwischen unseren Ländern der Kriegszustand eintreten würde. Ich muss jetzt feststellen, dass eine solche Erklärung nicht abgegeben wurde und dass mithin unser Land sich mit Deutschland im Krieg befindet.

Die Ankündigung von Premierminister Chamberlain wurde im Radio ausgestrahlt, Fred hörte sie in seinem Zimmer im Bodley Court des King's College und er war dabei ganz ruhig. Es überraschte ihn nicht – schon seit Jahren hatte er die Schrift an der Wand gesehen, dies war jetzt nur die Bestätigung des Unvermeidlichen. Großbritannien führte Krieg gegen Deutschland. Die Brücken, die zu bauen er sich bemüht hatte, würden nun sicher zerstört. Er blickte zu Karl hinüber, dem bedauernswerten Jungen, dem Flüchtling, getrennt von seiner Mutter, die immer noch in Österreich war, und eine heiße Welle des Mitleids erfasste ihn. Man sah Karl seine schreckliche Angst an, er war ja noch ein Kind, keine vierzehn Jahre, und hatte schon so viel durchmachen müssen.

Fred hatte nicht damit gerechnet, dass Karl in seinem Leben noch einmal eine Rolle spielen würde, ja er hatte den Jungen und seine Familie fast vergessen. Das sollte sich mit der Reichspogromnacht im November 1938 ändern, als auch in Österreich jüdische Altenheime und Schulen überfallen, Geschäfte geplündert und Synagogen niedergebrannt wurden. Fred nahm mit Schrecken davon Kenntnis und sein Entsetzen steigerte sich noch, als er kurz danach eine unerwartete Nachricht aus Wien bekam:

Kriegsausbruch

Lieber Herr Clayton,

es geht Ihnen hoffentlich recht gut. Bitte entschuldigen Sie, dass ich Sie nach so langer Zeit mit einem Brief überfalle, aber wir haben eine große Bitte an Sie.

Sie haben sicher von den Ereignissen gehört, die sich kürzlich hier abgespielt haben, hier und in ganz Deutschland und Österreich. Mein Laden ist der Gewalt zum Opfer gefallen und völlig zerstört. Ich bin zu dem Schluss gekommen, dass wir unseres Lebens hier nicht mehr sicher sind. Ich habe große Angst um die Kinder und weiß nicht, wie es mit ihnen weitergehen soll. Robert kann ich hoffentlich zu einem Onkel in die Schweiz schicken und da auch in Arbeit bringen, aber Karl ist dafür zu jung, er ist doch noch ein Kind. Ich weiß, dass Sie beide sich gut verstanden haben, Karl spricht oft noch von Ihnen, Sie sind stets ein Vorbild für ihn gewesen. Gibt es irgendeine Möglichkeit, dass Sie ihn in Pflege nehmen könnten?

Ich weiß wohl, das ist eine sehr große Bitte, aber wir sind so verzweifelt. Sie sind unsere einzige Hoffnung.

Bitte helfen Sie uns einen Menschen retten, der uns beiden lieb ist.

Mit besten Grüßen
Helene Schneider

Der Brief rüttelte ihn auf. Die Nachrichten hatten gemeldet, dass die Regierung die Einwanderungsbestimmungen gelockert hatte: Unbegleitete Minderjährige unter 17 aus Deutschland und den annektierten Gebieten, auch aus Österreich, konnten nun in Großbritannien Aufenthalt bekommen. Fred wandte sich direkt an den für die Universität zuständigen Unterhausabgeordneten, Kenneth Pickthorn, den er aus seiner Arbeit für das New Peace Movement kannte, und bat ihn um Hilfe für die beiden Jungen. Pickthorn verwies ihn auf die Quaker, die Transporte aus Deutschland und Österreich organisierten.»Aber«, warnte er,»es gibt keine Garantie dafür, dass die Söhne Ihrer Bekannten aufgenommen werden. Zu viele Kinder sind in Gefahr, wir können nicht allen helfen. Und die Regierung muss sich darauf verlassen können, dass kein Kind dem Staat zur Last fällt. Die beiden müssen Pflegefamilien finden, auch ihr Schulgeld muss bezahlt werden.«

Feindes Liebe

Fred wusste noch nicht wie, aber er versicherte, das werde alles geregelt, und stürzte fort zum Büro der Quaker.

Die für die Transporte zuständige Mitarbeiterin dort war so ruhig wie Fred aufgeregt war. Es war klar, sie hatte die Geschichte, mit der er sie überfiel, schon oft gehört. »Ja, Herr Clayton«, sagte sie, »ich weiß, es ist eine unerträgliche Lage. Aber bitte verstehen Sie, wir haben es mit sehr vielen Kindern zu tun, die in dieser Situation stecken. So gerne wir das täten, wir können nicht versprechen, dass wir alle Kinder in Sicherheit bringen.«

»Ich bitte Sie inständig«, erwiderte Fred, »ich werde tun, was ich nur kann, damit diese beiden auf die Liste kommen. Ich stehe dafür, dass die Kosten vollständig getragen werden, ich werde Pflegefamilien für sie finden und dafür sorgen, dass sie hier zur Schule gehen können. Ich bin ihre einzige Hoffnung, ich kann sie nicht im Stich lassen.«

Schließlich wurde seine Hartnäckigkeit belohnt und sie ließ sich erweichen. »Also gut«, meinte sie, »sagen Sie Ihrer Bekannten, sie solle sich an die Kultusgemeinde in Wien wenden.«

Auf Freds fragenden Blick erklärte sie: »Die Israelitische Kultusgemeinde ist die Vertretung der jüdischen Gemeinschaft in Wien, eine Art Verbindungsbüro zwischen den Nationalsozialisten und der jüdischen Bevölkerung. Sie plant die Transporte, wir können auch darauf hinweisen, dass Sie für die Deckung aller Kosten geradestehen. Wir werden alles versuchen, aber versprechen kann ich nichts.«

»Ganz herzlichen Dank!« Fred atmete auf. »Aber wie ist es mit der Mutter der Jungen?«

Die Dame schüttelte den Kopf. »Die Kinder müssen unbegleitet reisen. Sie sollen ja, wenn die Krise vorbei ist, wieder zu ihren Eltern zurückkehren. Es tut mir leid, aber für die Mutter können wir nichts tun.«

Fred schrieb an Helene, sie solle sich mit der Kultusgemeinde in Verbindung setzen, er werde die verlangte Bürgschaft übernehmen. Er versicherte ihr auch, dass er alles tun werde, um sie ebenfalls nach England zu holen. Sein Brief sprach von einer Zuversicht, die er selbst nicht empfand. Er war sich nicht einmal sicher, ob seine ganze Aktion überhaupt Erfolg haben würde.

Kriegsausbruch

Der Dezember verging, ohne dass Fred etwas Neues erfahren hätte. Dann, am 24. Dezember, bekam er die lang ersehnte Nachricht: Auf einer Postkarte aus Dovercourt, einem Ort an der Ostküste bei dem großen Fährhafen Harwich, wurde ihm mitgeteilt, dass die Jungen aus Wien eingetroffen waren. Sie befanden sich dort in einem großen ehemaligen Ferienlager, in dem nun Flüchtlinge untergebracht waren, und ließen fragen, ob er sie besuchen könne. Und, könne er ihrer Mutter helfen?

Fred machte sich umgehend auf den Weg. Als er in dem Flüchtlingslager ankam, fragte er einen jungen Freiwilligen, der ihm erklärte: »Ja, die beiden Jungen aus Wien sind hier, und der eine spricht immer von seinem englischen Freund. Die beiden werden froh sein, dass Sie hier sind – kaum eines der Kinder hier hat in England jemanden, der sie besuchen kommt.« Er führte ihn zu dem Hüttchen, in dem Karl und Robert ihre Betten hatten, und Karl kam auf ihn zugestürzt, Robert folgte etwas gemesseneren Schrittes – er war ja schon groß. Das erste Zusammentreffen war ein einziges Reden und Erzählen, vor allem wollten beide wissen, ob sie ihre Mutter bald wiedersehen würden. Es fiel Fred ungeheuer schwer, ihre Hoffnungen dämpfen zu müssen, und bei seinen nächsten Besuchen hatte er auch keine besseren Nachrichten für sie. Traurig beobachtete er, wie die beiden sich langsam in ihr Schicksal fügten, von der Mutter sprachen sie immer weniger.

Mit Schrecken sah Fred, wie viele Kinder die winterlich kalten Hüttchen des Lagers bevölkerten, ohne zu wissen, wohin. Für Karl und Robert war das keine Lösung, hier konnten sie nicht bleiben, das wurde ihm rasch klar. Er besuchte sie in dem Lager so oft er konnte, gleichzeitig fragte er bei Bekannten und Freunden an, ob sie die Jungen als Pflegeeltern aufnehmen konnten. Seine Eltern und deren Freunde hatten dafür nicht Platz genug und sie hätten es auch gar nicht bezahlen können. Die Lage schien verzweifelt.

Dann, im neuen Jahr, wendete sich das Blatt. Ein reicher Junggeselle aus Liverpool nahm sich Roberts an und damit war für ihn gesorgt. Im Laufe der Zeit verlor Fred ihn aus den Augen, anders als Karl, der in Freds Leben noch eine Rolle spielen sollte. Vorerst kam er in die Obhut einer wohlhabenden Familie aus dem nordenglischen Lancaster: Clemens Fletcher, ein Witwer mit

Feindes Liebe

Kindern in Karls Alter und seine Schwester Molly nahmen ihn bei sich auf und eine private Internatsschule in Lancashire erklärte sich bereit, ihm die Gebühren zu erlassen.

Fred konnte ein wenig aufatmen, aber ihm ging nicht aus dem Kopf, was er in dem Flüchtlingslager von Dovercourt gesehen hatte. Er erzählte überall von seinen Besuchen dort, Bekannten, Kollegen, Freunden, auch seinem guten Freund Alan Turing, der nun ebenfalls wieder am King's College war. Sie hatten beide Forschungsstipendien und sahen sich häufig; ihre Freundschaft war mit der Zeit noch tiefer geworden, obwohl sich ihre Wege ab September 1936 zunächst getrennt hatten, Fred ging nach Dresden und Alan in die USA an die Princeton University, wo er seinen kometenhaften Aufstieg als Mathematiker fortsetzte. Bei Freds Rückkehr aus Deutschland war Alan noch in Princeton gewesen und sie sahen sich erst im Juli 1938 wieder, aber von da an verbrachten sie all ihre freie Zeit zusammen. Wie es seine Art war, hatte Fred seinen Freund immer an seinem Ergehen teilhaben lassen, Alan wusste über alles genau Bescheid und fühlte aus ganzem Herzen mit Fred. An einem nasskalten Februarsonntag 1939 fuhr er mit ihm nach Dovercourt und übernahm selbst die Pflegschaft für einen Jungen, Robert Augenfeld, der in dasselbe Internat gehen konnte wie Karl. Zugleich gab Fred sich alle Mühe, eine Arbeitsstelle für Helene zu finden. Er fragte bei verschiedenen Geschäften in Liverpool nach und schließlich erhielt er im August die Nachricht, dass sie im Dezember nach England würde kommen können.

Robert und Karl lebten sich im Internat gut ein, und als Karls Pflegeeltern damit einverstanden waren, dass er einen Teil der Sommerferien bei Fred verbrachte, konnten Alan und Fred einen Segeltörn mit den beiden planen. Sie verbrachten die Ferien in Bosham an der englischen Südküste, es war eine Zeit nervöser Anspannung, die politische Lage war beängstigend, gleich zu Beginn kam die Nachricht vom deutsch-sowjetischen Nichtangriffspakt, den Molotow und Ribbentrop ausgehandelt hatten. Fred und Alan machten sich ihre eigenen Gedanken über diese Entwicklung, sie konnten nicht umhin, sie zu diskutieren: Was bedeutete es, wenn die bisherigen Erzfeinde einander plötzlich Frieden schworen und Hitler damit in Europa freie Hand bekam? Sie konnten sich nicht

Kriegsausbruch

Ferien in Bosham, hinten Fred, davor die beiden Jungen und Alan Turing

vorstellen, dass dieses Abkommen lange Zeit halten würde, und die kurzzeitigen Folgen machten ihnen Angst. Stand ein Krieg unmittelbar bevor?

Sie versuchten, ihre Nervosität vor den beiden Jungen zu verbergen, die schon so viel durchgemacht hatten. Nervös waren Karl und Robert trotzdem, aber mehr, weil sie noch nie gesegelt waren und außerdem zu dem Schluss kamen, dass Alan und Fred selbst nicht gerade Experten im Segeln waren. »Da führt der Lahme den Blinden«, flüstere Robert und Karl musste kichern.

An einem der Ferientage unternahmen sie eine Bootsausflug quer über die Bucht zum Luftwaffenstützpunkt Thorney Island, wo sie an Land gingen und die Flugzeuge der RAF betrachteten, die auf dem Flugplatz aufgereiht standen. Die Jungen zeigten sich von diesem Ausflug wenig begeistert. Noch weniger begeistert waren sie, als sie am Nachmittag feststellen mussten, dass inzwischen Ebbe war und ihr Boot auf dem Schlick festsaß. Alan und Fred sahen hilflos drein und die beiden Jungen schüttelten ungläubig den Kopf über ihre

Feindes Liebe

erwachsenen Freunde. »Was machen wir jetzt, Alan?« fragte Fred kleinlaut.

»Da ist nicht viel zu machen. Wir müssen das Boot hierlassen und morgen wieder herkommen, wenn die Flut aufläuft.«

»Und wie sollen wir heimkommen?« fragte Robert.

Schulterzuckend versetzte Alan: »Zurück zur Insel und dann mit dem Bus.«

»Wie, durch den ganzen Schlick und Dreck?« beschwerte sich Karl.

»Ja, geht wohl nicht anders. Oder willst du die ganze Nacht hier draußen bleiben?«

»Nee, natürlich nicht«, knurrte Karl. Also wateten sie durch den Schlick zum festen Land und zum Bus. Der schwarze Schlamm klebte kniehoch an ihren Beinen. »Wir sehen aus wie Soldaten in Kampfstiefeln«, kommentierte Karl.

***

Und jetzt, nicht einmal eine Woche später, war der Frieden vorbei. Tausende deutsche Soldaten in ihren schwarzen Kampfstiefeln waren in Polen einmarschiert, Chamberlains Ultimatum war auf taube Ohren gestoßen, Großbritannien befand sich im Krieg. Alle Hoffnungen darauf, Helene nach England holen zu können, waren zerstoben, Fred hatte einmal mehr Angst um sie. Die Segelferien in Bosham kamen ihm schon vor wie aus einer anderen Welt.

In dieser Nacht weckte Karl Fred auf, völlig verängstigt. Fred war überwältigt von Zuneigung und Mitgefühl für den verzweifelten Flüchtlingsjungen. Karl war hunderte Meilen von seiner Mutter entfernt, abgesehen von seinem Bruder war Fred der einzige Mensch, der für ihn so etwas wie Familie bedeuteten konnte, ein väterlicher Freund. Wie wünschte Fred, er könnte ihn vor allem Schaden bewahren, für immer. »Alles wird gut, Karl«, flüsterte er. Es war nicht die Wahrheit und das wusste Fred auch, aber was hätte er sagen sollen?

Am nächsten Morgen musste Karl zum neuen Schuljahr wieder in sein Internat nach Nordengland. Fred selbst stand vor einer ungewissen Zukunft – nach der allgemeinen Mobilmachung musste

Kriegsausbruch

er sich zum Dienst melden und wusste nicht, wann er einberufen würde. Alles ging ihm im Kopf herum, ständig musste er an sie alle denken: Karl, Wolf, Götz, die ganzen anderen deutschen Jungen, den Vater von Wolf, der ihm noch vor kurzem so freundlich geschrieben hatte.

Fred war stets entschlossen gewesen, keinen Deutschenhass bei sich aufkommen zu lassen, der Kriegsausbruch bestärkte ihn nur darin. Ihm schwebte ein Buch vor, in dem er seine Landsleute an eines erinnern würde: Auch Deutsche waren Menschen, die Zuneigung und Mitleid verdienten; allein weil sie Deutsche waren, waren sie noch nicht schuldig. Er wusste nicht, ob ihm überhaupt genügend Zeit dafür bleiben würde, aber er beschloss, alle anderen Arbeiten ruhen zu lassen und dieses Buch zu schreiben. Er musste das tun, solange noch Zeit war, solange er und seine Landsleute noch nicht so tief im Hass auf den Feind steckten, dass sie die anderen nicht mehr als einzelne Menschen wahrnehmen konnten. Er würde dabei aber ebenso versuchen, ganz unsentimental und objektiv zu schildern, wie das System die Menschen, die Deutschen verändern konnte. Er hatte das selbst erlebt, die ganze komplexe Realität, er musst es jetzt aufschreiben, bevor es zu spät war.

So begann Fred also sein Buch zu schreiben, und je länger er daran schrieb, desto mehr kamen die Erinnerungen an Dresden zurück. Es ging nur langsam voran und er war froh, dass er mit George »Dadie« Rylands, seinem Mentor am King's College, einen überaus kompetenten Ratgeber hatte, der ihm auch jetzt wieder zur Seite stand und ihm half, wenn er nicht weiterkam. Zuzeiten kam ihm das ganze Vorhaben auch sinnlos vor angesichts des entsetzlichen Tempos, mit dem die deutschen Armeen vorrückten. An manchen grauen, nassen Nachmittagen starrte er das weiße Blatt Papier an und plagte sich mit dem Gedanken: »Wozu schreibe ich überhaupt dieses blöde Buch? Die werden uns am Ende doch besiegen und meine ganze sentimentale Schreiberei wird zu nichts führen. Mitleid? Mitleid sollte ich besser mit Karl haben und mit mir selbst, diese Siegertypen, die alles hinwegfegen, die brauchen kein Mitleid oder Verständnis, von niemand.«

Trotz aller nagenden Zweifel machte er weiter. Sein Stipendium war ausgelaufen und finanziell wurde es langsam eng, deshalb zog

Feindes Liebe

er zurück nach Liverpool ins Haus seiner Eltern und hielt sich mit Nachhilfejobs über Wasser. Jede freie Minute saß er an seinem Manuskript und feilte an seiner Botschaft, dem Versuch, Brücken des Verständnisses zu bauen. In einem Brief an seinen Bruder George nannte er sein Vorgehen verbissen, vielleicht naiv, aber: »Ich muss das sagen, und wenn ich sonst im Leben nichts Sinnvolles mache. Es ist ein Teil der Wahrheit, die umso stärker gefährdet ist, je länger dieser Krieg dauert. Und der Krieg selbst verliert seinen Sinn, wenn wir nicht dafür kämpfen, dass Wahrheit und Toleranz erhalten bleiben.«

Der Sommer ging vorbei und obwohl über dem Kanal die Luftschlacht um England tobte, merkte Fred in seinem Alltag zunächst kaum etwas von dem Krieg. Das änderte sich mit einem Schlag Ende August. Am 28. wurde er mitten in der Nacht aus dem Schlaf gerissen, draußen waren Explosionen zu hören und das Heulen angreifender Flugzeuge.

Erschrocken sprang er aus dem Bett und rannte die Treppe hinunter. Im Wohnzimmer ging sein Vater auf und ab. »Was ist los?« fragte er atemlos.

»Die Kerle greifen uns an, die Hunnen. Eine Bombe ist ganz hier in der Nähe runtergekommen. Sie können uns im ehrlichen Luftkampf nicht besiegen, jetzt versuchen sie es auf die schmutzige Tour. Typisch deutsch.«

Fred sagte nichts dazu, er wollte seinen Vater nicht noch wütender machen. Sie würden unter einem Dach zusammenwohnen müssen, niemand wusste, wie lange.

»Wäre es nicht besser rauszugehen, wir haben doch einen Luftschutzraum unten in der Straße?«

»Nein, jetzt ins Freie zu gehen wäre viel zu gefährlich. Der Esstisch ist Schutz genug, der hält was aus.« Den Rest der Nacht saßen seine Eltern und er zusammengekauert unter dem großen Esstisch und lauschten beklommen auf die Flugzeuge. Zum Glück entfernten sie sich die Geräusche mehr und mehr.

Am folgenden Morgen sahen sie sich draußen um, welche Schäden es gegeben hatte. An der nächsten Straßenecke standen Leute vor der Kirche von Mossley Hill, die bei dem Angriff schwer gelitten hatte. Von den Kirchenfenstern waren nur Glasscherben

Kriegsausbruch

übrig. Fred erschauerte, die Kirche war kaum fünfhundert Meter entfernt von seinem Elternhaus, sie hatten offenbar viel Glück gehabt. Andere Häuser in dem Viertel wiesen ebenfalls Schäden auf, doch zum Glück war niemand ums Leben gekommen.

An diesem Abend suchte er Zuflucht bei Nachbarn, die hinter dem Haus einen Luftschutzraum hatten, er wollte es nicht darauf ankommen lassen. Die Bomber kamen in der Nacht wieder, richteten aber kaum Schaden an.

Er fühlte sich in seiner Heimatstadt nicht mehr sicher und wollte sich woanders hin flüchten, aber ihm wurde klar, das war aussichtslos. Jeden Tag konnte er einberufen werden, in Sicherheit würde er nirgendwo sein, besonders, wenn der Krieg noch lange andauerte.

Der Realität zu entfliehen war unmöglich, aber Fred freute sich doch auf eine kleine Atempause: Einen Ausflug zusammen mit Karl in die wunderbare Berg- und Seenlandschaft des Lake District. Vielleicht konnten sie die Welt des Krieges kurze Zeit einmal vergessen. Mit dem September hatte ein milder Spätsommer Einzug gehalten, die Blätter begannen ihre Herbstfarben anzulegen, die Seen schimmerten im Sonnenglast und es schien wirklich zu gelingen sich die Entspannung, die sie beide nötig hatten, zu gönnen – bis sie in ihrem Hotel in Borrowdale ankamen. Sie saßen beim Abendbrot und unterhielten sich, als eine elegante Dame am Nebentisch sie ansprach: »Sie werden entschuldigen, ich will nicht unhöflich sein«, wandte sie sich an Fred, »ich würde die Frage auch sonst nicht stellen, nur – Sie sind ja Engländer, aber wo kommt Ihr Begleiter her? Frankreich?«

»Ein Flüchtling aus Österreich«, erwiderte Fred. Die Dame stand hastig auf und verließ den Speisesaal.

»Ist was nicht in Ordnung?« frage Karl.

»Doch, alles gut«, gab Fred zur Antwort, obwohl er gar nicht diesen Eindruck hatte. Einen Augenblick später stand die Direktorin des Hotels an ihrem Tisch.

»Sie sind Herr Clayton, ja? Von unseren Gästen hat jemand Bedenken wegen des jungen Manns geäußert, mit dem Sie hier sind. Laut Eintrag im Gästebuch ist er Deutscher? In dem Fall werde ich leider die Polizei verständigen müssen. Zu anderen

Feindes Liebe

Zeiten würde uns das nicht kümmern, aber sie wissen ja selbst...«, sie zuckte die Achseln. »Für mich sehen Sie beide nicht wie Spione aus, aber man hört so dies und jenes, es sollen schon Deutsche als Nonnen verkleidet spioniert haben. Klingt verrückt, ich weiß, aber man kann nie vorsichtig genug sein.« Ringsum hörten die Gäste zu und nickten Zustimmung.

Fred konnte seinen Ärger nicht verbergen. »Dieser arme Junge hat mehr durchgemacht als Sie sich vorstellen können, er hat mehr unter den Nazis gelitten als wir alle hier. Er ist Halbjude, ist in Wien von den Nazis terrorisiert worden und dann musste er fliehen und seine Mutter zurücklassen – vielleicht sieht er sie nie wieder.«

»Kann ich jetzt schlafen gehen?« fragte Karl plötzlich. Er sah müde aus und die vielen Fremden, die ihn anstarrten, verwirrten ihn.

»Natürlich«, tröstete ihn Fred. Karl ging auf sein Zimmer, während Fred unten auf die Polizei wartete. Die Direktorin sah ihm mitleidig nach und murmelte, »So ist das einmal – die Unschuldigen müssen leiden.«

Es wurde zehn, dann kamen zwei Polizisten herein. »Wie, schon wieder ein Spion? Was ein Theater!« sagte der eine.

»Das ist kein Spion«, erboste sich Fred, »das ist ein Junge aus Österreich, ein Jude. Ich brauche Ihnen wohl nicht zu erzählen, wie die Nazis dort mit Juden verfahren.«

»Ja, wissen wir,« erwiderte der Polizist kühl. »Wir machen hier nur unseren Job, Sir. Wo befindet er sich?«

»Na ja, ich hab ihn ins Bett geschickt, er sah so müde aus«, versetzte Fred. »Er schläft sicher nicht, aber er ist im Bett.«

Unbeirrt gingen sie mit ihm nach oben. Karl saß aufrecht im Bett. Der ältere Schutzmann, stämmig mit rosigen Wangen und einem schwarzen Schnauzbart, blickte ihn an und sah die Furcht in seinen Augen. »Du hast es dir ja ganz gemütlich gemacht, ähm – Karl, so heißt du doch? Vierzehn bist du, beinahe fünfzehn, sehe ich hier. Und aus Wien – ich war noch nie in Wien, soll eine schöne Stadt sein.« Karl nickte schüchtern. »Was soll ich sagen? Es ist jammerschade, dass die Menschen nicht vernünftig miteinander umgehen können. Mach Dir keine Sorgen, dein Freund hier wird schon alles in Ordnung bringen.« Er drehte sich zu Fred um: »Also,

Kriegsausbruch

Ihr junger Freund muss noch groß und stark werden, wir wollen ihn nicht um seinen Nachtschlaf bringen. Sie bürgen uns für ihn, und ich glaube nicht, dass unsere Regierung sich vor ihm fürchten muss. Gute Nacht zusammen, keine Bange, wird schon alles wieder werden.« Mit seiner plumpen roten Hand strich er Karl vorsichtig über Haar.

Unten, als sie sich verabschiedeten, fragte der Schutzmann: »Kennen Sie die Mutter? Ist sie auch so ein jüdischer Typus? Schwarzhaarig und glutäugig, was?« »Äh – nein, sie hat rote Haare«, erwiderte Fred verwirrt.

Wieder oben bei Karl, sprach er dem Jungen Mut zu. Der war erleichtert: »Gott sei Dank, das ist vorbei! Wie hast du sie denn überzeugt?«

»Überzeugt? Ich brauchte sie nicht zu überzeugten, sie waren zum Glück ganz vernünftig.«

Die restlichen Ferientage vergingen ohne weitere Dramen, auch wenn Karl immer wieder Aufmerksamkeit erregte, er war so unverkennbar »anders«. Es war nicht ganz die Entspannung geworden, nach der sie sich beide gesehnt hatten.

***

Von dem Ausflug zurück, konzentrierte Fred alle Kräfte wieder auf sein Buch, doch im November 1940, er hatte kaum die Hälfte geschafft, wurde er zur Fernmeldetruppe einberufen, dem Royal Signals Corps. Er überlegte, ob es überhaupt Sinn hatte, jetzt weiterzumachen, aber etwas in seinem Innern ließ ihn nicht los, es war ein seltsam gemischtes Gefühl, Optimismus und Verzweiflung zugleich. Ja, der Einberufungsbefehl bestärkte ihn sogar in seiner Entschlossenheit, sein Opus Magnum zu Ende zu bringen: Genau jetzt, inmitten von Krieg, Hass und Rachsucht, sollte es ein Manifest des Mitleids sein, eine Liebeserklärung an die Jugend von Dresden, die in einer Falle gefangen war, der sie nicht entrinnen konnte.

Stets hatte er ein Notizbuch bei sich, in dem er neben den Morsezeichen, die er für seine Ausbildung brauchte, Gedanken und Erinnerungen an Dresden festhielt. Den Ort, an dem sein Roman spielte, würde er unkenntlich machen, damit nicht die Nazis,

Feindes Liebe

1940: Fred beginnt seinen Miltärdienst

sollten sie auf das Buch stoßen, hinter den einzelnen Charakteren reale Personen vermuteten; er wollte seine Freunde und ehemaligen Schüler nicht in Gefahr bringen. An seine Briefe, in denen er vor Kriegsbeginn aus dem sicheren England die nationalsozialistische Herrschaft so freimütig kritisiert hatte, dachte er jetzt mit Sorge – hatte er manche der Empfänger damit bloßgestellt? Jetzt jedenfalls konnte jedes unbedachte Wort schlimme Folgen haben.

Der Militärdienst begann für Fred in einem Fernmeldebataillon im nordwalisischen Prestatyn, nicht weit von Liverpool, dann wurde er nach Winchester in Südengland versetzt, wo er bei einer Einheit des Militärgeheimdiensts die weitere Ausbildung absolvierte. Fred war noch nie eine Sportskanone gewesen und seine mangelnde Körperbeherrschung machte sich in Winchester bemerkbar: Er sollte Motorradfahren lernen und brachte sich schier um bei dem Bemühen, sich so eine Maschine gefügig zu machen. Aber schließlich schaffte er es irgendwie doch, was seinen Ausbilder

Kriegsausbruch

mit dem Ausruf quittierte, »jetzt bin ich platt – es geschehen noch Wunder!«

Ein anderer Ausbilder nannte Fred einen »komischen Winzling« und meinte leutselig, »ach wissen Sie, Clayton, so viel schlechter als die anderen sind Sie eigentlich gar nicht.« Das war ein großer Tag für Fred.

Alles in allem kam er mit dem Leben in der Armee besser zurecht als alle gedacht hatten, auch er selbst. Quasi instinktiv passte er sich an, sprach wieder seinen vertrauten nordenglischen Akzent, plus ein paar ausgesuchte Wörter, die er zu Hause nicht gelernt hatte und die seine Mutter nicht so gerne hörte. Ein Freund vom King's College erklärte erstaunt, Fred fühle sich offenbar ganz wohl in der Armee – das traf die Sache nicht, er empfand es mehr als Herausforderung, und Herausforderungen hatte er schon immer meistern wollen. Zudem hatte Fred sich schon seit seiner frühen Jugend Mühe gegeben, im Umgang mit anderen einen möglichst unbekümmerten Eindruck zu machen, ganz gleich, wie es gerade in seinem Inneren aussah, und das funktionierte für den Augenblick immer recht gut – er konnte sich selbst ebenso wie den anderen gegenüber so tun, als ob nichts wäre.

Binnen Kurzem wurde er wieder versetzt, diesmal nach Ostengland in die Grafschaft Essex, wo er in einen leerstehenden Metzgerladen eingewiesen wurde, schlafen musste er auf der schrägen ehemaligen Auslage im Schaufenster, was dazu führte, dass er nachts allmählich hinunterrollte und jeden Morgen mit der Nase an der Schaufensterscheibe aufwachte. Aber Fred konnte weiterschreiben, weil er einen freundlichen Hotelbesitzer fand, der ihm ein leerstehendes Zimmer zur Verfügung stellte, ansonsten schrieb er, wenn er auf Urlaub war, oder in irgendwelchen Soldaten-Unterkünften. Das Beste an Essex war die Nähe zu Cambridge, wo er die vergangenen zehn Jahre heimisch gewesen war – mit dem Motorrad kam er rasch dorthin, ja er wurde sogar richtig dazu ermuntert, sich ganze Nachmittage zu verkrümeln und auf der »Höllenmaschine« zu üben, die er immer noch nicht so ganz beherrschte. Dabei hatte Fred den Verdacht, dass sie ihn eigentlich wegschickten, weil sie keine rechte Verwendung für ihn hatten: »Verwendung« war wichtig in der Armee.

Feindes Liebe

Bei einer dieser Fahrten war Fred auf dem Weg ins King's College, er hatte sein Motorrad geparkt und ging über den Rasen zum Eingang, als ein kanadischer Offizier ihn anhielt: »Sie, Feldwebel (Fred trug Uniform mit Rangabzeichen), können Sie nicht lesen?«, zeigte er auf ein Schild, »Rasen betreten ist verboten!« »Mitglieder des College dürfen das«, versetzte Fred von oben herab und verschwand rasch im Dozentenzimmer. Ganz korrekt war das nicht, juristisch gesehen war er nur ehemaliges Mitglied.

Er war mit Dadie Rylands zum Tee verabredet, sein Mentor hatte wieder einige Kapitel des Manuskripts gelesen und bemerkte zustimmend, dass Fred, wie er ihm geraten hatte, immer mehr zu seinem eigenen Stil fand. Rylands hatte sich auch persönlich an E.M. Forster gewandt, ebenfalls ein Mitglied des King's College, und der berühmte Schriftsteller hatte nach anfänglichem Zögern das Manuskript gelesen, Fred Mut gemacht und ihm Ratschläge gegeben. Vor allem hatte er gemeint, Fred solle in dem Buch mehr von sich selbst erzählen – er versuchte das auch, aber es fiel ihm schwer, sich so zu exponieren.

Beim Schreiben hatte Fred Bedenken, die Deutschen, und besonders junge Männer, als liebenswerte Menschen darzustellen, er fürchtete, das könnte die englische Kriegsmoral untergraben. In einem Brief an seinen Bruder George, der jetzt eine Pilotenausbildung absolvierte, gab er dieser Befürchtung Ausdruck: »Ich weiß nicht recht, ob für dieses Buch jetzt die richtige Zeit ist. Wir können uns Zuneigung im Moment gar nicht leisten, müssen wir die Deutschen nicht sogar hassen?«

Die Antwort war nachdenklich, ganz sein Bruder: »Ich glaube, das hat nichts mit Hass zu tun. Es geht um töten oder getötet werden, da werden tiefe animalische Instinkte wach. Später müssen wir die Deutschen dann wieder anders betrachten.«

Vielleicht gab es doch Raum für diesen Roman, vielleicht würde jemand es wagen, ihn zu veröffentlichen. Wie würde er wohl aufgenommen werden? War ein Land, das sich mit Leuten im Krieg befand, die er als liebenswert darstellte, bereit, ein Buch von solcher Sprengkraft zu lesen, ein Buch, das sicher die patriotischen Gefühle verletzen würde?

Kriegsausbruch

Fred schrieb und schrieb, in der Kaserne, in einer Truppenunterkunft, in einem Hotelzimmer oder auf Heimaturlaub, und irgendwie brachte er das Manuskript zu Ende. Für den Titel hatte er eine versteckte Anspielung auf Shakespeare gewählt: »The Cloven Pine«, Die gespaltene Fichte. In »Der Sturm« wird der Luftgeist Ariel aus einem gespaltenen Fichtenstamm befreit, in den ihn die Hexe Sycorax gebannt hatte, weil er sich ihren Befehlen widersetzte. Die Jungen waren in das Nazi-System wie in den Fichtenspalt gebannt, und Hitler war die Hexe, sie saßen in der Falle wie Ariel und mussten gerettet werden. Es war eine subtile und anspruchsvolle Anspielung, vielleicht für die meisten Leser zu weit hergeholt.

Er schickte sein Manuskript an verschiedene Verlage, und dann fing das Warten an.

Sechstes Kapitel: 1941-1942
Indienfahrt

Fred wird als Codebrecher eingesetzt – aber nicht gegen Deutschland.

Anfang 1941 wurde Fred für ein halbes Jahr von Essex nach Mittelengland zur Abhörstelle RAF Cheadle versetzt, die den Funkverkehr der deutschen Luftwaffe überwachte. Das Herz klopfte ihm, als er die Verpflichtung zur Geheimhaltung unterzeichnete, bevor er in seine Dienststelle eingewiesen wurde. Woodhead Hall war ein prächtiges Herrenhaus und nicht einmal der fast vier Meter hohe Stacheldrahtzaun konnte dem großartigen Eindruck Abbruch tun – gut, solche vornehmen Umgebungen war er nach den vielen Jahren in Cambridge gewöhnt. Hier also sollte er nun arbeiten.

Ursprünglich waren die abgehörten Funksprüche aus Cheadle weiter zum Entschlüsseln an die Kryptonalytiker, die »Codebrecher«, in die Zentrale in Bletchley Park geschickt worden. Jetzt hielt man es für effizienter, Abhörspezialisten und Codebrecher gemeinsam arbeiten zu lassen, und hier kam Fred ins Spiel. Er gehörte zu einem Team, das in der Mitte des Abhör-Raums an einem großen Tisch saß, um sie herum an den Wänden die Funker, die ihnen die abgehörten Funksprüche weitergaben. Freds Aufgabe war es, die Nachrichten zu entziffern und ins Englische zu übersetzen; der diensthabende Offizier traf dann die Entscheidung, wie mit ihnen zu verfahren war und leitete sie gegebenenfalls an das Luftwaffenkommando weiter.

Die Arbeit befriedigte Fred. Er fand sich rasch in die Routine und war erfolgreich als Codebrecher, auch wenn er oft nicht um die Bedeutung der Nachrichten wusste, die er bearbeitete. So entschlüsselte er einmal eine Nachricht, in der die Namen Scharnhorst und Gneisenau vorkamen – erst anhand einer Zeitungsmeldung im März wurde ihm klar, dass es Schlachtschiffe waren, die sechs Schiffe eines versprengten alliierten Konvois kaperten oder versenkten und so für Chaos im Nordatlantik sorgten.

Indienfahrt

Manchmal machte ihm auch der Feind die Arbeit leichter, zum Beispiel der begriffsstutzige Deutsche in Bordeaux, der nie den neuen Geheimcode kannte und sich deshalb alles noch einmal im alten Code wiederholen ließ – ein Geschenk des Himmels, der alte Code war natürlich schon lange geknackt. Es gab die verschiedensten Meldungen zu dechiffrieren – Partisanen bei Warschau, oder ein Offizier, der am Anhalter Bahnhof abgeholt werden wollte und dessen Funker sich einen Spaß machte und meldete, seine Ankunftszeit sei »Götz«. Das war das bekannte Götz-Zitat mit »im Arsche lecken« – den Schülern an der Kreuzschule hatte es immer enormen Spaß gemacht, erinnerte er sich. Für Fred war »Götz« eine reale Person und auch der Held seines Romans. Als er diesen Text dekodierte, gab es Fred einen Stich – wie würde es den Jungen ergehen? Was war mit Götz, mit Wolf? Aber er durfte diese Gefühle nicht Oberhand gewinnen lassen, solche Sentimentalitäten konnte er sich nicht erlauben. Hier musste ein Krieg geführt und gewonnen werden.

In Cheadle war Fred auch wieder mehr Herr über seine Zeit und er genoss das. Das Leben ging hier seinen ruhigen Gang, man war weit weg von den umkämpften Landesgrenzen, der Krieg schien sich in einer ganz anderen Welt abzuspielen. Der einzige Haken: Er bekam ein erstes Ablehnungsschreiben von einem Verlag. Ganz aufgeregt hatte er den Umschlag geöffnet, als er den Absender sah, aber seine Aufregung wich der Enttäuschung: Der Verleger erklärte, das Buch leide daran, dass es nur den einen Jungen als Hauptfigur darin gebe. Allem Anschein lehnte er das Manuskript aus rein literarischen Gründen ab, aber Fred wurde das Gefühl nicht los, dass es bei der Ablehnung auch Hintergedanken geben könnte.

Der Abschied von Cheadle war schmerzlich, als im Sommer 1941 seine Zeit ablief. Einen Monat war er ohne Verwendung, dann wurde er nach Uxbridge östlich von London versetzt, zu einer anderen Offiziersausbildungseinheit. Den Grund für diese neue Abordnung erfuhr er nicht, es war ihm eigentlich auch gleichgültig – er war ja doch nur eine Schachfigur, die nach dem Willen der Staatsmacht auf dem großen Brett hin und her geschoben wurde. Das Dumme an den ständigen Versetzungen war, dass er jedes Mal zusammen mit den neu einberufenen Rekruten wieder die Grundausbildung

Feindes Liebe

Fred in seiner RAF-Uniform

absolvieren und das Exerzieren üben musste. Der Kasernenhofdrill war seine Sache überhaupt nicht, er mochte sich Mühe geben, so viel er wollte, es wurde einfach nicht besser. Das war schon zu seiner Schulzeit so gewesen, als er einmal an einem Offiziers-Vorbereitungslehrgang teilgenommen hatte: Schon damals war er an seine Grenzen gestoßen, und nein, Übung machte eindeutig nicht den Meister.

Die ganze Zeit über quälte er sich mit der Frage, wie es mit seinem Roman weiterging. So viele Monate hatte er sich für dieses eine Vorhaben aufgeopfert, aber würde es jemals Früchte tragen? Würde er jemals erleben, dass sein Buch bei Lesern Verständnis für die schlimme Lage der Jugend Deutschlands weckte? Würden jemals andere seine mitfühlende Anteilnahme als berechtigt ansehen und teilen? In Uxbridge erhielt er die nächste Absage – sie gab ihm einen Stich, Absagen fühlten sich an wie persönliche Niederlagen, als ob er selbst abgelehnt würde, und er wurde immer bedrückter. Tröstlich waren die Worte in einem Brief von Karl, jetzt ein Schüler von sechzehn Jahren, der sich Gedanken machte darüber, ob die Schriftstellerei überhaupt glücklich machen konnte. »Schöpferische Menschen sind wohl gerade ziemlich übel dran«, schrieb er. An diesen Worten, so schien es Fred, war viel Wahres.

Indienfahrt

Doch noch: ein aufregendes Telegramm von George

Allmählich machte er sich mit dem Gedanken vertraut, dass sein Buch nie erscheinen würde.

Dann, als er schon fast verzweifelt war, bekam er ein Telegramm von seinem Bruder George. George war als Student in Cambridge noch nicht eingezogen worden, deshalb hatte er Zeit dafür, sich als Freds Literaturagent zu betätigen. Er schrieb:

GUTE NACHRICHTEN SECKERS HABEN ANGEBISSEN SENHOUSE
MELDET SICH MONTAG = GEORGE

Bald kam ein Brief für Fred bei seiner Einheit in Uxbridge an – ein erstaunlicher Brief vom bekannten Verlagshaus Secker & Warburg:

Martin Secker and Warburg Ltd
Publishers: 22 Essex Street, Strand, London, WC2
29. April 1942

Sehr geehrter Herr Clayton,
leider sind wir uns nicht begegnet, als ich in Cambridge bei George Rylands war, aber er hat mir vor einigen Wochen Ihren Roman »THE CLOVEN PINE« zugeschickt. Mit diesem Schreiben möchten wir Ihnen ein Angebot zur Veröffentlichung machen …

Feindes Liebe

> wir, mein Partner und ich, waren beide von THE CLOVEN PINE
> überaus beeindruckt ...
> Mit freundlichen Grüßen
> Roger Senhouse

Fred war überglücklich. Er war zutiefst dankbar dafür, dass er zu dieser Nation gehörte, einer Kulturnation, in der sogar jetzt, wo der Krieg einen schlechten Verlauf nahm, wo Hitler alles hinwegfegte, wo Rommels Afrikakorps die Alliierten in Nordafrika vor sich hertrieb, nach Ägypten zurückdrängte, ja kurz vor Alexandria stand, immer noch so viel Vernunft und Toleranz herrschte, dass ein junger Soldat ein Buch schreiben, ein Verlag es veröffentlichen, die Kritik und die Leserschaft sich mit ihm auseinandersetzen konnte, ein Buch, in dem bewusst patriotische Gefühle und moralische Urteile in Zweifel gezogen und darauf befragt wurden, ob es nicht möglich sein musste, Kindern gegenüber Liebe zu empfinden, die unter dem Naziregime aufwuchsen, so, wie man sie jedem jungen Wesen gegenüber empfand, das hilflos gefangen war.

Fred unterschrieb den Vertrag mit Secker Warburg auf seiner Stube in Uxbridge, er konnte es kaum erwarten, das Buch in Händen zu halten. Er hatte eben den Brief aufgegeben, als er zum Adjutanten gerufen wurde.

»Clayton«, sagte der Adjutant ganz erstaunt, »Sie sind wohl so etwas wie ein VIP. Sie werden dringend in Bletchley Park erwartet.« Fred spürte eine Welle der Erleichterung – endlich hatte die Obrigkeit ein Einsehen und machte dem stumpfen Kasernenhofdrill ein Ende, endlich würde er seinen Platz finden in diesem Krieg, würde die beiden Fähigkeiten einsetzen können, die er beherrschte, um den Feind zu besiegen: Im College hatte er als Altphilologe gelernt, Sprachen zu entziffern und zu verstehen; diese Kompetenz gab zusammen mit seinen guten Deutschkenntnissen doch bestimmt eine effektive Kombination ab – hatte er das während seiner kurzen Zeit in Cheadle nicht bewiesen? Einige seiner Studienfreunde, nicht zuletzt Alan Turing, waren schon länger in Bletchley Park bei den Codebrechern, dass wusste er und wollte sich gerne ihnen anschließen. Er freute sich darauf, sich nicht mehr so... nun ja, so nutzlos zu fühlen. Bisher, so kam es ihm vor,

Indienfahrt

```
F. J. WARBURG              MARTIN SECKER & WARBURG LTD           Phone: Temple Bar 5357
R. H. P. SENHOUSE                                                Telegrams:  Psophidian

                  PUBLISHERS : 22 ESSEX STREET · STRAND · LONDON · WC2

                                                            29th April, 1942.
   118790 A/P/O Clayton F.W.,
   Course 110, A Sqd. 2 Flight,
   Officers' School, R.A.F.,
   UXBRIDGE.

   Dear Mr. Clayton,

            Although I have never had the pleasure of
   meeting you at Cambridge when I have been to stay with
   George Rylands, he sent me your novel - THE CLOVEN
   PINE - some weeks ago.  We are now writing to make
   you an offer for its publication.

            We would offer what I believe are the usual
   terms for a first novel, based on a royalty of 10%
   of the published price for the first 2,000 copies sold,
   12½% for the next 3,000 copies sold, and 15% thereafter;
   with 10% of the amount received, on copies sold for
   export or to the colonies; with an advance of £30
   on publication, and an option on your two next non-
   fiction books.  If these terms seem suitable to you,
   we would send you our usual printed contract for perusal.

            Both my partner and myself were very impressed
   by the CLOVEN PINE, and I then gave it to Norman Douglas,
   who is at the moment reading novels for us, and we have
   a short report from him, a copy of which, of course, I will
   send you if you would care to see it.

            Rylands tells me that he believes that while you
   were on short leave, you tried to experiment in modifying
   certain passages, and perhaps the most helpful offer which
   we could make to you is that you should meet Norman Douglas
   and discuss that question in the light of his report, if
   ever you could manage to come to London for some leave.

                                         Yours sincerely,

                                         [signature]

   RHS:
```

Der Brief von Secker Warburg mit dem Vertragsangebot zu The Cloven Pine

hatte er sich im Krieg nicht sonderlich verausgabt. Das Nächste an einem Kampfeinsatz war sein Versuch gewesen, mit dem Gewehr einig zu werden, und er hatte sich dabei fast selbst umgebracht. Was zu einem guten Soldaten gehörte, war Fred ein Buch mit sieben Siegeln und er hatte dafür immer wieder Rüffel einstecken müssen. Jeder unbelebte Gegenstand zeigte ungeahnte bedrohliche Eigenschaften, sobald Fred ihn in die Hand bekam. »So ein Spasti«, mit diesen unfreundlichen Worten hatte sich einmal ein Ausbilder seinen Frust von der Seele geredet. Doch jetzt brauchte man ihn, hatte persönlich nach ihm gerufen. Er war eine wichtige Person, ein VIP. Zum ersten Mal seit langer Zeit hatte er das Gefühl, für etwas von Bedeutung zu sein.

***

Bletchley war ihm sofort sympathisch, hier würde er sich heimisch fühlen. Am Tor grüßten ihn die Wachen, einer jüngerer und ein älterer Mann, sie blickten mürrisch drein.
»Clayton, Termin bei Josh Cooper. Ich bin herbestellt.«
»Drüben links die Baracke«, zeigte der ältere Wachmann. »Sie werden abgeholt. Willkommen in Bletchley Park...«
».. dem größten Irrenhaus auf der Insel«, ergänzte der jüngere grinsend.
»Dann bin ich hier ja richtig«, versetzte Fred. Er begab sich zu der betreffenden Baracke und im Handumdrehen war er im Büro von Josh Cooper. Es war in »Hut 10«, die Holzbaracke war eigens für die Abteilung Luftkrieg, die Air Section errichtet worden. Cooper war der Chef dieser Abteilung der britischen Dechiffrierzentrale, der Government Code and Cypher School von Bletchley. Er war ein Sprachgenie, hatte in Oxford alte Sprachen studiert und sich als ausgezeichneter Kryptoanalytiker erwiesen. Als solcher hatte er schon seit 1925 als Codebrecher gearbeitet und war 1936 zum Chef der Luftkriegsabteilung aufgestiegen. Gleich neben seinem Büro war das von Professor Adcock, den Fred vom King's College kannte; ihm hatte er es wohl zu verdanken, dass er nun auch zu den Codebrechern aus dem King's College zählen sollte. Cooper begrüßte Fred mit Handschlag, er war ein Riese von Gestalt, bei manchen hieß er nur »der Bär«, und Fred, der genau das Gegenteil war, gab sich Mühe, sich nicht allein schon deshalb einschüchtern zu lassen, weil der Mann ihn derart überragte.
»Schön, dass Sie hier sind, Clayton, nehmen Sie doch Platz.« Er wies auf einen Stuhl ihm gegenüber. »Wir sind uns schon mal begegnet, nicht wahr? In Bedford, stimmt's?«
»Ja, Sir, in Bedford.«
»Ich hab Sie in Deutsch geprüft, wenn ich mich recht erinnere. Sehr gute Leistung.«

Indienfahrt

»Danke, Sir.« Fred freute sich, hier wurde seine Begabung gewürdigt. Kaum jemandem lag wohl das Militärische so wenig wie ihm, er war da anders als sein jüngerer Bruder George, der sich zum Kampfpiloten ausbilden ließ. Aber jetzt hatte jemand erkannt: Auch wenn er als Soldat hoffnungslos war, er hatte etwas Einzigartiges zu bieten.

Cooper fuhr fort: »Wir haben auch gehört, was für gute Arbeit Sie in Cheadle geleistet haben.«

»Freut mich, Sir.«

»Also, Sie wissen ja, ich habe immer gesagt, einen Code brechen, das kann nur jemand, der die Sprache beherrscht, deshalb haben wir hier immer strenge Sprachprüfungen für unsere Codeknacker gehabt.«

»Ja, ich weiß, Sir«.

»Gut, Sie wissen aber bestimmt auch, dass der Krieg im Fernen Osten immer brenzliger wird. Diese Japsen sind richtig gefährlich und wir müssen alles tun, um sie zu stoppen. Wir werden da unsere Regel nicht einhalten können, es gibt einfach nicht genügend Leute, die Japanisch sprechen. Wir schicken tüchtige junge Leute, die sich als Codeknacker eignen, zu einem Intensivkurs von sechs Monaten, wir können aber nicht so lange warten, bis sie damit fertig sind. Wir brauchen jetzt Leute dort draußen, und das dringend. Gute Leute, die wissen, wie man dem Feind beikommt.«

Fred verstand nicht auf Anhieb, worauf Cooper hinauswollte, und als es ihm allmählich klar wurde, merkte er, wie eine große Angst in ihm hochkroch und ihn zu überwältigen drohte.

»Wir brauchen Leute wie Sie, Clayton«, fuhr Cooper jetzt fort. »Sehen Sie, Sie haben ein Gespür für Sprachen, dafür, wie man einen Code knackt. Sie sind uns als jemand empfohlen worden, der gut im Raten ist – es heißt, Sie seien manchmal ein bisschen eigenwillig, aber Sie arbeiteten gut und selbstständig. Sie könnten genau so jemand sein, wie wir ihn in Indien gegen die Japsen brauchen. Sie könnten schon einmal mit den einfacheren Aufgaben anfangen, bis die andren mit dem Intensivkurs durch sind.«

Jemand, wie wir ihn brauchen. Fred fühlte sich geschmeichelt, man hatte ihn empfohlen, seine Fähigkeiten erkannt! Und doch, dieses Gefühl des Stolzes machte schnell einer schlimmen Vorahnung

Platz. Er kannte sich mit Indien besser aus als die meisten anderen, hatte viel darüber gelesen: die Armut, die Krankheiten, denen man zum Opfer fallen konnte, die beängstigend fremde Kultur, der er sich nie hatte aussetzen wollen. Indien war das eine Land, in das er nie hatte fahren wollen, und jetzt sollte er genau dorthin geschickt werden. Er hatte Angst.

»Sie können sich,« hörte er Cooper sagen, »natürlich auch dagegen entscheiden. Es könnte ein Fiasco werden da draußen und dann würden Sie ohne eine sinnvolle Aufgabe in Indien festsitzen. Wir zwingen Sie nicht dazu.«

Aber einfach ablehnen? Ablehnen konnte Fred nicht. Außer im August 1940, als er den Bombenangriff in Mossley Hill nur knapp unbeschadet überstanden hatte, war es für ihn im Krieg bisher eher entspannt zugegangen. »Nein, Sir«, hörte er sich sagen, »ich nehme den Auftrag an«, und zugleich überkam ihn ein ungutes Gefühl fatalistischer Schicksalsergebenheit. Sein Weg war vorgezeichnet. Seine Freunde würden im Himmel von Bletchley bleiben, während ihm die Hölle auf der anderen Seite des Globus bevorstand.

»Wunderbar« strahlte Cooper ihn an. »das freut mich sehr. Weiter: Wir brauchen Sie ganz dringend. Sie werden ausgeflogen. Wir haben noch nicht endgültig entschieden, wie wir sie da hinschaffen …«

Fred brachte kein Wort heraus. Ihm war ganz übel.

***

Die folgenden Tage erlebte er wie in einem Nebel. Seine Vorgesetzten suchten nach Wegen, ihn ohne Aufsehen schnell nach Indien zu expedieren und die Pläne schienen sich von Tag zu Tag zu ändern. Zuerst sollte er in einem Langstreckenbomber mitfliegen, in großer Höhe über das Mittelmeer direkt nach Indien. Dafür musste er einen Test in einer Druckkammer am Luftwaffenstützpunkt Farnborough über sich ergehen lassen – für Fred eine überaus unangenehme Prozedur, weil seine Ohrtrompete verstopft war und er den Druck nicht ausgleichen konnte, es fühlte sich an, als würde sein Kopf gleich platzen. Er musste eben zusehen, dass er den Flug irgendwie überstand, und gute Miene zum bösen Spiel machen. Aber dann wurde der Plan als zu gefährlich aufgegeben – ein Bomber über dem

Indienfahrt

Mittelmeer konnte schließlich abgeschossen werden. Nun wurde Fred ins Luftfahrtministerium im Zentrum von London bestellt, wo man ihm in dem majestätischen Gebäude einen Schlafplatz im Keller anwies und wo er von einem neuen Plan erfuhr. »Clayton, Sie müssen unauffällig in Zivil reisen. Ihre Aufgabe ist schließlich streng geheim. Ihre Uniform können Sie im Gepäck verstauen, und passen Sie auf, dass sie keiner zu Gesicht kriegt.«

»Ja schon, Sir«, überlegte Fred, »aber als Zivilist brauche ich einen Pass, und meiner ist abgelaufen.« Der Offizier stöhnte und schickte Fred zum Fotografen, Passbilder machen lassen.

Die Reise fing schon gut an: Zum großen Ärger seines Führungsoffiziers verpasste Fred den Zug, der ihn nach Bournemouth und zum Wasserflugplatz in Poole bringen sollte; Grund war ein Patzer bei der zuständigen Organisationseinheit. (»Dem Kerl reiß ich die Schulterstücke runter«, zischte der Offizier und knallte den Telefonhörer auf die Gabel, und Fred dachte: Der wird es noch zu was bringen beim Militär, er weiß jedenfalls schon genau, wie man einen anderen verantwortlich macht – wer immer »der andere« sein mochte.) Ihm selbst konnte die Verspätung nichts anhaben, er würde noch früh genug nach Indien kommen. Kein Grund, sich zu ärgern oder nervös zu werden. Er nahm den nächsten Zug nach Bournemouth und bestieg in Poole ein Flugzeug – ins irische Shannon. Das Reiseziel war Indien, aber offenbar führte der Weg dorthin, so wie bei Kolumbus, Richtung Westen, wo sie erst einmal die Neutralität Irlands verletzten. Im Flieger sah Fred noch andere sogenannte »Zivilpersonen«, ihren Papieren nach alles Ministerialbeamte, aber braungebrannt wie sie waren, kannten sie wohl die Sonne Afrikas besser als irgendwelche Bürostuben in London. Einen von ihnen fragte der Grenzer in seinem breiten irischen Akzent, ob das fragliche Ministerium am Ende vielleicht das Kriegsministerium wäre? Fred beobachtete belustigt, wie der Mann sich wand und dann, als wäre es ihm gerade erst eingefallen, antwortete: »Ja richtig, Kriegsministerium.«

Von Shannon aus wurde Fred nach Lissabon geflogen, wo sich in je eigenen Quartieren Deutsche, Briten und Italiener aufhielten. Er war jetzt schon zwei Tage unterwegs und nach Indien war es noch weit. Als nächstes ging es quer durch Afrika und Fred hielt

Feindes Liebe

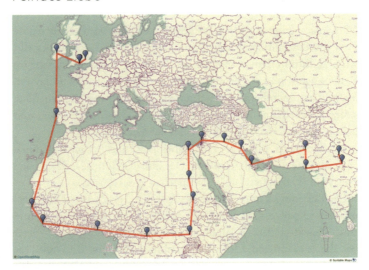

Freds große Reise von London nach Delhi

jede Station fest: Bathurst (Kolonie und Protektorat Gambia), Freetown (Sierra Leone), Lagos (Nigeria), Bangui (Französisch Äquatorial-Afrika), Stanleyville (Belgisch-Kongo), Juba, Khartoum und Wadi Halfa (Anglo-Ägyptischer Sudan), dann der Nahe Osten: Kairo, Galiläa im damaligen Palästina, Habbaniyha und Basra (im Irak), Bahrain und noch irgendwo in Belutschistan, bevor Indien erreicht wurde: Karatschi, Gwalior und dann mit dem Zug nach Delhi.

Zehn Tage hatte das gedauert. Das nannte man also »dringend«. Aber es war ein Erlebnis gewesen, er hatte diese verrückte Reise sogar genossen. Es war alles etwas komisch, aber er hatte sich dabei auch wichtig gefühlt. Dieses Gefühl fand ein abruptes Ende, als er schließlich im Hauptquartier Meldung machte: »Major Clayton meldet sich zur Stelle, Sir.«

»Clayton?« Der kommandierende Offizier schaute ihn erstaunt an. »Wo kommen Sie denn her?«

»Aus England, Sir. Mir wurde gesagt – von Josh Cooper – ich würde hier dringend gebraucht.«

»Und was sind Sie, Clayton?«

»Ich bin Kryptoanalytiker, Sir.«

Indienfahrt

»Nein, das muss ein Missverständnis sein. Wir haben keinen Kryptoanalytiker angefordert. Sie werden hier nicht erwartet. Die nächsten sechs Monate, schätze ich, gibt es hier für jemanden wie Sie nichts zu tun.«

Sechs Monate. Fred sank das Herz und er kam sich vor wie ein kleiner Depp. Ein Depp, dem so leicht schmeicheln war. »Hm, ich weiß nicht recht, was wir hier mit Ihnen anfangen sollen, Clayton«, überlegte der Offizier weiter. »Oder, warten Sie mal, da hat doch gerade dieser Lehrgang angefangen, für junge Offiziere, die bei uns Dienst tun werden.«

»Sie erlauben Sir, aber diesen Lehrgang habe ich schon abgeschlossen, letztes Jahr, in Bedford.«

»Hm, ja so«, erwiderte der Kommandierende zögernd, »also, dann werden wir was anderes für Sie zu tun finden müssen, was? Bis dahin können Sie sich hier schon einmal einrichten. Warten Sie, ich lasse Sie zu Ihrer Unterkunft bringen.«

»Ja, Sir, vielen Dank, Sir.« Wie betäubt folgte Fred der Ordonanz zu einem Bungalow und packte seine Sachen aus. Er hatte sich nur zwei Bücher mitgebracht, die zweibändige Ausgabe des Corpus Poetarum Latinorum, einer Sammlung der Werke lateinischer Dichter, und er fühlte sich so allein, so weit weg von seiner Familie, von Karl, von all den Jungen in Dresden.

Siebtes Kapitel: 1942 –1944
Wüstes Land Indien

Als Codebrecher hat Fred Erfolg, aber insgesamt ist Indien für ihn eine schlimme Erfahrung – als Offizier der Kolonialmacht muss er erleben, dass in Indien Hunger und Armut regieren.

Am Rande von Delhi liegt auf dem Hügel Anand Parbat (»Hügel der Glückseligkeit«) das Ramjas College. Im Zweiten Weltkrieg war es ausgelagert, statt seiner war in den Gebäuden eine Einrichtung mit dem unauffälligen Namen »Wireless Experimental Center«, Versuchszentrum für Funkverkehr untergebracht – in Wahrheit einer von zwei überseeischen Horchposten des Abhördiensts von Bletchley Park. Der Standort hatte eine Besatzung von an die tausend Mann, britische Soldaten, Hilfskorps und indische Zivilangestellte; als Unterkunft für seine Offiziere hatte das Militär eine Villa beschlagnahmt. Das Bergplateau am Rande der Thar-Wüste war ideal für ein Abhörzentrum, auch wenn alle in ständiger Furcht vor dem berüchtigten *andhi*, dem Wüstensturm lebten.

In diesem nachrichtendienstlichen Nervenzentrum fand Fred Clayton sich stationiert, Major der Luftwaffe im Geheimdienst Seiner Majestät mit dem Auftrag, den Funkverkehr der japanischen Streitkräfte zu entschlüsseln. Wie viele andere Altphilologen, die als Codebrecher in Bletchley und in Indien eingesetzt waren, sprach er kein Japanisch und war ganz auf sein Sprachtalent angewiesen und auf alles, was er als Sprachwissenschaftler gelernt hatte. Im Krieg, so sollte er später sagen, lernte er Rätselraten – wenn es denn ein Ratespiel war, dass jemand seinen Sprachverstand und all seine Fantasie bis zum Äußersten anspannte. Was er im Studium beim Spontanübersetzen unbekannter lateinischer Texte automatisch getan hatte – die Inhalte der Texte mit Sprachlogik und Kreativität erschließen – das tat er nun bewusst und ging dabei bis an die Grenzen dessen, was trotz fehlender Japanisch-Kenntnisse möglich war. Nach dem Prinzip »als Nächstes kann jetzt eigentlich nur…« arbeitete er systematisch die Alternativen ab, und seine Arbeit hatte Erfolg.

Wüstes Land Indien

Wenn er denn dazu eingesetzt wurde. Der Dienst nahm ihn kaum in Anspruch, er hatte viel freie Zeit und so beschloss er, diese Zeit zu nutzen und sich mit der Landessprache zu beschäftigen, gleichzeitig würde er auch etwas über den Alltag der Menschen in Erfahrung bringen. Es gab zwar offiziell angestellte Sprachlehrer, aber Fred wollte den direkten Kontakt mit Einheimischen, deshalb gab er eine Anzeige im »Star of India« auf: ›Junger Inder gesucht als Lehrer für Hindi.‹

Nach ein paar Tagen meldete sich bei ihm ein junger Mann von etwas hochfahrendem Wesen in einem makellos weißen, wenn auch vom Monsunregen etwas bespritzten Gewand. Er hieß Azid und stellte sich als Muslim vor, gerne wollte er Fred Unterricht geben. Sie vereinbarten ein Honorar und die Unterrichtszeiten.

In den nun folgenden vier oder fünf Wochen stellte Fred fest, dass er zwar sprachlich keine großen Fortschritte machte, dafür aber verwirrend viel über die indische Gesellschaft erfuhr. Die Sprache kam Fred rätselhaft vor – Azid tat viele der Ausdrücke, die Fred ständig hörte, mit »das sagt man nicht« ab – kein klassisches Urdu. Als er sich über andere Religionen wie die Sikhs erkundigte, behandelte Azid ihn wie in neugieriges Kind, das seine Nase in Dinge steckt, die es nichts angehen. »Die Sikhs?«, antwortete er, »das sind dreckieche Leute. Sie schneiden nicht ihre Haare und rasieren sich an den Armen nicht. Und man rasiert sich doch, Entschuldigung bitte, wenigstens in die Achselhöhlen, meinen Sie?«

Fred wusste nicht recht, was er darauf antworten sollte, denn er selbst tat das auch nicht und war sich nur zu bewusst, wie kurz seine Hemdärmel waren und dass Azid sicher schon seine Achselhaare gesehen hatte, am Ende hatte er sogar den Achselschweiß gerochen. Bei den Temperaturen in Indien, musste er eingestehen, hatte Azid vielleicht gar nicht unrecht. Er wusste, dass in England Frauen sich manchmal die Achselhaare ausrasierten, aber ihm war sein Erscheinungsbild nie so wichtig gewesen, dass er sich über unansehnlichen Haarwuchs Gedanken gemacht hätte.

Eines Tages gingen sie durch die Altstadt von Delhi, als sich Azid im Menschengewimmel nach Fred umdrehte: »Entschuldigung bitte« (so fing er immer an, wenn er meinte, etwas Unangenehmes sagen zu müssen), »ein paar Leute sagen zu mir ›Du Engländeräffchen‹«.

Feindes Liebe

Er wollte damit offenbar andeuten, dass er im Namen der Völkerfreundschaft einiges einzustecken hatte, und Fred schätzte das an ihm. Aber als er ihn nach der Religion der Hindus fragte, wurde Azid wieder abschätzig: »Die beten, Entschuldigung bitte, Kuhdung an und das weibliche Geschlechtsteil.« Damit wären die Hindus also abgetan, dachte Fred und überlegte, ob es vielleicht Hindus gewesen waren, die ihn »Äffchen« genannt hatten. Das war typisch Azid, er sah andere gern als minderwertig an und seiner Aufmerksamkeit nicht würdig.

Ungefähr einem Monat später wurde Fred unerwartet zum Oberst bestellt. Der Mann imponierte ihm, es war kein primitiver Soldatenstiefel, Fred fand ihn im Gegenteil feinfühlig und kultiviert. »Also, Clayton«, begann er, »ich höre, Sie treffen sich da seit einiger Zeit mit einem jungen Inder?«

»Ja, Sir, Azid. Ich lerne bei ihm die Sprache kennen und die Kultur, ich bezahle ihn auch dafür.«

»Sehr schön, sehr schön. Es ist nur, Clayton, was wir hier machen, ist absolut geheim. Sie sind bestimmt sehr vorsichtig, aber dieser Inder – also, er ist ein Sicherheitsrisiko. Wir wollen doch nicht, dass er zu viel davon erfährt, was unser Job hier ist, oder?«

»Nein, Sir«. Fred widerstand der Versuchung darauf hinzuweisen, dass es eigentlich noch gar keinen »Job« gab – dafür war er zu früh angekommen. Aber er musste zugeben, dass der Oberst nicht unrecht hatte.

»Es ist wohl am besten, Sie verzichten auf diese Treffen.«

»Ja, Sir, ich verstehe, Sir. Vielen Dank.«

Bei näherer Überlegung waren Fred und Azid einander sowieso müde geworden, wahrscheinlich war es besser so. Bei der nächsten Stunde brachte Fred eine etwas lahme Entschuldigung vor und sagte, er hätte nun keine Zeit mehr für die Treffen. Damit verriet er nichts über den höchst geheimen Charakter seiner Arbeit, und sie trennten sich in aller Freundschaft, der Inder und der Offizier der Kolonialmacht.

Die Tage vergingen und auch wenn allmählich Funksprüche zu entschlüsseln waren, so gab es doch weiterhin wenig zu tun. Fred gab sich alle Mühe, die Langeweile zu vertreiben. In Delhi wurde er Kunde in einer Buchhandlung, damit er etwas geistige Nahrung hatte. An ein ernsthaftes Studium war kaum zu denken, er war in einer Mehrbettstube und außerdem wurde er immer wieder auf Wochen zum Flughafen Barrackpur geschickt, 1500 KM eine Strecke, wenn dort Funksprüche dringend sofort zu entschlüsseln waren. Er kaufte sich englische Lyrik und Belletristik, und als Gegenmittel gegen die Langeweile lernte er Gedichte von Milton, Shakespeare und Matthew Arnold auswendig; die sagte er dann in indischen Bahnhöfen auf, wenn er wegen der ewigen Zugverspätungen wieder auf einem Bahnsteig warten musste: »Und wir sind hier auf dunklem Plan / Voll wirren Rufs zu Flucht und Schlacht / Wo blind die Heere sich bekriegen in der Nacht«, murmelte er die Zeilen von Matthew Arnold vor sich hin und verschloss seine Ohren vor den monotonen Bettelrufen von Frauen mit verhungernden Säuglingen auf dem Arm. Er beneidete seine Freunde in England, die von Bletchley aus rasch nach Oxford oder Cambridge kamen und in ihrer dienstfreien Zeit weiter wissenschaftlich arbeiten und die kulturellen Angebote der Universitätsstädte genießen konnten. Einige alte Bekannte aus Cambridge hatte es allerdings ebenfalls nach Anand Parbat verschlagen und sie bildeten eine Art kleines Bletchley, um in den widrigen Umständen intellektuell nicht völlig zu verkümmern.

Bei alledem hoffte Fred doch, dass er das Vertrauen rechtfertigte, das Josh Cooper in ihn gesetzt hatte, auch wenn die Ergebnisse seiner Bemühungen manchmal enttäuschend waren. »Ich mache halt, was ich kann«, sagte er im Gespräch mit Hugh Lloyd Jones, der in Oxford ebenfalls klassische Sprachen studiert hatte und nun nach einem Grundkurs Japanisch einmal mehr bewies, dass Sprachwissenschaftler einen guten Riecher fürs Entschlüsseln hatten. »Aber es ist schon schwer, mit meinem alten Morse-Handbuch und einem Wörterbuch, mehr hab ich eigentlich nicht.«

Er musste eben das Beste daraus machen, und das tat er auch. Er kam besser mit dem Leben in Indien zurecht als vielleicht zu erwarten war. Tagsüber jedenfalls gab er sich erstaunlich heiter und unbeschwert, trotz der überall sichtbaren bitteren Armut, trotz der entmutigenden Umstände, der Einsamkeit und eines Klimas, das für einen Nordengländer wie ihn unangenehm und alles andere als gesund war. Der Krieg selbst kam ihm weit weg und seltsam unwirklich vor, in seinem Alltag spürte er manchmal kaum etwas davon. Tagsüber jedenfalls. Aber in den Nächten...

Immer wieder derselbe Traum: Er steht in der Aula der Kreuzschule am Rednerpult, vor sich in der dichtgedrängten Masse der Jungen erkennt er Götz, Karl, Wolf, George. Karl und Wolf lächeln ihm zu, Götz lehnt sich in seinem Stuhl zurück, er blickt verwirrt drein und trotzig. Aus dem Augenwinkel sieht er seinen Vater am Rand ein paar Reihen weiter hinten sitzen, der ihn missbilligend ansieht. Jetzt spricht er zu den Schülern: »Jungs, Hitler ist gefährlich. Ihr müsst fliehen, ehe es zu spät ist. Ihr müsst hier raus. Ihr seid in Lebensgefahr. Raus hier!« Er wird lauter, seine Stimme beginnt zu zittern, er blickt in verständnislose Gesichter. Sie verstehen nicht, was er ihnen sagen will. Wie soll er es ihnen klar machen, ehe es zu spät ist? Er setzt noch einmal an: »Ihr müsst sofort ...« er bringt den Satz nicht zu Ende, ein ohrenbetäubender Knall verschlägt ihm die Sprache. Die Wände zergehen und von allen Seiten greifen brüllende Flammen nach ihnen. Die Luft selbst brennt. Es gibt kein Entkommen. Seinem Mund entringt sich ein Schrei hilflosen Entsetzens.

»Hast du was, Clayton?« Die Stimme kam vom Bett an der anderen Wand, sie klang gereizt.

Fred fuhr hoch. Er war schweißgebadet. Es dauerte einen Moment, ehe er sich zurechtfand. Ja, er war in Delhi, im Schlafquartier zusammen mit den anderen Offizieren, viele Meilen fort von zu Hause und von Dresden.

»Clayton« – die Stimme war jetzt dringender – „Clayton, was ist mit dir los?

»Es war nur ... entschuldige«, stotterte Fred. »Es war ein Albtraum, nichts weiter«.

»Was war das denn?« kam eine andere Stimme.

»Ach, bloß Clayton mit seinen ständigen Anfällen«, und nun im Befehlston, »reiß dich bisschen zusammen, ja? Du hast einen derartigen Rabatz gemacht, bestimmt ist die halbe Belegschaft davon aufgewacht!«

Es war immer derselbe Albtraum, jede Nacht. In seinem Traum wurde Dresden bombardiert und all die Jungen kamen dabei ums Leben. Wenn er aus dem Traum aufwachte, merkte er, seine ganze

Wüstes Land Indien

zur Schau gestellte Munterkeit war nur das – Schau. Er hatte einfach Angst.

Der einzige Lichtblick in seinem monotonen Alltag waren Briefe aus er Heimat. Karl schrieb ihm regelmäßig, er war jetzt 17 und schien zu spüren, wie einsam Fred war. Seine Briefe waren besonders herzlich und Fred fiel auf, wie instinktiv mitfühlend so ein Junge sein konnte, während manche erwachsenen Freunde, auch wenn sie sonst feinsinnig waren, mit Blindheit geschlagen schienen. Einem seiner Freunde, Professor und frisch verheiratet, schrieb er von seinen Albträumen und erhielt von ihm den Rat, bei solchen Zuständen sei es gut zu heiraten. Heiraten? In Indien? Emotional war Indien eine Wüstenei und überhaupt nicht der Ort, wo man eine Frau finden konnte. Mit der Hochzeit würde er warten müssen – wenn er es überhaupt zu einer Hochzeit brachte.

Im Spätsommer des Jahres 1942 erhielt er völlig überraschend eine Rot-Kreuz-Postkarte, auf der nur stand, »*Danke für alles, was Sie für uns getan haben – H.S.*« Fred war verblüfft. Die Karte war von Helene Schneider, Karls Mutter, sie hatte diese wenigen Worte an ihn geschrieben, nicht an ihren Jungen, und warum eine Rot-Kreuz-Karte? Nun, die Karte hatte ihren Weg zu ihm gefunden, seine Eltern hatten sie nachgeschickt und jetzt hielt er sie in Händen, hier am Rande der Wüste, eine Welt, einen Krieg weit entfernt.

Er überlegte. Von Judenverfolgung hatte er nichts weiter gehört und Karl hatte in seinen Briefen auch nichts von seiner Mutter geschrieben. Vielleicht hatte sie Arbeit gefunden – im Krieg mussten ja viele Frauen arbeiten. Er wusste sehr wohl, das war eine ziemlich optimistische Vermutung und Karl gegenüber hatte er das Thema nicht angesprochen. Jetzt freute er sich über den neu hergestellten Kontakt, über dieses Lebenszeichen. Und er wurde wieder zuversichtlicher. Er begann wieder Hoffnung für Helene zu schöpfen, Hoffnung auch für die Jungen in Dresden. Die Träume quälten ihn weiterhin, aber vielleicht würden sie ja doch nicht wahr werden.

Von seinem Buch hatte Fred kaum etwas gehört, er wusste nicht, wie es in England aufgenommen wurde. Wahrscheinlich nicht so gut, befürchtete er. Die erste Kritik, die ihm vor Augen kam, stand in einer Armeezeitung. Als er die Überschrift las: »Drei Bücher

Feindes Liebe

zum Lesen und eines zum Weglassen«, wusste er schon Bescheid. Er ließ die Zeitung sinken und sah sich vergeblich nach jemandem um, dem er den Witz erzählen konnte. Seine Freiexemplare hatte er nicht erhalten, sie waren angeblich bei einem Torpedoangriff auf ein Schiff untergegangen oder so. Als er in Kalkutta war, fand er eines bei einem Buchhändler, der ihm versicherte, es sei »ein bestens empfohlenes Werk«. Später dann stieß jemand zu Freds Einheit, der wusste, dass er unter dem Pseudonym »Frank Clare« geschrieben hatte, und erzählte den anderen davon – ein ebenso unwahrscheinlicher wie zunächst peinlicher Zufall. Die Kameraden waren neugierig und liehen sich das Buch aus, sie taten dann immer so, als sähen sie es zufällig zwischen seinen wenigen Habseligkeiten in der Stube liegen.

Manche sprachen offen mit ihm darüber, einer erwähnte auch die verworrenen erotischen Gefühle, die in dem Roman angedeutet wurden. Fred wollte sich da nicht festlegen lassen. Er sehnte sich danach, Ehemann und Vater zu werden, an dieser Sehnsucht hatte sich nichts geändert, ja sein Umgang mit Karl hatte sie sogar noch stärker werden lassen. Aber es war auch nicht zu bestreiten, dass zuzeiten die Gefühle und Empfindungen beim Umgang mit Männern ihn überwältigten. Männer verstanden ihn besser, sie widmeten ihm mehr Zeit, und solche Erfahrungen brachten ihn gänzlich durcheinander. Er versuchte sich damit zu beruhigen, dass er eben nie wirklich Gelegenheit gehabt hatte, eine Beziehung zu Frauen aufzubauen – schließlich war er mit Brüdern aufgewachsen, dann in eine reine Jungenschule gegangen und in Cambridge zehn Jahre lang auch von lauter Männern umgeben gewesen. Das Jahr in Dresden war eine Ausnahme, aber auch da war er wieder in einer reinen Knabenschule gewesen. Und jetzt war er in der von Männern dominierten Gesellschaft Indiens, von der Armee einmal ganz abgesehen. Aber war das nicht doch alles eine Ausrede? War er homosexuell und unterdrückte die Neigung nur? Würde er je eine »normale« Beziehung zu einer Frau eingehen können, wenn sich die Gelegenheit bot? Diese tiefe Sehnsucht nach einer eigenen Familie, würde sie je erfüllt werden? Vielleicht würde es nie dazu kommen, aber er war noch nicht bereit, alle Hoffnung fahren zu lassen.

Wüstes Land Indien

Fred in Indien: nach außen ein fröhlicher Kerl

Mit dem Roman ging es so aus, dass jemand sich Freds Exemplar schließlich »auslieh« und nie zurückbrachte. Der Verlag Secker & Warburg, erfuhr Fred, war ausgebombt und alle Bücher waren verbrannt, sie hatten auch kein Exemplar mehr.

Die Tage schleppten sich dahin und allmählich bekam die unbeschwerte Fassade Risse. Ende 1942 brach in Bengalen eine Hungersnot aus und Fred musste mitansehen, wie die Menschen dahinstarben. Es gab kein Ausweichen vor der furchtbaren Armut, das Grauen starrte ihm ins Gesicht. Die Rufe »Sahib, Sahib« in den Straßen war er inzwischen gewöhnt, aber jetzt machten sie ihn beinahe wahnsinnig, ließen ihn verzweifelt und machtlos zurück. Immer wieder gab er sich Mühe, dem Mitleid nicht nachzugeben und eisern seine Tasche zuzuhalten gegen die flehentlich ausgestreckten Hände ausgemergelter Frauen.

Eines Tages stolperte er auf der Straße über etwas und ihm blieb fast vor Entsetzen das Herz stehen, als er sah: Es war eine winzige Leiche. Der tote Säugling lag einfach so auf der Straße wie Müll. Hatte das Baby einen Namen gehabt? Wie verzweifelt und hoffnungslos musste jemand sein, um das Leben eines kleinen Menschen so fortzuwerfen? Wo war die Mutter? War sie auch tot? Mit einem Schluchzen verließ er diesen Ort des Schreckens und suchte Zuflucht in seinem Quartier, wo er sich einbilden konnte,

Feindes Liebe

dass das Leiden ihn nicht bis direkt vor seine Tür verfolgte. Es ging nicht: Sobald er die Augen schloss, sah er den toten Säugling vor sich.

Es waren auch nicht nur Frauen, die Not trieb sogar Jungen und Mädchen dazu, für Geld alles zu tun, nur um zu überleben. Einmal wurde Fred mit seiner Kompanie in die Nähe von Kumilla in Bangla Desh geschickt, wo das Hauptquartier der 14. Armee war. An der Fähre über den Brahmaputra verzögerte sich das Anlegemanöver, Fred stand mit anderen an Land, sie warteten und sahen den schmächtigen eingeborenen Jungen zu, die sich mit Tauchen vergnügten. Plötzlich zupfte ihn jemand am Ärmel. Es war ein indischer Junge, nicht ganz so dünn und ausgehungert wie die meisten, er trug nur das indische Beinkleid um die Hüften geschlungen, einen grünen Dhoti. Der Junge grinste ihn erwartungsvoll an: »Tragen Gepäck, Sahib?«

»OK, Kleiner«, sagte Fred lächelnd.

Er wollte nur freundlich sein, dem Jungen in seiner Armut etwas Gutes tun, aber später, als er sich vor dem unerträglich heißen Nachmittag in die Offiziers-Kabine geflüchtet hatte, stand der Junge plötzlich in der Tür. Er lächelte Fred vertraulich zu, legte sich in eine der Kojen und war schon dabei, sein Dhoti abzulegen. In ungläubigem Entsetzen brachte Fred nur ein »Fort hier« heraus und bedeutete ihm mit beiden Händen so gut er konnte, er solle sofort verschwinden. Der Junge verdrückte sich.

Später, nach Einbruch der Dunkelheit, erfuhr Fred, dass das Schiff erst in einer Stunde ablegen würde. In seiner Kabine war es heiß und schwül, die Jammerschreie der Bettlerinnen ertönten wieder. Fred ging an Land und lief über die Hafengleise auf der Suche nach einem Teeverkäufer, bei dem er sich etwas zu trinken kaufen konnte.

Plötzlich sprang hinter einem Lastwagen der Junge hervor, stand splitternackt da und schlang die Arme um ihn: »Gut Sahib!«, gurrte er. Er wusste doch genau, was Sahibs von indischen Jungen wollten. Fred empfand Abscheu, aber zugleich stieg Mitgefühl und so etwas wie Zuneigung in ihm auf. Der Junge kam ihm wie ein scheußliches Spiegelbild von Karl vor, eine abscheuliche Karikatur. Er drückte ihm eine horrende Menge Rupien in die Hand, die der Junge mit einem »Gut Sahib, gut Mann« quittierte.

Fred stolperte fort. Alles ging ihm durch den Kopf: Hatte der Junge ihn unter den anderen Sahibs ausgesucht, weil er ihn als offensichtlichen Kunden einschätzte? Oder war etwas an ihm, das auf Mitleid hoffen ließ? Es schien absurd, aber hatte der Junge in ihm vielleicht den einzigen Sahib gesehen, bei dem er Güte erwarten konnte, der ihn umarmen würde, mit einer flüchtigen Spur von Liebe, sanft und zärtlich und ohne seine sexuellen Bedürfnisse an ihm zu befriedigen? Es war ein Rätsel. Ob er dieses Rätsel jemals in seinem Leben würde lösen können?

Seine Arbeit half ihm auch nicht, mit allem Schlimmen, mit all der Not und allem Schrecken um ihn herum fertig zu werden. Er fühlte sich nicht ausgelastet, ja er war gelangweilt, seine Tätigkeit schien ihm belanglos, und das belastete ihn zusätzlich. Er war auch nicht der Einzige, der den Sinn seines Tuns in Frage stellte – als er eines Morgens mit einem ganz pfiffigen jungen Offizier zusammensaß, fragte der ihn, »Glauben Sie eigentlich, was wir hier machen, ist kriegswichtig?«

»Eher nicht«, war Freds Antwort, »aber es hilft wirklich nichts, wenn Sie darauf herumreiten.«

Doch der Mann hatte recht. Für Fred bestand der Krieg vor allem aus Langeweile, und es war nicht nur die Arbeit. Die bestand darin, Tag für Tag die Japaner dabei zu belauschen, wie sie sich über das Wetter unterhielten, und das war schon schlimm genug. Schlimmer war es, dass er über diese rein technische Kommunikation allmählich den Kontakt mit echten Menschen verlor, das zermürbte ihn, bis er kaum noch Gefühle spürte. Sein Leben spielte sich im Offizierskasino ab und was er tat, war so geheim, dass er mit niemandem darüber sprechen durfte. Er fühlte sich von allem abgeschnitten und sehnte sich verzweifelt nach menschlicher Nähe. Dazu kam die schreckliche Armut, die ihn umgab und der er nicht abhelfen konnte.

Nicht, dass es nur Fred allein so ging – überall in Indien gab es tausende junge Briten, keine hartgesottenen Berufssoldaten oder Offiziere oder Beamte, sondern einfache Leute, Lastwagenfahrer, Lehrer, Angestellte, die das glorreiche britische Weltreich zum ersten

Feindes Liebe

Mal selbst erlebten – und am liebsten Reißaus genommen hätten. Fred wusste das, weil sie ihn zum Briefzensor gemacht hatten, was er verabscheute, und er las all die ernüchterten Briefe nach Hause. Was hatten die Leute denn erwartet, was hatten sie sich vorgestellt? Er selbst jedenfalls war gewarnt gewesen, er hatte die kritischen Bücher über Indien gelesen. Und doch war auch er nicht auf alles gefasst gewesen. Einer aus seiner Kompanie, ein Lehrer, hatte sich mit einem indischen Lehrer angefreundet, und als Fred einmal in Kalkutta auf Urlaub war, hatte er sich daran erinnert, hatte ein paar leichte englische Schullektüren gekauft und sie ihm mitgebracht. Der Inder hatte ihn sehr freundlich, aber auch ein wenig traurig angesehen: »Sahib«, hatte er gesagt, »Unsere Kinder müssen arbeiten, um zu essen. Nicht lesen. Lesen haben sie verlernt.«

Fred konnte die Armut und das Leid der Menschen kaum ertragen. Er hatte das Gefühl, dass die eingeborenen Inder dafür die ausländischen Besatzer verantwortlich machten, und er hatte so viel Einsicht und war so ehrlich, dass er wusste: Sie hatten recht. Dabei wagte er diesen Gedanken kaum zu denken, das Gefühl der Schuld, das daraus erwuchs und das Bewusstsein, dass er ein Repräsentant dieses Systems war, machte alles nur noch unerträglicher. Er wünschte sehnlich, er könnte um Verzeihung bitten und alles wieder gut machen. Aber er fühlte sich hilflos. Er konnte die Uhr nicht zurückdrehen. Er konnte die Jahre der Ausbeutung unter dem Mantel der »Kolonisierung« nicht ungeschehen machen. Er und seine Kameraden von der Armee waren zu spät daran: Der Schaden war während hunderten von Jahren angerichtet worden. Fred und andere einfache Leute wie er, die bei den Indern vielleicht sogar Sympathien hätten wecken können, steckten in der Geschichte fest, und die Einheimischen ließen sich von ihren Versuchen, jetzt noch freundlich zu sein, nicht beeindrucken – es war zu spät. Dazu kam: Fred war Offizier und hatte noch weniger Möglichkeiten, mit den einfachen Menschen in Kontakt zu kommen, als die Mannschaften. Die Brücken, die er so gern geschlagen hätte, der menschliche Kontakt, den er suchte, egal wo er war, sie blieben ein unerfüllter Traum.

Es gab nur ein paar wenige Augenblicke der Menschlichkeit, kleine Lichtblicke in der Dunkelheit. Zu Weihachten 1944 kam

Wüstes Land Indien

ein Verbindungsoffizier der Amerikaner namens Klein wie der sprichwörtliche reiche Onkel mit mengenweise Zigaretten an, echte Camel, und in Freds Einheit zierten sie sich nicht. Fred war aber doch geschmeichelt und auch erstaunt, als später ein amerikanischer Offizier ihn amüsiert fragte, ob er wüsste, was Klein dazu gesagt hatte? »Er hat uns erklärt, die britischen Offiziere, mit denen ich zu tun habe, die arbeiten ordentlich und kennen sich aus, nicht wie ihr faulen Säcke.« Die Zigaretten kamen ihnen nur recht, aber die Anerkennung nicht weniger, und der Amerikaner hatte ihnen beides zuteilwerden lassen. Es war nichts Großartiges, aber dennoch, es war wie Regen auf ausgetrockneten Boden.

Achtes Kapitel: 1945
Zerrüttet in Indien

Die Verhältnisse, unter denen er leidet und die er nicht ändern kann, setzen Fred immer mehr zu. Die Nachricht von der Zerstörung Dresdens und ein traumatisches Erlebnis bringen ihn an den Rand seiner Kräfte – und darüber hinaus.

Im Februar 1945 nahm Fred ein paar Tage Urlaub und fuhr in den Norden nach Agra, das Taj Mahal und andere Sehenswürdigkeiten besichtigen. Vielleicht war es der Versuch, sich so etwas wie Normalität vorzuspielen, einfach den Touristen zu geben. Der frühe Morgen sei für eine Besichtigung des Taj Mahal die beste Zeit, hatte er sich sagen lassen, deshalb und um dem Ansturm der Massen zu entgehen war er schon vor Sonnenaufgang dort. Das gewaltige Mausoleum faszinierte ihn, als nun die Morgensonne die imposanten marmornen Minarette und die Kuppel in ihr weiches Licht tauchte. Wie passend war es doch, ging es Fred durch den Kopf, dass dieses Bauwerk, das berühmteste in Indien und vielleicht in der ganzen Welt, ein Monument herzzerreißenden Schmerzes war, das Grabmal für eine geliebte, früh gestorbene Frau.

Ein Junge riss ihn aus seinen Träumereien, er machte sich ihm zum Angebot, sich selbst oder seine Schwester. »Äh – nein danke«, stammelte Fred, dann, schon im Abwenden: »Könntest du mich herumführen?« und er zeigte auf das Taj Mahal. Der Junge sah ihn verwirrt an, Fremdenführer gehörte nicht zu den Diensten, die er normalerweise den Touristen anbot und dafür war er auch nicht qualifiziert, weder sprachlich noch kunstgeschichtlich. Aber – warum nicht. Ein paar Leute starrten das ungleiche Paar an, das da zusammen umherging; der Junge gab sich Mühe, auf ein paar interessante Einzelheiten hinzuweisen und Fred nickte dazu. Es war alles ein trauriger Witz, dachte er. Der Junge schien den Witz zu genießen und grinste erfreut, als Fred ihm Geld in die Hand drückte – natürlich viel zu viel. Ein offizieller Fremdenführer sah sie erbost an.

Als nächstes wollte Fred Fatehpur Sikri besuchen, die 40 Kilometer entfernte ehemalige Hauptstadt des Mogulreiches, eine weitläufige Ansammlung von Gebäuden aus dem 16. Jahrhundert, aber es fand sich niemand, der ein Taxi mit ihm teilen wollte, so dass er sich schließlich mit den Einheimischen in einen Linienbus quetschte. Die Fahrt ließ sich gut an, die anderen Fahrgäste behandelten ihn ganz freundlich, aber dann ging etwas an dem Bus kaputt und die Inder stiegen alle aus und erleichterten sich erst einmal am Straßenrand. Es sah nach einem dieser langen Aufenthalte aus, die für Indien so typisch waren, deshalb ging Fred in der heißen Sonne zu Fuß weiter und sah sich nach einem Tanga um, dem überall vorhandenen zweirädrigen Pferdekarren. Mit einem Mal kam auf einem Fahrrad ein älterer Mann vorbei, Turban und grauer Schnauzbart, das Lendentuch Dhoti aufgeschürzt. Er lächelte Fred zu und deutete hinter sich: Er bot Fred an, ihn auf dem Gepäckträger mitzunehmen.

So etwas hatte Fred nicht mehr erlebt, seit ihn mit zehn im Dorf einmal ein älterer Junge auf dem Rad mitgenommen hatte. Er setzte sich, wenn auch etwas ängstlich, auf den Gepäckträger und hielt sich an den Schultern des Mannes fest Die Straße war unbefestigt und holperig, der Wind wehte ihnen direkt entgegen, sie gerieten in Spurrillen, mussten ausweichen, schlingerten – Fred hatte Bange, er könnte jeden Augenblick vom Gepäckträger fallen und sich zum Schauspiel machen. Schließlich gaben sie es dann auf. Der Mann machte Gesten des Bedauerns, Fred versuchte seine Dankbarkeit zu zeigen, sie lächelten sich an. Und dann merkte Fred, dass von Bezahlung keine Rede war – das war eine ungeheure Freude, er war für den Mann einfach ein netter junger Sahib gewesen, der verloren auf der Straße stand und der sein Sohn hätte sein können. Fred hätte ihn umarmen können! Sie gaben sich die Hand und der Mann fuhr wackelig seines Weges.

Dann kam ein Tanga und Fred war wieder zurück in der Welt mürrischen Feilschens um den Fahrpreis; der Mann war missmutig und ausgemergelt, sein Pferd wundgerieben, klapperdürr und offenbar an Schläge gewöhnt.

In Fatehpur Sikri wanderte Fred allein durch die verfallende Stadt.

Als er aus dem Urlaub zurückkam, erhielt er eine bestürzende Mitteilung. Ein junger Leutnant setzte sich im Offizierskasino zu

Feindes Liebe

ihm: »Sir, während Sie weg waren ... ich dachte, es interessiert Sie ...« Er sprach nicht weiter und aus seiner Befangenheit schloss Fred auf unangenehme Neuigkeiten.

»Worum geht es?«, fragte er.

»Dresden«, erwiderte er.

»Ja, was ist mit Dresden?« Aber er wusste die Antwort schon.

»Ein Bombenangriff, britische und amerikanische Verbände.«

»Und? Schlimm?«

»Dresden ist ... völlig zerstört. Das Oberkommando ist zufrieden. Es heißt, in der Stadt hat es eine Art Feuersturm gegeben und viele Tausend sind darin umgekommen. Die reinste Hölle.«

»Oh mein Gott«, stöhnte Fred und fühlte wieder diese hilflose Panik aufsteigen. Er musste sie im Zaum halten, musste sich zusammenreißen, irgendwie. Wenn er dem Gefühl nachgab, wäre es sein Ende, das spürte er.

Nun waren seine Albträume also Wirklichkeit geworden. Fred versuchte, seine Verzweiflung zu unterdrücken, indem er sie mit Logik und Ratio anging – als ob ihm das etwas nützen würde. Natürlich, der Tag der Abrechnung hatte kommen müssen. Dresden konnte nicht für immer die eine, auf wundersame Weise verschonte Stadt bleiben. Welches Recht auf Nachsicht sollte diese Stadt haben, wo doch andere ebenso bedeutende Städte bitter zu leiden hatten? Da waren auch die Waffenfabriken und so weiter... Aber je mehr er von anderen Städten gehört hatte, die bombardiert wurden, während Dresden unangetastet blieb, desto mehr hatte er sich in der Hoffnung gewiegt, die Alliierten würden dieses historische Juwel bewusst schonen, würden sich weise zeigen und ritterlich und großzügig – waren das nicht Wesenszüge von Churchill? Aber jetzt kam es ihm vor wie das letzte Kapitel einer schauerlichen alten Sage – Dresden war nur zurückbehalten worden für das letzte große Fest der Kriegsherren, aufgespart als Symbol dafür, wie unbarmherzig sie sein konnten in ihrem gerechten Zorn.

Und bei alledem empfand Fred – nichts mehr. Es schockierte ihn, es beschämte ihn, er wollte etwas fühlen, er musste doch etwas fühlen, aber sein Inneres war tot. Er hatte keine Gefühle mehr. Er sehnte sich danach, dass es vorbei war, dass er alles hinter sich lassen konnte, er wollte nur noch nach Hause. Dresden war nichts als ein Teil einer farblos grauen, wunden Welt.

Wenn er sich Dresden in Erinnerung rief, die Stadt, die er so geliebt hatte und die jetzt so grausam zerstört war, die ihm, so wie die gesamte Welt vor dem Krieg, jetzt so unwirklich vorkam, dann peinigte ihn ein Gedanke besonders: »Damals in Dresden habe ich für unsere Demokratie und unsere Werte gestritten und argumentiert, dass sie zu einer edleren Gesinnung führten. Jetzt hat die Barbarei auf unserer Seite genauso wie auf ihrer Toleranz und Mitgefühl aus dem Feld geschlagen.« Fred schämte sich nun nicht mehr dafür, dass er nicht bei der kämpfenden Truppe war, vielleicht, so dachte er, war es gut, wenn Menschen wie er überlebten. Aber dieser Gedanke war ein schwacher Trost.

***

Im April 1945 schien das Glück Fred endlich hold zu sein: In einer Lotterie gewann er einen Monat Heimaturlaub. Wie sollte er wissen, dass dieser Glücksfall der Anfang vom Ende sein würde.

Er hatte an der Lotterie teilnehmen können, weil er schon lange genug in Indien war. Mittlerweile hatte sich die Lage verändert: Zwischen der Aussicht auf Entlassung in die Heimat oder Demobilisierung und dem Rückzug der Japaner entspann sich eine seltsame Art Wettlauf. Je weiter sich die Japaner zurückzogen, desto weniger war eine Funküberwachung möglich, ihre Arbeit löste sich allmählich in Luft auf. Aber Fred musste seine Untergebenen beschäftigen, musste sich irgendwelche Arbeiten für sie ausdenken, er konnte ihnen nicht einfach sagen, »fahrt nach Delhi runter und amüsiert euch«. Bevor er seinen Heimaturlaub antrat, kapitulierten die Deutschen, so dass Gründe genug gab anzunehmen, dass er bald alles hinter sich haben würde.

Seltsamerweise ging es wieder über Nigeria, sein Flugzeug musste in Porno zwischenlanden (»Als ich damals in Porno war«, sollte einer seiner kleinen Scherze werden). Sie brachten eine Nacht auf dem Flugplatz zu, saßen zusammen und redeten. Ein oder zwei waren in japanischer Kriegsgefangenschaft gewesen, sie hatten entsetzliche Geschichten zu erzählen. Ihr Gesichtsausdruck erschreckte Fred.

Feindes Liebe

Zum Glück dauerte der Flug nicht so lang und er musste nicht wieder eine Odyssee durch Afrika antreten wie drei Jahre zuvor. Sie flogen über Lydda (Fred konnte am Strand von Tel Aviv baden, die Stadt erinnerte ihn irgendwie an Wien) und dann noch ein Zwischenstopp in Tripoli, wo Fred ein typisches Missgeschick unterlief: Er hatte, als dienstältester Offizier, alle Papiere bei sich, ließ sie prompt auf der Toilette liegen und musste nochmal zurückrennen, fast hätte er den Flieger verpasst. Und dann waren sie zu Hause, sie landeten inmitten der grünen Felder von Somerset und Fred war begeistert – es war so schön, so wunderschön.

Den Urlaub verbrachte er bei seinen Eltern in Liverpool, es war die reine Freude. Indien war weit weg, ein düsterer Streifen am Horizont. Leider war sein jüngerer Bruder George nicht da, er war inzwischen Ausbilder bei der Luftwaffe in Nordwales und hatte keinen Urlaub bekommen. Sie konnten ihm nur einmal zuwinken, als sie Freunde an der walisischen Küste in Penmaenmawr besuchten – da drehte er mit dem Flugzeug eine Runde über ihren Köpfen und machte sich mit Zeichen bemerkbar. Kurz darauf wurde er zu den Marinefliegern versetzt.

Fred nahm auch die Gelegenheit wahr und fuhr nach Bletchley Park, um mitzuteilen, dass es in Indien nichts mehr für ihn zu tun gab: Funksprüche waren keine mehr zu entschlüsseln – die Japaner hatten sich zurückgezogen und damit war auch seine Aufgabe dort verschwunden. Das war natürlich ein Versuch, nicht wieder dorthin abkommandiert zu werden, aber es war auch die Wahrheit. Jedenfalls wollte er auf keinen Fall wieder zurück nach Indien, konnte den Gedanken daran nicht ertragen. Sein Ziel war es, mit den Besatzungstruppen nach Deutschland geschickt zu werden, schließlich hatte er dort gelebt, kannte die Menschen, sprach die Landessprache. Irgendjemand machte ihm auch Mut und sagte, Leute wie er würden dort gebraucht. Karl – er nannte sich wegen der anti-deutschen Stimmung nach dem Krieg jetzt Charles Lacey – war in die britische Armee eingetreten und bereitete sich nun darauf vor, mit den Siegern wieder heimzukehren – seine Truppe war in demselben Dovercourt einquartiert, wo er sieben Jahre zuvor als Flüchtling angekommen war. Und Fred hoffte, Götz und Wolf wiedersehen zu können – wenn, ja wenn sie den Krieg überlebt hatten. Er wollte ihnen zeigen, dass er zu fraternisieren bereit war, auch wenn das sonst niemand tat. Im Herzen war er immer noch ihr älterer Bruder. Zwar hatte er nichts von ihnen gehört und wusste nicht einmal, ob sie überhaupt noch am Leben waren, aber...

Und die Antwort war – Schweigen. Die Kontakte, auf die er gesetzt hatte, schienen abgebrochen zu sein. Er beließ es dabei, er hatte keine Kraft mehr. Als er noch einen zweiten Monat Urlaub bekam, (aber nur, weil es nicht genug Flugzeuge für den Rücktransport gab) dachte er, damit sei seine Zeit in Indien bestimmt endgültig vorbei. Doch dann war auch der zweite Monat herum und er wurde wieder zum Dienst einberufen. Er kam mit andern zusammen in ein Transitlager in einem Stadtteil von London, wo sie in ein paar Häusern zusammengepfercht auf den Weitertransport warteten.

Während dieser Zeit wurde die erste Atombombe abgeworfen. Die Nachricht erschütterte Fred tief. Jahrelang hatten vor dem Krieg Pazifisten die Schrecken eines zweiten Weltkriegs ausgemalt und auch wenn er sich selbst als Pazifist verstand, so hatte er das doch manchmal für übertrieben gehalten. Aber all seine Hoffnungen, all seine Illusionen zerrannen vor seinen Augen. Er hatte davon geträumt, dass Dresden verschont bleiben würde, er hatte inständig gehofft, dass der Menschheit der letzte Schrecken eines Atomkriegs erspart bleiben würde – hatten nicht die klugen Wissenschaftler, die das Atom gespalten hatten, selbst erklärt, niemals werde ihre Entdeckung militärisch genutzt werden? In nur sechs Monaten musste er zweimal den bitteren Kelch leeren bis zum Grund. Es war ein Trauma.

Für die Männer in dem Transitlager war diese für die Menschheit dunkle Stunde jedoch ein Lichtblick: Wenigstens konnte man sie jetzt nicht mehr zurück nach Indien schicken. Ihre Aufgaben dort hatten sich erledigt, Japan hatte kapituliert, mit Repatriierung und Demobilisierung würde es jetzt schneller gehen. In zwei oder drei Monaten hätten sie alles hinter sich, so dachten sie.

Aber sie hatten das Militär unterschätzt. Als wäre die Bombe das lang erwartete Signal gewesen, brach mit einem Mal Geschäftigkeit aus, sie wurden in einen Zug verfrachtet, das Fahrtziel war geheim, entpuppte sich aber als nur zu vertraut: Es war Liverpool, Freds Heimatstadt. Verdrossen blickten er und seine Kameraden

Feindes Liebe

vom Deck ihres im Hafen vertäuten Schiffs, überall waren bunt geschmückte kleine Boote, die Menschen feierten den Sieg über Japan. Fred blickte zur Stadt hinüber, er konnte fast bis Mossley Hill sehen. Hier war er, wieder auf dem Weg nach Indien und doch so nahe an zu Hause. Wie konnte etwas so grausam sein!

Von der Reise blieb ihm kaum etwas in Erinnerung, irgendwann war er in Bombay und stellte sich in die Warteschlange für die Einquartierung. Der Mann vor ihm in der Schlange hatte ein paar Sachen in Karatschi zurückgelassen und dachte, er könnte sie auf dem Rückweg wieder mitnehmen – eine naive Annahme, wie sich herausstellen sollte: Er wurde nach Burma geschickt, nach Rangun. Er protestierte, aber vergebens. Als nächstes war Fred an der Reihe. Er war ganz beruhigt, seine auf dem Bergplateau über Delhi angesiedelte große Einheit, die über die Jahre noch um einiges gewachsen war, konnte nicht nach Rangun verlegt werden, das wäre sinnlos gewesen. Er hatte eine Menge Bücher dort, die sich im Laufe der Zeit angesammelt hatten. Fred nannte die Nummer seiner Einheit.

»Rangun«, sagte der Transportoffizier.

Fred erstarrte. »Das ... das ist nicht möglich«, stammelte er.

»Doch, mein Junge. Du hast mir diese Nummer genannt und die Einheit ist in Rangun stationiert. Also, Rangun, über Kalkutta.«

Fred versuchte zu diskutieren, zu erklären. »Nein, bitte, meine Einheit war in Delhi stationiert, all meine Kameraden waren dort, schon seit Jahren. Da muss ich wieder hin zurück, Rangun, das muss ein Irrtum sein. Könnte ich nicht erst nach Delhi und dann nach Kalkutta fahren?«

»Ja wie soll das denn gehen«, versetzte munter sein Gegenüber. »Ich kann doch nicht die Landkarte von Indien deinetwegen neu zeichnen, das siehst du doch ein? Erst warst du ein Glückspilz, mit Heimaturlaub und so, dafür hast du jetzt eben Pech. So ist das Leben. Nee, tut mir leid, ich kann's nicht ändern.«

Ungläubig starrte Fred den Mann an und wandte sich ab. Er merkte, er müsste sich eigentlich beschweren, müsste kämpfen, aber er war des Kämpfens so müde. Wie betäubt ging er weiter. Hinterher wurde ihm klar, er hätte wohl darauf bestehen sollen, sich in Delhi zu melden. Aber warum war er überhaupt in Indien? In England, da hätte er insistieren und den Einsatz in Deutschland durchsetzen müssen, stattdessen hatte er sich von ihrem unverbindlichen Gerede »so jemanden brauchen wir« einlullen lassen. Was für eine klägliche Figur hatte er abgegeben, alles hatte er über sich ergehen lassen. Nun war alles so sinnlos geworden, er war nur noch ein Rädchen in einer heißlaufenden Maschine, die sich jeder Kontrolle entzogen hatte. Gab es überhaupt noch einen Frederick Clayton? Sie hatten ihn so oft schikaniert und herumgeschubst, jetzt kam es schon nicht mehr darauf an. Bald musste es doch endlich vorbei sein. Die Welt musste doch wieder zu Verstand kommen.

In Kalkutta war das Grand Hotel voll von Offizieren, die orientierungslos umherirrten und auf einen Weitertransport warteten, nach Rangun, nach Singapur oder wer weiß wohin, aber den Weitertransport gab es nicht. Später würde er sich fragen, warum er nicht darauf bestanden hatte, ihn nach Barrackpur fahren zu lassen, das war nur dreißig Kilometer weg von Kalkutta und dort hätte es bestimmt noch Leute gegeben, die ihn kannten. Doch er war in einer düsteren Apathie versunken, aus der ihn weder der Verstand noch irgendein Gefühl reißen konnte. Er war eine Schachfigur und wurde auf dem Brett herumgeschoben wie »sie«, die Oberen, es in ihrer übergroßen Weisheit bestimmten.

Heiß war es, die Ventilatoren funktionierten nicht richtig. Alle fuhren leicht aus der Haut, vor allem der Oberst, mit dem Fred zu Tische saß – der schrie den Kellner ständig an, wegen ranziger Butter, laschem Curry, egal was, er brüllte herum. Fred fand ihn unerträglich, für seine Landsleute in Indien schämte er sich manchmal in Grund und Boden. Er musste an einen Major denken, der sich einmal in einer Menge Inder zu ihm durchgedrängt hatte und ihm den guten Rat gab, er müsse die Kerle anschreien, sonst würden sie ihn einfach ignorieren. Ah ja.

Er überlegte – wie war das noch gewesen vor ein paar Tagen in dem riesigen Bahnhof von Hoara? Sein Gepäckträger war mit dem Mann von der Gepäckaufbewahrung lauthals in Streit geraten, plötzlich zerrten sie beide an seiner großen, teuren Thermosflasche und schon war sie am Boden zerschellt. Er hatte ein müdes Lächeln aufgesetzt und nur mit den Schultern gezuckt. Die Männer starrten den ungerührt schweigenden Sahib ungläubig an. Hinter ihm meinte ein freundlicher Engländer: »Das haben Sie sehr gut weggesteckt. Mich hätte es mehr aufgeregt. Vielleicht ist es am Ende besser, sie nachsichtiger zu behandeln als sie es verdienen. Die werden schon genug angeschrien, die armen Kerle.«

Ja, wahrhaftig, dachte Fred. Wir wollen doch alle menschlich behandelt werden, auch hier im Hotel. Der geknickte Kellner kam nun zu ihm und legte ihm mit einer unterwürfigen Geste eine Serviette auf die bloßen Knie, er schien sich von ihm eine bessere Reaktion zu erhoffen als von dem Oberst. Armer Kerl, dachte Fred und lächelte ihm zu – sein altes mechanisches Lächeln, das ihn selbst aufmuntern sollte, ebenso wie die anderen. Es hatte nichts Verschwörerisches an sich, kein heimliches Augenzwinkern in Richtung des Oberst. Nichts dergleichen.

Er ging auf sein Zimmer, das er mit einem Major aus Australien teilte, er hatte ihn noch gar nicht gesehen. Wo er nur blieb? Wahrscheinlich war er noch beim Mittagessen. Das Moskitonetz war hochgerollt, Fred beließ es so. Er mochte keinen Mittagsschlaf, schlafen konnte er doch nicht, aber hier war es so heiß und er war erschöpft. So streckte er sich auf dem Bett aus, nur in der Unterwäsche, und überlegte, wann der Ventilator über ihm sich wohl wieder zu drehen bequemen würde.

Plötzlich klopfte es kaum vernehmlich an der Tür und der Kellner erschien, in der Hand ein paar Zettel, er murmelte etwas von der Weinrechnung des »Major Sahib«. Fred hatte ihn nicht verstanden und bedeutete ihm, der Major sei nicht da, das könne er doch sehen. Der Kellner grinste breit und nannte den Major einen »richtigen Mann«. Dann zog er die Tür hinter sich zu und kam auf das Bett zu. Fred konnte diese Unverfrorenheit kaum fassen – er starrte ihn an, verdattert, erschrocken, ungläubig. Was sollte das bedeuten? Dass sie beide…, dass er…

»Der Major Sahib ist nicht da, kommen Sie später wieder!« Der Kellner beugte sich lächelnd über ihn und befühlte dreist den Stoff seiner Unterhose.

Er sagte so etwas wie »Erstklassige Baumwolle, Sahib.« Fred kam sich vor wie in einem grotesken Albtraum festgebannt, wie konnte er sich daraus befreien? Rufen? Ihn zurückstoßen? Der Kellner war viel kräftiger als Fred, und jetzt zog er ihm sanft die Unterhose herunter.

Was Freds nun tat, war denkbar schwach und lächerlich: Er wurde ohnmächtig. Als er wieder zu sich kam, stand der Major im Zimmer und schnauzte den Kellner an, er solle sich zum Teufel scheren, während der sich unauffällig die Hose zumachte. Fred versicherte, es sei nichts weiter, nur die Hitze.

Irgendwie kam er wieder ins Gleichgewicht, erklärte, es sei ihm nichts Schlimmes geschehen von diesem Dreckskerl. Aber natürlich sprang die alte Frage ihn wieder an: Warum musste so etwas gerade ihm passieren? Wenn Herrscher und Beherrschte ein Lächeln tauschten, konnte das denn nur dieses eine bedeuten? Oder hatte der Mann noch etwas anderes gespürt, etwas, das Fred sich nicht einzugestehen wagte?

Später machte Fred sich, noch ganz benommen, auf den Weg hinunter ins Restaurant – und traf auf zwei junge Offiziere aus Delhi, die er kannte und die ihn erstaunt fragten, was er denn hier mache. In Delhi galt er inzwischen als unerlaubt abwesend und alle fragten sich, wo er denn blieb. Fred erzählte von der Auseinandersetzung mit dem Transportoffizier in Bombay und nun wurde ihm das Rätsel Rangun gelöst: Unter der Nummer, die er immer gekannt hatte, war eine kleine Abteilung zu einem Sondereinsatz nach Rangun geschickt worden. Seine eigene Einheit hatte einfach eine neue Nummer bekommen.

Langsam dämmerte es Fred: Er hätte diesen Schrecken im Grand Hotel Kalkutta niemals zu erleben brauchen. Ihm wurde ganz übel bei dem Gedanken, er schob ihn sofort wieder weg – er hatte schon genug damit zu tun, den Ekel zu bekämpfen, den das Erlebnis bei ihm auslöste. Wenn er jetzt noch darüber nachgrübelte, dass es nur durch einen grausamen Zufall überhaupt dazu gekommen war – es war nicht zum Aushalten, es war zu viel.

So fuhr er denn endlich nach Barrackpur. Das hätte er so viel einfacher haben können. Von dort aus kontaktierte er Delhi. Das verlorene Schaf war wiedergefunden und man konnte seine sinnlose Heimkehr gebührend feiern.

Und nun war er also wieder zurück in Delhi. Wozu? Eine der Aufgaben, die man ihm übertrug (und es war wohl, um ihm überhaupt etwas zu tun zu geben), war die Leitung eines Projekts »kulturelle Bildung für die Streitkräfte in Indien«. Der zuständige Oberst sah in dem Krieg einen weiteren Karriereschritt – und zwar einen ganz angenehmen – und nahm die Kulturerziehung in den Streitkräften ernst. Fred stellte fest, dass es in der Truppe ziemlich viel Talent gab. Geheimdienstliche Arbeit beruhte auf Intelligenz, und es gab es tatsächlich eine Menge Intelligenz – wenn man sie denn nutzen konnte. Fred gab sich alle Mühe, aber leider schmolzen die Talente dahin wie Schnee an der Sonne. Es war verdammt schwierig, eine gute Show auf die Beine zu stellen, wenn die Besetzung Tag für Tag weniger wurde. Er kam sich vor wie ein Zirkusdirektor, aber er saß in einem fast leeren Büro und nahm Kündigungen entgegen. »Sir, wo ist der Russischkurs?« war eine typische Frage – »Tut mir leid, Feldwebel Rossinsky ist nicht mehr da – Repatriierung.« Er hatte an der Universität die Leute stöhnen gehört, die Unterrichtspläne aufstellen mussten – na, die sollten das einmal versuchen, wenn ein Dozent nach dem anderen den Dienst quittierte, und dazu noch bei einer unwilligen Truppe von ungeduldigen Zwangs-Studenten, die den ganzen Tag dranbleiben sollten – wodran denn, und wozu, um Himmels willen? Fred konnte es auch gut nachvollziehen, wenn die »Studenten« sich beschwerten, zum Beispiel, wenn einer aus einem Kurs »Italienisch für Anfänger« auf einmal auf Buchhaltung umsatteln sollte, das hatte wirklich nichts miteinander zu tun. Aber er konnte nur hilflos mit den Schultern zucken und beide Hände heben – ändern konnte er nichts.

Einmal sollte er einen Vortrag zum aktuellen Zeitgeschehen halten, die neuesten Entwicklungen, und unterhaltend sollte es überdies sein. Das Problem war nur, er hatte vom aktuellen Zeitgeschehen keine Ahnung, und es interessierte ihn auch nicht die Bohne. Also legte er seine alte, verstaubte und zerkratzte Platte wieder auf und sprach über Dresden, die deutschen Jungen dort und wie sie alle dasselbe böse Schicksal erlitten. Er hatte jahrelang davon erzählt, hatte sich und alle anderen damit gelangweilt, wenn er wieder von dem Dilemma anfing, in dem diese Jungen hoffnungslos feststeckten, im selben Alter wie ihre englischen Gegenüber, aber auf der anderen Seite der Kluft zwischen Gut und Böse. Es musste noch einmal gehen. Er war doch so müde. Den

Vortrag kannte er auswendig, er brauchte nicht nachzudenken, es würde alles automatisch ablaufen. Und auf einmal spürte er so etwas wie einen leisen Anflug von Stolz, er kam sich vor wie ein alternder Schauspieler, der seinen letzten Auftritt noch einmal mit Grandezza zu begehen gedenkt – »und wenn es das Letzte ist, was ich tue« – es konnte gut sein, dass es wirklich sein Letztes war. Also spulte er die Rede ab, Gott weiß, was bei seinem Publikum ankam. »Tut mir leid, Jungs, war wahrscheinlich furchtbar langweilig. Mir ging's nicht so gut, ich bin belämmert und jetzt hab ich euch auch belämmert.«

Bis hierhin hatte Fred sich noch im Griff gehabt und den ganzen Ekel unterdrückt, der ihn zu überwältigen drohte, aber er konnte nicht mehr. Plötzlich brach etwas in ihm entzwei und sein Verstand begann sich ernsthaft zu verwirren. Er verrannte sich in die Vorstellung, er sei todkrank, habe sich eine schreckliche Krankheit zugezogen, war davon nicht abzubringen. Gleich was die schreckliche Begegnung in Kalkutta sonst mit ihm gemacht hatte, das hatte sie bestimmt bewirkt: Er starb, starb langsam dahin, war nicht mehr zu retten – und wie immer bei Fred, so konnte er auch hier niemandem davon erzählen oder sich Hilfe holen. Nie, niemals durfte jemand von seiner Schande erfahren. Es hatte sein Gehirn befallen, ganz klar, und deshalb wusste er nicht: Empfand er das nur so, oder bildete er es sich ein, oder hatte er wirklich körperliche Symptome. Seine Nägel und sein Haar, davon war er fest überzeugt, hatten zu wachsen aufgehört, das konnte doch jeder sehen.

Andererseits, da war doch diese Sache gewesen, damals bei der 14. Armee, da hatte ihm seine Vorstellung doch auch einen ziemlich üblen Streich gespielt. Sie hatten Fußball gespielt und der Ball war in ein Gebüsch geflogen. Als er ihn da herausholen wollte, hatte er sich an etwas gestochen, wahrscheinlich nur ein Dorn, aber ihm war natürlich gleich eine Schlange eingefallen und ein paar Minuten später hatte er einen Krampf und der Arm wurde taub. Der junge Sanitäter konnte da nichts machen und sie hatten ihn in einem Jeep nach Kumilla zum Arzt gebracht. Dort beruhigten sie ihn, es sei nichts Schlimmes, und auch wenn sie ein bisschen an seinem Verstand zweifelten, so hatten sie ihn doch freundlich behandelt, vielleicht, weil er das Herz immer am rechten Fleck gehabt hatte, er galt als intelligent, fürsorglich und gewissenhaft. Und vielleicht war es auch das Gefühl, dass sie doch alle im selben seltsamen Boot saßen, wo jederzeit jemand ein bisschen durchdrehen konnte.

Mit Krankenhäusern und Lazaretts hatte Fred einige Erfahrungen gemacht, hatte oft Offiziers-Kameraden oder Untergebene besucht, wenn sie krank wurden – Ruhr, Malaria, Polio, Furunkel, Alkoholentzug, Nervenzusammenbruch, das waren so die Gründe für eine Einweisung. Fred kümmerte sich um seine Untergebenen so gut er konnte. Einmal war einer, Feldwebel Taylor, zu ihm gekommen wegen eines Kumpels, der krank im Lazarett lag und keinen Besuch bekommen durfte. Als er sich nach ihm erkundigte, hätten sie ihn nur barsch abgefertigt, sagte er. Fred hätte gleich auf Geschlechtskrankheit tippen sollen, aber er versprach, ins Lazarett zu gehen und die Sache zu klären. Taylor, vermutete er, war ein bisschen zu direkt gewesen, das sah ihm ähnlich.

Der schottische Sanitäter war zunächst einsilbig, beinahe grob. »Ich bin sein vorgesetzter Offizier«, sagte Fred, »Sie können es mir sagen.« Sie sahen einander an.

»Tja, Sir, er hat mich gebeten, es nicht weiterzusagen –«

»Sie haben es mir gerade gesagt.« Der Mann seufzte und gab das zu. »Ich möchte ihn besuchen«, sagte Fred. »In welchem Krankenhaus liegt er?«

Die Überfahrt über den Fluss Hugli würde er nicht vergessen, das war Indien, wie es schlimmer nicht sein konnte. In der feuchten Monsunluft wechselten sich greller Sonnenschein und Düsternis ab, das armselige kleine Fährboot war völlig heruntergekommen. Der Fährmann und sein Junge passten zu dem Boot, der Junge lehnte am Mast, dürr und hässlich, ein Lumpen von Lendentuch schlackerte um seinen schlaffen Hintern. Am anderen Ufer war es öde, rot, staubig. Schmuddelige Jungen kamen aus jämmerlichen Hütten gerannt und boten sich ihm an, oder ihre Schwestern, wenn ihm das lieber war. (Ihm war gar nichts mehr lieb, ihm war nur noch schlecht.)

Schließlich kam er zu dem Lazarett, soweit er sagen konnte, war es ein altes Fort. Besucher wurden in einen trostlosen großen Wartesaal gewiesen, ungelüftet und stickig. Die Fliegen summten um ihn, unter der Decke schaufelte ein Ventilator mühsam die schwüle Luft um. Patienten schlurften in Pantoffeln in dem Raum herum.

Der Kranke schien halb für seinem Besuch dankbar, halb davon belästigt. »Schön, dass Sie mich besuchen kommen. Aber Sie wissen doch, was das hier für ein Haus ist?« Fred nickte, ein wenig verwundert. »Das ist alles ein schrecklicher Irrtum«, fuhr der Mann fort, »das müssen Sie mir glauben, Sir. Ich gehöre hier nicht her.«

Fred wurde elender als je zumute. Warum konnten sie nicht offen miteinander reden? War es so unmöglich, die Wahrheit zu sagen? Sollte er, ausgerechnet er, das unappetitliche alte englische Spiel mitspielen und heucheln, ein Auge zudrücken, sich zum Komplizen machen? Aber – hatte er das nicht schon jahrelang getan?

Als Fred am nächsten Tag mit Taylor sprach, hatte er sich eine Ausrede zurechtgelegt. »Ihr Kamerad hat sich einen seltenen Virus eingefangen. Er ist auf der Isolierstation unter Beobachtung, aber er kommt bald wieder raus.«

»Darf ich ihn besuchen?« fragte Taylor.

»Das wird nicht gehen«, erwiderte Fred, »er ist in Quarantäne.«

Fred hatte immer alle besucht. Ihn würde niemand besuchen. Er hatte den Tod im Leibe, er starb dahin und keiner würde je erfahren, was mit ihm los war. Eines Tages würde er einfach weggehen, würde ein letztes Mal aus Delhi verschwinden und dann irgendwo in diesem öden, fremden Land verrecken.

Hätte er nur etwas zu tun gehabt. Für den Einsatz in Deutschland war er nicht zugelassen worden – am Ende, überlegte er nun, hatte der Geheimdienst ihn als Nazi-freundlich eingestuft? Zum zweiten Mal nach Indien verbannt, von einem indischen Kellner vergewaltigt, es wurde ihm zu viel.

Fred hatte jetzt solche Schmerzen in den ganzen Eingeweiden, Er war beim Sanitätsoffizier gewesen, hatte ihn gebeten, ihn sorgfältig und gründlich zu untersuchen, auch wenn die Symptome, mit denen er kam, unklar und nicht besonders überzeugend klangen. Sie hatten ihm Schlaftabletten gegeben. Der Arzt hatte selbst schon einen Nervenzusammenbruch hinter sich, das war nicht ungewöhnlich bei jungen, unerfahrenen Medizinern, die sich mit tropischen Krankheiten herumschlagen mussten. Es war auch für sie kein einfaches Leben.

Feindes Liebe

Er dachte an die Sache mit Eddie Owen, der ihm eines Tages in Kalkutta über den Weg gelaufen war, ein Junge aus der Nachbarschaft in Liverpool, der Medizin studiert hatte. Eddie hatte damals auf Fred einen erfrischend munteren Eindruck gemacht – er meinte, er habe ja Glück gehabt: Fred musste mit einer Zäsur in seinem Leben fertig werden, während er einfach weitermachen, seine berufliche Laufbahn fortsetzen konnte, er erweiterte seinen Horizont, hatte mit interessanten neuen Krankheiten zu tun. Eddie war im Distrikt Chittagong stationiert, Cox's Bazar unten am Golf von Bengalen oder so. Drei Monate danach hatte Freds Mutter ihm einen Zeitungsausschnitt aus dem »Liverpool Echo« geschickt – Eddie war in Burma gefallen. Das kam Fred zwar etwas seltsam vor, weil Eddie in ihrem Gespräch nichts von einem Marschbefehl nach Burma gesagt hatte, aber denkbar war es schon. Als er etwas später ein paar Tage in der Gegend zu tun hatte, wo Eddie stationiert gewesen war, wurde ihm zufällig ein Fahrer aus dessen Einheit zugeteilt. Auf seine Frage bekam er zur Antwort, dass die Einheit nie in Burma gewesen war. Verwundert fragte er weiter nach den Umständen von Eddies Tod, aber da wurde der Fahrer seltsam einsilbig. Kurz darauf lernte Fred einen Offizier der Einheit kennen und von dem erfuhr er, dass Eddie sich erschossen hatte, völlig unerwartet. Es gab Gerüchte über eine neue Form von Malaria, die das Gehirn befiel. Ob Eddie einer neuen, interessanten Krankheit zu viel begegnet war?

Die Umstände von Eddies Tod hatten ihm einen Schock versetzt, aber schon bald packte ihn wieder seine Obsession, die Angst um seine Gesundheit. Er wusste einfach, er war krank, todkrank. Ein indischer Arzt in Delhi, zu dem er ging, hörte ihm aufmerksam zu, untersuchte sein Haar und seine Nägel und kam zu einer Diagnose – es sei ein Zustand, wie er in Indien nicht selten war, besonders unter Europäern, die das Land und sein Klima nicht gewöhnt waren. Er gab Fred ein paar weiße Tabletten, später bekam er heraus, dass es ein Beruhigungsmittel war, das Anfang des 20. Jahrhunderts einmal gerne verordnet wurde. Die Schmerzen wollten und wollten nicht aufhören. Sein Flehen um Hilfe stieß auf taube Ohren. Würde ihn denn niemand behandeln? Sah niemand, dass er praktisch im Sterben lag? Würde ihn irgendjemand ernst nehmen, bevor es zu spät war?

Neuntes Kapitel: 1946
Zusammenbruch

Fred erleidet einen Nervenzusammenbruch, er wird in eine
Anstalt eingewiesen, wo die Heilmethoden wenig zimperlich sind.
Schlussendlich aber kehrt er ins bürgerliche Leben zurück und
beginnt, alte Kontakte wieder aufzunehmen, auch nach Dresden.

Und dann endlich, nach zwei oder drei Monaten in Delhi, war Fred wieder in Bombay, diesmal zur Demobilisierung. Weihnachten 1945 musst er dort verbringen – egal, er war sowieso nicht in Feierlaune. Je länger die Heimreise dauerte, desto mehr hatte Fred das Gefühl, er verliere die Herrschaft über sich, aber er hatte nicht den Eindruck, dass der andere Offizier seiner Einheit, der mit ihm zusammen unterwegs war, davon etwas bemerkte, auch nicht das Missionarsehepaar, mit dem sie auf dem Passagierdampfer am selben Tisch saßen. Einer der drei Offiziere, mit denen Fred die Kabine teilte, schien allerdings einen Verdacht zu haben: Er fragte Fred, ob er aus Gesundheitsgründen entlassen wurde – er habe im Schlaf gestöhnt und sehr komisch vor sich hingemurmelt. Fred ging nicht weiter darauf ein, aber er wurde beim Schiffsarzt vorstellig – der beschied ihn ungeduldig, es sei alles in Ordnung und er solle ihm nicht die Zeit stehlen, er habe genug zu tun mit »echten« Patienten.

Schließlich war er in London. Die letzte Etappe. Bald würde er zu Hause in Liverpool sein, aber er fürchtete sich davor. Zuerst hatte er regelmäßig geschrieben, so wie seine beiden Brüder auch, gleich wo sie gerade waren: Schottland, USA (wo George zur Pilotenausbildung war), Afrika, Indien. Die Briefe gingen immer an die Mutter, sie war das Nachrichtenzentrum der Familie. Und dann plötzlich – Stille, von Fred kam nichts mehr und seine Mutter hatte darin zu Recht ein schlechtes Zeichen gesehen. Sie hatten versucht, im Luftfahrtministerium herauszubekommen, wo er war, und demnach war er wieder bei seiner alten Einheit, aber dort hüllte man sich in Schweigen.

In London wurde Fred für eine Nacht privat untergebracht und besessen von seiner Vorstellung, krank zu sein, ging er ohne

Termin zu einem berühmten Arzt, einer Koryphäe: Der würde doch bestimmt etwas feststellen können? Es war eine Enttäuschung, sie redeten nur aneinander vorbei. Fred ging zurück in seine Unterkunft. Nachts wachte er mit einem stechenden Schmerz im Bauch auf und bestand darauf, den Arzt anzurufen. Die Wirtin bekam es mit der Angst zu tun und rief einen Krankenwagen. Nun ging es sehr schnell: Die Armee schickte eine Ambulanz mit Arzt und Sanitäter. Fred wollte nur mit dem Arzt sprechen und der Sanitäter zog sich zurück. Jetzt endlich versuchte Fred, vom Grand Hotel in Kalkutta zu erzählen und was dort geschehen war. Sie stellten ihn mit einer großen Dosis Paraldehyd ruhig und setzten ihn in die Ambulanz. Die Fahrt durch das nächtliche London kam ihm schier endlos vor; sie führte, ohne dass er das wusste, in die Psychiatrie im über dreißig Kilometer entfernten St Albans.

Er lag mit zwei anderen in einem Zimmer. Jeder hatte irgendeinen Tick – der eine seiner beiden Zimmernachbarn, ein Bomberpilot, kauerte die ganze Zeit auf dem Bett wie ein verängstigtes Tier. Gleichgültig sah Fred die vergeblichen Versuche mit an, ihn zu beruhigen. Schließlich versetzten sie den Piloten in Schlaf und weckten ihn nur zu den Mahlzeiten auf, das war ein paar Tage später, vielleicht auch länger: er hatte jedes Zeitgefühl verloren. Eines Nachmittags kam George ihn besuchen, er hatte nach langem Suchen herausbekommen, wo Fred war. Zu seinem Leidwesen zog Fred nur die Decke über den Kopf und weigerte sich, mit ihm oder irgend sonst jemandem zu sprechen. Der andere Zimmernachbar, ein Marineoffizier, machte Fred danach Vorwürfe: »Was sollte das denn jetzt«, hielt er ihm vor, »da kommt Ihr Bruder den ganzen langen Weg hierher, und Sie machen so ein Theater?«

»Ach geben Sie schon Ruhe«, versetzte Fred apathisch.

Sie machten ihm einen Einlauf, als er in der festen Überzeugung sein gesamter Bauchraum sei gelähmt erklärte, seine Verdauung funktioniere nicht mehr. Er verlangte weiter eine gründliche medizinische Untersuchung, bevor es zu spät war, und sie gaben ihm Beruhigungsmittel. Später, im Rückblick, kam ihm der Gedanke, dass es ihn vielleicht hätte beruhigen können, wenn sie eine überzeugende Show abgezogen und so getan hätten, als

Zusammenbruch

untersuchten sie ihn von Kopf bis Fuß. Aber wahrscheinlich war er schon jenseits aller Beruhigung gewesen.

Fred wusste nicht mehr, wie lange er schon auf dieser Station gelegen hatte, als er irgendwann in einen Zug gesetzt wurde, unter Bewachung wie ein Gefangener. Der begleitende Unteroffizier ging regelrecht grob mit ihm um und Fred überlegte in seiner Konfusion und Panik, ob der Feldwebel am Ende wusste, was er dem Arzt zu erzählen versucht hatte? Oder war er nur verärgert wegen der langen Dienstreise? Oder weckten naive, wehleidige Offiziere den Sadisten in ihm? Er wusste es nicht und musste es erdulden.

Die Fahrt endete im südschottischen Dumfries, das Gebäude, zu dem man ihn brachte, machte einen düstern Eindruck. Benommen wie er war, fiel Fred doch Robert Burns ein: Hatte der schottische Nationaldichter nicht in seinen letzten Jahren in Dumfries gewohnt? Oh ja, Burns, dachte er, der war nach einem unruhigen Wanderleben und erotischen Abenteuern schließlich zu dem Schluss gekommen, »was in des Menschen Leben die wahren Gefühle sind« das führe immer wieder »hin zu Weib und Kind«. Wie recht du hattest, Rabbie Burns! Weib und Kind, heiraten, Vater werden, das würde auch ihn vor dem Untergang bewahren.

Fred war weiterhin fest davon überzeugt, dass er todkrank war und dass »sie«, seelenlos und grausam wie sie waren, eine Behandlung immer wieder hinausgeschoben hatten – und ihm jetzt gänzlich versagten. Er stand an der Schwelle des Todes, das stand für ihn fest, er würde sterben, wenn nicht bald, sehr bald etwas geschah.

Es geschah aber nichts, sie gaben ihm nur ein Beruhigungsmittel nach dem anderen, von einer gründlichen Untersuchung war keine Rede. Dann kam eines Tages ein Krankenpfleger, ein bulliger Mann vom Lande, ins Zimmer und verkündete in freundlich aufmunterndem Tonfall: »So, Sir, jetzt bekommen Sie die große Untersuchung. Danach geht es Ihnen bestimmt besser.« Aber es war nur die Röntgenuntersuchung auf TBC, reine Routine.

War das lediglich eine Enttäuschung, so sollte er bald Schlimmeres erleben – die Behandlungsmethoden waren radikal. Er wurde zu einem Stuhl mit einigen seltsam aussehenden Vorrichtungen daran geführt. Fred dachte, das sei endlich die ersehnte gründliche Untersuchung und setzte sich brav hin. Doch dann – ein greller

Feindes Liebe

Blitz und erst nach Stunden kam er wieder zu Bewusstsein, verstört und verängstigt fragte er sich, was zum Teufel das gewesen war. Danach musste sie ihn zu dem Stuhl – bei allen hieß er nur »der elektrische Stuhl« – hinschleppen, er wehrte sich dagegen, auch wenn der freundliche Krankenpfleger sich alle Mühe gab, ihn zu beruhigen. Zur Elektroschocktherapie kam später noch die Behandlung mit Insulinschock, Fred fand das etwas beschämend, weil er danach immer ins Bett machte. Aber die Krankenschwestern waren freundlich und nahmen alles mit professioneller Gelassenheit, da war es ihm nicht gar so peinlich. Ein Mitpatient, der in Singapur in japanischer Gefangenschaft gewesen war, flüsterte ihm zu: »Hier könnten sogar die Japaner noch was über Erniedrigung und Folter lernen.«

Eines Morgens merkte Fred, dass er sich gerade zur Hälfte rasiert hatte. Das war nun an sich nichts Besonderes, aber er hatte offenbar schon eine ganze Menge gemacht, sich angezogen zum Beispiel, ohne dass er sich daran erinnern konnte, es war alles passiert, bevor sein Gedächtnis anfing, es aufzuzeichnen. Er war ratlos: Hatte er etwa eine Gehirnerschütterung? Aber wie hätte es dazu kommen sollen? Er bekam Angst um sein Gedächtnis, hatten sie etwa Löcher in sein Gehirn gesprengt und alles fiel nun in sich zusammen?

Ein paar Tage später fragte er den Arzt (einen vielbeschäftigten Mann); seine Erklärung kam ihm etwas schnoddrig vor: »Ach, das war wohl der Tag, als wir Ihnen gleich nach dem Insulin noch den Elektroschock verpasst haben.« Aber immerhin, es war eine Erklärung.

Fred war in einer geschlossenen Abteilung, in einem Schlafsaal zusammen mit anderen Patienten. Einer war ein junger Ire mit einer schweren Kopfverletzung von einer Panzerschlacht, er war in Eton zur Schule gegangen und einer seiner Lehrer war ein Freund von Fred aus dem King's College gewesen. Er kam Fred ziemlich normal vor. Dann war da der todernste Schotte, der sich nur noch in Zeitlupe bewegte, eine geschlagene Stunde stand er vor dem Schrank und machte nichts weiter als seine Krawatte falten und in eine Schublade legen. Ein Pilot der Luftwaffe war auch dabei, der zufällig George kannte. Er war so weit gesund bis auf seinen Verfolgungswahn – die Polizei sei hinter ihm her wegen irgendeines

Zusammenbruch

nicht näher bezeichneten Vergehens, und außerdem sei einer der Pfleger homosexuell und wolle ihn verführen. Er hatte mehr Einsätze geflogen als empfohlen, das hielt Fred für die Ursache seines Zustands. Er unterhielt sich oft mit dem Mann und auch wenn es nicht gerne gesehen wurde, wenn Patienten über ihre Krankheiten sprachen, versuchten sie, einander gesund zu reden. Es gab den undurchsichtigen Polen, der Fred ständig beschuldigte, sich auf sein Bett gelegt und es mit seinen Stiefeln schmutzig gemacht zu haben. Und dann noch den Mann aus japanischer Kriegsgefangenschaft, der den ganzen Tag verstohlen etwas aufzuschreiben schien, als ob er heimlich alle überwachte. Einmal, als sie im Hof Hockey spielten, riss er sich plötzlich die Kleider vom Leib und rannte splitternackt herum. Dabei kam Fred der skurrile Gedanke, dass es doch eine Wohltat war, verrückt zu sein, man konnte tun, was man wollte, man hatte ja stets eine gute Entschuldigung. Ein baumlanger schwarzhaariger Schotte schien ähnliche Gedanken zu hegen, er erklärte selbstsicher und unverfroren alle Ärzte für verrückt und die Schlange als ärztliches Emblem für sehr angemessen, seien es doch sämtlich hinterhältige Teufel. »Normal? Was ist denn schon normal?«, sagte er einmal zu Fred, »Ich wette, in Russland nennen sie etwas ganz anderes normal und erklären alle für verrückt, die sich nicht danach richten.« Wie recht er doch hat, dachte Fred in einem Moment geistiger Klarheit. Und wie klug waren alle, die sich für Verrücktheit entschieden hatten!

Die anderen nahm Fred erst recht spät wahr, am Anfang jammerte er viel, versuchte Aufmerksamkeit auf sich zu lenken, verlangte ständig seine Untersuchung, bis ihm die Oberschwester Einhalt gebot: »Jetzt ist aber gut, Sie bringen mir ja die Leute ganz durcheinander!«

Psychotherapie gehörte ebenfalls zur Behandlung, Fred hatte regelmäßige Sitzungen. Nach einiger Zeit erklärte der Psychiater, seinen Erzählungen und Erinnerungen zufolge fühle Fred sich zum eigenen Geschlecht hingezogen und er solle sich damit abfinden, dass er homosexuell sei. Fred hatte ihn entgeistert angestarrt. »Aber – aber ich wollte doch immer heiraten«, stotterte er. Er schilderte, wie eine Frau ihn vor dem Krieg einmal abgewiesen hatte, ja und dann sei eben der Krieg gekommen, sechs Jahre lang und drei davon in

Indien, da hätte er keine Frauen kennenlernen können. Er hätte überhaupt wenig mit Frauen zu tun gehabt in seinem Leben. In Indien hätte er dann von Familie und Vaterschaft geträumt, aber ohne jede Chance, diesen Traum zu verwirklichen. Die Briefe von Karl hätten seine väterlichen Gefühle noch verstärkt.

Der Psychiater sah ihn zweifelnd an. »Eine Ehe, das könnte Ihnen ziemlich schwerfallen.« Fred blickte verwirrt zurück. Hatte der Mann schon vergessen, wie schwer seine Erlebnisse in Indien ihn belastet hatten, ganz zu schweigen von dem Vergewaltigungsversuch, der ihn schließlich die geistige Gesundheit gekostet hatte? Was sollte dieser skeptische Blick? War das alles unwichtig für ihn, die ganze verstörende Angst und Scham? Und eine Ehe sollte jetzt schlimmer sein als sein ganzes Leben bisher? Nein, er wies die Schlussfolgerung des Psychiaters zurück, lehnte sie gänzlich ab. Auch wenn er sich keine Hoffnungen mehr auf eheliches Glück machen konnte, die Diagnose »homosexuell« war er nicht bereit zu akzeptieren.

Bei alledem ging es ihm mit der Zeit jedoch immer besser. Die Oberschwester, die ihn zuerst zurechtgewiesen hatte, war jetzt freundlich und Fred glaubte, eine frauliche Zuneigung zu spüren. Die junge irische Krankenschwester meinte nach einer Weile, der nervige Typ hinten in der Ecke ist eigentlich ein ganz gutaussehender Junge, nur dass mit ihm etwas ganz und gar nicht stimmt.

Und viel später war da noch das kurze Gespräch mit einer Ärztin, Dr. Hussey, kurz aber für Fred sehr hilfreich. Er hatte zu ihr gesagt, »Als Frau müssen sie mich doch hassen und verabscheuen, mich und Meinesgleichen.«

»Aber warum denn?«, hatte sie einfach freundlich erwidert. Fred hatte eine Erleichterung verspürt, die er sich selbst nicht recht erklären konnte, er hatte versucht, noch ein bisschen darüber zu sprechen. Sie hatte eigentlich keine Zeit gehabt, ihm aber beschwichtigend auf die Schulter geklopft. Dass diese Frauen freundlich und verständnisvoll mit dem abstoßenden jungen Mann umzugehen vermochten, als den er sich sah, war zutiefst heilsam. Offenbar akzeptierten sie ihn wie er war und seine Seele spannte ihre Flügel aus, wenn er merkte, dass diese Frauen – Ärztinnen, Schwestern – einfach einen jungen Mann in ihm sahen.

Zusammenbruch

Nach und nach begann Fred sich der Taktik eines anderen Patienten anzuschließen: »Spiel den Gesunden. Spiel wie verrückt gesund, dann lassen sie dich hier raus.« Also ›beschloss‹ Fred, dass er nicht mehr todkrank war. Schließlich, so sagte er sich, hätte er sonst schon längst tot sein müssen. Aber es war immer noch alles verwirrend. Sich selbst gegenüber konnte er es sich damit erklären, dass er in dem Sanatorium schließlich doch noch kuriert worden war, anders gesagt, dass sie ihm den ganzen Unsinn aus dem Kopf getrieben hatten – auf ziemlich drastische Art allerdings. Er wusste, er war anfangs ganz schön widerspenstig gewesen mit seinem ganzen Herumjammern. Aber jetzt, im April 1946, nach fast drei Monaten, wurde er in den ersten Stock verlegt, auf die Reha-Station, und bekam ein eigenes Zimmer. Wie er diese Ruhe schätzte, endlich Privatsphäre, und jetzt konnten ihn auch George und seine Mutter besuchen.

Fred war nun also in Rehabilitation, er bekam die Aufgabe, kleine Vorträge zu organisieren, zum Beispiel darüber, was jemand im Zivilleben für einen Beruf ausübte, oder sonst etwas Interessantes. Als Fred seinen Vortrag hielt – natürlich über das Bildungswesen im Nationalsozialismus – kam nachher ein junger Mann auf ihn zu und meinte, das sei für ihn sehr interessant gewesen, er sei nämlich in Deutschland aufgewachsen. Fred bekam einen leichten Schrecken und dachte, jetzt würde er ihm wohl vorschnelle Verallgemeinerungen vorhalten, aber im Gegenteil, der junge Mann zeigte sich ganz einverstanden mit Freds Darstellung. Es war ein weiteres kleines, aber beruhigendes Erfolgserlebnis für Fred.

Ansonsten gab es im ersten Stock geistige Beschäftigung wie Quizveranstaltungen oder Debatten, zum Beispiel über das Thema »Gibt es einen Nationalcharakter?« und ähnliches mehr, an denen sich Fred gerne beteiligte. Weniger erbaut war er von der Ergotherapie – er knüpfte brav Teppiche und machte ein Stoffhäschen, aber er war ungeschickt und mochte es nicht, daran erinnert zu werden.

Dann bekam Fred seine Schreibmaschine zurück. Sogleich beteiligte er beteiligte sich an einer Art Instituts-Zeitschrift, schrieb dafür auch Gedichte – eines handelte von einem deutschen Jungen, wie er murrend dasteht, während seine Mutter an ihm herummäkelt und ihm prophezeit, er werde sich noch erkälten. Es war eine Erinnerung an Götz und die Pointe in dem Gedicht war, dass so viele Mütter auf der ganzen Welt sich so um ihre Söhne gesorgt hatten – alles umsonst. Es wurde nicht abgedruckt und Fred konnte das nicht verstehen, es war doch ein richtig gutes Gedicht!

Dass er wieder eine Schreibmaschine hatte, war für ihn eine Art Symbol: Es ermunterte ihn, über die Anstaltsmauern hinauszublicken. Er schrieb an Freunde aus der Studienzeit, an die alten Bekannten in Dresden, nicht zuletzt an Friedrich Jehn, seinen Kollegen in der Kreuzschule, der dort weiterhin Lehrer war. Das Gebäude lag in Schutt und Asche, wie weite Teile Dresdens. Aber Jehn hatte den Krieg überlebt und in seiner typisch offenherzigen Art gab er nun Fred einen Einblick in das Leben im Nachkriegsdeutschland:

> Wir sind in großer Sorge wegen der Verhandlungen in Moskau. So gern würde ich mich über all diese brennenden Probleme mit Ihnen persönlich unterhalten, weil ich weiß, dass Sie auch immer die Dinge von einem höheren Standpunkt aus betrachten. Leider geht das brieflich nicht. Wir sind jedenfalls alle überaus besorgt wegen einer mögliche Teilung Deutschlands. Sie können sich vorstellen, was das für uns hier bedeuten würde. Wir haben also nicht nur unsere alltäglichen Sorgen, sondern auch solche darum, was das Schicksal für uns noch bereithält.

Diese Verhandlungen waren Fred nicht entgangen. Bisher hatte er nicht die Kraft gehabt, sich mit den Sorgen seiner Freunde zu befassen, aber jetzt spürte er schmerzlich die Furcht und Hilflosigkeit, die Jehn und die anderen empfinden mussten.

Fred schrieb auch an Karl, der jetzt bei der britischen Rheinarmee war und in der britisch besetzten Zone Nationalsozialisten verhörte. Seit der kurzen Nachricht, die sie 1942 geschickt hatte, war Fred in Gedanken immer wieder bei Helene gewesen und jetzt bat er Karl, ob er nicht von Deutschland aus etwas über ihren Verbleib erfahren könne? Karls Antwort erhielt er zwei Wochen später:

Zusammenbruch

„Lieber Fred,
Du bist krank? Das tut mir leid! [...]
Aber wegen meiner Mutter, da ist nichts mehr zu machen. Mein Bruder Robert hat unseren Onkel in Zürich gerade noch angetroffen, er lag schon im Sterben, und er hat ihm gesagt, dass Mutter und ihre Schwester 1942 nach Polen deportiert worden sind [...].

Fred weinte. Die arme Helene, die armen Jungen. Jetzt verstand er, was diese Botschaft bedeutete, die er 1942 so unerwartet erhalten hatte. Das Datum war der Schlüssel – es war ein Abschiedsgruß und ein letzter Dank, als das Ende nahte. Während des Krieges hatte es Gerüchte darüber gegeben, dass die Nazis Massenmorde an Juden verübten, und nach Kriegsende hatte Fred mit Abscheu die Wochenschauen gesehen, in denen die Todeslager gezeigt wurden und das ganze Ausmaß des Völkermords an dem Volk deutlich wurde, zu dem Helene gehörte. Sie musste die Zeichen der Zeit erkannt haben und hatte Fred noch wissen lassen wollen, wie dankbar sie für alles war, was er für sie und ihre Jungen getan hatte. Bei aller Trauer war Fred doch erstaunt darüber, dass sie in diesem Moment der höchsten Gefahr gerade an ihn gedacht hatte.

Auch an die Familie Büttner-Wobst schrieb Fred einen Brief. Seit dem Ausbruch des Kriegs vor nunmehr sieben Jahren war die Sorge sein ständiger Begleiter gewesen: Was war mit ihnen geschehen? Waren sie noch am Leben? Wie stand es um Götz? Wie ging es Wolf? Die lieben, lieben Menschen. Er sehnte sich nach einer Antwort und fürchtete sie doch zugleich.

Und dann kam schließlich ein Brief mit Stempel »Dresden«. Er ging in sein Zimmer. Endlich würde er Antwort auf seine Fragen bekommen. Als Absender stand da Friederike Büttner-Wobst. Friederike? Der Name sagt ihm auf Anhieb nichts. Mit zitternden Fingern öffnete er den Umschlag und begann zu lesen.

TEIL III: Rike
1939-1946
Vom Leben und vom Sterben

Zehntes Kapitel
Kindheit und frühe Jugend

Wir lernen Friederike Büttner-Wobst kennen und erfahren, wie es ihrem Bruder Götz im Krieg ergeht. Friederike hat bislang in Freds Leben weiter keine Rolle gespielt – das wird sich jetzt, nach dem Krieg, ändern.

Friederike Luise Büttner-Wobst war das jüngste von fünf Kindern, jetzt, im Jahr 1946, war sie zwanzig und was hatte sie nicht alles schon erlebt – wenn sie so zurückdachte ...

Ihre Geburt hatte damals unerwartet das Familiengleichgewicht aus der Balance gebracht: Zwei Mädchen (Mädi und Traudi), zwei Jungen (Götz und Wolf) – und jetzt noch ein fünftes Kind. Rike war die Nachzüglerin, jedenfalls wurde sie manchmal respektlos so genannt. In der Familie hieß es, eine jüngerer Arzt-Kollege ihres Mannes Werner habe Dora damals den Hof gemacht, Eifersucht habe der Ehe neuen Schwung gegeben und das Ergebnis war – Rike. Für Werner war sie sein Ein und Alles, er empfand sie als neues Leben und in keiner Weise als Last. Nichts war ihm willkommener als neues Leben, Werner wusste als Facharzt für Lungenheilkunde nur zu gut, dass er an einer Tuberkulose litt, die seinem Leben ein vorzeitiges Ende setzen würde.

Wer meinte, Nachzügler seien schwächliche Gestalten, der hatte sich in Rike getäuscht. Sie war ein Phänomen, schon weil sie die ersten Tage ihres Lebens ums Haar nicht überlebt hätte. Vor der Geburt hatte sich die Nabelschnur um ihren Hals gewickelt, so dass sich das Gaumenzäpfchen nicht formte. Nach wenigen Tagen stellten die Ärzte fest, dass sie nicht trinken konnte – ihr Rachen war vergrößert, die Zunge dagegen klein und nicht richtig ausgebildet. Sobald sie saugte, rutschte die Zunge in die Kehle und legte sich vor die Luftröhre. Hätte nicht ein Arzt sofort reagiert, sie wäre erstickt: Er hielt das Baby bei den Füßen hoch und klopfte ihr auf den Rücken, so dass die Zunge wieder nach vorne fiel.

Kindheit und frühe Jugend

Rike als Baby mit ihrer Mutter, Dora

Sie verlor ständig an Gewicht und der Kinderarzt sah nur geringe Überlebenschancen. Die Sorge, dass sie verhungern würde, war so groß, dass die Eltern sie mit nicht einmal drei Wochen am 27. Februar 1926 zu Hause nottaufen ließen. Bei dem kurzen Gottesdienst stand der Pfarrer zwischen den weinenden Eltern, die Trauerkleidung trugen.

In ihrer Verzweiflung stellten sie eine Amme ein, die ihre Milch abpumpen und dem Baby löffelweise einflößen sollte. Die Frau wurde umgehend wieder gekündigt: Dora, die Mutter, ertappte sie dabei, wie sie die Milch wegschüttete. Rike nahm immer noch kaum zu, bis Werner aus dem Krankenhaus, wo er früher gearbeitet hatte, ein Rezept für Babynahrung erhielt – damit wurde es besser. Rike zu ernähren war auch danach noch schwierig genug, aber sie war eine Kämpfernatur. Sie blieb am Leben und entwickelte sich stetig.

Die Eltern stellten eine Hilfe ein, die sich um die anderen Kinder und den Haushalt kümmerte, während die Mutter sich ganz Rikes Pflege widmete. Bei zwei Operationen erhielt das kleine Kind eine künstliche Uvula, aber ihre Stimme blieb noch eine ganze Weile schwach und sie sprach wie jemand mit einer Hasenscharte.

Feindes Liebe

Eine glückliche Familie

Oben: Die fünf Geschwister in den späten 1920er Jahren (v. links n. rechts: Wolf, Mädi, Götz, Rike und Traudi) mit der Mutter, Dora Büttner-Wobst

Links: Dr. med. Werner Büttner-Wobst

Rike war des Vaters Augapfel. Wenn ihre Geschwister sie ärgerten, wurden sie sofort zurechtgewiesen: »Lasst sie in Ruhe – sie ist krank!« Als einzige durfte sie ihrem Vater einen Kuss auf die Glatze geben, und das war etwas ganz Besonderes: Werner vermied jeden Körperkontakt mit seinen Kindern, er tat, was er konnte, damit sie sich nicht an seiner Tuberkulose ansteckten. Rike wandte sich indessen dem Leben zu und schien fest entschlossen, jeden

Kindheit und frühe Jugend

Augenblick auszukosten, der ihr geschenkt wurde, ganz gleich was ihr begegnete.

Ihre Kindheit war auf den ersten Blick die reine Idylle. Sie wuchs in Wohlstand auf, in einem großen Haus im Grünen, die Familie besaß als einzige im Dorf ein Auto samt Chauffeur, sie hatten eine Köchin und ein Dienstmädchen. Es erging ihr auch nicht so wie vielen anderen zu ihrer Zeit: Viele Familien hatten schwer unter der Weltwirtschaftskrise gelitten und sämtliche Ersparnisse verloren. Rikes Vater hingegen war fest entschlossen, ihre Zukunft auf eine solide finanzielle Basis zu stellen: Er schloss eine Lebensversicherung bei der Deutschen Bank für sie ab, und er ließ im Dorf ein Haus für sie bauen, in dem sie später einmal wohnen konnte.

Den Tag, an dem sie von dem Haus erfuhr, sollte sie nie vergessen. Ihr Vater, daran erinnerte sie sich genau, hatte sie zu einem Spaziergang mitgenommen. Das war etwas ganz Besonderes, denn als eines von fünf Kindern hatte sie ihren Vater Werner kaum je für sich allein, und dann arbeitete er auch noch so lange – er kam oft nicht vor acht oder neun Uhr abends nach Hause; richtig frei hatte nur an Sonntagen, und da ging er nachmittags oft auf die Jagd. Zu Hause balgte er dann ab, was er erbeutet hatte, und nahm es aus, und Dora stellte sich tapfer an den Herd. Oft lag er aber auch stundenlang im Bett, was Rike nicht recht verstehen konnte: Wie oft wollte sie zu ihrem Papa und die Mutter scheuchte sie fort: Papa muss sich jetzt ausruhen! Umso kostbarer waren die Sonntagvormittage, da war er nur für die Kinder da. Beim Frühstück fragte er sie gerne ein bisschen aus, um ihr Gedächtnis und ihre Beobachtungsgabe zu prüfen, oder er sprach mit ihnen über Gott und die Welt. Bei gutem Wetter ging er oft mit ihnen in den Garten und erklärte ihnen, was da wuchs.

Und jetzt gingen sie zusammen durch Langebrück. Es war ein sonnenheller Frühlingstag, einer der ersten in dem Jahr. Sie hielten sich bei der Hand und Rike hüpfte vor Freude und schwatzte von diesem und jenem. Hin und wieder mussten sie innehalten, damit Werner wieder zu Atem kam oder wegen eines Hustenanfalls – solche Anfälle hatte er häufig und sie machten Rike Angst. Als sie an einem großen hellrot gestrichenen Haus vorbeikamen, fragte Werner leise: »Rike, Liebling, siehst du das Haus da?«

Feindes Liebe

Das Haus für Rike

»Ja, Papa«, erwiderte sie.

»Gefällt es dir?«

»Ja, Papa, wieso?«

»Also, es gehört dir, oder jedenfalls, es wird einmal dir gehören, wenn du älter bist.«

Rike wusste nicht recht, was sie sagen sollte. »Aber, Papa, ich will da gar nicht wohnen, wenn ich älter bin. Ich möchte lieber bei dir bleiben, und bei Mama.« Jetzt sah Werner traurig aus, und irgendwie ganz alt. An den Ausdruck auf seinem Gesicht an diesem Sonntagmorgen würde Rike sich ihr Leben lang erinnern. Er kniete sich vor sie hin, umfasste ihre Hände und sah ihr in die Augen. »Mein Liebling«, sagte er, »das würde ich auch lieber. Ganz bestimmt. Aber, weißt du, ich werde nicht immer bei euch sein.« Er stockte. »Mir geht es nicht gut.« »Ja, ich weiß, aber du wirst doch wieder gesund?« »Nein. Es geht mir wirklich gar nicht gut. Ich habe eine Krankheit, die heißt Tuberkulose. Deshalb muss ich so viel husten und deshalb fällt es mir so schwer, mit dir spazieren zu gehen. Die Krankheit wird auch nicht mehr verschwinden. Sie ist nicht heilbar.«

»Aber«, fing Rike an, »Papa, du behandelst doch jeden Tag Menschen mit dieser Krankheit. Bestimmt kannst du…« Werner schüttelte den Kopf. »Ich werde nicht mehr gesund, Liebes. Aber sterben werde ich auch nicht so schnell. Ich habe wohl noch ein paar Jahre zu leben. Ich hoffe, ich kann dich noch groß werden sehen, aber ich weiß es nicht.« Zärtlich wischte er ihr die Tränen von den Wangen und umarmte sie. »Du bist mein kleines Wunder. Du liebe Rike; du hast mich wieder jung gemacht.« Rike hatte sich jetzt an seine Brust geschmiegt, und sie hätte schwören können, dass sie ihn leise schluchzen hörte.

Das war der Tag, an dem Rike ein Stückchen erwachsen wurde – werden musste. Bis dahin hatte sie nicht verstanden, wie lebensbedrohlich Werners Krankheit war, für die anderen in der Familie war die Krankheit schon seit Jahren tägliche Realität gewesen. Ihre Mutter war ganz in seiner Pflege aufgegangen, als Werner kurz nach Rikes Geburt einen schweren Blutsturz erlitt. Wider ärztlichen Rat gönnte er sich keine Ruhepause, arbeitete vielmehr ununterbrochen weiter, um die Familie in schwieriger Zeit gut zu versorgen. Bei einem Zusammenbruch im Jahr darauf fürchteten sie schon das Schlimmste, doch wie durch ein Wunder erholte er sich wieder. Im Ort verbreitete sich die Nachricht, dass er an der gefürchteten Tuberkulose litt. Im Zug nach Dresden sagte einmal jemand aus dem Ort zu ihren Kindern: »In dem Abteil hier ist Tuberkulose, wir gehen in ein anderes!« Diese schwierigen Zeiten ließen jedoch die Familie enger zusammenrücken. Mit seiner eisernen Arbeitsdisziplin hatte Werner es so weit gebracht, dass er einen Assistenten beschäftigen und sich ein Auto leisten konnte, er fand nun auch mehr Zeit, sich zu Hause auszuruhen. Doch über allem lag wie eine dunkle Wolke die Krankheit.

Ja, von außen betrachtet wuchs Rike in geradezu idealen Verhältnissen auf, aber wie gerne hätte sie auf all ihre Privilegien verzichtet, wenn sie nur einen gesunden Vater gehabt hätte. Nie würde sie Ostern 1938 vergessen – sie war damals zwölf: Ihr Vater setzte sich zum Frühstück und sagte: »Ich habe mich gestern röntgen lassen – mir bleiben wahrscheinlich noch zwei Jahre.« Er war traurig und wütend, es war ein Schock für alle, keiner hatte wirklich damit gerechnet.

Und in der Welt jenseits des Heims der Familie Büttner-Wobst ereigneten sich Dinge, die ebenfalls das Familienleben beeinträchtigten. Rikes Eltern hatten alles getan, um sie vor dem politischen Malstrom zu schützen, der das ganze Land erfasste, aber

Feindes Liebe

Links: Rike als kleines Mädchen mit ihren Geschwistern; Rechts: 1939 in Venedig mit Bekannten

das gelang nicht vollständig, konnte nicht vollständig gelingen. Sie bekam den Streit im Haus mit, als ihre ältere Schwester Traudi am 30. Mai 1934 unbedingt dabei sein wollte, wenn der Führer die Reichstheaterwoche eröffnete. Ihr Vater hatte sie davon abhalten wollen. »Dieser böhmische Gefreite ist ein gefährlicher Irrer!«, hatte er sie angeschrien. »Ich will nicht, dass du dir seinen Unsinn anhörst.« Da hatte Traudi ihn mit dem Hinweis zum Schweigen gebracht, ihre Lehrer wären wohl wenig erbaut, wenn sie erführen, wie er von dem großen Führer sprach. Rike erinnerte sich noch gut, wie Götz und Wolf an dem Tag begeistert erzählten, die Stadt sehe einfach toll aus, überall Hakenkreuzfahnen und Transparente. Am nächsten Morgen war Traudi beim Frühstück noch ganz aufgeregt und konnte sich gar nicht genug tun damit, wie die Stadt so ganz besonders ausgesehen habe, mit den zum ersten Mal wunderschön angestrahlten Gebäuden. Hitler, erklärte sie der Familie, habe gesagt, »Dresden ist eine Perle, und der Nationalsozialismus wird ihr eine neue Fassung geben.« Er würde die Stadt wieder groß machen, war sie sich sicher. Ihr Vater hatte zum Sprechen angesetzt,

Kindheit und frühe Jugend

war dann aber vom Tisch aufgestanden und mit den Worten »Bitte stört mich jetzt nicht« ins Arbeitszimmer gegangen. Dora, ihre Mutter, hatte nur hilflos dreingeschaut und dann rasch ein neues Thema angeschnitten.

Rike war in diesen frühen Tagen selbst auch noch ganz begeistert gewesen. Jahre später noch erinnerte sie sich an das Gebet, das die ganze Klasse jeden Morgen vor Unterrichtsbeginn aufsagte: »Schütz Adolf Hitler jeden Tag, daß ihn kein Unfall treffen mag. Du hast gesandt ihn in der Not, erhalt uns ihn, o lieber Gott!« Sie sprach eifrig mit, aber im Laufe der Zeit merkte sie, wie sich über ihrem Zuhause dunkle Wolken zusammenballten.

Immer öfter war von Gewaltakten die Rede. Einmal saß sie auf der Treppe und hörte, wie ein Freund ihres Vaters aus München besorgt über etwas sprach, was in Dachau geschah. Und die schrecklichen Stunden, als sie sich gezwungen sahen, *sein* Gebrüll und Gegeifer im Radio anzuhören, während ihr Vater kopfschüttelnd im Zimmer auf und ab ging. Er hätte es am liebsten ausgeschaltet, aber das traute er sich nicht mehr, nicht seit dem Tag in der Frühzeit des dritten Reichs, als ihre Mutter sich den heiligen Zorn des Hausmädchens zugezogen hatte. Dora war in die Küche gestürmt mit den Worten »mach bloß den Quatsch aus« – und der »Quatsch« war doch der Führer gewesen! Das Hausmädchen, eine fanatische Anhängerin der Nazis, hatte sie angezeigt und kurz darauf war ein Mann in Uniform gekommen, der sie ermahnt hatte, als verantwortungsbewusste Bürgerin doch mehr Loyalität gegenüber dem großen Führer an den Tag zu legen. Seitdem war mindestens Dora vorsichtiger in ihren Äußerungen geworden.

Einmal hatten ihre Eltern auch richtig Angst gehabt – das einzige Mal, dass Rike sie so erlebte. Zwei Männer in schwarzer SS-Uniform mit Pistolen im Holster hatten an der Haustür geklingelt, sie hatten nach Götz gefragt, der damals dreizehn oder vierzehn war. Und obwohl Dora bat und flehte, hatten sie ihn mitgenommen. Er war noch nicht wieder zu Hause, als Rike ins Bett musste. Sie erinnerte sich, wie erleichtert sie war, als er am nächsten Morgen wieder mit beim Frühstück saß, aber es war ein sehr blasser, stiller Götz, und wenn in der Familie das Regime kritisiert wurde, hielt er sich von nun an sehr zurück. Ja, er tat sein Bestes, um nicht aufzufallen und ein guter kleiner Nationalsozialist zu werden. Rike fand zwar nie heraus, was genau mit ihm passiert war, aber später erfuhr sie, dass Götz an dem Abend wegen seiner Freundschaft mit einem Jungen verhaftet worden war, der als politisch unzuverlässig galt und wegen seiner Ansichten eine Zeit ins KZ kam. Götz hatten sie ins Gestapo-Hauptquartier gebracht und ihm dort einiges gezeigt, was einen rebellischen Jungen schnell zur Vernunft zu bringen geeignet war. Die Lektion wirkte, und Götz war nach diesem Abend anders als vorher, daran erinnerte sie sich später.

Trotz der dunklen Schatten, die Werners Krankheit und das Nazi-Regime warfen, war Rike fast hartnäckig heiter. Ihre Lehrer machten oft Bemerkungen darüber, wie fröhlich und lernbegierig sie war, nur tadelten sie, dass sie auch ein wenig schwatzhaft und oft nicht recht bei der Sache war – ähnlich wie ihre Brüder Wolf und Götz. Trotz – oder vielleicht gerade wegen – der so gefährdeten ersten Wochen ihres Lebens und des Todesurteils, das über ihrem Vater hing, nahm sie das Leben nicht so schwer und sich selbst nicht so ernst. Sie lachte gern. Sie tollte gerne herum. Sie spielte für ihr Leben gern in der Dresdner Heide, und als sie endlich so alt war, dass sie allein in den Wald durfte, fühlte sie sich wie befreit. Noch schöner war es, wenn sie ihre älteren Geschwister dazu brachte, mit ihr zu spielen, und sie war dankbar dafür, dass Wolf, der denselben Sinn für Humor hatte und auch zu allem möglichen Unsinn aufgelegt war, oft mit ihr Fangen spielte oder Verstecken.

Natürlich fehlte Götz ihr, als er im April 1938 zum Reichsarbeitsdienst musste. Er schrieb oft nach Hause und Rike genoss es, wenn die Familie sich am großen Esstisch zusammenfand und Dora vorlas, was er zu berichten hatte. Götz kam offensichtlich gut mit dem Leben fort von zu Hause zurecht und genoss die Herausforderungen, die sein neuer Alltag mit sich brachte. Dann, im November des Jahres, wurde er zur Infanterie eingezogen, hoffte aber doch noch auf eine Ausbildung als Sanitätsoffizier, um in die Fußstapfen seines Vaters und Großvaters zu treten. Rike war ein wenig neidisch auf das Leben, das ihr Bruder führte – es war doch so aufregend, er sah so viel von der Welt, wurde sogar, als Tschechien im März 1939 Teil des Großdeutschen Reiches wurde, nach Prag versetzt, von wo er Briefe und Ansichtskarten schickte, die von den vielen Sehenswürdigkeiten erzählten, von Theaterbesuchen und von seinen Kontakten zur tschechischen Bevölkerung. Was für ein Abenteuer! Ihr großer Bruder hatte so viel Spaß!

***

Rike saß in ihrem Zimmer in der Blumenstraße 4 in Langebrück und hing ihren Erinnerungen nach. Ja, dann war der Krieg hereingebrochen und kaum etwas war geblieben, wie es war. Der Krieg hatte so gut wie alles geändert. Jetzt war 1946, sie war erwachsen und diese Vorkriegs-Tage schienen weit, weit weg.

Das viele Erinnern brachte das alles nicht zurück, sie musste sich auf die Gegenwart konzentrieren. Wie so häufig in letzter Zeit saß sie alleine da und versuchte zu lesen, aber sie merkte, wie sie denselben Satz mechanisch immer wieder las, ohne den Sinn zu verstehen. Das Buch hatte sie sowieso schon zigmal gelesen, und alle anderen Bücher im Haus auch. Wenn sie doch endlich etwas Neues zu lesen hätte!

Unten klapperte der Briefkasten und weckte sie aus ihren Gedanken. Dankbar für diesen Anlass, aus dem Zimmer herauszukommen, sprang sie die Treppe hinab und ging zur Haustür. Auf der Matte lag ein Brief. Als sie ihn aufhob, sah sie erstaunt, dass er in Schottland abgestempelt war. Vergeblich überlegte sie, wer der Absender sein konnte – sie kannte doch niemanden in Schottland? Sie bekamen ja kaum noch Post, und schon gar nicht von so weit weg wie Schottland. Der Brief war adressiert an Götz Büttner-Wobst. Verwundert ging sie ins Wohnzimmer, wo Mädi mit ihrer kleinen Christina spielte. »Mädi, wir haben einen Brief an Götz aus Schottland. Was sollen wir damit machen?« »Schottland? Wir kennen da niemanden, oder? Von wem ist er denn?« »Ich weiß nicht. Soll ich ihn einfach aufmachen?« »Ja, mach mal, lies ihn vor,« meinte Mädi. Rike setzte sich, machte den Umschlag auf und fing an zu lesen.

Der Brief, sah sie, war von Fred Clayton. Der Name kam ihr bekannt vor, aber zuerst konnte sie ihn nicht einordnen. Dann fiel es ihr ein: Clayton, das war doch der Englischlehrer, der ein Jahr in Dresden gewesen war. 1936 war das gewesen – ein ganzes Jahrzehnt war es jetzt her, wurde ihr wieder bewusst, es gehörte zu jenem ganz anderen Leben. Fred hatte ihre älteren Brüder unterrichtet und er hatte sich besonders mit Wolf angefreundet. Er war ein paar Mal im Haus zu Besuch gewesen und sie erinnerte sich, wie er auf dem Familiensofa neben Papa saß, mit einem Riesenschal um den Hals. Sie war in Ehrfurcht erstarrt gewesen vor dem »Herrn Lehrer«, auch wenn er jung war und freundlich, er hatte sie sogar einmal gefragt, was sie denn da für ein Buch lese. Ein Ausländer – ein Engländer – im Hause, das war aufregend und dabei vielleicht auch etwas gefährlich. Sollte man in der Schule davon erzählen, oder war es besser, den Mund zu halten?

Sie wunderte sich, als seine Besuche plötzlich aufhörten, hatte aber ihre Mutter etwas murmeln gehört von wegen ›ungehörig, so einfach bei den Jungs zu Hause aufzutauchen‹. Es war wohl so gewesen, dass Rikes Onkel und Tante sie vor diesem Mr. Clayton gewarnt hatten, es sei gefährlich mit ihm, und sie hatte in dem Gefühl gehandelt, das Beste für ihre Familie zu tun.

Der Papa hatte nichts Gefährliches an Mr. Clayton gesehen, er hatte ihn sogar gern gemocht – er ermunterte den jungen Lehrer zu Besuchen in der Blumenstraße, und als der Engländer wieder nach Hause zurückkehrte, hatte er nichts dagegen, dass Clayton und Wolf sich regelmäßig schrieben. Es war ein reger Briefwechsel, der erst mit Ausbruch des Krieges ein Ende fand. Dass aus Freunden nun Feinde werden sollten, hatte Wolf und besonders ihren Vater sehr geschmerzt, daran erinnerte sie sich gut. Wolf hatte so von den Ferien geschwärmt, die er zusammen mit der Familie Clayton auf der Isle of Man verbracht hatte. Nur ein Jahr vor Kriegsbeginn war das gewesen, und stolz erzählte er davon, wie Fred Claytons Mutter ihn einen wunderbaren Botschafter des deutschen Volkes genannt hatte. Ihr Vater wiederum hatte Fred Clayton einen guten Botschafter für die Engländer genannt und dass er sich darauf freue, ihn im Sommer 1939 zu einem Gegenbesuch in Dresden willkommen zu heißen und die Gastfreundschaft zu erwidern, die er und seine ganze Familie Wolf erwiesen hatten. Und sie wusste noch gut, wie enttäuscht Wolf gewesen war, als Mr. Clayton schrieb, er könne nun doch nicht kommen. Fred hatte geschrieben, er hoffe, sie würden Freunde bleiben, auch wenn zwischen ihren

Kindheit und frühe Jugend

Ländern nun Krieg herrsche. Nun, nach sieben Jahren, wollte er ganz offenbar die Freundschaft erneuern.

> Lieber Götz,
> Ich weiß, es ist lange her seit meinem letzten Brief. In den sieben Jahren seit der Krieg ausbrach habe ich oft an Dich und Deine Familie gedacht. Ich bedauere zutiefst die Feindschaft, die zwischen unseren Ländern und Völkern entstanden ist. Ich habe nie anders an euch gedacht als mit einem Gefühl der Zuneigung und Freundschaft. Ich war immer dankbar für euer Wohlwollen während meiner Zeit in Dresden, die nun so weit weg scheint.
> Ich möchte nur fragen, wie ihr diese schwere Zeit überstanden habt? Ich war während des Krieges die meiste Zeit in Indien, wo die Alliierten gegen die Japaner kämpften. Das waren schwierige Jahre, aber andere haben es ja nicht besser gehabt.
> Ich war entsetzt, als ich von der Zerstörung Dresdens erfuhr und ich habe an euch alle gedacht und wie es euch ergangen sein mag. Bitte schreib mir, wenn Du irgend kannst, ich möchte unbedingt wissen, wie es euch geht.
> Sehr herzliche Grüße
> Fred Clayton

»Das ist aber ein freundlicher Brief! Es ist doch nett von ihm, dass er sich nach so langer Zeit nach uns erkundigt.« Rike sah von dem Brief auf. »Wir sollten ihm unbedingt zurückschreiben.«

»Ja, das ist wahr«, stimmte Mädi bei. »Schreib du ihm doch und erzähle ihm alles.«

Noch am selben Abend machte Rike sich daran, den Brief zu beantworten. Nur, wo beginnen? Was war nicht alle geschehen seit jenen friedlichen Vorkriegstagen, es gab so viel zu berichten...

> Lieber Herr Clayton,
> ganz herzlichen Dank für Ihren Brief. Es war so eine freudige Überraschung, Nachricht von Ihnen zu erhalten, Sie waren so ein geschätzter Freund unserer Familie, besonders Wolf hat Sie immer als seinen besten Freund betrachtet.

Feindes Liebe

Es ist so viel geschehen, seit wir das letzte Mal voneinander gehört haben. Für unsere Familie war es eine sehr schwere, traurige Zeit. Ich will versuchen, Sie so gut wie möglich auf den neuesten Stand zu bringen.
Als Erstes muss ich Ihnen von Götz erzählen. Sie wissen ja, er war in der deutschen Wehrmacht, als Fahnenjunker im dritten Bataillon des 102. Infanterieregiments. Er war schon zum Leutnant befördert worden und gleich in den ersten Kriegstagen nahm er am Einmarsch in Polen teil …

***

Wenige Tage vor Ausbruch des Krieges hatte Götz noch einmal kurz Heimaturlaub gehabt und war empfangen worden wie ein Held. Es war so schön, dass sie ihren großen Bruder bei sich hatte, selbst für so kurze Zeit. Er hatte blendend ausgesehen in seiner Uniform, war bester Laune gewesen, hatte Witze gerissen. Er war so stolz auf seine Beförderung zum Offizier gewesen und sie war ebenfalls stolz auf ihn, als sie erfuhr, dass er in den Krieg ziehen würde mit der Armee des Führers, lauter siegreiche Helden, die die unterdrückten Polen befreien sollten.

Aufregend war es auch, als er dann Briefe von der Front schrieb. Am 21. September hatte er diese Postkarte geschrieben:

Liebe Eltern, der Krieg ist jetzt anscheinend vorbei. Wir marschieren auf Warschau, da wird dann die Siegesparade sein. Ich muss euch noch schnell für die vielen lieben Päckchen danken, die ich hier von euch bekommen habe. Stohberg und Onkel Schade haben mir geschrieben. Vielen Dank auch für die Pfeife. Hab jetzt leider keine Zeit sie zu rauchen. Entschuldigt die Handschrift, ich schreibe im Dunkeln in einer Scheune bei Fackellicht. Aber es ist schön in einer Scheune schlafen zu können. Schickt mir getrocknete Bananen, Feigen oder anderes Obst oder Studentenfutter, so was in der Art. Aber genug jetzt, mehr morgen wenn es geht. Herzliche Grüße; filius.

Kindheit und frühe Jugend

Götz als
Fahnenjunker, 1938

Stolz war in ihr aufgestiegen, dass ihr Bruder an der großen Siegesparade in Warschau teilnehmen würde. Am liebsten wäre sie selbst dabei gewesen und hätte ihm zugejubelt. Am nächsten Tag kam noch ein Brief, diesmal an den Vater adressiert. Rike hatte ihn selbst mit der anderen Post von der Matte aufgehoben; die Kinder rannten oft um die Wette zur Tür, sobald sie den Postboten hörten. Rike war diesmal als Erste da und auf dem Weg ins Wohnzimmer sah sie sich die Umschläge an. »Sie sind alle für dich, Papa«, beschwerte sie sich. »Immer sind alle Briefe für dich. Ich bekomme nie einen Brief.«

»Schreib halt welche, da kriegst du auch welche!« grinste Wolf.

»Ach, wer wird dir schon schreiben?« mischte Mädi sich ein.

Werner ging auf die Neckereien der Kinder nicht ein und fragte nur, »Irgendetwas Interessantes dabei?«

»Eigentlich nicht«, erwiderte Rike, »nur wieder einer aus Warschau.«

»Aus Warschau? Komisch, Götz hat doch gestern erst geschrieben.«

Feindes Liebe

»Na ja«, meinte die Mutter, »vielleicht hat er Zeit gefunden, einen richtigen Brief zu schreiben. Gestern war es nur eine Karte.«

»Aber, Mama,« meinte jetzt Rike, »die Handschrift sieht gar nicht wie die von Götz aus. Schau mal…«

Die Eltern wechselten einen Blick, sie wurden ganz bleich. Papa sagte leise: »Lass mich mal sehen, Liebling.« Er nahm den Umschlag und schnitt ihn auf. Rike sah, wie seine Hand dabei zitterte. Er schien Stunden zu brauchen, um den Brief zu lesen. Dann faltete er das Schreiben wortlos zusammen, gab es Mama, stand auf und ging den Garten. Sie faltete das Blatt wieder auseinander, warf einen Blick darauf und drückte die Hand auf den Mund. »Nein,« wimmerte sie, »oh nein, nein, nein!«.

»Was ist, Mama?« fragte Wolf.

»Es ist Götz, er – er…«

»Ist er verwundet?« Rike bekam Angst.

Mädi streckte die Hand aus: »Darf ich es mir mal ansehen, Mama?«,

»Was ist denn passiert?« Rike wollte es jetzt dringend wissen: »Stimmt was nicht? Mädi, liest du uns den Brief bitte vor? «

Und Mädi las, mit zitternder Stimme:

i/ Polen vor Warschau

Sehr geehrter Herr Doktor!

Ihr lieber Sohn Götz ist gestern 21.9.39 nachmittags bei einem Angriff vor Warschau auf dem Felde der Ehre gefallen. Wir haben ihn heute auf dem Gefechtsfelde zusammen mit 18 anderen Kameraden unter militärischen Ehren und mit Gebet und Segen des Divisionspfarrers beigesetzt.

Lieber, sehr geehrter Herr Doktor, ich brauche Ihnen wohl nicht zu versichern, wie schmerzlich mich der Tod Ihres tapferen prächtigen Jungen berührte. In ehrlicher, aufrichtiger Mittrauer spreche ich Ihrer verehrten Frau Gemahlin und Ihnen mein zutiefst empfundenes Beileid aus.

Ihr lieber Sohn Götz hatte in den Monaten seiner Dienstzeit sich so trefflich herausgemacht und ich hatte mit so großer Freude an seiner Entwicklung gesehen, daß er auf dem allerbesten Wege war in den Offiziersberuf im besten Sinne hineinzuwachsen. Er

Kindheit und frühe Jugend

hat in den vergangenen Kriegswochen alle Anstrengungen in guter Haltung bestanden und war ein tapferer und brauchbarer Soldat und ganzer Kerl geworden. So ist er auch bei dem letzten Angriff frisch und tapfer an den Feind gegangen. Ein Kopfschuß, der ihn nicht einen Augenblick hat leiden lassen, hat ihn den Soldatentod im Augenblick des Erreichens des gesteckten Angriffsziels finden lassen.

Mögen Ihnen, den schwer geprüften Eltern, diese Worte ein Trost sein. Sie können stolz sein auf Ihren lieben Sohn, der als ganzer Soldat in schönster Pflichterfüllung sein Leben für Deutschland gab.

In stillem Mitfühlen drücke ich Ihnen die Hand
Ihr stets ergebener
Hans Hammer
Oberstleutnant I. I. Regiment 102

Die Tage danach gingen wie hinter einem grauen Schleier vorüber. Die Familie erhielt viele Beileidschreiben, Nachbarn kamen vorbei und drückten ihnen ihre Anteilnahme aus, sie brachten Fisch, Hühnchen, Butter mit, alles, um ihnen zu helfen. Von dem Gedenkgottesdienst in der Langebrücker Kirche blieb bei Rike wenig haften, außer den vielen Kerzen, die für Götz angezündet wurden. Sie konnten es einfach nicht glauben, es war ein schrecklicher Irrtum, gleich würden sie aus diesem Albtraum aufwachen. Wie konnte er gestorben sein, der liebe, frische, blühende Götz, er war doch so voller Leben.

Alle versuchten sie, das Leben normal weiterzuleben, aber das Leben würde nie wieder normal für sie sein und es verging kaum ein Tag, an dem sie nicht von Trauer gepeinigt wurden. Jeden Tag kamen die Kriegsberichte im Radio und die Zeitung war voll davon. Wenn Werner in seinem Lieblingssessel eine Pfeife rauchte und den *Dresdner Anzeiger* las, überging er meistens alles, was mit dem Krieg zu tun hatte, am 16. Oktober jedoch sprang ihn eine Schlagzeile an: »Sachsen vernichten polnische Scharfschützen«, und in dem Artikel sah er das Datum: 21. September – der Tag, der auf immer in seinem Gedächtnis eingebrannt war, der Tag, an dem sein Sohn starb.

Feindes Liebe

Götz' Todesanzeige in den Dresdner Nachrichten vom 1. Oktober 1939

Er wusste, das jetzt zu lesen tat ihm nicht gut, aber er konnte nicht anders, er musste mehr erfahren über diesen schicksalhaften Tag. Er begann zu lesen.

Offenbar war zunächst alles glatt gegangen, ganz so, wie es die gründliche deutsche Militär-Maschinerie geplant hatte: »Schon schien alles gewonnen. Vor uns liegt weites, offenes Gelände. Dieses wird schnell überschritten.« Er stellte sich vor, wie sein ältester Sohn voller Kampfesfreude im Vorgefühl des sicheren Sieges mit seinen Kameraden vorwärtsstürmte, sie würden alles hinwegfegen. Sie mussten sich unüberwindlich vorgekommen sein. Aber dann ... Er las weiter.

„Kaum sind jedoch die Bataillone im Walde – Teile haben schon die Straße Warschau-Modlin erreicht – als aus dem Orte Młociny dem I. Bataillon ein mörderisches Feuer aus Häusern, Erdlöchern und von Bäumen entgegenschlägt. Scharfschützen

Kindheit und frühe Jugend

scheinen es zu sein, polnische Elitetruppen. Sie verteidigen mit Zähigkeit das Gelände. Außerordentlich gut haben sie sich getarnt, mit Dum-Dum – und Explosivgeschossen überschütten sie die vorgehenden Schützen.

Der Angriff kommt ins Stocken. Die Schützen graben sich ein. Sofort setzen die Polen zum Gegenstoß an. Doch die Sachsen weichen nicht. Sie halten, obwohl manch ein Kamerad ausfällt, das gewonnene Gelände."

Er konnte nicht weiterlesen. Ihm wurde übel, die Zeilen verschwammen vor seinen Augen. Er stellte sich vor, sein armer Götz in diesem Kugelhagel. Hatte er gewusst, was ihm bevorstand? War er als Erster gefallen? Oder musste er in den letzten Momenten fassungslos, schreckensbleich mit ansehen, wie um ihn herum seine Kameraden fielen, Verwundete, Tote, all der Schrecken? Verzweifelt hoffte Werner, dass Götz das nicht erleben musste, dass sein letzter Moment einer der Zuversicht war, dass er Begeisterung spürte und des Sieges sicher war – dass dies seine letzten Gedanken und Gefühle waren.

Es war zu viel. Wortlos legte er die Zeitung zusammen, stand auf und verließ das Haus.

Rike und ihre Geschwister halfen den Eltern in dieser schweren Zeit so gut sie konnten. Zu dem überwältigenden Schmerz kam für Werner und Dora noch ein Gefühl der Schuld: Hatten sie nicht zu viel von Götz verlangt, ihn zu sehr angetrieben, ihn fühlen lassen, dass er verglichen mit seiner tüchtigen Schwester Mädi eine Enttäuschung war? Immer wieder mussten sie daran denken, wie er zu ihnen gesagt hatte, »Ihr werdet euch noch über mich wundern!« Waren sie daran schuld, dass er sich so früh an die Front gemeldet hatte? Hatten sie ihn hinausgetrieben in diesen viel zu frühen Tod? Hätten sie ihn in seinem kurzen Leben nicht so unter Druck setzen sollen? Wäre er dann glücklicher gewesen?

Werner war ein gebrochener Mann, jederzeit konnte er ohne sichtbaren Anlass in Tränen ausbrechen. Er war damit nicht allein, die Tränen flossen reichlich in dieser schlimmen Zeit – und es sollte noch mehr kommen.

Elftes Kapitel:
Neue Schicksalsschläge

Unheil und Verderben suchen die Familie heim, Rikes behütete Kindheit findet ein jähes Ende und sie erlebt den schlimmen Ausgang des Krieges.

Am 4. November 1939, einen Monat nach der Gedenkfeier für Götz, fand sich die Familie wieder in der Kirche in Langebrück ein, diesmal zu einer Trauung: Traudi heiratete Heinz Sandmann, einen Chocolatier aus Aachen. Das war eigentlich ein Grund zur Freude und sie bemühten sich auch nach Kräften, aber so richtig nach Feiern war niemandem zumute. Nach der standesamtlichen kamen sie zur kirchlichen Trauung zusammen. Die Hochzeitsgesellschaft trug Schwarz, immer noch in Trauer um den Verlust des Sohnes und Bruders. Dazu hatte Werner drei Tage vorher einen schlimmen Blutsturz erlitten, der die ganze Familie in Angst und Schrecken versetzte. Er war zu schwach gewesen, um an der Trauung teilzunehmen, und musste dem Paar seinen Segen am Krankenlager geben.

Zur Trauer um ihren Bruder kam bei den Geschwistern wachsende Sorge um die Gesundheit ihrer Eltern. Der Vater konnte den Tod seines Sohns nicht verwinden, er wurde immer schwächer und verlor alle Lust am Leben. Rike sah ihn dahinschwinden, sie versuchte, ihm lustige Geschichten zu erzählen, über die er sonst immer gelacht hatte, aber er war teilnahmslos und zeigte kein Interesse. Dann wurde Dora krank, allem Anschein nach war es eine Lungeninfektion und sie wurde immer kränker. Im Januar 1940 rief Werner Mädi an sein Bett, er hatte eine Röntgenaufnahme von Mamas Lunge, die er ratlos hin und her wendete, er wusste nicht, wie er sie deuten sollte. Mädi wusste es nur zu gut, die Aufnahme zeigte einen Schatten auf der Lunge, es war wohl ein Tumor. Sie sagte es Traudi, schwor sie aber auf strenges Schweigen ein – die jüngeren Geschwister sollten sich nicht noch mehr Sorgen machen müssen. Was den Vater anging, so war er schon zu elend, es war wohl nur noch eine Frage der Zeit mit ihm.

Der Vater starb in den Armen seiner Frau an einem Hirnschlag, es war der 28. März 1940, abends gegen sechs. Rike würde nie

Neue Schicksalsschläge

den Anblick vergessen, wie ihr Papa so still und blass da lag. Sie versuchte sich damit zu trösten, dass er jetzt wenigstens Frieden gefunden hatte – so hieß es doch bei solchen Gelegenheiten? Die Machtübernahme der Nationalsozialisten hatte ihm seinen Frieden geraubt und er hatte immer wieder, geradezu obsessiv, davon gesprochen, wie kriegslüstern sie waren. Selbst sie hatte, jung wie sie war, die ängstliche Sorge ihres Vaters gespürt, als Götz in die Armee eingetreten war, eine Angst, die größer wurde, als diese Armee in Polen eimarschierte und Götz an der Front, mitten im Schlachtgetümmel. Das führt zu nichts Gutem, hatte er gemurrt. Und nun war auch er tot.

Als sie hinter dem Sarg des Vaters hergingen, musste Mama sich auf Mädi und Wolf stützen. Rike konnte sich an den Beerdigungs-Gottesdienst kaum erinnern, sie hatte immer nur mit großer Sorge zu ihrer Mutter hinübergeblickt. So schlimm, dachte sie, hat sie noch nie ausgesehen – blass, mager, um Jahre gealtert. »Geht es dir gut, Mama?« flüsterte sie. »Ja, Liebes, ich komme zurecht. Mach dir keine Sorgen.«

Und dann, sie waren noch nicht am Grab angelangt, war Mama zusammengebrochen. Ihre Beine schienen einfach nachzugeben. Obwohl sie heftig protestierte, wurde sie nach Hause gebracht, noch ehe der Leichnam ihres Mannes ausgesegnet war.

Rike stand mit ihren Geschwistern vor dem Familiengrab im Friedhof neben der Kirche von Langebrück und las die Inschrift auf dem Gedenkstein für Götz – die Worte aus dem Johannesevangelium, die sie so gut kannte. »Niemand hat größere Liebe als die, daß er sein Leben läßt für seine Freunde.« Und dann, unter seinem Namen, »*Gefallen für's Vaterland*«. War es wirklich nötig gewesen, dass er sein Leben für das Vaterland hingab? Sie hatte dieses Opfer bestimmt nicht von ihm verlangt. Und jetzt hatte der Krieg noch ein Opfer gefordert.

Es sollte nicht das letzte in der Familie bleiben. Schon in den ersten Monaten des Jahres 1940 war es mit Mamas Gesundheit immer weiter bergab gegangen, die Kinder machten sich schreckliche Sorgen um sie und fühlten sich völlig hilflos. Der Kummer und die unablässige Pflege, die sie ihrem Mann bis zu seinem Tode angedeihen ließ, hatten sie offenbar ausgezehrt. Wie es tatsächlich um sie stand, wussten allein Mädi und Traudi. Sie beteten heimlich um ein Wunder.

Einige Tage nach der Beerdigung ihres Mannes wurde sie nach München gebracht und von einem Spezialisten untersucht. Seine Diagnose lautete: Lungenkrebs. Es war eine bittere Ironie: Ausgerechnet sie traf es, die als einzige in der Familie nie geraucht hatte. Für die Strahlentherapie kam sie zurück nach Dresden, hier konnte sie die Behandlungspausen zu Hause verbringen. Viele Stunden lag sie auf der Veranda und Rike musste mit ansehen, wie ihre Mutter dahinsiechte.

Währenddessen wuchs in der Bevölkerung die Begeisterung über die Erfolge der Wehrmacht, in Rikes Schule sprachen sie aufgeregt vom Blitzkrieg, Radio und Zeitung berichteten von Sieg auf Sieg. Westeuropa war praktisch vollständig unterworfen und das Deutsche Reich war so groß wie nie zuvor in seiner Geschichte. Hitler war ein Volksheld, er wurde als der größte Staatsmann seit Bismarck, als »größter Feldherr aller Zeiten« verehrt. Am 9. August schlossen viele ihrer Schulkameraden sich der Volksmenge an, die bei strahlendem Sonnenschein auf den Altmarkt strömte, um die heimkehrenden siegreichen Helden zu begrüßen: Das Sächsische Infanterie-Regiment Dresden marschierte durch die Straßen und nahm auf dem großen kopfsteingepflasterten Platz Aufstellung. Die Zeitungen berichteten später von Hunderttausenden jedweden Alters, die den Soldaten an den Straßenrändern zujubelten. Alle waren zuversichtlich und hielten den Krieg nun für gewonnen. Rike ging nicht hin.

Der Sommer neigte sich dem Ende zu, der Herbst begann, und die Geschwister sahen, wie ihre Mutter langsam hinstarb. Im November wollte sie noch einmal zur Behandlung ins Krankenhaus gebracht werden, aber am 19. November wurden die Kinder an ihr Bett gerufen. Sie starb, ehe sie dort ankamen. Der Arzt meinte, ihr Leiden hätte noch zwei Jahre andauern können, aber ein Herzversagen setzte ihrem Leben ein Ende. Die freundliche Krankenschwester versicherte ihnen, dass ihre Mutter am Ende keine Schmerzen erdulden musste; kurz vor ihrem Tode habe sie geflüstert, »Ich bin so froh, jetzt sehe ich meinen Jungen und meinen Mann wieder.« Beide Eltern hatten den frühen Tod von

Neue Schicksalsschläge

Das Familiengrab auf dem Friedhof von Langebrück, aufgenommen 2011

Götz nur um etwas mehr als ein Jahr überlebt. Leid über Leid hatte die Familie heimgesucht.

Rike war gerade vierzehn Jahre alt und Waise. Der Krieg tobte nun seit vierzehn verheerenden Monaten und sie hatte ihren Bruder verloren sowie in der Folge beide Eltern. Sie war in der Blumenstraße 4 zurückgeblieben zusammen mit Wolf und Mädi, Traudi und Heinz waren nach ihrer Hochzeit in ein Haus weiter unten im Dorf in der Jakob-Weinheimer-Straße gezogen, inzwischen hatten sie ein Kind. Wolf war jetzt achtzehn, er hatte das Leben immer leichter genommen als sein älterer Bruder, aber nun, in diesem einen schicksalhaften Jahr, hatte er rasch erwachsen werden müssen. Bald nach dem Tod seines Vaters hatte er das Abitur gemacht und wollte eigentlich gleich von zu Hause fort und Medizin studieren. Als jedoch deutlich wurde, wie krank seine Mutter war, hatte er sich entschieden, das Studium um ein Jahr zu verschieben. Mädi war in Dresden Dozentin für Chemie, sie verdiente jetzt das Geld für die Familie und war der Haushaltsvorstand.

Das Regime ihrer älteren Schwester akzeptierte Rike nur widerwillig und als dann Wolf, nur allzu bald, zum Studium ins weit entfernte Marburg ging, verlor sie einen Verbündeten. Er kam zwar nach Hause, wann immer es ging, aber Mädi und Rike mussten jetzt miteinander auskommen. Es dauerte nicht lange und Wolf musste das Studium unterbrechen, er kam in die Wehrmacht und wurde in Holland bei den Besatzungstruppen eingesetzt. Von dort schrieb er, so oft er konnte, und seine Briefe trösteten und beruhigten sie: Wenigstens ihr einer Bruder war noch am Leben.

Rike und Mädi waren beide erleichtert gewesen, dass ihr Bruder im Westen als Besatzungssoldat stationiert war und nicht bei den Truppen im Osten, wo Millionen von Soldaten am Einmarsch in Russland beteiligt waren. Sie hatten am 22. Juni 1941 im Radio gehört, wie Goebbels die Proklamation Hitlers verlas: »In diesem Augenblick vollzieht sich ein Aufmarsch, der in Ausdehnung und Umfang der größte ist, den die Welt bisher gesehen hat. Ich habe mich heute entschlossen, das Schicksal und die Zukunft des Deutschen Reiches wieder in die Hand unserer Soldaten zu legen. Möge uns der Herrgott gerade in diesem Kampf helfen!« Rike war davon übel geworden. Zwei Jahre zuvor war eine Invasion ihre Familie so teuer zu stehen gekommen, und jetzt musste sie an die vielen Menschen denken, die in diesem Sommer die Schreckensnachricht erhalten würden, dass ihr Sohn und Bruder den Tod fürs Vaterland gestorben war.

Die Spannungen im Haus wurden noch größer, als Mädi kurz nach Rikes sechzehntem Geburtstag, am Valentinstag 1942, Fritz Scheibitz heiratete. Scheibitz war ein begabter Chemiker, er kam aus kleinen Verhältnissen im Erzgebirge und war glühender Nationalsozialist. Er gab sich alle Mühe, das junge Mädchen und, wenn der nach Hause kam, auch ihren Bruder zu besseren Nazis zu erziehen, fand in ihnen aber keine gelehrigen Schüler. Rike war gar nicht davon begeistert, dass Fritz nun ihr Zuhause in Beschlag nahm, das jungvermählte Paar wiederum konnte sich mit der Anwesenheit von Mädis Schwester nur schwer abfinden, es schränkte ihre Freiheit ein. Rike fühlte sich in der Blumenstraße immer weniger zu Hause. Als dann Mädis Kinder Wolfgang und Christina zur Welt kamen, fühlte sie sich noch mehr wie ein Eindringling. Der einzige Lichtblick war die Gesellschaft von Marianne, die Mädi als Haushaltshilfe beschäftigte.

Neue Schicksalsschläge

Rikes Art, mit der Situation umzugehen, war sich in Bücher zu vergraben, sie zog sich immer mehr auf sich selbst zurück und ließ sich mit Fritz auf keine Diskussionen ein. Am Ende fiel ihr am schwersten, neben zwei Menschen her zu leben, die so mit sich und ihren Kindern beschäftigt waren, dass sie gar nicht bemerkten, dass Rike auch Liebe und Zuwendung nötig gehabt hätte. Jungen interessierten Rike nicht und es gab niemanden, dem sie sich anvertrauen konnte. Sie wusste, sie würde nur Herablassung ernten, wenn sie Fritz und Mädi von ihren Problemen erzählte, zudem war sie überzeugt, dass sie stark bleiben musste, und dabei half ihr kein Mitleid.

Die Schule empfand sie als willkommene Abwechslung von der bedrückenden Stimmung in der Blumenstraße 4, sehnte aber doch den Tag herbei, an dem die Schule zu Ende war und sie ein selbstbestimmteres Leben würde führen können. Sie wäre gerne in die Fußstapfen ihres Vaters getreten und Ärztin geworden, aber ebenso wie Götz war sie keine besonders gute Schülerin. Sie strengte sich nach Kräften an, aber die Noten reichten einfach nicht für Medizin und nach einigem Überlegen fiel ihre Wahl auf Landwirtschaft. Die Schulzeit endete Ostern 1944, den anschließenden Reichsarbeitsdienst absolvierte sie auf einem großen Gut in Hochweitzschen.

Das freiere Leben fort von zu Hause war ein Genuss, dazu war die Umgebung des Gutes wunderschön. Rike verliebte sich in die hügelige Landschaft, die Arbeit befriedigte und erfüllte sie – der Krieg schien weit, weit weg. Sie entdeckte Selbständigkeit in Gemeinschaft, sie lebte nach ihren eigenen Maßstäben und begegnete Menschen, die sie schätzten und ihr nicht dauernd zu verstehen gaben, sie sei halt ein verwöhntes Ding und würde es nie zu etwas bringen. Bei all den Privilegien in ihrer Kindheit hätte Rike vielleicht anmaßend werden und auf andere herabsehen können, aber sie gab sich keine Allüren. Klassenschranken waren ihr verhasst, sie hatte oft festgestellt, dass einfache Leute sehr viel mehr wert sein konnten als die sogenannten Gebildeten. Die waren vielleicht nach außen freundlich und höflich, aber im nächsten Augenblick konnten sie aufs Übelste über andere herziehen. Da waren ihr einfache, ehrliche Menschen lieber.

Feindes Liebe

Sie war nun in einer Gemeinschaftsunterkunft mit anderen jungen Frauen und schloss rasch Freundschaften. Auf ihrer Stube lagen noch drei andere Dresdner Schulabgängerinnen; sie verstand sich blendend mit ihnen, es war ihr, als hätte sie Freundinnen fürs Leben gefunden. Sie waren so fröhlich und gingen so offen miteinander um, dass die schwere Arbeit tagsüber sie nicht schrecken konnte. Mit diesen Freundinnen gründete Rike einen »Club der Antifaschistinnen« und bei der Lagerleitung galten sie bald als reaktionär, aber sie ließen sich die Laune nicht verderben und die anderen beneideten sie um ihre Freundschaft.

Nach Feierabend saßen sie oft zusammen und schmiedeten Zukunftspläne oder diskutierten darüber, wie mit Schwierigkeiten im Lager umzugehen sei; damit gelang es ihnen die Moral in ihrer Abteilung etwas zu heben. Sie organisierten gemütliche Abende, wo über alles und jedes geschwatzt wurde – außer über Politik. Abends, wenn alle anderen eingeschlafen waren, standen sie oft leise auf und feierten kleine Feste unter einer knorrigen alten Eiche in der Nähe des Lagers. Einmal trieb eine von ihnen sogar ein Flasche Eierlikör auf und eine andere etwas Kuchen, da feierten sie bis tief in die Nacht. Schließlich trennte die Lagerleitung sie voneinander – man sah sie wohl als zu subversiv an.

Eine besondere Freundschaft verband Rike mit der Hausmutter, die alle Tante Dörte nannten, einer Frau, die etwas Beruhigendes, Anheimelndes ausstrahlte. Sie bestimmte Rike zu ihrer Assistentin und nachdem sie so leichteren Zugang zu ihr hatte, wurde sie bald immer vertrauter mit ihr.

Während der Feldarbeit konnte Rike ihre Gedanken schweifen lassen und sie dachte an die schönen Tage zurück, die sie zusammen mit ihren Eltern und Geschwistern verbracht hatte. Einmal, es musste 1938 gewesen sein, hatten sie alle die Ferien gemeinsam in der Heimat ihrer Mutter verbracht und am Chiemsee ein Ferienhaus gemietet – es waren vielleicht die glücklichsten Tage in ihrem Leben gewesen, mit Bootsfahrten auf dem See (die Mutter in steter Angst, das Boot könnte kentern oder ein Sturm aufziehen) und einem Abstecher nach Reichenhall, wo ihr Großvater Amtsrichter gewesen war (die Mutter erzählte, wie sie den »armen Gefangenen« Bier in die Zelle geschmuggelt hatte). Schöne, längst vergangene Tage.

Neue Schicksalsschläge

Im Arbeitsdienst: Rike (2.v.r. im linken Bild) mit ihren Freundinnen

Der Advent rückte näher, eine Zeit, die Rike immer besonders gemocht hatte, es waren für sie die schönsten Wochen im Jahr, geheimnisvoll und aufregend, mit wunderbarem Lebkuchenduft, und der Weihnachtsmarkt in Dresden war immer zauberhaft gewesen, wie ein Paradies. All das war jetzt dahin – die Lebkuchen in den Schaufenstern waren nur Imitate aus Pappe. Wieder nichts als Erinnerungen. Dazu kam, dass die Gegenwart eine schmerzliche Wendung zu nehmen drohte: Dörte war mit einem Mal schwer erkrankt. Rike war besorgt um ihre neue Freundin und auch wenn sie nun als ihre Pflegerin noch öfter bei ihr sein konnte, so war das doch nur ein schwacher Trost. Weihnachten kam näher und Dörte war immer noch krank, die Weihnachtsfeier musste ohne sie stattfinden. Rike wäre am liebsten in Hochweitzschen geblieben, sie musste sich richtig losreißen, liebend gern hätte ihren Urlaub für Dörte geopfert. Sie blieb noch eine Nacht länger als die anderen, aber dann musste sie abreisen, sonst wäre sie Heiligabend nicht zu Hause gewesen und das hätte dort eine Menge Fragen aufgeworfen.

Normalerweise genoss Rike es, wen sie Ferien hatte, aber diesmal konnte sie es kaum erwarten, bis sie vorbei waren. Sie fuhr schon einen Tag früher wieder zurück und verbrachte diesen Tag ganz mit dem Menschen, der ihr wirklich nahestand und mit dem sie am liebsten zusammen Weihnachten gefeiert hätte. Das Wiedersehen mit Dörte war eine große Freude und alle Ängste, die Rike zu Hause empfunden hatte, verblassten vor Dörtes Idealismus und ihrem Vertrauen auf das Schicksal – sie sah der Zukunft gelassen entgegen, gleich ob sie genesen würde oder nicht.

Es war ein Tag, der nur ihnen beiden gehörte, und Rike kostete jede Minute aus. Sie dürstete nach der Liebe und dem Verständnis, die sie hier erfuhr und die ihr zu Hause so gefehlt hatten. In den ersten Wochen des neuen Jahres schlossen sie sich immer enger aneinander an, aber so schön das war – irgendwann kam der Punkt, wo Rike sich fragte, ob diese tiefen Gefühle von Gemeinschaft ihr nicht zu viel wurden. Nach einigem Zögern und Überlegen bat sie darum, in einem anderen Teil des Gutes untergebracht zu werden, von da an sahen sie sich nicht mehr ganz so häufig. Vielleicht war es so besser.

Und dann brach der Krieg in ihre Idylle ein.

Schon lange hatte es immer wieder Meldungen über zerstörte deutsche Städte gegeben, die Bombenkampagne der Alliierten zeigte ihre Wirkung. Dresden war bisher nicht betroffen gewesen und wie viele andere Dresdner auch hatte Rike der stillen Hoffnung Raum gegeben, ihr geliebtes »Elbflorenz« werde verschont. Die Amerikaner und Briten liebten die Stadt doch so sehr, die prachtvollen Barockbauten, die Gemäldegalerien, die Schönheit der Landschaft ringsum. Dresden war eine unschuldige Kulturstadt, die in der Kriegführung keine Rolle spielte. Die Alliierten, so hieß es, wollten hier nach dem Krieg ihr Hauptquartier aufschlagen. Und wohnte nicht Churchills Lieblingstante in Dresden? Er hatte die Stadt um ihretwillen nicht angreifen lassen.

Dann kam diese Februarnacht. Aus der Ferne hörte Rike das Geräusch von Flugzeugen, ein Summen, das immer lauter wurde, sich zum Dröhnen von Motoren steigerte, zwei Tage lang ging das so, kam immer wieder. Am 16. Februar erhielten sie die Meldung vom Untergang Dresdens, ihrer Heimatstadt. Man sprach von 35.000 oder mehr Toten, die meisten seien lebendig verbrannt, Opfer einer Strategie, die auf die Vernichtung der Einwohnerschaft abzielte, die meisten von ihnen Frauen, Kinder, alte Menschen. All ihre Illusionen zerbrachen an diesem Tag. Das Deutsche Nachrichtenbüro gab bekannt, dass ›gezielt kulturelle Bauten und Wohngebiete angegriffen und zerstört wurden‹. Rike hatte Angst um Mädi und ihre junge Familie, sie konnte nur hoffen, dass sie weit genug weg waren vom Zentrum der Zerstörung.

Neun Tage später, am 25. Februar, wurde das Lager aufgelöst und alle wurden nach Hause geschickt. Es war nicht nur die Bombardierung von Dresden, im ganzen Osten hatte sich die

Neue Schicksalsschläge

Lage drastisch verschlechtert, das Gut wäre für die vorrückende Sowjetarmee leichte Beute und die Arbeitskräfte seien zu Hause besser geschützt und versorgt, hieß es. Rike vermutete allerdings, dass sie einfach ihrem Schicksal überlassen werden sollten. Jetzt galt, jede ist sich selbst die Nächste

Der Abschied von Dörte fiel ihr unsagbar schwer, Trost bot allenfalls die Hoffnung, dass sie einander sicher bald wiedersehen würden. Aber sie musste sich nun von dem Zufluchtsort losreißen, zu dem das Gut für sie geworden war, und sich dem stellen, was sie in Dresden erwartete – wenn von ihrem geliebten Dresden noch etwas zu sehen war. Als der Zug langsam in den Bahnhof einfuhr, konnte sie kaum erkennen, wo sie gerade war, ihr schien es, als sei sie in eine apokalyptische Höllenszene geraten. Der Tag war trüb-grau, über der Stadt hingen immer noch Rauchschwaden.

Sie trat aus dem von Bomben verwüsteten Bahnhof und sah sich um. Ihr stockte der Atem. Die Stadt gab es nicht mehr. Der Schock war ungeheuer: Sie sah nichts als ausgeglühte, noch rauchende Ruinen, in der Luft hing ein entsetzlicher Gestank von Leichen und verbranntem Fleisch, der sie zu überwältigen drohte, als sie nun über die Trümmer kletterte. Der Rauch zog ihre Kehle zusammen, die Augen brannten. Sie sah keinen Menschen – kein Leben ringsum. Es war eine tote Stadt, nur Trümmer, Ratten und verkohlte Leichen. Zorn stieg in ihr hoch. Wie konnten Menschen anderen Menschen so etwas Furchtbares antun?

Sie hatte den Schock noch nicht verwunden, als sie nach Hause kam – all das Chaos und die Zerstörung. Die folgenden Wochen brachten immer wieder schlechte Nachrichten, Rike musste erfahren, dass viele Bekannte und Freunde dem Angriff zum Opfer gefallen waren, auch eine Tante und eine Cousine hatten nicht überlebt. Eine andere Verwandte, die in der Nähe des Hauptbahnhofs wohnte, hatte alles verloren. Sie hatten in den Trümmern nach Überresten ihrer Habe gesucht, aber es war nichts zu finden, es war alles verbrannt.

Man erzählte sich von Grausamkeiten, die Briten und Amerikaner begangen hätten, und Rikes Zorn flammte wieder auf. Am zweiten Tag der Bombardierung, so hieß es, seien die Tiere aus dem Zoo ausgebrochen und hinunter zur Elbe gelaufen, ebenso wie

Feindes Liebe

Das von Bomben zerstörte Dresden, Blick von der Lüttichaustraße, wo Fred gewohnt hatte, zum Bahnhof

viele Menschen, die den Flammen zu entkommen suchten. Aus Bordkanonen hätten Flieger auf die Menschen und Tiere geschossen, wussten Erzählungen zu berichten. Wilde Gerüchte verbreiteten sich: Zehntausende, wenn nicht sogar Hunderttausende seien einer Strategie der »Terrorangriffe« zum Opfer gefallen. Es war die Hölle, ein ungeheurer Frevel.

Der einzige Lichtblick in dieser Dunkelheit waren die Briefe, die sie Dörte ihr schrieb, sie gaben ihr etwas Trost. Doch dann hörten die Briefe zu ihrer Beunruhigung plötzlich auf. Rike schrieb an ihre Heimatadresse, um zu erfahren, was geschehen war. Als Antwort bekam sie ein Postkarte von Dörtes Mutter: »Gott hat das Schicksal unserer Dörte in seine Hände genommen.« Sie war an Diphtherie gestorben. Eine Idealistin, eine der guten Deutschen würde das Elend im Osten nicht mehr mitansehen müssen und das war gut. Für Rike war es wie ein Donnerschlag, wieder ein Schock in einer schrecklichen Zeit. »Ruhe in Frieden, du liebe Tante Dörte«, murmelte sie unter Tränen, »ich will dich nie vergessen.«

Allmählich wichen die Wintertage dem Frühling, aber zugleich kamen immer bedrohlichere Nachrichten von der Front im Osten. Die Rote Armee rückte immer näher. Hysterie ergriff die Menschen. Verängstigte Nachbarn baten Rike, das Stahlhelm-Symbol über der

Neue Schicksalsschläge

Haustür zu entfernen, es könnte die russischen Soldaten erbosen. Mit Marianne zusammen machte sie sich daran und bald war nur noch das Motto zu sehen. In der Stadt sah Rike einmal einen Spruch an einer Ruine: »Genießt den Krieg, der Frieden wird fürchterlich«, und sie erschauerte. Sie versuchte, sich nicht von Furcht überwältigen zu lassen. In dieser Zeit führte sie auch Tagebuch, um Erlebnisse und Erfahrungen der Gegenwart festzuhalten; ihre Zukunft war ungewiss.

Langebrück, 17. April 1945

Mißgunst macht unsagbar traurig. Das weiß ich zwar, aber verbittert bin ich trotzdem. Meine schöne Ruhe ist dahin.
Hunger ist mein ständiger Begleiter. Die nächste Zeit soll unter dem Leitspruch des alten Griechen Sokrates stehen: »Ich lebe nicht, um zu essen, ich esse, um zu leben.«
Schade, dass die glückliche Zeit mit D. in H. vorbei ist. Ob ich je wieder glücklich sein werde?

Am Abend des 1. Mai verlas Admiral Dönitz eine Meldung im Radio, die Rike kaum glauben konnte: Hitler war tot. Dönitz rief die das deutsche Volk auf, sich in Trauer vor dem Führer zu verneigen, der als Held im Kampf um die Hauptstadt gefallen sei. Dresden war eine der wenigen Städte, in denen die Nationalsozialisten sich noch an die Macht klammerten, hier rief Gauleiter Martin Mutschmann seine Volksgenossen auf, bis zum Ende zu kämpfen und ordnete Staatstrauer für den gefallenen Führer an. Rike wagte nicht, das offen zu zeigen, aber sie trauerte überhaupt nicht um den Mann, der so viel Leid über ihr Land gebracht hatte.

Groß darüber nachzudenken hatte sie gar keine Zeit: Der Schreckensruf »Die Russen kommen« ertönte immer lauter. Man erzählte sich von grausamer Rache an den Deutschen, brutalen Vergewaltigungen, Leute wurden umgebracht, Frauen, Mädchen, ja Kinder wurden nicht verschont. Und nun standen die Russen schon kurz vor Dresden. Es gab keine Hoffnung auf Entkommen. Mädi floh mit ihren beiden kleinen Kindern nach Kipsdorf im Erzgebirge, zur Familie ihres Mannes. Sie versuchte auch ihre Schwester zu

Feindes Liebe

überreden, mit ihr zusammen zu fliehen, aber Rike wollte unbedingt bleiben. Sogar als der Pfarrer sie auf der Straße anhielt: »Fräulein Büttner, wissen Sie nicht, dass die Russen kommen? Sie können nicht hierbleiben!«, ließ sie sich nicht abbringen.

»Aber das Haus!«, erwiderte sie, »und Marianne ist auch da, ich kann sie nicht im Stich lassen.«

Also blieb Rike mit Marianne in Langebrück und wappnete sich für die gefürchtete Begegnung mit den Russen. Sie war in ihr Schicksal ergeben – selbst der Tod schreckte sie nicht.

Langebrück, d. 17. V. 45

In den letzten Tagen nahm ich mir vor einige der einschneidendsten Erlebnisse zu schildern, um sie später einmal den Menschen zu Gehör zu bringen, die hoffentlich all das für unglaublich halten.

Am 5. Mai 1945, es war ein Sonnabend, hatte ich mich noch einmal aufgemacht, um meine Schwester, die mit Wolfgang und Christinchen nach Kipsdorf geflohen war, mit Äpfeln und anderen Kleinigkeiten zu überraschen. Allerdings war die Freude kurz, denn durch den Rundfunk hatte man die Erwartung des Großangriffs der Russen auf Sachsen ausgesprochen. Freilich hätte mich Mädi lieber bei sich gewußt, aber das Bewußtsein nicht daheim sein zu können bis zur letzten Minute war mir gräßlich und ich verabschiedete mich schon wenige Minuten später wieder, um mich auf die Landstraße zu begeben. Es war die einzige Möglichkeit ungeschoren nach Dresden zu kommen, wenn man das Glück hatte ein Auto anhalten zu können. Also gegen 6^h stellte ich mich mit erwartendem Blick auf die Straße Altenberg – Dips. Leider war das Wetter sehr ungnädig + regnerisch, sodaß mein Hoffnungsbarometer gehörig sank. Aber manchmal hat das Glück doch ein klein wenig übrig für einen Pechvogel, denn eher als ich dachte hielt ein Lkw an und versprach mir, mich heil und sicher nach Dresden zu bringen. Ein wenig kühl und zugig war das Vergnügen, aber ich war doch

Neue Schicksalsschläge

froh, so sicher zu sein. In Dresden mußte das Auto zunächst noch eine Autofeder besorgen und weil es in die Benz Werke nach Neustadt fuhr, konnte ich an dem Holzgasofen sitzen bleiben. Weit angenehmer war es natürlich vorn bei dem Fahrer sitzen zu dürfen, denn man nahm mich freundlicherweise mit bis zum Heidehof, wo die Einheit meiner neuen Bekanntschaft lag. Das netteste von allem war natürlich, daß sie mir viel Bonbons schenkten und mir ein Glas Bienenhonig anboten, daß ich wie Meister Petz auslecken sollte. Was das für einen Kriegsmagen bedeutete kann man sich vorstellen.

Nach einem herzlichen Abschied ging ich weiter zur Blumenstraße. Daß wir daheim in die unmittelbare Kriegszone gerückt waren, merkte ich unterwegs. Der Himmel brannte von dem schweren Feuer, das auf Meißen und Kamenz lag. Das Schlachtengedröhn unterbrach die unheimliche Stille unseres Dorfes. Es war mittlerweile fast Mitternacht geworden und ich war froh daheim ein Dach über dem Kopf zu haben. Unser Mariannchen, die treue Seele unseres Hauses packte alles zusammen, daß wir bei einer evtl. militärischen Räumung bereit wären. Ein ruhiger Sonntag folgte noch, der allerdings im Radio schon die Kapitulation Deutschlands verkündete, an die ich noch nicht zu glauben vermochte. Montag früh kam dann der Räumungsbefehl bis um 10^h. Auch wir machten uns fertig, aber ein allgemeines Gerücht ließ uns zurückbleiben. Dönitz sollte zum deutschen Volk sprechen. In ewigem hin und her verging der Tag + ich beschloß am nächsten Morgen nach Kipsdorf abzufahren, da man mir von allen Seiten dazu riet. Um 5^h sah ich mich im Dorf um und siehe da es begegneten mir 2 Russen auf dem Motorrad. Zu spät! Nun galt es sich zu beweisen, die Nerven behalten und sich völlig als Herr der Lage zu zeigen. Etwa um 9^h fuhren die ersten Gespanne den Steinweg herunter und dann folgte Kolonne auf Kolonne + alles Russen. Es gibt Zeiten im menschlichen Leben, wo etwas getötet wird im Menschen ja manchmal glaubt man sogar es bleibt zum Leben nichts als die Strohpuppe des Seins. So war es auch jetzt und trotzdem ging alles weiter. Marianne + ich gingen ins Dorf, um uns Brot zu holen + da hörten wir die ersten Greueltaten und Schreckens-

Feindes Liebe

botschaften. Wir ließen unser Brot aus dem Sinn + rannten heim, schlossen die Tür fest hinter uns zu und warteten mit Schrecken auf das, was kommen sollte. Als der Vormittag ruhig blieb, nahmen wir uns vor nachmittags noch ein paar Kartoffeln zu stecken. So hatten wir sie doch wenigstens sicher in der Erde. Das Mittagessen wurde unterbrochen von lautem ausländischem Rufen. Mariannchen und mir fiel das Herz ein Stück nach unten; wir wurden blaß und stürzten ans Fenster. Auf der ganzen Blumenstraße. waren nur russisches Rufen und Türen knallen zu hören. Wir sausten von einem Fenster zum anderen. Unsere bolschewistischen Kopftücher schirmten die Augen fast völlig ab, sodaß wir wirklich wie Russenmädchen wirkten. Ich glaube leichter ist mir noch nie gewesen als die erste Gruppe der Alliierten unser Haus mieden. Ich muß sagen, daß ich es für einen Segen der Eltern hielt, verschont geblieben zu sein. Da die Luft rein erschien, zogen wir nachmittags mit dem Kartoffelkorb in den Garten. Wir waren fast fertig, als die Klingel ertönte und 3 Russen vor der Tür standen. Sie hatten allerdings ihr Augenmerk auf das Auto gerichtet + glaubten uns nicht, daß wir den Aku schon lange der Wehrmacht zur Verfügung gestellt haben. Sehr enttäuscht waren sie, daß wir nicht russisch sprachen, aber im Großen und Ganzen waren sie recht anständig. Sie gingen, ohne einen Blick ins Haus geworfen zu haben. Wir wollten soeben unsere Arbeit fortsetzen, als uns aus dem Nachbargarten ein Russe zu sich rief und uns bat, auf dem Brunnenrand neben ihm Platz zu nehmen. Eine Ablehnung wäre eine Beleidigung gewesen. Er erklärte uns sehr bald, er sei ein russischer Major und wolle nach Weißig, ob wir ihm den Weg auf der Karte und richtungsmäßig zeigen könnten. Warum sollte man ihm nicht diesen Gefallen tun? Mir klang noch immer der eine Satz der Kapitulation im Ohr: das deutsche Volk ist dem Feind auf Gedeih und Verderb ausgesetzt. Infolgedessen mußte unser Handeln stets darauf gerichtet sein. Ich muß aber sagen daß das Verhalten des russischen Offiziers ein Beispiel hätte sein können für viele Menschen, er war ein gentleman wie man ihn im Buch beschreibt. Es war gut, daß mich diese Begegnung so ungeheuer gestärkt hatte, denn das folgende Spiel war

Neue Schicksalsschläge

scheußlich. Abermals kamen Russen ins Haus. Besichtigten das Auto und wir beobachteten sie von der Veranda her, da sie nicht geklingelt hatten. Allerdings verlangten sie sehr bald Einlass. Auf gewaltiges Poltern an der Tür machten wir auf. Sie frugen natürlich wieder nach dem Aku. Ich bemerkte allerdings nur zu bald, daß sie alle voll des süßen Weines waren und das war bitter, denn sie waren recht ungehobelt. Auf plumpe Art und Weise versuchte der eine Marianne + mich zu trennen, aber wir hielten uns krampfhaft fest. Einer dieser Rohlinge entriß mir die Uhr, die kurz vorher der Major mir gelassen hatte, da sie nicht mehr heil war. Vielleicht war es aber das einzige Mittel sie vom Ausräumen der Wohnungen abzuhalten. Es war ein Dankesgebet an Gott als diese vier die Haustür hinter sich schlossen. Aber es dauerte nicht lange, daß schon 2 wieder zurückkehrten + eingelassen werden wollten. Wir riefen Frau David, eine Oberschlesierin, die polnisch sprach + diese Neuigkeit, die ermöglichte uns zu verständigen, ließ die beiden ihren Wunsch vergessen. Sie ließen sich häuslich bei Frau Pohl nieder und erzählten von Sibirien und dem »camerad ruski gut«. Sie fühlten sich sehr wohl + als wir ihnen zum Abschied andeuteten, daß sie das nächste Mal klingeln sollten versprachen sie es mit den besten Gestikulationen. Es war aber der letzte Besuch des ersten Tages. Wir waren aber auch mehr als fertig. Nun galt die 2. Frage der Nacht. Als wir noch bei den Nachbarn den Tagesverlauf bequakten, sah ich wie ein Mann mit viel Gepäck und seine Tochter bei Reuthers Pension einkehrten. Ich bat ihn, da er ein Quartier suchte, bei uns zu schlafen. Er willigte gern ein + wir waren sicher diese Nacht. Am nächsten Morgen bastelten wir ihm noch sein Rad zusammen und er versprach recht bald wiederzukommen um uns von unserer Hungersnot zu befreien, weil wir ihm von dem vergrabenen Wein 2 Flaschen versprachen.

Am nächsten Tage kamen wieder Russen herein und nur mit aller List gelang es Rike, einer Vergewaltigung zu entgehen. Irgendwie schaffte sie es, sie zum Nachgeben zu bewegen, die Soldaten waren auch nicht alle aggressiv und sie überstand den Tag unbeschadet. Sie wusste nicht, warum sie unbehelligt davonkam, wo doch so viele andere Frauen ein schlimmes Schicksal erlitten. Warum hatte Gott ihre Gebete erhört und nicht die der anderen? Hatten die Eltern ihre Hand über sie gehalten? Hatte Gott einfach beschlossen, dass sie und ihre arme Familie genug gelitten hatten? Was immer der Grund sein mochte, sie war dankbar für diesen Gnadenerweis und fand Trost im Glauben daran, dass Gott immer noch, trotz allem Schrecklichen, ihre Schritte lenkte und sie beschützte.

Der Krieg war nun vorbei, aber die Schlacht ums Überleben ging weiter. Dresden war auf Gedeih und Verderb den Siegern ausgeliefert – Deutschland hatte Russland so viel Leid und Schmerzen zugefügt, nun hatte es Russland zu fürchten. Eines aber tat die russische Administration: Sie gab Notrationen frei und führte Lebensmittelkarten ein, verhungern würden Rike und Mädi mit ihrer Familie nicht. Um politische Freiheit war es schlecht bestellt, aber die Nazis waren an die Macht gekommen, als Rike noch keine sieben war, sie kannte es nicht anders, nur dass jetzt andere Extremisten den Ton angaben. Eine Diktatur hatte die andere abgelöst. Statt sich über Politik und andere Dinge, die sie doch nicht ändern konnte, den Kopf zu zerbrechen, konzentrierte Rike sich jetzt darauf, Arbeit zu finden.

Ende Mai und nachdem sie auf vielen Bauernhöfen vorgesprochen hatte, fand sie schließlich Arbeit in Kleinwolmsdorf. Das bedeutete zwar eine Wegstrecke von fast zehn Kilometern, die sie jeden Tag zurücklegte, und sie war von halb fünf bis abends neun Uhr auf den Beinen, aber die Arbeit war gesund und sie merkte, dass die Bauersleute ihre Leistung zu schätzen wussten.

Vom Verbleib der männlichen Familienmitglieder wussten sie nichts und warteten, wie viele andere Familien, sehnlich auf Nachricht. Todesmeldungen hatten sie keine erreicht, also war Wolf wohl noch am Leben, ebenso wie Traudis Mann Heinz und Fritz, Mädis Ehemann. In Abwesenheit der Männer war Rike die Ernährerin der Familie, sie brachte Lebensmittel von ihrer Arbeitsstelle mit und sorgte dafür, dass Mädi und die Kinder etwas zu essen auf dem Tisch hatten. Und immerhin konnte sie jetzt zeigen, was sie wert war.

Fritz und Heinz waren bald wieder zu Hause, aber von Wolf hörten sie nichts. Er hatte während des Krieges oft an sie geschrieben

Neue Schicksalsschläge

und seine Erlebnisse mit ihnen geteilt, aber im Januar 45 war der Briefstrom plötzlich versiegt. Sie fürchteten schon das Schlimmste, aber der befürchtete Brief blieb aus. Es gab das Gerücht, er sei bei dem Teil Armee gewesen, der sich den Amerikanern ergeben hatte und in Kriegsgefangenschaft gekommen. Sie vertrauten darauf, dass er am Leben war, aber wie es ihm erging, das wussten sie nicht. Sie hofften, das Ausbleiben von Nachrichten werde sich als gute Nachricht erweisen, sie hofften, sie würden ihren Bruder wiedersehen.

***

Rike setzte den Stift ab und blickte von ihrem Brief auf. Sie fand es nicht einfach, all den Gedanken und Gefühlen Ausdruck zu verleihen, die sie erfüllten, als sie die vergangen sieben Jahre Revue passieren ließ. Wie konnte sie die Erfahrung so tiefen Leids einem Mann begreiflich machen, der praktisch ein Fremder war und doch einmal in der Familie eine wichtige Rolle gespielt hatte? Wie konnte sie ihren Optimismus, ihre Lebenslust verständlich machen, die sie trotz allem empfand? Sie wollte sich ihr Leben nicht von all dem Elend diktieren lassen oder als das arme Waisenkind angesehen werden. Und als sie so schrieb, dachte sie immer mehr an Fred Clayton – wie schwer würde es ihm fallen, diesen Brief zu lesen, der auch ihm so viele schlimme Nachrichten brachte! Sie wusste ja, wie sehr er sich ihnen verbunden gefühlt hatte, vor allem ihren Brüdern.

Sie sah auf die Uhr. Es war spät geworden, Zeit aufzuhören. Sie würde den Brief morgen auf dem Weg zur Arbeit einwerfen.

> Sie können sich sicher vorstellen, dass die Kriegsjahre nicht einfach waren, aber wir sind am Leben und können für vieles dankbar sein, trotz aller Sorgen und allen Leids. Lebensmittel sind knapp und es vergeht kein Tag ohne Hunger, aber ich bin gesund, dafür bin ich dankbar. Ich versuche, immer möglichst fröhlich zu bleiben und das wertvolle Geschenk des Lebens zu würdigen.

Feindes Liebe

Wie es Wolf geht, wissen wir nicht und das macht uns Sorgen. Wir glauben, er ist in Kriegsgefangenschaft – könnten Sie vielleicht herausfinden, wo er ist? Er schätzt Ihre Freundschaft so sehr, bestimmt würde er sich sehr freuen, Nachricht von Ihnen zu bekommen.

Es tut mir so leid, dass Sie so viel erdulden mussten, und ich bedaure sehr die Schmerzen, die dieser Brief Ihnen bereiten wird. Wir sind wohl alle Opfer des Krieges.

Mit herzlichen Grüßen
Friedrike Büttner-Wobst

TEIL IV: Fred und Rike
1946-1948
Die Glut in der Asche

Zwölftes Kapitel: 1946
Ein Briefwechsel beginnt

Fred ist vom Schicksal der Familie Büttner-Wobst tief berührt, er versucht, zu helfen, wo er kann. Kontakte sind nur brieflich möglich, so dass sich mit Wolf, vor allem aber mit Rike ein reger Briefwechsel entspinnt. Daraus entsteht allmählich eine Utopie ... und Rike erlebt eine Überraschung.

Fred rang nach Luft. Er saß auf seinem Bett, Friedrikes Brief in der Hand, das Zimmer drehte sich um ihn. Wie konnte das sein: Götz, Werner, Dora, alle tot. Wolf vermisst. Der Schock war zu groß, zu groß – aber wie im Jahr zuvor, als er vom Schicksal Dresdens erfuhr, empfand er dabei nichts.

Er dachte an die Familie, die er gekannt und die ihn zu seinem Roman inspiriert hatte. Im Roman hatte er den Vater Selbstmord begehen lassen, während Götz noch in den Fängen des Nationalsozialismus war, mit einer ungewissen Zukunft aber entschlossen, sich seine Freiheit nicht nehmen zu lassen. Die Wirklichkeit war grässlicher und zugleich tragischer: Götz war mit kaum achtzehn gestorben, nur drei Wochen nach Ausbruch des Krieges und bevor Fred noch eine Zeile seines autobiografischen Romans geschrieben hatte, vor fünf langen Jahren. Dessen Schluss kam ihm jetzt fad und gekünstelt vor, die Wirklichkeit hatte einen schmerzlicheren, absoluteren Ausgang diktiert: Krieg, Götz in Polen gefallen, seine Eltern danach innerhalb eines Jahres gestorben, wohl vor Kummer. Er hätte alles dafür getan, wenn er dieses fürchterliche Ende hätte abändern können.

Als das Gefühl der Benommenheit langsam wich, konnte Fred seine Gedanken auf die junge Frau richten, die ihm diesen Brief geschrieben hatte. Was für Tragödien sie schon in jungen Jahren erlebt hatte. Er konnte sich nicht vorstellen, wie diese schreckliche Zeit für sie gewesen sein musste, als sie drei liebe Menschen aus ihrer Familie verlor und mit vierzehn Jahren Waise wurde. Und dann musste sie ihre Stadt in Schutt und Asche gelegt sehen und war der Rache der Russen ausgesetzt – sie hatte nichts weiter davon

Ein Briefwechsel beginnt

geschrieben, was sie am Kriegsende erlebt hatte, aber er hatte genügend Berichte davon gelesen, wie tausende deutscher Frauen und Mädchen behandelt wurden. Es war nicht auszudenken. Solche Erlebnisse hätten ihn zu Grunde gerichtet. Er hatte viel weniger durchgemacht, und wie war es mit ihm geendet. Sie dagegen war warmherzig, stark, menschlich, vernünftig, war es geblieben trotz allem. In seiner Erinnerung war sie ein kleines Mädchen, elf Jahre alt, mit diesem ernsten Blick, und Zöpfchen hatte sie gehabt. Wolfs kleine Schwester, nicht mehr. Aber jetzt begann ein anderes Bild sich zu formen und er merkte, wie sich ein Gefühl regte, ein Gefühl von trauriger Bewunderung für sie.

Zugleich ging in ihm eine Veränderung vor. Jahrelang hatte er sich ohnmächtig gefühlt, ein Rädchen in einer Kriegsmaschine, die ihn langsam zugrunde gerichtet und schließlich in dieser Krankenanstalt ausgespuckt hatte. Jetzt spürte er etwas Ungewohntes, das Friederikes Brief wachgerufen hatte: Vielleicht wurde er gebraucht. Plötzlich sah er eine Aufgabe vor sich. Sie hatte ihn um Hilfe gebeten. Es war nur eine Kleinigkeit, aber Fred war dankbar dafür. Sie hatte ihm damit auch einen Anlass gegeben, ihr zu antworten – sie musste ja erfahren, was er über Wolf herausgefunden hatte. Das war doch ein guter Grund, um einen Briefwechsel zu beginnen. Fred konnte selbst nichts unternehmen, er war hier in der Anstalt festgebunden, aber Karl war bei der Armee auf dem Kontinent, vielleicht konnte er Wolf ausfindig machen und den Kontakt wieder herstellen? Er schrieb an Karl und bat ihn um seine Hilfe.

Nur Tage später schrieb Karl zurück und teilte Fred mit, dass Wolf tatsächlich in einem Kriegsgefangenenlager war, und zwar in Göppingen, er war seit einem Jahr dort interniert. Er war am Leben und bei einigermaßen guter Gesundheit, man konnte ihn dort brieflich erreichen. Fred war ungeheuer erleichtert. Endlich ein echtes Lebenszeichen! Und kurz darauf erreichte ihn sogar die Bestätigung: Bei einem ihrer Besuche brachte seine Mutter ihm eine Karte von Wolf mit der Nachricht, dass Götz gefallen war, seine Eltern gestorben waren und er selbst in Kriegsgefangenschaft sei. Jetzt kamen, obwohl er all das schon wusste, Schmerz und Trauer in ihm auf, er konnte weinen und die Tränen brachten ihm spürbare Erleichterung. Endlich begann er wieder etwas zu fühlen.

Sobald er die Nachricht über Wolfs Verbleib erhielt, schrieb Fred an Friederike. Vielleicht kam ein Briefwechsel zwischen ihnen zustande, ja vielleicht sogar eine Art Freundschaft. Ohne dass er besonderen Erwartungen oder Pläne gehabt hätte, hoffte er, zu ihr eine Brücke bauen zu können. Gleichzeitig war ihm auch bange – ob sie überhaupt dieses Wrack von einem Mann kennenlernen wollte, jemanden, dem ein Psychiater bescheinigt hatte, abnorm zu sein, der ausgebrannt war, auf dem Abfallhaufen des Lebens gelandet?

Sechs lange Monate nach seiner Einlieferung wurde Fred im Juni 1946 zusammen mit anderen Patienten endlich aus der Anstalt entlassen. Zum Abschied veranstalteten sie eine kleine Feier mit schottischen Volkstänzen. Fred tanzte nicht mit, aber er wurde gebeten, eine Rede zu Ehren der Oberschwester zu halten, die in den Ruhestand verabschiedet wurde; er fühlte sich wieder zu etwas nutze und genoss das.

Wieder zu Hause in Liverpool, stand Fred vor der Frage: Was nun? Er war zweiunddreißig und hatte drei Lebenswege einzuschlagen versucht, die alle gescheitert waren: Die alten Sprachen hatte er mittlerweile so gut wie vergessen, er hatte auch einmal begonnen Jura zu studieren, aber der Krieg war dazwischengekommen, und sein Roman hatte ihm die stolze Summe von 120 Pfund eingebracht. Ein Gefühl völliger Erschöpfung ließ ihn an seiner Kreativität zweifeln, finanziell stand es nicht zum Besten und seine psychische Verfassung stellte kaum Besserung in Aussicht. Zweimal bewarb er sich in Deutschland und stieß auf Ablehnung. Er wollte nur eins: Sesshaft werden und heiraten. Aber wenn dieser Traum irgend Wirklichkeit werden sollte, brauchte er so etwas wie eine berufliche Zukunft, musste Geld verdienen, und da waren die Aussichten schlecht.

Doch mit einem Mal schien das Schicksal so etwas wie ein Einsehen zu haben. Er erhielt ein Angebot in Edinburgh, dort hatte der Professor für Latein an der Universität, ebenfalls vom King's College, von seiner Lage gehört und bot ihm als altem Kollegen aus Studientagen eine Stelle als Lehrkraft an. Kurz darauf erhielt er von Donald W. Lucas, einem seiner Tutoren am King's College und an der Universität Studiendirektor für Altphilologie, einen Brief mit dem Angebot einer gut bezahlten Anstellung in Berlin.

Ein Briefwechsel beginnt

Nun war guter Rat wieder teuer, aber auf andere Art: Hatte er bisher unter dem Gefühl gelitten, keinerlei Aussichten zu haben, so musste er sich jetzt plötzlich entscheiden und fand das auch nicht gerade einfach. Sollte er wieder in die Welt der Wissenschaft zurückkehren, die ihn eigentlich immer nur halb befriedigt hatte, oder auf einem Weg weitergehen, der mit dem Krieg begonnen hatte und einen Schritt tun, mit dem er wahrscheinlich der Wissenschaft ade sagte? Sein Arzt riet ihm von Berlin ab, er meinte, seine ohnehin strapazierten Nerven würden das kaum aushalten: Er würde dort elenden Umständen begegnen, Armut und Not, die er nicht lindern konnte, und außerdem wäre er im Zentrum eines Malstroms komplizierter, kaum lösbarer politischer Probleme. Fred zögerte, aber während er noch auf genauere Angaben aus Berlin wartete, drängte Edinburgh auf eine Antwort und er nahm an. Die Bezahlung war lächerlich verglichen mit dem Gehalt, das er als Major während des Krieges bezogen hatte, aber das machte ihm nichts aus – jetzt begann ein neues Leben und Hoffnung begann sich wieder zu regen.

***

Wolf war am Leben und gesund! Rike fiel ein Stein vom Herzen. Der Schatten der Sorge um sein Schicksal hatte das ganze vergangene Jahr über der Familie gelegen. Sie war diesem Mr. Clayton so dankbar, dass er sie von ihren Ängsten erlöst hatte, und gleichzeitig fand sie diesen Mann beeindruckend, der sie als junge Frau ernst nahm, obwohl er sie nur als kleines Mädchen gekannt hatte. Rike schloss gern neue Freundschaften und hier war jemand, der offen zu sein schien und warmherzig, der ernsthaftes Interesse an ihrer Familie bewiesen hatte und bereit war zu helfen, so gut er konnte. Freds Freundlichkeit war eine völlig andere Erfahrung als der Hass, von dem viel berichtet wurde und den die Alliierten an den Tag legten, die jetzt im Land das Sagen hatten. Und zwar im ganzen Land: Rikes Schwester Traudi war schon Anfang Januar, als Erzählungen von Gräueltaten russischer Soldaten die Runde machten, mit ihrem Sohn nach Aachen geflohen, sie glaubte in der Heimatstadt ihres Mannes sicherer zu sein, und sie hoffte auf eine weniger harsche Behandlung von den Westalliierten als sie von den Russen zu befürchten hatte. Doch in ihren Briefen nach Hause schrieb sie, es gebe dort zwar zum Glück keine Berichte von Vergewaltigungen und Plünderungen wie offenbar im Osten, aber die britischen Besatzer kämen ihr grausam vor, sie sähen die Not der Menschen teilnahmslos mit an. Eigentum sei nicht geschützt, Frauen würden als Freiwild angesehen und es gebe nicht genug zu essen. Offenbar ließen die Alliierten die Deutschen bewusst hungern, schließlich bekamen sie nur, was sie verdient hatten, und in dieser Haltung wussten sich die Besatzungstruppen mit der Bevölkerung der anderen Länder in Europa einig. Die Deutschen waren jetzt Hassfiguren, sie waren allesamt Nazis, alle waren schuldig, alle hatten sie Blut an den Händen. Fred Clayton dagegen nahm es offenbar ganz anders wahr; ihm war bewusst, dass ihre Familie ein Opfer Hitlers war, wie viele andere. So viel Verständnis und von Herzen kommendes Mitgefühl war hochwillkommen.

Im Juni 1946 erhielt Rike zu ihrer großen Erleichterung die Nachricht, dass Wolf aus der Kriegsgefangenschaft entlassen war. Er würde nie viel darüber sprechen, aber er war von seinen amerikanischen Bewachern offenbar misshandelt worden. Er war jetzt kein Gefangener mehr, aber zurück nach Langebrück konnte er nicht: Nachkriegsdeutschland war von den siegreichen Alliierten in vier Besatzungszonen aufgeteilt worden; Langebrück war jetzt in der Sowjetischen Besatzungszone. Reisen von einer Zone in die andere waren ungeheuer schwierig und wurden noch erschwert durch das wachsende Misstrauen zwischen den Westalliierten und der Sowjetunion. Wolf musste die Nachwirkungen seiner Gefangenschaft im westdeutschen Kleve in der britischen Zone auskurieren, aber all sein Besitz war in der Sowjetischen Zone und die Russen hatten ihn konfisziert. Er schrieb Rike, dass sein englischer Freund Fred ihm nach Kräften geholfen hatte und auch weiterhin Pakete schickte mit Kleidung, Essen und was sonst nottat. Rike war für diese beständige Unterstützung dankbar und als sich dann ein Briefwechsel mit Fred Clayton zu entspinnen begann, ging sie nach der Arbeit auf dem Hof abends beschwingt nach Hause, immer in der Hoffnung, dass dort ein Brief auf sie wartete.

Ein Briefwechsel beginnt

Fred selbst war inzwischen in Edinburgh angekommen und richtete sich in seinem Zimmer am Howard Place 8 ein. Es war in einer hübschen Wohnanlage aus dem 19.Jahrhundert, einer zweistöckigen Häuserflucht aus dem hellen Sandstein der Gegend. Als Fred erfuhr, dass in diesem Haus Robert Louis Stevenson das Licht der Welt erblickt hatte, musste er schmunzeln. Ob etwas von der Inspiration des Autors der »Schatzinsel« auf ihn abfärben würde? Sein Zimmer war zwar klein, aber es war gut gelegen – der Botanische Garten war schräg gegenüber, dort konnte er spazieren gehen und seinen Gedanken nachhängen. Zur Universität war es eine halbe Stunde zu Fuß, der Weg war reizvoll und führte durch das Stadtzentrum mit seinen eindrucksvollen Bauten wie der schottischen Nationalgalerie, deren Säulenportikus an die klassische griechische Architektur erinnerte, und über allem thronte die mittelalterlichen Burg.

Wenn er nicht unterrichtete, sich vorbereitete oder Arbeiten korrigierte, saß er abends meist am Tisch und schrieb Briefe, vor allem nach Deutschland an Schüler oder Lehrer, die den Krieg überlebt hatten und mit denen er wieder in Kontakt stand. Von Friedrich Jehn erfuhr er, dass viele im Krieg umgekommen waren, auch in dem Feuersturm, dem die Stadt zum Opfer gefallen war – Fred musste an den prophetischen Traum denken, der ihn immer noch verfolgte. Die gegenwärtige Lage in Dresden beschrieb Jehn in einem Brief, den zu lesen ihm schwerfiel:

> Bei uns ist es zeitig Winter geworden, jetzt, Ende Oktober, sind schon 5 C u. Schnee lag auch schon. Wir fürchten uns sehr vor dem Winter! Unser Lebensstandard, der vor dem Krieg = 100% war, ist jetzt auf knapp 20% gesunken!! Da heißt es entbehren! Erinnerung und Hoffnung sind unsere einzigen Quellen der Freude, Geduld und Bescheidenheit unsere Parolen! Wir hoffen auf die Lösung der deutschen Frage möglichst bald und sind besonders in Sorge wegen der Ostgrenze! Leider kann man Politisches in den Briefen nicht erörtern. Ich würde mich so gerne über all die Probleme persönlich mündlich unterhalten.

Das wünschte sich Fred auch, die Gespräche mit Jehn in Dresden waren immer angenehm gewesen. Er musste daran denken, wie er einmal in einer Weinlaune prophezeit hatte, er und Jehn würden Hitler, Mussolini und Stalin und die ganze Bande überleben. Nun, er hatte nicht gar so falsch gelegen, Hitler und Mussolini waren immerhin von der Bildfläche verschwunden. Stalin dagegen war quicklebendig und er warf einen langen Schatten über den Osten Europas. Sie waren dort vom Regen in die Traufe gekommen, viele waren in der Falle und wer es in die anderen Teile Deutschlands geschafft hatte, konnte sich glücklich schätzen. In einem seiner Briefe schrieb Wolf, »Ich bin so glücklich, dass alle die unangenehmen Ereignisse zwischen unseren Völkern nicht die freundschaftlichen Beziehungen zerstört haben, die uns verbinden.« Ja, dachte Fred, der Hass hatte nicht völlig obsiegt, auch wenn es oft danach aussah. Er jedenfalls konnte noch Zuneigung fühlen, und er spürte, das war noch nicht alles.

Fred hatte den Nürnberger Prozess interessiert verfolgt; als er im Oktober 1946 mit zwölf Todesurteilen zu Ende ging, überlegte Fred, was er Wolf vielleicht dazu schreiben würde. Niemand war ohne Schuld, dachte er.

> Während des Krieges regneten die Bomben nur so auf uns hernieder. Dunkelheit und Terror lag über Europa, aber wir blieben hartnäckig am Leben und trotzig forderten wir: Bomben, noch mehr Bomben, bis zum Äußersten! Bestimmt, so dachten wir, ganz bestimmt, wenn wir Dresden pulverisieren – bestimmt, so dachten sie, ganz bestimmt, wenn wir London mit VI und V2 zerschmettern – dann wird dieser verstockte Feind aufgeben. Er kann es nicht viel läng er aushalten. Und mehr Bomben rechtfertigten noch mehr Bomben, mehr Blut gab dem vielen Blut, das schon vergossen war, seinen Sinn. Es war das, wovon schon John Milton in »Das verlorene Paradies« gesprochen hatte: ›der Rache Durst, der ewge Hass, der Mut, sich nie zu beugen‹.
> Wage ich zu sagen, dass Götz umsonst starb, Wolf? Du wirst es schließlich zugeben müssen, und ich muss zugeben, dass wir uns von euch in euren moralischen Sumpf haben ziehen lassen.

Ein Briefwechsel beginnt

Nie darf man Gewalt nachgeben, sagen wir. Das hat Hitler uns doch gelehrt? Aber ich halte es mit Chesterton: ›Von allem, was uns Angst und Schrecken lehren... erlöse uns, oh Herr.‹ Angst lehrt uns Hass, nur Hass.

Fred hatte genug vom ständigen Hass. Es war Zeit, dass Liebe und Freundschaft zum Zug kamen. Die Briefe, die er mit Wolf wechselte, vertieften ihre Freundschaft. Neben den üblichen Alltagssorgen wie dem Kampf um Lebensmittel und persönlichen Dingen war ihre Korrespondenz, wie schon vor dem Krieg, ein Potpourri von politischen Fragen und Diskussionen, es ging um die Ursachen für den Krieg, um die Zukunft von Deutschland und Mitteleuropa. Genau wie Fred war Wolf (sehr zu seiner Enttäuschung) in der Wehrmacht als völlig unsoldatisch abgestempelt worden. Er hatte sich freiwillig gemeldet, nicht um für seinen Bruder Rache zu nehmen, sondern einfach um dazu zu gehören. Was Götz anging, so bestritt Wolf, dass er umsonst gestorben war. ›Nein, er hat seine Pflicht getan und einen erzwungenen Eid befolgt – das mag unverständlich erscheinen, aber es ist unbedingt deutsch.‹ Fred widersprach. Es war alles umsonst gewesen.

Wolfs Wunsch, zum Studium nach England zu kommen, vielleicht über ein Austauschprogramm, ließ sich nicht erfüllen. Er hatte Fred gebeten, ihm einen Studienplatz an der Universität Liverpool zu verschaffen und wäre auch gern wieder Student bei ihm geworden, aber was Fred auch unternahm, ob er Beziehungen spielen ließ oder alte Freunde ansprach, es war erfolglos. Das tat jedoch ihrer Freundschaft keinen Abbruch und Fred half ihm, so gut er es vermochte, er brachte es sogar fertig, dass Wolf CARE-Pakete aus den USA bekam. Fred seinerseits war dankbar für die menschliche Wärme, die er in diesen wiederangeknüpften Kontakten zu Wolf und anderen spürte. Es war das tröstliche Gefühl, dass er vielleicht doch ein paar bescheidene Brücken hatte bauen können, die tragfähig geblieben waren.

Und nun war eine neue Brücke im Entstehen, die zu Rike. Ein paar Monate lang hatten sie einander hin und wieder geschrieben und mit jedem Brief staunte er mehr über sie – sie hatte so viel durchgemacht und war dabei so heiter und zuversichtlich. Er las

Feindes Liebe

Wolf Büttner-Wobst als junger Mann

jeden ihrer Briefe immer wieder, um aus ihnen so viel wie möglich über sie zu erfahren. Wie mochte sie jetzt aussehen, eine junge Frau, nicht mehr das ernste magere Kind mit den Rattenschwänzchen? Was brachte sie zum Lächeln oder zum Lachen (es schien als lachte sie viel, auch wenn es nicht viel zu lachen gab)? Was hielt sie von seinen Versuchen, mit ihr ins Gespräch zu kommen? Was dachte sie über seine weitschweifige, förmliche Ausdrucksweise im Deutschen? Ob sie ihm überhaupt weiterhin würde schreiben wollen? Er wollte sich unbedingt weiter mit ihr schreiben, befürchtete jedoch, sie könnte dieses unerwartete Interesse eines Ausländers befremdlich und unliebsam finden.

Von diesen Fragen und Zweifeln geplagt, ließ er ein paar Monate verstreichen und suchte doch nach einem Anlass, um die Korrespondenz wieder aufzunehmen. Dieser Anlass ergab sich, nachdem in seinem Briefwechsel mit Wolf eine ungewöhnlich lange Pause von acht Wochen eingetreten war – er wollte sich erkundigen, ob in Düsseldorf alles in Ordnung war und musste auch wissen, wann er wieder ein Lebensmittelpaket schicken sollte.

Ein Briefwechsel beginnt

Vielleicht konnte Rike ihm helfen? Er wollte seinen alten Freund unterstützen, wo er nur konnte.

Während er den Brief aufsetzte, kam ihm der Gedanke, ob er ihr nicht irgendwie helfen konnte. Er war über die Lage in der sowjetischen Besatzungszone informiert, ihm war auch klar, dass die politischen Auseinandersetzungen um die Zukunft Deutschlands anhalten würden. Deutschland würde geteilt werden, davon ging er fest aus, und dann wären Rike und Mädi von Wolf abgeschnitten. Als alleinstehende junge Frau würde Rike es schwerer haben als ihre Schwester und Fred fühlte sich irgendwie für sie verantwortlich. Das brachte ihn dazu, in dem Brief einen Vorschlag zu machen: Sie könnte doch vielleicht nach England kommen und er könnte ihr helfen, Arbeit zu finden? Also fügte er seiner Erkundigung nach Wolf noch einen Absatz an:

> Sehr geehrtes Fräulein!
> [...]
> Ich weiß nicht, wie es Ihnen persönlich geht. Es wird davon gesprochen, dass es bald vielleicht deutschen Mädchen erlaubt sein wird, für gewisse Arbeiten nach England zu kommen. Aber das ist alles vorläufig sehr vag. Ich wollte nur sagen, dass wir Ihnen vielleicht eine verhältnismässig angenehme Stellung verschaffen könnten. Hoffentlich werden Sie diese sehr unbestimmte Bemerkung weder als einen festen Vorschlag noch als eine unerhörte Zumutung betrachten. Ich weiss nichts von den Aussichten in Deutschland oder auch hier, und nichts von Ihren jetzigen Umständen. Aber Sie werden wohl verstehen, wie ich das gemeint habe.
> Es grüsst Sie und Ihre Familie
> Hochachtungsvoll
> Ihr Fred Clayton

Er las den Brief noch einmal durch. Wie würde sie es aufnehmen – war es nicht doch zu gönnerhaft, oder sogar bevormundend? Er kannte die Person noch nicht einmal und gab ihr schon gute Ratschläge. Schweren Herzens gab er den Brief zur Post.

Feindes Liebe

Kaum war der Brief weg, als endlich einer von Wolf kam! So erleichtert Fred war, dass er sich wieder gemeldet hatte, so sehr machte ihm jetzt der Gedanke zu schaffen, dass er Rike unnötig in Sorgen um ihren Bruder gestürzt haben könnte. Wenn sie nun auch nichts von ihm gehört hatte? Was war hier zu tun? Es gab nur eines – Fred schrieb hastig noch einen Brief hinterher und erklärte, dass er von Wolf gehört hatte, dass es ihm gut ging und dass er auch geschrieben hatte, dass Rike gesund und munter war. Als er den Brief fertig hatte und zuklebte, holte er tief Luft und seufzte. Was musste sie jetzt von ihm denken? Sie würde ihn doch für verrückt halten.

Fred hätte sich keine Gedanken darüber machen müssen, Rike war dankbar für seine Anteilnahme und freute sich, dass er Wolf half und nun offenbar auch ihr helfen wollte. Von dem Gut, wo sie ihren Arbeitsdienst geleistet hatte und nun Freundinnen besuchte, antwortet sie ihm herzlich:

Hochweitzschen b. Döbeln (Sachsen)
STAATSGUT
d. 10. Nov. 46

Sehr geehrter Herr Clayton!
Wenn Sie wüßten, welche Freude Ihre beiden Briefe bei mir ausgelöst, glaubten Sie bestimmt, daß sie den Zweck erreichten. Schade, daß Wolf so viel Schwierigkeiten in den Weg gelegt werden, und er ist doch so ehrgeizig und möchte gern weiterkommen. Ich selbst habe die letzte Nachricht von ihm aus Marburg, in der er mir erzählte, daß es ihm nicht gelungen ist, an der Universität anzukommen. Es tut mir wirklich leid, denn ich habe schon an mir selbst gemerkt, wie scheußlich es ist, stets wieder aus der Bahn geworfen zu werden. Vielleicht interessiert es Sie doch ein wenig, wie ich das wohl meine und ich will Ihnen gern ein wenig von mir erzählen, aber bisher hatte ich immer geglaubt, Sie damit zu langweilen. Ihre Bemerkung über die Aufnahme deutscher Mädchen hat mich sehr interessiert und sobald es möglich ist, wäre es eine sehr große Freude für mich nach England zu kommen, denn ich glaube bestimmt, daß ich

Ein Briefwechsel beginnt

unter Ihrem Schutz gut aufgehoben wäre. Natürlich wäre eine gesicherte Existenz die erste Voraussetzung zu solch einem Schritt. Augenblicklich bin ich als Scholarin auf einem Staatsgut, um mein zweites praktisches Lehrjahr in der Landwirtschaft zu absolvieren. Mein Plan ist es eigentlich Landwirtschaft zu studieren, um später als Saatgutzüchterin oder Tierzüchterin ins Leben zu gehen. Natürlich sind das nur Pläne, die nur zu leicht durchkreuzt werden können, denn in solch unsicheren Zeiten kann man nur von heute auf morgen leben. Vielleicht verstehen Sie das! Es geht mir hier nicht schlecht, aber ich bin doch sehr froh, wenn ich im Frühjahr meine Prüfung machen kann und endlich freier atmen kann, aber ob das wohl jemals wieder möglich sein wird? Ich glaube alle diese Zukunftspläne schlüge ich mir aus dem Kopf, wenn ich dafür ein ruhiges Leben eintauschen könnte, wie ich es in meinem Elternhaus kannte. Sie können sich wohl auch noch entsinnen, wie ruhig damals das Leben dahin floß. Ja, es hat sich sehr viel verändert, aber das Leben macht stark und man fühlt, daß man auch ohne Hilfe im Dasein stehen kann, ohne sich zu fürchten und klein zu werden. Man lernt verzichten auf alles, was man früher für selbstverständlich angesehen hat, und das ist gut so, vielleicht schätzt man es einmal wieder um so mehr. Aber ich will lieber aufhören, die Schattenseiten unseres Lebens zu preisen, denn man soll die Hoffnung nie aufgeben.

Meinen Schwestern in Langebrück geht es den Umständen nach gut. Sie müssen das Geld für ihre Kinder freilich redlich verdienen, denn meine Schwager sind noch immer nicht daheim. Aber so lange sie gesund sind, bin ich dankbar.

Wie geht es Ihnen und Ihrer Frau Mutter? Bitte grüßen Sie sie unbekannterweise von mir. Wolf erzählte so viel von ihr.

Die besten Grüße und Wünsche
sendet Ihnen
Friederike Büttner-Wobst

Sie tauschten nun regelmäßig Briefe und ihre Bekanntschaft wurde quasi unter der Hand zur Freundschaft und Freds Plan, Rike nach England zu holen und sie unter seine Fittiche zu nehmen, nahm

Gestalt an. Zu Beginn ihres Briefwechsels sah Fred sich in der Rolle des starken Beschützers eines einsamen Kindes aus der Familie Büttner-Wobst, die er so schätzte. Doch allmählich wurde ihm klar, sie war anders, und mehr. Einsam war sie jedenfalls nicht – sie hatte einen Freundeskreis, in dem sie geschätzt und gemocht wurde. Sie brauchte auch kein Mitleid von ihm, nach allem, was sie von ihren Begegnungen mit russischen Soldaten erzählte, war sie furchtlos und absolut in der Lage, es mit allen Widrigkeiten aufzunehmen, die sich ihr in den Weg stellten. So war sie – und er dagegen? Je mehr Briefe er bekam, desto mehr formte sich bei ihm ein Bild einer beherzten, tatkräftigen, furchtlosen, bodenständigen und obendrein noch humorvollen jungen Frau. Sie war so stark wie er schwach war und so anders als er erwartet hatte. Er merkte, er wollte sie unbedingt noch näher kennenlernen. Jemand wie sie war ihm noch nie begegnet.

Rike nistete sich in seinen Gedanken ein, in ruhigen Momenten überlegte er, was sie wohl gerade machte, worüber sie sich amüsierte. Ihr Interesse an Landwirtschaft bracht ihn dazu, sich die Pflanzen im nahegelegenen Botanischen Garten genauer anzusehen; in seinen Seminaren fantasierte er sie als eine der Studentinnen herbei, schließlich waren sie in ihrem Alter, und überlegte, was sie wohl von ihm halten würde.

Die Briefe waren Schätze für ihn und er las sie so oft, dass er manche auswendig hersagen konnte. Ihre Stimme kannte er nicht, stellte sich aber dennoch vor, wie sie ihm ihre Briefe vorlas. Wenn er in schlechter Stimmung war oder die Ängste ihn quälten, die immer noch wie ein dunkler Schatten über ihm lagen, nahm er Zuflucht zu ihren Briefen – und es funktionierte. Etwas an ihrer Gegenwart, auch wenn es nur Worte auf Papier waren, beruhigte ihn. Wenn sie das schon durch Worte auf Papier erreichen konnte, was wäre, wagte er sich vorzustellen, erst möglich, wenn sie selbst zugegen wäre? Was, wenn sie nach England käme, nicht nur um zu arbeiten, sondern um ihr Leben hier zu verbringen, als Partnerin, und aus ... Liebe? Unbekannte, beängstigende Gefühle stiegen in ihm auf. Es schien ihm mehr als unwahrscheinlich, aber konnte sie vielleicht doch mehr werden als eine Brieffreundin, mehr als Wolfs Schwester? Viel, so viel mehr?

Ein Briefwechsel beginnt

Unterdessen hielt Jehn ihn weiter über das Leben in Dresden auf dem Laufenden. Zu Silvester 1946 schrieb er:

> Für uns brachte das vergangene Jahr die bittere Erkenntnis, daß es mit dem Wiederaufbau nur ganz langsam vorwärtsgehen wird. Es fehlt an allem! Kein Baumaterial, keine Gebrauchsgegenstände irgendwelcher Art! So erkennen wir, daß ›viel Wasser die Elbe hinunterfließen wird‹, ehe man aufatmen kann. Wir hofften, daß sich schon nach 1½ Jahren Frieden die Lage wenden würde, aber wir gerieten in ein noch tieferes Tal. Ja, man sagt, der Tiefpunkt sei noch gar nicht erreicht! Es folgten im Aufbau Rückschläge über Rückschläge, die mutlos machen. Man muß sich eben durchbeißen! Und dann: Könnten wir nur in einer der drei anderen Zonen leben!

Jehn und Rike waren in derselben Lage. Fred hätte Jehn gerne geholfen, doch alles, was er tun konnte, war Trost zu spenden und ihm Zündsteine für sein Feuerzeug zu schicken und Saccharin zum Süßen, nicht lebensnotwendige Alltagsgegenstände, die in der Sowjetischen Zone Mangelware waren, aber, wie Jehn schrieb, »Kleinigkeiten, die doch so wichtig sind«. Jehn konnte er nicht helfen, aber Fred war umso mehr entschlossen, Rike zu helfen. Ihrem Leben konnte er eine neue Richtung geben.

Ein paar Tage nach dem Brief von Friedrich Jehn kam einer von Wolf aus Düsseldorf. Hatte Jehn sich gewünscht, in einer der drei nicht von Russland kontrollierten Zonen zu wohnen, so ließ Wolf ihn nun einen Blick auf die Herausforderungen werfen, denen sich in anderen Teilen Deutschland die Menschen in dieser Nachkriegszeit gegenübersahen. Auch hier war das Leben nicht einfach.

Düsseldorf-Wersten
Ohligserstr. 66
2. 1. 1947

Lieber Fred,
gestern bin ich gut wieder hier angekommen. Ich war sehr überrascht von den Paketen und erst auf den zweiten Blick habe

ich gesehen, daß Du es warst, der so freundlich an mich gedacht hat. Ich danke Dir für Deine lieben Grüße zu Weihnachten und zum Neuen Jahr. Die drei Bücher und die Zeitschriften sind auch angekommen. Ich mache mich daran, sobald ich meine Post beantwortet habe.

Ich bin also glücklich wieder hier und muß Dir Recht geben – es ist nicht immer so klug, verbotene Grenzen zu überqueren. Aber manchmal ist es wohl eine Sache der Jugend, so etwas auszuprobieren. Wen ich Journalist wäre, ich könnte bestimmt ein ganzes Buch über meine Reise schreiben, aber das Talent habe ich nicht, deshalb muß es so gehen.

Aber ich habe wirklich interessante Sachen erlebt. Ich denke zum Beispiel an die amerikanischen Grenzsoldaten, die für jeden illegalen Grenzreisenden, den sie erwischen, einen Punkt bekommen. Wenn sie 80 zusammenhaben, bekommen sie Sonderurlaub nach Hause in die USA. Deshalb fahren sie mit ihren Jeeps selbst jetzt in der Kälte die Grenze entlang und behelligen alle, die sie auf der Straße antreffen, mit »Paß, Paß, haben Paß?« Ich hatte einen und ließ mich ganz ruhig kontrollieren, auch wenn sie mich etwas mißtrauisch ansahen, weil ich einen ganzen Eimer Heringe im Rucksack hatte für meine Schwestern und ich konnte das nicht verbergen, sie rochen zu sehr.

Unsere Strecke (wir waren zu zweit unterwegs, mein Schwager aus Emden und ich) führte uns durch Wälder, wir sind ungefähr 30 Kilometer durch das deutsche Mittelgebirge gelaufen, auf Waldwegen, wo im Schnee noch keine einzige Fußspur war. Schließlich kamen wir gegen Abend in die erste Stadt in der russischen Besatzungszone. Wir waren stundenlang keinem Menschen begegnet, jetzt konnten wir per Bahn weiterfahren, nicht so einfach, weil alles eingleisig ist. Die Leute sind genauso teilnahmslos wie im Westen, ihr Verhalten zeigt, wie viel Angst sie alle davor haben, was noch kommt und die tiefen Falten im Gesicht sprechen von Leid und von der Sorge um das tägliche Brot. Überall auf den Bahnhöfen sieht man Plakate der Sozialistischen Einheitspartei SED, der Nachfolgerin der NSDAP.

Aber man hat immer den Eindruck, es sind nicht so sehr die gegenwärtigen Probleme, die die Leute bedrücken als das Gefühl, daß kein Ausweg aus dem Elend zu sehen ist. Diese Hoffnungslosigkeit stumpft einen einfach ab. Sie akzeptieren sogar die russischen Zwangsreparationen und versuchen gar nicht, sie zu umgehen, sie sind abgestumpft und fatalistisch. Dieser Atmosphäre entkommt man nur hier und da einen Moment. Bei meiner Rückreise traf ich einen Eisenbahner, den die Russen wegen Sabotage zu zwölf Jahren Zuchthaus verurteilt hatten. Er floh in den Westen, dort wird er in der Armee von Tausenden untertauchen, die ihre Heimat verlassen mussten, um ihr Leben zu retten.

Auf dem Rückweg besuchte ich einen Bekannten in einem der Kriegsgefangenenlager für Offiziere in der amerikanischen Zone. Es ist irgendwie tragisch, wenn man in dem Lager die »Titanen« von früher sieht, vor denen wir alle in Ehrfurcht erstarrten, die man nur ein- oder zweimal im Jahr überhaupt zu sehen bekam, die hier elegant herumstolzieren, vom Thron gestoßen aber wie sie sich geben, sieht man noch die ruhmreiche Vergangenheit. Albert Kesselring, damals Oberbefehlshaber in Italien (während des deutschen Rückzugs), ist zusammen mit Adolf Galland, einem der erfolgreichsten Jagdflieger, sie gehen wie gezähmte Tiger oder Löwen auf und ab hinter dem Stacheldraht.

Ich muss noch von einer kurzen Unterhaltung letzten Herbst mit Martin Niemöller berichten, es ging um die innere Reinigung und Stärkung der Gedanken, für die man im Gefangenenlager gekämpft hat. Und ich frage mich, ob es so klug ist, diese Spitzen der Wehrmacht zusammen einzusperren. Aller Ärger, den sie empfinden, läßt sich einfach auf ›den Feind‹ projizieren, der sie hier zusammen festhält. In der Freiheit wären sie schneller demilitarisiert als hier.

Das sind ein paar Gedanken, die mir so kommen. Ich will Dich damit nicht weiter langweilen. Ich wünsche oft, ich könnte eine Woche oder einen ganzen Monat mit Dir zusammen sein und Deine Ansichten hören. Wieso bist Du nicht nach Berlin gegangen? Mir fehlt oft ein älterer Freund. Zwei meiner älteren Freude sind im Krieg gefallen und einer ist an Tuberkulose gestorben. Jetzt habe ich niemanden in der Nähe und Briefe sind nur ein schwacher Ersatz.

Lieber Fred, ich möchte Dir gerne dafür danken, daß Du ein Lebensmittelpaket schicken willst. Ich schreibe Dir, sobald es angekommen ist. Was Dein freundliches Angebot betrifft, auch andere Sachen zu schicken, so will ich so dreist sein und ein paar Vorschläge machen. Weil ich so lange Uniform tragen mußte, habe ich keinen neuen Anzug, die alten sind entweder zu klein oder völlig abgetragen. Aber ich nehme nicht an, daß Du mir da helfen kannst – ich bin jetzt stolze 178 cm groß. Bitte mach dir keine Mühe, wenn das schwierig ist. Du kommst wahrscheinlich besser an Bücher, wegen Papiermangel bei den Verlagen werden keine Lehrbücher für die Universitäten gedruckt. Für mein Studium habe ich jetzt nicht einmal die Hälfte der Bücher, die ich eigentlich brauche, vor allem deutsche Lehrbücher für Medizin.

Lieber Fred, da habe ich nun eine Menge geschrieben. Sieh mich nicht als unverschämt an.

Meine besten Wünsche für 1947 an Dich.

Dankbare Grüße

Wolf

Wolfs Brief vertiefte bei Fred das Gefühl der Hilflosigkeit, aber zugleich war er entschlossener denn je, seinem Freund auf jede erdenkliche Weise zu helfen. Es machte ihm nichts aus, um etwas gebeten zu werden, im Gegenteil, er hatte das angenehme Gefühl, gebraucht zu werden, einem Menschen etwas nützen zu können, so klein dieser Nutzen auch sein mochte. Er machte sich mit neuer Energie an die Arbeit, suchte nach den Büchern, packte ein weiteres Lebensmittelpaket – ja er würde sogar versuchen, den Anzug für Wolf aufzutreiben.

***

Den Sommer 1947 verbrachte Fred zu Hause in Liverpool. Sein erstes Jahr als Dozent in Edinburgh lag hinter ihm, die Semesterferien waren lang und er hatte genug Zeit zum Nachdenken. All seine

Ein Briefwechsel beginnt

Gedanken waren auf Rike gerichtet; je mehr er an sie dachte, desto mehr wünschte er sich eine gemeinsame Zukunft mit ihr. Er versuchte sich die Idee auszureden, es waren doch nichts als Flausen, schließlich hatten sie nur ein paar Briefe gewechselt, sie wussten nicht einmal, wie der andere aussah, ganz zu schweigen von einer Begegnung. Es war lächerlich und er wusste auch, dass es lächerlich war. Und doch wollte ihm der Gedanke nicht aus dem Kopf gehen, ja er war regelrecht davon besessen. Er ließ ihn nachts nicht schlafen, wenn er etwas schreiben wollte – das hatte er sich für die Ferien fest vorgenommen – kam ihm der Gedanke an Rike dazwischen. Nein, wenn er sich aus den Fängen dieser Obsession befreien wollte, gab es nur eines: Er musste herausbringen, ob eine Heirat überhaupt zur Diskussion stand – vielleicht war es nur seine überhitzte Fantasie, die ihm einen Streich spielte.

Zuerst jedoch brauchte er jemandes Rat. Mit seinem Vater darüber zu sprechen konnte er sich nicht vorstellen, der würde ihn nur auslachen, und seine Mutter, fürchtete er, würde mit allfälligen Bedenken hinter dem Berg halten, um ihren überempfindlichen Sohn nicht zu kränken. Am besten würde es sein, mit seinem älteren Bruder Don zu sprechen, der verheiratet war und Kinder hatte. Don hatte nach der Schule direkt eine Lehre gemacht, er war nüchtern und geradeheraus. Er würde seine Meinung offen sagen, seinen Bruder aber auch rücksichtsvoll behandeln.

An einem schönen Sommerabend im Juli war Fred bei Don eingeladen, aber so sehr er versuchte, das Thema Rike unauffällig anzusprechen, er fand keinen Anlass. Nach dem Abendbrot, als Dons Frau Olwen die Kinder ins Bett brachte, packte er die Gelegenheit beim Schopf. Das Herz klopfte ihm bis zum Hals und er platzte heraus:

»Du weißt doch, dass ich mich seit ungefähr einem Jahr mit Friederike schreibe?«

»Das ist die Schwester von Wolf, ja?«

„Genau.

»Und, was ist mit ihr?«

»Ja, also, ich mag sie … sehr. Ich hab überlegt, dass ich ihr vielleicht helfen kann. Da drüben in der russischen Zone ist es nicht so einfach, vor allem für ein alleinstehendes Mädchen wie sie. Ich hab ihr vorgeschlagen, sie könnte nach England kommen und ich könnte ihr hier helfen eine Arbeit finden.«

»Das klingt ganz vernünftig«, nickte Don. »Es gibt hier Arbeit, wenn sie ordentlich zupacken kann.«

»Ja, das hab ich mir auch gedacht.« Fred holte tief Luft, dann fuhr er stockend fort: »Es ist aber … also … ich will sie nicht wegen Arbeit herholen, ich hab da eine andere Idee…«

»Ach so?« Don sah Fred an und hob die Augenbrauen.

»Hm, weißt du, ich hab gedacht, vielleicht… also, vielleicht will sie ja herkommen und mich heiraten?«

»Heiraten? Im Ernst?«

„Ich weiß, das klingt erst einmal verrückt, wir kennen uns so gut wie gar nicht, aber wenn ich ihre Briefe lese, da kommt sie offen rüber, beherzt, bodenständig, stark … also, sie könnte, könnte genau…

»… genau das sein, was du brauchst?«, beendete Don seinen Satz.

»Ja.« Einen Moment schwiegen sie beide.

»Und? Was … was meinst du?«

»Tja, Fred, wer weiß? Ich will dir keine Ratschläge geben.«

»Aber Rat brauche ich jetzt.«

»Hm, na ja, ich weiß nicht, was ich sagen soll. Es kommt so überraschend.«

Don sah zu Boden und überlegte, was er sagen sollte, er wollte die Gefühle seines Bruders keinesfalls verletzen. »Schau mal, ich sage nicht, lass das bleiben … Wolfs Schwester könnte wirklich genau die Richtige für dich sein. Aber du musst dir genau überlegen, was du von ihr verlangst, und von dir auch.«

»Ja, das versuche ich mir immer klarzumachen.«

»Hast du schon mit jemand andrem darüber gesprochen? Mit Rike selbst?«

»Ich bin seit Monaten dabei, einen Brief zu schreiben und das Thema anzusprechen, aber ich hab alle wieder zerrissen. Ich kann die Vorstellung nicht ertragen, was sie von mir denken würde. Ich meine, normale Paare reden direkt miteinander übers Heiraten, oder vielleicht schreiben sie sich, aber erst, wenn ihre Beziehung auf einer festen Grundlage steht. So weit sind wir noch lange nicht – wenn es überhaupt eine Grundlage gibt, dann ist sie zerbrechlich. Stell

Ein Briefwechsel beginnt

dir vor, sie liest so aus dem Blauen in einem Brief von dieser Idee – dann kann sie mich doch nur abblitzen lassen, und das noch bevor unsere Beziehung auch nur eine Chance hätte, sich zu entwickeln. Ich könnte diesen Gedanken nicht ertragen.«

Gequält sah er Don an. »Was soll ich bloß machen? Wie kann ich die Idee weiterspinnen und herausfinden, ob es mehr ist als ein Hirngespinst?«

Don blickte einen Moment vor sich hin, dann sah er auf: »Also, es gibt jemanden, er euch beide gut kennt und euch mag, der könnte dir einen guten Rat geben.«

»Klar – Wolf! Warum ist der mir nicht eingefallen! Wolf würde mir ehrlich sagen, wenn er das Ganze für einen unmöglichen Einfall hielte.«

Fred umarmte Don: »Vielen Dank, Bruderherz!«

Als er an dem Abend nach Hause ging, war er zu einem Entschluss gekommen und fühlte sich viel ruhiger. Er würde den Gedanken mit seinem Freund erörtern. Wolf war inzwischen in ruhigerem Fahrwasser, nachdem er in Düsseldorf einen Platz für das Medizinstudium bekommen hatte. Er würde wohl die Ruhe haben, diesen Vorschlag ernsthaft zu betrachten.

Als Fred wieder in seinem Zimmer war, fing er sofort an den Brief zu schreiben, er merkte, wie seine Hand leicht zitterte. In seiner Aufregung verzichtete er auf die die üblichen Floskeln und kam sofort zum Punkt.

Liverpool, den 14tn Juli 1947

Lieber Wolf!

Glaubst Du, dass Deine Schwester, Friedrike, bereit wäre, mich zu heiraten?

Du staunst. Aber ich habe es – von meinem Standpunkt – lange überlegt. ... Ich meine nicht, dass ›romantische‹ Liebe unbedingt eine Vorbedingung der Ehe sein muss. Wir würden eine andere Basis der Ehe haben, zum Beispiel, gemeinsame Anschauung und Interessen.

Ich möchte fühlen, dass ich etwas gebe – oh, nicht von oben herab, wie man Almosen gibt – ich möchte etwas geben, weil

Feindes Liebe

ich weiss, dass ich viel verlange, besonders von einer jüngeren Frau. Ich versuche einen komplizierten Komplex von Gefühlen und Gedanken kurz auszudrücken. Diese Gedanken habe ich meinem älteren verheirateten Bruder – den Du nicht kennst – auseinander gesetzt, und er hat gesagt, ›Wer weiss? Ich gebe Dir keinen Rat. Aber ich rate Dir nicht ab ... Wolfs Schwester wäre vielleicht gerade die Richtige für Dich. Aber Du musst darüber klar sein, was Du von ihr und Dir selbst verlangst.‹

Ich gehe nicht automatisch davon aus, dass sie Ja sagt. Und ich hoffe, sie wird es nicht übelnehmen, dass ich vorläufig nur an Dich schreibe, als ob sie eine ganz kleine Rolle spielte. Bei einem Gespräch, oder bei einer Reihe von Gesprächen, könnte ich es besser machen. Aber jetzt muss ich beinahe alles auf einmal in diesem einen Brief schreiben, um nicht Wochen und Monate zu vergeuden. Du hast vielleicht schon ›Nein, ganz bestimmt nicht!‹ auf meine erste Frage geantwortet, so dass der Rest dieses Briefes zwecklos ist, aber ich muss ihn doch schreiben.

Ich habe darüber nachgedacht, wie wir Rike nach England bekommen könnten. Mit der russischen Zone lässt sich so gut wie gar nichts machen. Sie müsste nach einer der Westzonen kommen, und dann 3 bis 6 Monate warten, sich also dort erhalten – wobei ich nicht viel helfen könnte. Und dabei müsste sie sich ganz auf mich verlassen, dass ich es fertigbringe, sie herauszubekommen.

Es ist mir nicht leicht gefallen, Dir das alles auszusprechen, und ich habe lange gezögert. Ich hoffe, Du wirst mir – und vielleicht auch Deiner Schwester – mit Deinem Rat helfen, und dass Ihr mich nicht missverstehen werdet. Es ist keine Wohltat und kein Geschäft. Ich möchte jemandem Hilfe und Ausweg bieten, weil ich Hilfe und Ausweg suche. Und ich habe an Deine Schwester aus verschiedenen Gründen gedacht.

Jedenfalls bleibe ich Dein Freund
Fred

Was wohl Wolf von dem Brief halten würde? Es klang ja auch wirklich verrückt. Er kannte Friederike kaum, und dass sie in der russischen Zone lebte, wo ihre Bewegungsfreiheit stark eingeschränkt war, machte es äußerst unwahrscheinlich, sie erfolgreich aus dem Land heraus zu bringen. Wenn er mit Freunden über sein Projekt sprach, kamen Einwände über Einwände, aber Fred konnte das Gefühl nicht abschütteln, dass sich ihm neue Möglichkeiten eröffneten. Er war aufgeregt und hoffnungsfroh, zugleich aber fragte er sich bang, was wohl sein Freund Wolf zu der Aussicht auf eine solche Verbindung sagen würde.

Er musste über einen Monat auf Wolfs Antwort warten. Als sie dann kam, zeigte Wolf sich, wie Fred nicht anders vermutet hatte, überrascht und schrieb, er wisse nicht recht, was er sagen solle. Sie seien so eng befreundet, dass er sich verantwortlich fühlen würde, gleich wie die Sache ausginge, wenn er jetzt seine Meinung abgäbe. Dennoch beschloss er den Brief mit einer ermutigenden Bemerkung: »Ich persönlich würde es sehr begrüßen, wenn meine Schwester meinen Freund zum Mann nähme.«

Fred war so erleichtert – zumindest hatte er keine Abfuhr bekommen. Konnte er zu hoffen wagen, dass ihre Freundschaft den Boden für etwas Größeres bereiten würde? Aber wie war es mit Friedrike selbst? Ihre Ansicht war allein ausschlaggebend. Was hielt sie von der verrückten Idee? Sie ihn lieben – konnte er das zu hoffen wagen?

***

Wenige Wochen später saßen Wolf und Rike in der Blumenstraße zusammen im Wohnzimmer. Wolf wollte die Semesterferien zu einem Besuch zu Hause nutzen, aber als jemand aus der britischen Zone hatte er die Grenze nur illegal überqueren können. Das wurde immer gefährlicher, er wusste, dass man wegen solcher Gesetzesverstöße erschossen werden konnte. Seit Anfang 1947 hatte er die Zukunft seines Landes immer pessimistischer gesehen; an Fred hatte er geschrieben, »es wird eine Herkulesarbeit werden, Deutschland wieder zu einer politischen Einheit zu machen«. Deutschland würde wohl geteilt werden und er wusste, dass seine Zukunft im Westen lag. Das hieß, er würde von nun an nur noch selten nach Langebrück kommen können. Rike und Wolf war bewusst, dass sie sich zukünftig kaum noch würden sehen können, aber darüber sprachen sie jetzt nicht, sie wollten sich die kostbare Zeit miteinander nicht damit verderben.

Rike hatte im Frühjahr ihre Aufnahmeprüfung bestanden und bereitete sich nun auf ihr Landwirtschafts-Studium in Halle vor. In den letzten zwei Monaten hatte sie ein Praktikum auf einem Lehr-Hof gemacht und sich dort sehr wohl gefühlt; sie war von morgens bis abends auf dem Feld gewesen und auch wenn es ihr anfangs schwergefallen war, sich an das Leben auf dem Hof zu gewöhnen, so hatte sie sich doch so gut hineingefunden, dass die Bauersleute sie am liebsten als Pflegetochter behalten hätten. Aber Rike hatte größere Pläne, und im Augenblick gab es auch noch etwas weitaus Spannenderes zu bereden.

»Rike, der Buschfunk sagt, du schreibst dich mit Fred Clayton?«

»Ach, nur ein paar Briefe.« Rike wurde rot.

»Er mag dich, weißt du.«

»Wirklich? Hat er denn von mir geschrieben?«

»Aber ja, und nicht nur einmal. Magst du ihn auch?«

»Ja, sehr. Was hat er denn gesagt?«

»Ja, also, er… er hat gefragt, ob du ihn heiraten würdest.«

»Waas?« Rikes Augen wurden groß, jetzt war sie doch verblüfft. »Heiraten? So schnell? Also, daran hab ich eigentlich noch nie gedacht. Jedenfalls bis jetzt nicht.«

»Nun, Fred hat schon daran gedacht. Er schreibt, er hat sich viele Gedanken darum gemacht.« Wolf sah seine Schwester gespannt an.

»Und?«

»Und was?«

»Was hältst du von der Idee?«

Rike zögerte. Dann sagte sie nachdenklich: »Nett finde ich ihn ja. Wir haben auch schon gemerkt, dass wir viel gemeinsam haben. Ich … ich habe das Gefühl, ich könnte ihn mehr als nur nett finden.«

»Hast du ihn lieb?«

»So weit bin ich noch nicht, aber ich könnte mir gut vorstellen, dass ich ihn eines Tages liebe.« Sie holte tief Luft. »Was meinst du denn dazu?« fragte sie ihn gespannt.

»Es ist ganz deine Entscheidung. Am besten würdet ihr euch sicher erst einmal kennenlernen, bevor du dich entscheidest. Und, weißt du, er hat mir mal gesagt, er kann nicht küssen.«

Ein Briefwechsel beginnt

»Dann kommt es überhaupt nicht in Frage«, lachte sie.
»Aber im Ernst«, fuhr Wolf fort, »er ist ein guter Freund. Ich würde mich sehr freuen, wenn er – wenn du das wolltest – mein Schwager wäre. Am besten würdest du ihm deswegen schreiben.«
»Ja, gern, das mach ich natürlich.«
Sie genoss das Gefühl von Schmetterlingen im Bauch, wenn sie jetzt an Fred dachte. Zuerst war sie wie vom Donner gerührt gewesen – nie hätte sie daran gedacht, dass er eine Heirat im Sinn haben könnte. Immerhin, sie hatten erst ein paar Briefe gewechselt und doch fühlte er sich schon an wie ein alter Freund. Dieses Gefühl lag sicher auch daran, dass sie um die Freundschaft zwischen Fred und ihrem Bruder wusste. Es machte ihr gar nichts aus, dass er ihm zuerst geschrieben hatte, sie vertraute ihrem Bruder vorbehaltlos und wusste, wie liebevoll er sich um sie kümmerte. Sie waren sich immer schon sehr nahe gewesen, in der Familie Büttner-Wobst hatten sie sich am besten von allen verstanden. Nach den tragischen Ereignissen, unter denen die Familie leiden musste, waren sie noch enger zusammengerückt. Es ermutigte sie, dass Wolf Fred so schätzte.
Kurz nach diesem Gespräch schrieb Rike an Fred:

Hochweitzschen, d. 8. Aug. 47

Lieber Fred!
Vielleicht darf ich Sie so nennen, nachdem mir Wolf gestern Ihren Brief brachte, der mir wie ein Glücksvogel in meine ländliche Welt flog.
Als ich vor langer Zeit den letzten Brief an Sie schrieb, wartete ich sehnlichst auf Antwort und war sehr enttäuscht, daß ich umsonst warten mußte. Und nun kam Wolf mit Ihrem Brief, und wenn ich ihn nicht selbst gelesen hätte, glaubte ich wohl nicht daran. Man behauptet, ich sei für meine 21 Jahre vernünftig, vielleicht ein wenig zu verstandesmäßig betont, obwohl ich der Romantik keineswegs aus dem Wege gehe, aber trotzdem möchte ich den Mann, dem ich mein ganzes Leben schenken will, kennen lernen, denn selbst wenn man eine Ehe aufbauen will auf Freundschaft oder gemeinsamen Interessen, müssen

wir doch ein wenig harmonieren im gemeinsamen Denken und Handeln. Sie kannten die Ehe meiner Eltern, die mir noch heute als leuchtendes Beispiel vorschwebt. Vor allem brauche ich als Deutsche, allein in einem fremden Land, sehr, sehr viel Wärme Ich glaube, daß ich sie bei Ihnen finden kann und weiß, daß ich mich mit Hilfe meiner Anpassungsfähigkeit auch bald zurecht finde und bald gute Bekannte finde. Aber das Wichtigste ist mir dabei, daß wir beide uns einmal richtig aussprechen und ehrlich einander gegenüber treten, denn auch ich bin der Ansicht, daß die Ehrlichkeit eine der wichtigsten Grundlagen für das gemeinsame Leben ist. Nur das Eine muß ich Ihnen versichern, daß ich von Herzen froh wäre, einen Menschen glücklich zu machen und für ihn aufgehen zu können.

Ich erwarte Ihre Antwort und vor allem Ihren Plan für unser gemeinsames Wiedersehen nach gerade 10 Jahren.

Nehmen Sie für heute meine besten Wünsche und glauben Sie mir, daß ein kleines deutsches Mädchen sehr gern und sehr lieb an Sie denkt!

In Herzlichkeit

Friederike Büttner-Wobst

Rike war wohl bewusst, dass es zu früh war, sich endgültig festzulegen, aber warum sollten sie einander nicht lieben lernen. Die Ehe ihrer Eltern hatte sich ja auch einer Zufallsbekanntschaft verdankt, einer Begegnung 1916 in einem Wartesaal auf dem Heidelberger Hauptbahnhof. Und es waren Briefe gewesen, auf denen ihre Verbindung gründete. Sie hatten sich ganze fünf Monate gekannt, sich zweimal getroffen und ansonsten nur Briefe geschrieben, als sie sich im September 1916 verlobten. Geheiratet hatten sie weniger als ein Jahr nach der ersten Begegnung. In ihrer Familie waren also romantische Beziehungen, die auf Briefen beruhten, gar nicht so ungewöhnlich. Und wer wusste, wohin diese Briefe jetzt führen konnten?

Wolf und Rike gingen in diesem Sommer mit neuen Perspektiven auseinander. Zwar waren sie traurig darüber, dass sie sich jetzt mindesten ein paar Monate nicht sehen würden, aber sie blickten auch zuversichtlich in die Zukunft – ihr Leben hatte jetzt eine neue Richtung. Wolf ging wieder in den Westen zurück und führte sein Medizinstudium fort, Rike fuhr nach Halle, wo sie ihr Landwirtschaftsstudium aufnehmen würde. Langebrück verließ sie mit gemischten Gefühlen – traurig, weil sie das Haus ihrer Kindheit hinter sich ließ, aber auch erleichtert darüber, dass sie jetzt selbst über ihr Schicksal bestimmen und die Fesseln abstreifen konnte, die das Leben unter einem Dach mit ihrer Schwester und ihrem Schwager für sie bedeutet hatte.

Als Mädis Mann Fritz von dem Briefwechsel zwischen Fred und Rike erfuhr und hörte, dass Fred Heiratsgedanken hegte, hatte er dafür nur Hohn und Spott. »Daraus wird ganz bestimmt nichts. Es ist verrückt. Ich wette, du wirst Herrn Clayton nicht heiraten. Ich wette, aus dir wird nie etwas.«

So gefühllos behandelt zu werden, machte Rike nur umso entschlossener.

»Wetten? Wie viel?« Ihre Augen funkelten.

»Fünfzig Mark.« Er nahm einen Geldschein aus seiner Brieftasche und wedelte mit ihm vor ihrem Gesicht herum.

»Topp«, sagte sie seelenruhig, »die Wette gilt.«

Er würde sich noch wundern. Von ihrem Schwager ließ sie sich ihr Lebensglück nicht zerstören.

Dreizehntes Kapitel: 1947
Pläne reifen

Die Utopie beginnt Gestalt anzunehmen: Kann es sein, dass Rike und Fred sich mehr sind als nur gute Freunde? Viel mehr? Die beiden beginnen, Pläne zu schmieden, sie müssten sich doch einmal persönlich begegnen und aussprechen. Ob das möglich sein wird? Zunächst einmal beginnt Rike ein Studium in Halle, während Fred weiter in Edinburgh unterrichtet.

Nachdem Wolf Rike von Freds Idee erzählt hatte, bekam der Briefwechsel zwischen Rike und Fred eine neue Bedeutung. Umso ärgerlicher waren die Schwierigkeiten, die sie dabei überwinden mussten – die Post war unzuverlässig und Fred wusste zeitweise nicht genau, wo Rike überhaupt war.

Ende August, die Semesterferien gingen langsam zu Ende, schrieb er ihr in seiner freudigen Erregung von zu Hause noch einen langen Brief:

16, Rangemore Rd.,
Liverpool, 18.
den 26tn Aug.

Liebe Friederike!
Ich war sehr froh, heute Ihren lieben Brief zu bekommen, der mir den Eindruck gibt, dass wir in dem Glauben einig sind, dass eine wirkliche Liebe unter diesen Umständen entstehen kann, wenn zwei Menschen sie erzeugen wollen, sie herbeisehnen. Andererseits bin ich froh, dass Sie die Schwierigkeiten nicht unterschätzen, die eine Beziehung auf so grosse Distanz bedeutet.
Was meinen eigenen Charakter betrifft, da möchte ich ehrlich sein, aber es ist nicht leicht. Es gibt Schatten, die heute den ganzen Himmel verdüstern und morgen wieder weg sind oder zu ganz kleinen Wölkchen geworden. Oft sage ich mir, »Allein kann ich nicht leben – aber ich möchte nicht der Mensch

sein, der mit mir leben müsste.« Das scheint alles fantastisch übertrieben. Aber wer meine Mutter kennt, hat gesehen, wie sie einen beruhigenden Einfluss auf eine männliche Umwelt ausübt, und diese weibliche Stärke, dieses beruhigende, doch nicht dumpfe, phantasielose Element habe ich sehr nötig.

Ich habe Kinder sehr lieb. Ich hoffe, wir haben das gemeinsam. Aber ich habe das Gefühl, dass das auch sein Gutes und Schlechtes hat. Ich liebe am besten, wenn ich beschützen kann. Da wird man leicht väterlich-despotisch, als ob eine Frau, wie ein Kind, nichts zu bestimmen hätte, nur alles dankbar hinnehmen. Unter unseren Umständen ist diese Gefahr vielleicht grösser als sonst – die Gefahr, dass ich unbewusst zu viel Anpassung von Ihnen, nicht genug von mir selber, erwarte. Aber ich kann wenigstens behaupten, dass ich mir dieser Neigung zum männlichen Egoismus und Dominanz bewusst bin. Und vielleicht ist es nicht so schlimm.

Nun aber muss mein Brief auf einmal ganz praktisch werden. Deutschen Mädchen aus der russischen Zone ist es schon gelungen, nach England zu kommen. Aber es ist viel leichter, nur mit den Behörden eines Landes zu verhandeln. Deshalb meine ich, dass Sie nach der britischen Zone fahren sollten und dort den langsamen Lauf der behördlichen Dinge abwarten. Vielleicht könnten sie bei den Bauern in Kleve Unterkunft finden, bei denen Wolf früher wohnte. Sobald ich weiss, dass Sie dort angekommen sind, werde ich die nötigen Dokumente an unsere Behörden in Berlin schicken. Wenn Sie eine Bestätigung von mir für die Umsiedlung brauchen, werde ich eine senden, aber ich glaube, dass die Umsiedlung selbst keinen amtlichen Schwierigkeiten begegnet. Nur die Rückkehr in eine Zone, die man schon verlassen hat. Aber darüber werden Sie wohl besser Bescheid wissen.

Unter anderen Umständen wäre ich auch für eine viel längere gegenseitige Aussprache und Planung. Aber in unserer unsicheren, mit Politik und Behörden verwickelten Welt, habe ich das Gefühl, dass die Zeit drängt. Das habe ich schon erlebt, als ich Wolf helfen wollte. Da erreicht man erst nach Monaten etwas, was plötzlich verschwindet. Eine Tür fällt auf einmal zu.

Feindes Liebe

Ich muss mich nämlich bei den Behörden fest verpflichten, Sie zu heiraten, bevor ich meine Bemühungen um Ihre Einreise beginnen kann. Dann dauert es noch 3 - 6 Monate. Und bei Ihrer Umsiedlung werden Sie sich ganz auf mein gegebenes Wort verlassen müssen. Aber ich verspreche Ihnen, ich werde Sie nicht im Stich lassen, und ich hoffe demnächst zu erfahren, dass Sie schon in der britischen Zone sind und nur auf mich und (leider) die Behörden warten.

Liebe Friederike, ich glaube, es sollte bei uns nicht an Wärme und Freundlichkeit fehlen. Es ist kein sorgenloses Paradies hier, und Sie werden keine Engel finden, nur die übliche Mischung von gutem Willen und menschlichen Schwächen. Das bleibt, aber das Fremde, das am Anfang so gross scheint, lässt sich allmählich überwinden, wenn man wirklich anpassungsfähig ist und bereit, das Gute der neuen Umwelt in sich aufzunehmen, ohne das Gute der alten zu verlieren. Wie Sie sagen, ich habe Ihre Eltern gekannt, wenn nur durch ein paar Besuche, und ich habe in meiner damaligen Einsamkeit ein vielleicht etwas romantisches Bild von einem glücklichen Familienleben aus ihrem Hause in Langebrück mitgenommen. Und ich war erschüttert, als Sie mir von den drei an einander folgenden Schlägen erzählten, die dieses Bild schon im ersten Kriegsjahr zerstört hatten. Und ich habe gedacht, vielleicht könnte man in ein neues. Bild schaffen...

In dieser Hoffnung bleibe ich mit herzlichen Grüßen und besten Wünschen
Ihr Freund
Fred Clayton.

Bevor er den Umschlag zumachte, las Fred den Brief noch einmal durch. Wie würde Rike aufnehmen, was er hier schrieb? Die warmherzige Offenheit, mit der sie auf eine mögliche Ehe eingegangen war, ermutigte ihn, manches offener anzusprechen als bisher, wo sie lediglich eine Brieffreundin gewesen war. Doch nun plagte er sich mit anderen Bedenken: Hatte er die dunklen Seiten seiner Persönlichkeit nicht allzu offen dargestellt? Wenn er sie nun abschreckte? Er war kurz davor, den Brief zu zerreißen und einen neuen zu schreiben, der ihn in einem besseren Licht zeigte, aber dann überlegte er, wenn sie wirklich heirateten, würde sie ihn sowieso genau kennlernen, seine guten wie seine weniger guten Seiten. Da konnte sie es ebenso gut jetzt erfahren.

Rike selbst hatte mittlerweile begonnen, sich in Halle einzurichten. In Deutschland herrschte eine dramatische Wohnungsnot, deshalb war sie froh, dass sie nur kurz suchen musste: Ganz zufällig kam sie an einem Haus vorbei, wo ein Zimmer zu vermieten war, in das sie sofort einziehen konnte. Die Freude über diesen Zufall hielt nicht lange an: In dem Zimmer wimmelte es vor Hausmilben. Sie ließ sich davon aber nicht beirren und ging schnurstracks zu einem Kammerjäger, der auf ihr dringendes Bitten hin das Zimmer desinfizierte, dann bestellte sie einen Maler und dank ihrer Überredungskünste war das Zimmer nach drei Tagen wie neu.

Wenn sie nun das Leben optimistischer anging, so lag das nicht zuletzt an Freds Briefen. Der Anfang in Halle war ihr nicht so leichtgefallen, denn auch wenn ihre Wirtsleute, eine Familie Weber, sehr nett zu ihr waren, so fühlte sie sich doch einsam in der unbekannten Stadt. Sie kannte hier keinen Menschen und die Zukunft lag in Dunkelheit. Jetzt umspielte ihre Lippen oft ein Lächeln, wenn sie an die neue Zukunft dachte, die sich ihr zu eröffnen schien. Wolf hatte während der gemeinsamen Sommerferien in Langebrück die Schwierigkeiten, die es zu überwinden galt, in düsteren Farben gemalt, aber Rike war fest entschlossen, sich nicht beirren zu lassen. Andererseits wollte sie aber auch nicht sofort alle Zelte in Halle abbrechen, schließlich war sie gerade erst angekommen. Am besten würde sie erst einmal mit ihrem Studium anfangen. Und so gerne sie zu Wolf in die britische Zone gezogen wäre, sie hatte keine Ahnung, ob sie dort überhaupt würde weiterstudieren können. Nein, sie wollte sich in ihr neues Leben in Halle stürzen und zunächst an keinen Ortswechsel denken.

Fred war indessen voller Enthusiasmus, sein Leben, das sich ein Jahr zuvor noch wie eine wüste Sammlung von Bruchstücken angefühlt hatte, fügte sich wieder zu einem Mosaik. In seinem Zimmerchen am Howard Place fühlte er sich wohl, er hatte eine nette Vermieterin, eine Mrs. Hardy, und sein erstes Jahr als Dozent was erfolgreich verlaufen. Er wusste die Studentinnen und

Feindes Liebe

Studenten zu begeistern, sie hatten ihm sogar zweimal spontan applaudiert. Es war so schön, geschätzt zu werden. Am King's College war er zweimal in Theaterproduktionen von Dadie Rylands aufgetreten und er erinnerte sich gut an den Applaus, den er für seinen Narren in »King Lear« und seinen Totengräber in »Hamlet« eingeheimst hatte. Aber dieser Beifall jetzt war etwas anderes, das war Anerkennung für seine eigenen Gedanken und die Begeisterung für sein Forschungsgebiet. Diese Anerkennung befriedigte ihn tief und er fing an zu überlegen, ob er nicht doch eine wissenschaftliche Laufbahn einschlagen sollte.

Es war ihm auch gelungen einige alte Freundschaften wieder neu zu knüpfen; Karl schrieb ihm regelmäßig und er hatte den Kontakt zu seinem guten Freund aus Studientagen, Alan Turing, wieder aufnehmen können. Alan schrieb ihm am 30. Mai:

> Ich habe mich sehr darüber gefreut, von Dir zu hören, und es wäre wunderbar, wenn wir uns wieder zu einem Segeltörn verabreden könnten. Mir würde es Anfang September oder Anfang Juli am besten passen … In Bletchley Park hieß es ein paarmal, dass Du auch kommen würdest und ich war enttäuscht, dass es nicht dazu kam. Aber Du hast da wirklich nichts verpasst.

Bletchley Park. Die Verbitterung darüber, wie die Behörden mit im umgesprungen waren, saß immer noch tief. Sie hatten ihn bewusst von Bletchley Park ferngehalten, davon war er überzeugt. Tatsächlich hatte sein Bruder einmal erzählt, jemand vom Geheimdienst habe ihm gegenüber zugegeben, dass Fred deshalb weit von Europa weg stationiert worden war, weil man ihn für zu deutschfreundlich gehalten hatte. Offenbar überstieg es die Vorstellungskraft dieser Bürohengste, dass jemand sich ernsthaft an einem Krieg gegen ein Regime beteiligen und gleichzeitig denen verbunden fühlen konnte, die in diesem Regime gefangen waren. Zu deutschfreundlich? Er, der so früh schon so nachdrücklich vor dem Nationalsozialismus gewarnt hatte? Der schon Alarm geschlagen hatte, als noch niemand sich der Gefahr bewusst war? Vielleicht war er naiv gewesen …

… aber Fred wusste, wenn er sich zu sehr damit beschäftigte, tat das seiner immer noch labilen Psyche nicht gut und außerdem, er

Pläne reifen

wollte sich das Wiedersehen mit Alan nicht verderben, sie würden einfach beim Segeln über ihre Erlebnisse im Krieg sprechen.

Anfang September 1947 segelten sie los, wieder von Bosham, und der Segelurlaub vor acht langen Jahren stand ihnen vor Augen. Sie sprachen diesmal viel über die Vergangenheit, aber auch die Zukunft war Thema. Fred erzählte von seinen Plänen, Friederike zu heiraten, Alan von seiner Verlobung sechs Jahre zuvor, die er aufgelöst hatte. Der Zufall wollte es, dass ihnen draußen auf dem Meer das Boot von Joan Clarke begegnete, der Frau, mit der Alan verlobt gewesen war. Ein schlechtes Omen?

Als er am 14. September von der Segeltour zurückkam, schrieb Fred an Rike, dass er sich der Risiken ihrer Verabredung, die für ihn einer Verlobung gleichkam, völlig bewusst war, aber

> eine Gefahr besteht bei jeder Verlobung, nämlich dass man es sich im letzten Augenblick überlegt. Der Freund, mit dem ich segeln ging, war verlobt und hat es sich dann überlegt. Mein jüngerer Bruder war verlobt, und seine Braut hat es sich dann überlegt. Manche Leute würden behaupten, die Gefahr sei bei mir grösser als sonst, aber ich bezweifle das.

In dem Brief schickte er auch zwei Bilder von sich mit – nicht leichten Herzens, er zerbrach sich den Kopf darüber, wie sie auf Rike wirken würden. Derselbe Brief thematisierte kulturelle Besonderheiten, insbesondere, wie unterschiedlich Engländer und Deutsche mit Emotionen umgingen und sie ausdrückten. Ihm war klar, er dachte zu viel nach und verstrickte sich in seinen Gedanken, aber daran sollte sich Rike gewöhnen – er machte eben die Dinge oft komplizierter als sie waren, besonders, wenn es um ihn selbst ging und um grundlegende Vorstellungen, über die er sich selbst nicht im Klaren war. Er wollte einfach, dass sie wusste, worauf sie sich mit ihm einließ, aber ohne sie dabei zu sehr abzuschrecken.

»Interessieren Sie sich wirklich für Landarbeit?« fuhr er fort (froh, das Thema wechseln zu können),

> Das ist ein Interesse, das heute sehr vorteilhaft sein könnte, selbst wenn es sich nur um ein paar Hühner und einen Gemüsegarten in der Vorstadt handelt. Ein Haus auf dem Lande, aber unweit der Stadt, wo ich meine Arbeit habe, wäre mir am

liebsten – also, so eine Ortschaft wie Langebrück. Die Grosstadt liebe ich nicht. Aber heute hat man bei der Wohnungsnot oft keine grosse Wahl. Trotzdem würde es mich interessieren, Ihre Ansichten darüber zu erfahren.
Die Schwierigkeiten der Sprache soll man nicht überschätzen. Ich habe es oft gemerkt: wenn man jung ist, braucht man kein Genie zu sein, um die Sprache einer neuen Heimat schnell zu lernen. In der Schule lernt man oft so langsam und mit solcher Mühe; aber im Ausland selbst stellt man mit Erstaunen fest, wie schnell das alles geht.
Ich glaube, dass Sie meine Mutter freundlich und hilfsbereit finden würden, unparteiisch und nicht eifersüchtig, sondern eher mit einer gewissen Sympathie für Sie als Frau, und für Sie als Frau ihres nicht gerade engelhaften Sohnes. Ich habe schon mit ihr darüber gesprochen. Ihre Hauptsorge ist, wie es mir scheint, dass ich als Mann ein wenig unterschätze, was ich von Ihnen verlange. »Sie wird,« sagt sie. »ihre Heimat, ihr Vaterland, ihre Familie, alles für Dich verlassen haben. Das ist viel. Und Du darfst es nicht vergessen. Sie wird allein sein. Du darfst der Versuchung nicht verfallen, vielleicht unbewusst deinen Vorteil auszunützen und alles autokratisch zu bestimmen.« Sie kennt meine Schwächen, und gerade deshalb glaube ich, dass Sie eine gute Freundin in ihr finden würden. ...
Ich schicke diesen Brief nach Langebrück, weil ich etwas unsicher bin, ob Sie noch immer auf dem Staatsgut sind. Bitte, grüßen Sie von mir Ihre Schwestern. An Wolf werde ich morgen schreiben. Mit herzlichen Grüßen und guten Wünschen und Hoffnungen auf ein baldiges Wiedersehen
bleibe ich
Ihr Fred

Normalerweise hätte Fred jetzt eine Antwort abgewartet und dann erst wieder geschrieben, aber diese Beziehung war für ihn alles andere als ›normal‹, das wurde ihm immer mehr bewusst. Der Gedanke an Rike beschäftigte ihn unablässig, und so hielt er es nach ein paar Tagen ohne Antwort nicht mehr aus und setzte sich wieder an einen Brief.

Pläne reifen

Die beiden Fotografien, die Fred an Rike schickte

16, Rangemore Rd.
Liverpoool, 18.
den 22nd Sept.

Liebe Rike!
Ich schreibe nach Langebrück, weil ich nicht sicher bin, wo Sie jetzt sind. Und ich schreibe gewissermaßen ins Leere, da ich bisher nur den einen sehr netten Brief von Ihnen erhalten habe. Aber das lässt sich nicht ändern. Daran bin ich schon gewöhnt mit Wolf. Auf Antworten kann man nicht warten. Man muss eben viel Unnützes oder Nicht-mehr-nötiges schreiben.
Ich habe noch ein paar Bilder von mir in einer Schublade gefunden, drei aus Indien und ein anderes unbestimmten Datums. Die lege ich bei. Aber glauben Sie mir, ich werde mir nichts dabei denken, wenn Sie nicht mit einem Bilde antworten! Ich habe selber kein Bedenken, erstens, weil diese Bilder einander sehr unähnlich sind, und zweitens, weil ich weiss, dass Wolf und Ihre Schwestern Ihnen sagen können, ob sie die Bilder für ungefähr richtig halten oder nicht. Aber wenn ich nur ein Bild hätte und mich entscheiden müsste, es zu schicken oder nicht, oder wenn ich zwischen zwei Bildern wählen sollte, von

Feindes Liebe

denen das eine ehrlicher und das andere schöner schiene und dabei Ihrer Familie ganz unbekannt wäre, dann hätte ich schon Bedenken. Ich möchte Wolf (und Ihren Schwestern) in dieser Beziehung keine zu große Verantwortung aufladen, aber ich muss gestehen, ich bin geneigt, angesichts der Schwierigkeiten der langen Selbsterklärung, eine Zuflucht in den Gedanken zu finden, »Die Familie Büttner Wobst kann sich schon eine ganze Menge von mir erzählen, darunter manch recht Seltsames, wie es mir selber scheint.« Wolf hat mich in Dresden und auch zu Hause kennengelernt, und das ist schon viel. Denn mein Dresdener Ich hat mich selber oft überrascht – und manchmal kam es mir seltsam vor, dass Leute wie Ihr Vater scheinbar nicht darüber staunten. Noch immer sehr jung, in einem fremden Lande, eine fremde Sprache gebrauchend, war ich wie ein Halbbetrunkener, der alles nicht mehr so genau empfindet, besonders den Eindruck, den seine Worte oder auch sein Benehmen macht. »In vino veritas« heisst es, und auch dieser Zustand verrät vielleicht manche sonst verborgen gebliebene Wahrheit.

Wolf hat also die Gelegenheit gehabt, mich gut kennenzulernen, wenn nicht immer von einer guten Seite, in Dresden und in England. Und dabei tröste ich mich mit zwei Gedanken, erstens, dass er trotzdem keine allzu schlechte Meinung von mir hat, wenigstens heute nicht, und zweitens, dass er Ihnen vielleicht in dieser Beziehung helfen kann. Meine Familie kennt er auch. Das ist weniger wichtig, aber da brauche ich auch nicht so viel zu erklären.

Aber da will ich doch was erzählen. Denn, obgleich Bildung und Vermögen und Rang gewissermaßen Äusserlichkeiten sind und die soziale Struktur heute ziemlich durcheinandergebracht ist, erklären Umwelt und Erziehung viel am Menschen.

Meine zwei Grossväter waren ein Maurer und ein Uhrmacher. Mein Vater hat als Volksschullehrer seine Laufbahn begonnen und wird sie bald als Schulinspektor beenden – er tritt nächstes Jahr in den Ruhestand. Mein älterer Bruder hat an keiner Universität studiert, er hätte wohl an Liverpool studieren können – durch ein Stipendium – aber er hat anders gewählt und

Pläne reifen

jetzt ist er Subdirektor einer (nicht sehr großen) Versicherungsgesellschaft, wo er mehr Geld verdient als ich.

Ich selber habe in Cambridge studiert – durch ein Stipendium. Nun, Cambridge und Oxford stehen nicht nur akademisch höher als die anderen Universitäten : sie haben auch eine gewisse soziale Bedeutung. Denn dort studieren die Söhne des Adels und der Reichen, wenn sie überhaupt studieren. Man steht auf gleichem Fuss mit ihnen, man lernt mit solchen Leuten verkehren. Man nimmt teil an Debatten mit führenden Politikern, die gerne an einer Cambridge Debatte teilnehmen.

Das stärkt natürlich das Selbstvertrauen. Für mich war Cambridge zuerst eine geheime Hoffnung, ein Traum, nach dessen Verwirklichung ich tüchtig in der Schule strebte. Aber mein um 8 Jahre jüngerer Bruder hat immer gedacht, natürlich würde auch er in Cambridge studieren. Es war für ihn beinahe eine Selbstverständlichkeit. Er hatte sowieso mehr Selbstvertrauen als ich, viel mehr als mein älterer Bruder, und mein Beispiel hat ihm auch geholfen. In Cambridge war ich zuerst glücklich-ängstlich, fremd, verlassen. Aber er kam gleich unter Leute, die sagten, »Sie sind Freds Bruder, nicht wahr?« – und diese Ermunterung hat er, glaube ich, nicht einmal nötig gehabt. Neulich spielte der Neffe des Königs, der nebenan wohnte, sein Grammophon um Mitternacht herum – also zu einer verbotenen Stunde. Mein Bruder, der nicht genau wusste, welcher Nachbar es war, und sich wohl wenig darum kümmerte, ging gerade schlafen und rief ärgerlich »Schluss mit dem Lärm!« oder so etwas. Am folgenden Tage begegnete er dem jungen Grafen, der sich höflich entschuldigte, und George nahm seine Entschuldigung höflich entgegen. »Hoffentlich,« sagte meine Mutter, »nicht zu sehr von oben herab.«

Das erzähle ich nur, weil es typisch für Cambridge ist, und damit Sie ungefähr verstehen, was das heisst – eine kleinbürgerliche Familie, deren Söhne in Cambridge studierten. Ich und mein jüngerer Bruder haben Lords kennengelernt, und unsere Verwandten sind Arbeiter, Angestellte, und dergleichen. Sie dürfen also nie überrascht sein, wenn ich zum Beispiel in einen kleinen Laden gehe und meinen Onkel vorstelle, oder in das

Parlamentsgebäude gehe und einen Minister vorstelle, einen Bekannten. Das kommt alles vor, und ich finde es interessant und wertvoll, sich in mehr als einem Kreis bewegen zu können, und sich dabei wirklich zu Hause zu fühlen.
Ich weiß nicht, ob diese Briefe Ihnen viel dabei helfen, mich kennen zulernen, direkt oder indirekt. Sie bilden wenigstens einen Eindruck – ich fürchte einen etwas trockenen, gefühllosen Eindruck. Aber gefühllos bin ich nicht. Das kann Ihnen ja Wolf bestätigen. Aber in einem Briefe- nun, da machen Sie es wohl besser als ich. Ich hoffe, bald wieder einen Brief von Ihnen zu bekommen. Inzwischen denke ich und sehr gern und lieb an Sie.
Mit vielen herzlichen Grüßen und Wünschen
Ihr Fred.

Seine Erleichterung war groß, als Rikes Antwort auf den vorigen Brief schon ein paar Tage später eintraf, und was sie schrieb, war wie Regen auf ausgetrockneten Boden:

Lieber Fred, mein guter Freund!
Ihr Brief liegt leider schon ein Weilchen in meinen Händen, ohne daß ich Zeit fand, ihn zu beantworten, obwohl er mir wieder einmal große Freude brachte, vor allem weil er gerade an einem Tag kam, als ich so recht niedergeschlagen von augenblicklichen Mißerfolgen in die Welt sah. Nur eines ist sehr, sehr schade, daß er eigentlich ein wenig zu spät kam, um ihren Plan sofort zu verwirklichen. Da ich meine Lehrzeit schon vor einem Monat beendet hatte, und doch den festen Plan hegte, weiter zu kommen, wenn da nicht auf einmal Ihr Brief durch Wolf meine Zukunftspläne alle umwarf, war ich doch schon auf der Universität in Halle immatrikuliert und wollte sehr gern wenigstens das erste Semester mitnehmen, um nicht all die Schwierigkeiten umsonst gehabt zu haben und dann, um einmal das kennenzulernen, was man in der harten Praxis als leuchtendes Ziel sieht. Ich hatte gehofft, daß Ihnen der Dezember noch nicht zu spät war, aber nun müssen Sie schon einmal genau schreiben, wann Sie glauben, daß ich hier alle Segel abbrechen muß. Glauben Sie wirklich, daß es so eilt? Man erzählt hier wohl

Pläne reifen

mancherlei, aber ich habe noch nie so recht daran geglaubt. Dann müssen sie mir allerdings einen Interzonenpaß bzw. eine Zuzugsgenehmigung schicken, sonst darf ich nicht über die Grenze, vor allem könnte ich keinerlei Gepäck mitnehmen und das wäre schade. Wie hatten Sie sich eigentlich die Umsiedlung im Großen gedacht, ob ich wohl mein eigenes Zimmer, mein Porzellan und meine Wäsche mitbringen kann? Man hängt doch an seinen Sachen und freut sich, wenn man in die große Fremde ein kleines Stück Heimat mitnehmen kann. Sehen Sie, das sind alles Dinge, die ich so gern wenigstens einmal mit Ihnen besprochen hätte. Können wir uns nicht einmal sehen, und wenn es sich auf ein paar kurze Stunden beschränkt. Mir sollte es gleichgültig sein, ob es in Berlin oder sonstwo ist. Sie müssen nicht glauben, daß ich es nur für mich verlange, es wäre für uns beide sehr fruchtbar, glaube ich. Eine kurze Nachricht genügt und ich werde dort sein, wo Sie sich auf deutscher Erde oder in erreichbarer Nähe befinden. Bitte, bitte überlegen Sie sich, ob es nicht möglich ist! Sie dürfen nun nicht denken, daß ich fordere, sondern Sie müssen verstehen, daß man einen neuen Lebensabschnitt nie mit falschen Voraussetzungen anfangen soll. Und ich glaube, wenn Sie mir schreiben, dann ist es nur Wolfs Schwester und ich bin doch ganz anders als er. Sie müssen in mir ein sehr lebhaftes, lebenslustiges Menschenkind suchen, das das Leben von der leichten Seite nimmt, weil es findet, daß das unentrinnbare Schicksal einen nicht auf die Knie zwingen kann, wenn man ihm mit frohem Mut entgegentritt. Aber ich bin auch bereit dankbar zu sein, für jede schöne Stunde, die mir das Leben schenkt. Ich liebe das Leben und die Menschen und habe gelernt, die Menschen zu schätzen, gleichgültig welchem Stande sie angehören. Ich würde mich freuen, eine Familie mitgründen zu können, die ein Familienleben führt, sodaß andere neidisch daran vorbeigehen. Auch ich habe Kinder sehr gern, aber ich werde nur dann Kinder haben wollen, wenn ich genau weiß, daß sie eine Zukunft haben können, d.h. wenn wir nicht aus Eigennutz, in diesem Fall wegen der Freude an Kindern, sondern aus dem Gefühl heraus, einmal ordentliche Menschen zu erziehen, Kinder haben, die der ganzen Menschheit zum Nutzen gereichen. Sie sehen also, daß ich auch Grundsätze habe, die ich mit aller Macht verteidige und ich gebe von vornherein zu, daß Sie da vielleicht ein zu gutes Bild von mir haben. Aber ich schreibe Ihnen das alles, damit Sie wissen, wen Sie da zu sich holen. Denn die gegenseitige Ehrlichkeit war doch wohl Grundbedingung. – Vor den Wolken die ihr Leben beschatten, habe ich allerdings keine Angst. Die will ich schon vertreiben. Da reicht mein Atem schon zu, um sie fortzublasen. Das ist vielleicht eine goldene Seite an meinem Gemüt, andere Menschen froh zu machen und ihnen zu helfen, etwas zu tragen, was vielleicht allein sehr schwer ist. Noch einen Fehler habe ich, ich bin sehr wißbegierig und hoffe, daß Sie mir da helfen können.

Nun will ich aber Schluß machen, denn ich muß meine Junggesellenklause noch aufräumen und dabei läuft neben mir das Radio, und weil ich gerade London erwischt habe, will ich einmal versuchen, ob ich überhaupt noch ein Wort mitbekomme.

Leben Sie wohl! Ich warte sehnlichst auf Antwort. Einstweilen die liebsten Grüße und besten Wünsche. Hoffentlich bringt der nächste Brief uns einem Schritt dem Ziel näher. Bitte grüßen Sie ihre Mutter unbekannterweise von mir. Wolf hat so viel von ihr erzählt, daß ich fest glaube, daß wir uns sehr gut verstehen werden und ich wäre so froh, vielleicht eine zweite Mutter zu finden

Auf Wiedersehen!
Friederike Büttner-Wobst
19 Halle/Saale
Sophienstr. 11r
bei Weber

Was gab es allein an diesem einen Brief nicht alles zu bedenken! Fred verstand und teilte Rikes Wunsch, sich zu treffen und diese wichtigen Fragen miteinander zu besprechen, aber so sehr er sein Hirn zermarterte, er fand keinen Weg, wie das zu bewerkstelligen wäre. Auch ihr Wunsch nach ehrlichem Umgang miteinander war ihm lieb, das war eine unabdingbare Grundlage für ihre Beziehung. Was sein Herz am meisten wärmte war ihre Bereitschaft, seine Lasten mit ihm zu tragen. Konnte sie wirklich die Person sein,

Pläne reifen

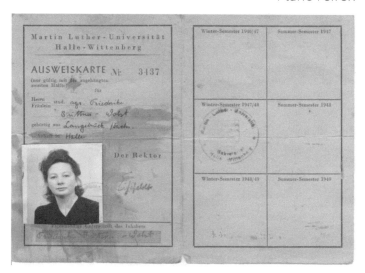

Rikes Studentenausweis

die die Wolken vertrieb, die über ihm dräuten? Wie wünschte er sich, dass es so wäre! Aber angesichts ihrer Bemerkungen über Wolf meinte er ihr doch versichern zu sollen, dass sein Heiratsvorschlag nicht an die Schwester von Wolf gerichtet war, oder, wie er es ausdrückte:

> Sie haben natürlich recht, wenn Sie schreiben, dass ich wohl »nur Wolfs Schwester« in Ihnen erblicke. Oder sagen wir lieber, »nicht ganz unrecht«. Ich habe Ihre Familie, Ihr Elternhaus gekannt. Ich habe Sie als Kind gesehen. Aber Wolf auch. Da habe ich mich wirklich gewundert. Sie schreiben, dass Sie ganz anders sind als er, und dann beschreiben Sie sich als ein sehr lebhaftes, lebenslustiges Menschenkind. Nun, hat Wolf sich dann so verändert? Lebenslust und Lebhaftigkeit hätte ich ihm damals nicht abgesprochen. Es ist wohl möglich, dass diese traurigen, düsteren Jahre einen ernsten, grübelhaften jungen Mann aus dem fröhlichen Schuljungen gemacht haben. Das wäre sehr schade. Und trotz einem Bild aus den Kriegsjahren, und trotz seiner Nachkriegsbriefe, denken wir immer an ein sehr frohes Menschenkind zurück, das andere auch froh machen konnte.

241

Feindes Liebe

Wir denken sogar an ein Kind, obgleich wir wissen, dass das Kind nicht mehr da ist. Aber ich kann mir gut vorstellen, dass das eine Jahr, das in so kurzer Zeit seinen Bruder und Eltern wegnahm und ihn, noch immer sehr jung, als eigentliches Familienoberhaupt zurückliess, eine grosse Wandlung bringen konnte.

Rike ihrerseits hatte endlich mehrere Briefe von Fred erhalten. Es war schon spät abends, aber sie musste einfach noch etwas loswerden:

19 Halle/Saale, Sophienstr. 1, 1. St. re, bei Weber
12. September 1947

Lieber Fred!
Eigentlich müsste ich schon lange im Bett sein, aber ich kann doch nicht schlafen, weil ich Ihnen unbedingt sagen muß, wie glücklich mich Ihre beiden letzten Briefe gemacht haben.
Ich bin Studentin, aber keine richtige. Mein Studiengang hat mehr mit der Praxis der Landwirtschaft zu tun als mit der wissenschaftlichen Seite, ich lerne auch solche Sachen wie Buchhaltung usw. Langsam finde ich hier in Halle Freundinnen, auch wenn es nicht immer so einfach ist. Aber ich versuche stets guten Mutes zu bleiben, ganz gleich wie die Umstände gerade sind.
Ich habe einen netten Brief von Ihrer Mutter bekommen und habe schon versucht zu antworten, aber ich hatte Angst, zu viele Fehler zu machen. Ich weiß, was ich sagen will, aber es ist schwierig, mich im Labyrinth der englischen Sprache zurecht zu finden.
Von Wolf habe ich schon lange keinen Brief mehr bekommen und ich habe keine Ahnung, wieso er nicht schreibt. Ich warte auf Nachricht von den Behörden wegen einer Besuchserlaubnis für die britische Zone. Davon hängt meine Entscheidung ab.
Jetzt noch zu meinem letzten Brief. Warum denken Sie über alles so sehr viel nach? In den ersten beiden Wochen wird das meiste von dem, worüber Sie sich so viele Sorgen machen, klar werden. Wir sind beide zu vernünftig, um unter Voraussetzungen zu heiraten, die wir nicht wollen. ...

Ich habe einiges an schweren Zeiten durchgemacht und weiß, wie wichtig es ist, sich in solchen Zeiten zusammenzureißen. Das Leben ist schwer, aber wir müssen damit zurecht kommen und dürfen das Lachen nicht verlernen. Ein guter Sinn für Humor kann einen weit bringen.
Es tut mir leid, aber ich bin wirklich müde, es ist schon eine halbe Stude nach Mitternacht. Zeit fürs Bett.
Mit liebevollen Grüßen verbleibe ich
Ihre Rike

In ihrem nächsten Brief (der Antwort auf Freds Brief vom 14. September) nahm Rike all ihren Mut zusammen und beschrieb ihre Gefühle für Fred – hier war sie eine andere Rike als die resolute, pragmatische junge Frau...

Halle, d. 4. Oktober 1947

Lieber Fred!
Es ist schon so, daß ich jeden Tag darauf gewartet habe, daß ein lieber Brief in meine selbstgewählte Einsamkeit nach Halle kam und es kommt mir fast symbolisch vor, daß es überhaupt der erste Brief ist, der in mein neues. Quartier als liebes Zeichen des gedanklichen Zusammenseins eines Menschen meine Einsamkeit mit mir teilte. Ich danke Dir, entschuldige, aber ich finde es wirklich besser, wenn wir unter Freunden, die wir mittlerweile geworden sind, das zwanglose »Du« gebrauchen. Es erzählt sich dann so viel leichter und obwohl in Deutschland der Mann das Vorrecht genießt, der Dame diesen kleinen Freundschaftsbeweis anzubieten, wage ich es nun doch Dir zuvorzukommen. Nun danke ich Dir für deine beiden Bilder. Zum Wegwerfen sind sie zu nett. Weißt Du, daß das Studentenbildchen mich sehr an Deine Dresdner Zeit erinnert? Ebenso wie Du mich nur als die »komische Schwester mit den Zöpfchen« kennst, so sehe ich Dich nur noch immer mit einem enormen Schal um den Hals gewickelt bei meinem Vater im Lehnsessel sitzen. Du warst mir damals unerreichbar, und obwohl ich eigentlich ein freches kleines Mädchen war, habe ich doch nicht gewagt, mich einmal näher mit dem »Herrn Lehrer« zu befassen. – Aber wozu erzähle

Feindes Liebe

ich das, ach so, nur um zu beweisen, daß Du mir so unbekannt nicht bist. Allerdings gefällst Du mir auf dem anderen Bild auch weitaus besser, und wenn es der Wirklichkeit mehr entspricht, bin ich froh darüber. Den Wunsch, Dir ein Bild zu schicken, will ich Dir gern erfüllen, nur mußt Du ein winziges Weilchen warten, bis die Herren Photographen die Güte haben usw., denn einmal ist kein Strom für die Beleuchtung und zum anderen vielleicht kein Entwicklungspapier, aber ich werde mit Hilfe einiger Zigarettchen das Manöver ein wenig zu beschleunigen versuchen.

Vor allem muß ich auch rein äußerlich jedem Irrtum vorbeugen, denn ich bin l, 68 m + sehr kräftig gebaut, sodaß ich fast als Reklame für unsere paar Kalorien zum Film gehen könnte. – Ich bin ja gespannt, und möchte fast dabei sein, wenn Du im nächsten Brief mein Bild bekommst, ob Dein Gesicht wohl enttäuscht ist? Aber Du wirst ja davon schreiben. Eines möchte ich doch so sehr gern wissen, ob wir uns nicht doch noch einmal sehen, ehe ich zu Dir komme. Sieh, ich habe keine Angst, daß wir voneinander enttäuscht sind, sondern weiß genau, daß wir uns gut verstehen. Es müßte ganz anders kommen, als ich glaube.

Übrigens muß deine Mutter wirklich eine fantastische Frau sein. Sie sieht so klar den Dingen in die Augen, sodaß ich sie schon von vorn herein sehr gerne haben muß. Vielleicht findet sie in mir eine gute Tochter, weil ich eine gute Mutter suche! Deine Erklärung über das Gefühlsleben stimmt übrigens mit meiner Meinung völlig überein. Weißt Du das Leben hat uns zu hart gemacht, als daß man Gefühle haben könnte, die nicht wirklich tief sind, aber es ist selbstverständlich, daß man diese nicht durch Sentimentalitäten mit Füßen tritt. So meinte ich das auch nicht, sondern ich glaubte nur, daß vielleicht Dinge existieren könnten, über die wir verschieden denken und die sich dann als Kieselstein in unseren neuaufgebauten Weg legen, aber ich habe erkannt, daß ich da keine Angst zu haben brauche, sondern daß wir uns ergänzen werden.

Jawohl, ich hänge mit meinem ganzen Herzen am Land, und es ist eine Strafe für mich in der Großstadt zu leben, aber dein Plan ist auch der meinige, und ich glaube schon, daß wir da am Rande der Großstadt ein kleines Paradies für uns aufbauen könnten.

Pläne reifen

Du würdest dann alles für uns beide und niemand darf es uns wegnehmen. Aber weißt Du, vorläufig will ich noch keine so großen Rosinen im Kopf haben, denn jedesmal, wenn ich mir etwas sehr schön ausmale, kommt bestimmt etwas dazwischen. Hoffentlich habe ich Dich nicht gelangweilt. Leb' wohl für heute und nimm herzliche Grüße und alle guten Wünsche Deine Freundin
Rike
Bitte schreibe doch hier nach Halle, denn die Post nach Hause macht einen Umweg von 14 Tagen und ich warte doch schon. Bitte vergiß nicht, Deine Mutter lieb von mir zu grüßen!

Halle, d. 5. Okt. abends 11^{15}

Der Sonntag ist vorbei, und ich muß noch schnell, ehe ich den Brief morgen mit zur Post nehme, ein paar Zeilen dazuschreiben, weil mich der Tag so froh machte, sodaß mein übervolles Herz noch jemandem etwas von dieser Freude schenken muß, sonst kann ich nicht einschlafen. Jawohl, gerade Du bist es, dem ich die Sonne dieses wunderschönen Herbsttags schicken will; weit hinein in den so berühmten Nebel des englischen Morgens. Weißt Du auch, welch wunderschönes Bild das gibt in einem hohen Wald, wenn die Sonne durch den Nebel fällt? Es gibt neben aller Schwere der heutigen Zeit ja so viel Schönes und gottlob lernen wir wieder sehen. – Ich weiß zwar nicht, ob Du mich ganz verstehst, aber man sagt bei uns gern: Wem das Herz voll ist, läuft der Mund über, und so war es heute bei mir. ---
Übrigens muß ich dich noch einmal etwas fragen, was vielleicht gar nicht hierher paßt, aber es paßt zu meiner nächtlichen Musik. Kannst Du eigentlich tanzen? Nicht etwa übertriebenen Swing, sondern ich meine nette Gesellschaftstänze. Aber ich glaube, wenn Du gern Sport treibst, wie z. B. segeln. wirst Du das wohl auch können. Es wird kein Werturteil daraus entspringen nur bin ich so sehr gern ein wenig ausgelassen + da gehört das »fröhliche Tanzbein« dazu. Also mach dir ein Bild von dem vergnügungssüchtigen Mädchen in Germany.
Für heute genug! Gute Nacht! Mir ist es ein wenig leichter, weil von meinem halben Zentner Freude ¼ Ztr mit im Brief steckt.

Feindes Liebe

Hoffentlich wird er da überhaupt über die Grenze kommen, oder ist die Last zu schwer bzw. ist die Ware nicht für's Ausland zugelassen?
Herzliche Grüße
eine kleine Übermütige

Fred ließ den Brief sinken. Rike schrieb so zärtlich und stand so fest zu ihrer Beziehung und er selbst kam nicht über die nagenden Zweifel hinweg, die ihn immer wieder befielen. Er erzählte seiner Mutter von seinen Befürchtungen, sie war stets eine Stütze für ihn gewesen. »Rike sagt, ich denke zu viel nach und mache mir um die Zukunft zu viele Sorgen. Ich glaube, sie unterschätzt die Schwierigkeiten, mit denen wir zu kämpfen haben würden. Bei mir ist es einfach so, ich kann nicht aufhören mir Gedanken zu machen. Wäre es denn wirklich so schwierig, mit mir zusammenzuleben, wie ich denke?«

»Aber nein, mein Junge, man kann schon ganz gut mit dir zusammenleben. Bei den Freunden deiner Frau müsstest du dir vielleicht ein bisschen Mühe geben, dass du nicht ungeduldig wirst und dich mit ihnen verträgst, und Rike wird deine Hilfe brauchen, vor allem müsstest du ihr helfen, hier neue Freunde zu finden. Aber dass ihr gar nicht zusammenleben könntet, das brauchst du dir nun wirklich nicht vorzustellen ... das hilft nicht weiter.«

Fred hoffte, dass sie recht hatte. Er fasste neuen Mut, dennoch waren seine Bedenken nicht völlig zerstreut. War es klug gewesen, sich Rike gegenüber in seinen Briefen so zu entblößen? Je mehr sie von ihm wusste, desto größer war doch die Gefahr, dass sie ihn zurückweisen würde. Ja, dachte er, ein Risiko war es schon, aber wenn sie ihn heiraten wollte, musste sie über seine Schwächen und Verletzlichkeiten Bescheid wissen. Sie würde das alles ohnehin merken, und besser jetzt, wo sie noch einfach mit ihm Schluss machen konnte, als später – da wäre es viel schmerzlicher.

Vierzehntes Kapitel: 1947
Nicht so einfach

Hindernisse sind dazu da, überwunden zu werden, das jedenfalls scheint Rikes Motto zu sein. Fred indessen macht sich Sorgen und Gedanken, die Rike immer wieder brieflich zu zerstreuen versucht. Er bemüht sich, Rike die Ausreise zu ermöglichen – eine langwierige und oft frustrierende Angelegenheit, Weihnachten geht darüber hin.

War der Briefwechsel zwischen Fred und Rike zuerst nur wie ein schmaler Fluss, so schwoll er ab Anfang Oktober zum Strom an. Sie waren beide gleichermaßen begeistert, wenn sie einen Brief bekamen, und schrieben eifrig zurück. In vielen Briefen ging es um praktische Aspekte, vor allem, wie Rike es nach England schaffen konnte. Je mehr Erkundigungen Fred einholte, desto deutlicher traten ihm die Schwierigkeiten vor Augen, die, wenn überhaupt, nur in einzelnen Schritten zu bewältigen waren. Als Erstes musste sie in die britische Zone umziehen. Zwar konnte Fred die notwendige Erlaubnis nicht direkt bekommen, aber es gelang ihm, ihr einen Brief des britischen Außenministeriums zu verschaffen, in dem der Umzug befürwortet wurde unter der Voraussetzung, dass sie bei ihrem Bruder unterkam oder sich sonst jemand fand, der die Verantwortung für ihr Wohlergehen übernahm. Diesen Brief konnte sie bei den britischen Behörden in Deutschland vorzeigen, wenn sie für die Einreise in die britische Zone einen Reisepass oder andere Papiere zu sehen verlangten. Darüber hinaus konnte sie nötigenfalls sagen, dass sie und Fred heiraten wollten und sich schon kannten sowie dass Fred Universitätsdozent war und für weitere Auskünfte bereitstand.

Der zweite Schritt war Freds Verpflichtung, in England für Rike aufzukommen, so dass sie dem Staat nicht zur Last fiel. Er verfasste eine Absichtserklärung zur Eheschließung zur Vorlage bei den britischen Behörden in Deutschland, die aufgrund dessen die Einreise nach England gestatten würden. Er versicherte ihr jedoch, dass dieses Schriftstück sie zu nichts verpflichtete – sie konnte nicht gegen ihren Willen zur Heirat gezwungen werden; nach ein paar Monaten in England konnte sie wieder nach Deutschland zurückkehren, wenn sie sich nicht verstünden. »Allerdings«, schrieb er ihr, »kommt mein Risiko mir geringer vor. Ich bin bereit es einzugehen – immerhin würde ich nicht verhaftet werden!«

Diese Dokumente mochten geeignet sein, die britischen Behörden zu überzeugen, so dass sie Rike nach England ließen, aber Fred wusste, dass die russische Administration nach eigenen Gesetzen handelte und ihren schönen Plan mit einem Federstrich zunichtemachen konnte. In der britischen Zone konnte er noch alte Verbindungen aus der Universitätszeit spielen lassen, aber in der Sowjetzone hatte er keinerlei Verhandlungsspielraum.

Neben trocken-sachlichen Briefen gab es auch persönlichere und manchmal wartete Fred nicht erst auf Antwort, sondern schrieb einfach den nächsten Brief. In seinem Brief vom 5. Oktober zum Beispiel redete er Rike weiter mit »Sie« an, ihr Vorschlag vom 4. Oktober hatte ihn da noch nicht erreicht.

Edinburgh, den 5ten Okt.

Liebe Rike!
Ich hoffe, Sie werden mich nicht egoistisch finden, wenn ich weiter von mir rede. Es ist wahr, ich rede zuviel und ich rede zuviel von mir, aber in diesem Falle fühle ich mich gewissermassen dazu gezwungen. (Mein jüngerer Bruder, wenn er das hören könnte, würde sicher sagen, »dass jemand dich zwingen muss, von dir zu reden, ist mir noch nie vorgekommen.« Aber er hat ja keinen Respekt vor dem Alter. Er redet auch zuviel, meine Mutter hört meistens zu. Mein Vater hört niemals zu, aber da wollte ich doch von mir reden und bin seltsamerweise von diesem Thema abgewandert.) Sie brauchen sich nicht verpflichtet zu fühlen, ebenso häufig zu schreiben wie ich. Das wird auch bei mir verschieden sein, und es ist sehr wahrscheinlich, dass Sie viel weniger Zeit haben.
Vielleicht bin ich von der Natur aus mehr Vater als Ehemann, oder wenigstens mehr Vater und Ehemann als Liebhaber. Gewissen Frauen gefalle ich überhaupt nicht ... Ich weiss nicht, ob es mehr an mir liegt, oder an der Frau. Ich habe oft gemeint,

Nicht so einfach

es handele sich nur um einen gewissen Frauentyp. Aber dann wieder habe ich glauben müssen, es läge doch an mir. Selbst z. B. bei Ihren Eltern hatte ich das Gefühl, dass Ihr Vater mich besser verstehen und leiden konnte als Ihre Mutter. Oder war das alles Einbildung?
Vielleicht bin ich kompliziert, vielleicht sind die meisten Menschen ziemlich kompliziert. Nur dass sie es nicht so klar sehen, dass sie nicht so daran gewöhnt sind, sich auszudrücken, zu erklären, zu analysieren.
Vielleicht sind Sie einfacher, harmonischer. Das möchte ich beinahe hoffen, wenn Sie mir doch Sympathie und Verständnis entgegenbringen können, nicht wie der gesunde Mensch, der nichts übrig für die Krankheit hat.
Jetzt müssen Sie etwas von sich erzählen. Oder lieber erzählen von Ihrer Familie, von der Universität. Es wird doch von Ihnen sein und vielleicht ist die »indirekte Methode« der Selbstoffenbarung doch vorzuziehen.
Ich bin versucht, alles wieder durchzustreichen, aber ich lasse es doch. Das Zusammenleben bringt doch sicher schlimmere Eindrücke.
Auf Wiedersehen. Mit herzlichen Grüssen und lieben Wünschen
Fred.

Auch jetzt wieder quälte er sich mit der Frage, wie das auf Rike wirken würde. Sagte er, ja verriet er zu viel über sich selbst? Würde sie einen Rückzieher machen? Ihr Brief vom 8. Oktober beruhigte ihn. Sie hatte ein gepresstes Blatt von einer Buche eingeklebt und schrieb:

Halle, d. 8. Oktober 1947

Lieber Fred!
Da komme ich von einem Spaziergang aus dem Wald. Ich habe heute endlich in dem schrecklichen Halle ein Stückchen Heimat gefunden, und da sollst Du ein wenig Freude mitgeschickt bekommen, ein wenig deutschen Wald, der hoffentlich über die. Grenzen transportiert wird, oder ob man ihn nicht zu euch lässt. Es wäre schade.

Feindes Liebe

Fragen möchte ich Dich einmal, wie Du Dir meine Umsiedlung genau vorstellst: Soll ich in England sofort als Deine Frau einreisen oder wirst Du mich als Besuch empfangen und wir werden erst nach einiger Zeit in das »heilige Joch« der Ehe treten? So wäre es mir persönlich natürlich angenehmer. Aber ich werde Deine Meinung dazu gern hören. Nur ins Ungewisse möchte ich nicht reisen! Sonst glaube ich nicht an Schwierigkeiten in Deutschland, man ist höchstens zufrieden, einen Esser weniger zu haben. Übrigens glaube ich bestimmt nach Deinen Andeutungen, dass Dein Bild von unserem Leben hier zu schwarz ist. Ich empfinde es keineswegs als so schwer und unerträglich. Natürlich sind wir ein wenig bescheidener geworden, als früher, aber das ist gesund. Es wäre schade, wenn Du Mitleid mit mir hättest, denn das ist wirklich nicht notwendig, weil es mir noch viel besser geht als hunderten von Menschen hier. Ich habe auch viele wirklich gute Freunde, auf die ich wirklich bauen kann, aber sie können sich auch auf mich verlassen. Mich hat das Leben rauh gemacht, und die Menschen, die mich zuerst kennen lernen, sind ein wenig enttäuscht über die harte Schale, aber wenn es ihnen gelingt durch diese Schale in mein Herz zu dringen, dann ist es ihnen meist nicht möglich sich wieder herauszustehlen. Meine Schwester pflegt dazu im Allgemeinen zu sagen: »Weißt du, Rike, eigentlich ist das schön bei dir; zuerst mag dich keiner und später mag dich keiner wieder fort lassen.« Weißt Du, dass mich gestern eine Kollegin fragte, als ihr erzählte, dass ich heute noch einen Brief zu Ende schreiben wollte: Sag mal, hast du denn so viel zu erzählen, dass du schon wieder schreibst (sie hatte nämlich den letzten Brief zur Post gebracht) und ich weiß es selbst nicht, wie es kommt, aber so viel habe ich in meinem Leben nicht gewusst zu schreiben und ich glaube, ich könnte einen ganzen Roman für Dich schreiben! Aber man soll einmal nicht so viel schreiben, weil es bei uns kein Briefpapier gibt, und zum anderen belastet man die arme Zensur, die ohnedies schon so viel zu tun hat.
Ich weiß, ich müßte mein Englisch üben; Du könntest mir ein wenig Lektüre schicken, damit ich üben kann. Aber Deine Briefe schreib' bitte deutsch, dann weiß ich genau, sie sind nur für mich geschrieben!

Nicht so einfach

Nun will ich noch ein wenig Chemie lernen und dann werde ich mich kugelrund schlafen. Nimm herzliche Grüße und alle guten Wünsche Deine deutsche Freundin Rike

Am 10. Oktober hatte Fred Rikes Brief vom 4. immer noch nicht erhalten und schrieb weiter per »Sie«:

Edinburgh, den l0tn Okt.

Liebe Rike!
Ich habe der Passamtbehörde die Erklärung geschickt, dass ich Sie heiraten möchte. Das wird Ihnen helfen, Ihre Identitätspapiere zu bekommen.
Bitte glauben Sie nicht, dass ich das so getan habe, als ob Sie keine Wahl und keine eigene Meinung haben könnten, sondern um alles schon bereit zu haben, wenn Sie »Ja« sagen. Sie können es sich alles in Ruhe überlegen und »Nein« könnten sie auch im letzten Augenblick sagen.
Ich hoffe, Ihre ›joie de vivre‹ – Lebenslust? – ist gerade das, was ich vor allem brauche. Ich habe ein etwas düsteres Bild von mir gegeben, aber die Frau, die mit einem Mann lebt, muss ihn von dieser Seite sehen, wenn die übrige Welt kaum daran glaubt. An einem Tag, wo ich in der Gesellschaft fröhlich und witzig erscheine, bin ich oft ganz niedergeschlagen, sobald ich allein bin. Nun, mit seiner Frau ist ein Mann nicht gerade »allein«. Aber er wird sich oft, mit ihr allein, nicht anstrengen wollen, fröhlicher zu erscheinen, als er wirklich ist. Es ist seltsam, wie oft Humoristen Melancholiker sind – die Engländer Lear und Carroll, die Deutschen Kästner und Morgenstern sind ja Beispiele. Man macht Witze im Reden oder Schreiben, um die Schatten zu vertreiben. Von dem einzigen Buch, das ich veröffentlicht habe, sagte ein Kritiker, ich zeigte darin keinen Sinn für Humor. Ein Bekannter, dem ich das erzählte, sagte, »Wie ist es Ihnen gelungen, ein Buch zu schreiben, das Ihnen so unähnlich war?« Ich sagte, »Nun, wenn ich schreibe, da bin ich allein. Und vielleicht schreibe ich, wie ein Kind heult, weil es wehtut, und das Heulen bzw. Schreiben ist ein Trost.«

Ich möchte Ihren Frohsinn nicht mit meinen Schatten betrüben. Ich hoffe eher, dass Ihr Frohsinn die Schatten vertreiben wird. Ich hoffe auch, dass Sie meine Selbstdarstellung mit Wolfs Beschreibung ergänzen werden. Aber ich erwarte nicht andererseits, dass er mir seine Schwester beschreibt. Das kann man nicht verlangen. Ich weiss, ich könnte meinen Bruder nie beschreiben. Ich kenne seine Schwächen zu gut und habe ihn zu gern. Ein Fremder, besonders eine Frau, würde ganz andere Schwächen und Tugenden in ihm finden.

Ich weiss, es muss Ihnen schwerfallen, Briefe zu schreiben, »den richtigen Ton zu finden«, wie Sie sagten. Ich möchte nicht fühlen, dass Sie sich damit zu sehr quälen. Andererseits möchte ich auch so gern etwas mehr von Ihnen wissen, von dem Inhalt ihres jetzigen Lebens, seinen täglichen Sorgen und Freuden. Dazu, auf die Art, wie Sie diese beschreiben, ohne an den Eindruck zu denken, den es auf mich macht, werden Sie sich selber am besten beschreiben.

Glauben Sie, wir werden uns mal richtig lieben?

Auf Wiedersehen!

Fred.

Wenn Rike in dem Wäldchen unweit ihres Zimmers spazieren ging, erfreute sie sich in diesen Tagen an dem goldenen Herbstlaub, das den Boden wie ein Teppich bedeckte. So schön sie waren, so waren diese Blätter doch ein Zeichen des Abschieds – in ihrem Leben dagegen wurde es gerade Frühling und Knospen begannen sich zu öffnen. In ihrer freudigen Stimmung glaubte sie fest daran, dass Fred sie vor Weihnachten in Ostdeutschland würde besuchen können, und sie selbst würde spätestens am Jahresende schon in der britischen Zone sein. ›Wenn Du nur wüsstest, wie ich mich nach diesem Kennenlernen sehne!‹, schrieb sie ihm, ebenfalls am 10. Oktober. ›Es ist doch schön, dass wir schon so viel voneinander wissen – wir werden uns unterhalten können, als hätten wir uns schon wochenlang jeden Tag gesehen.‹

Nach einer Exkursion schrieb Rike am 13. Oktober einen langen Brief, dem sie ihr Bild und eine Haarlocke beilegte:

Nicht so einfach

Rike im Jahr 1947. Fred schrieb ihr, das Foto habe ›Gefühle in mir geweckt, auf die ich nicht gefasst war… zärtliche, liebevolle Gefühle, die ich sonst vielleicht nicht gehabt hätte.‹

Nun bin ich schon wieder daheim in Halle + von meinem Ausflug aufs Land zurück. Es war sehr, sehr schön + ich habe mir Vorrat an Landluft für meine Klause mitgebracht, außerdem habe ich mich einmal wieder richtig satt gegessen, sodaß Herz und Magen vollauf zufrieden sind. Heute schicke ich Dir nun mein Bild mit und zu seiner Ergänzung eine »kesse Locke«, damit Du wenigstens die Haarfarbe genauestens weißt. Eigentlich müßtest Du Dir beinahe ein Bild machen können, obwohl man behauptet, das Bild sei nicht gut, aber Du wirst auch finden, daß ich meiner ältesten Schwester ähnlich sehe + den letzten Rest, der noch übrig bleibt, habe ich meiner Mutter zu verdanken. Vielleicht merkst Du es schon, denn Du wirst dich wahrscheinlich besser erinnern können an all die Gesichter bei uns daheim, als ich es an Dein Gesicht konnte, ehe ich ein Bild hatte. Nun kannst Du mir Dein hoffentlich ehrliches Urteil schreiben und ich warte schon heute darauf.

Lieber Fred, man soll Grundsätzen doch treu bleiben, nicht wahr? Deshalb soll auch diese Woche nicht vorbeigehen, ohne dass Du nicht noch einen lieben Gruß bekommen sollst. Wohl weiß ich nicht viel zu erzählen und Du wirst vielleicht denken, dass es nur langweiliges Zeug ist, was ich erzählen kann, aber das macht ja nichts, wir wollen uns ja kennenlernen, so und so. Draußen ist es trübe und es scheint, dass uns das warme Wetter, das uns dieses Jahr so sehr verwöhnt hat, nun doch verlassen will.

Eben kommt Dein Brief – ein Grund mehr, um mein Vorhaben bald zu Ende zu führen. Wie kommst Du eigentlich darauf zu glauben, ich schreibe Dir nur, weil Du schreibst. Oh, da kennst du mich aber noch garnicht gut, denn ich schreibe nur, wenn ich Dir gerade etwas erzählen möchte, ob da ein Brief von Dir da liegt oder nicht, ist mir an sich gleichgültig, aber freilich gibt mir eine Nachricht von Dir ein wenig Anregung. Es ist nicht schlimm, wenn Du es mit hübschen, netten Frauen nicht verstehst, dann brauche ich wenigstens nie eifersüchtig zu sein.

Übrigens hast Du recht, wenn Du glaubst, dass mein Vater Dich mehr schätzte als meine Mutter, weil meine Mutter ein wenig für den »Schliff« war, und Deine legere Art nicht verstehen konnte, aber an + für sich war sie es ja doch immer, die die Jungens anregte, Dich einmal mit nach Langebrück zu bringen. Ich kann mich so genau nicht mehr besinnen und doch weiß ich genau, dass meine Mutter nie abfällig von Dir sprach, im Gegenteil. – Eigentlich ist das die einzige Sorge, dass wir uns nicht verstehen könnten, weil ich wie meine Geschwister behaupten, meiner Mutter sehr ähnlich wäre! Aber wir werden es ja erleben.

Ich wollte Dir noch erzählen, daß ich jetzt Englischstunden nehme, um meine Schulkenntnisse ein bisschen aufzufrischen. Ich war ganz erstaunt, daß die Stunde heute ganz gut abgelaufen ist – so gut, daß die Lehrerin versprochen hat, bis Weihnachten wäre ich eine »perfect English miss«.

Jetzt muß ich Schluß machen, ich hab noch zu lernen für morgen. Ist es wirklich wahr, daß ein Engländer zu Hause nie von Berufsdingen spricht? Das habe ich neulich gehört und es wäre sehr schade, weil ich so gerne mitbekommen würde, was Du Deinen Studenten beibringst.

Aber jetzt wirklich Schluß. Ich schicke Dir alle lieben Grüße und ganz viele gute Wünsche, eine echte Freundschaft wartet auf Dich.

Nicht so einfach

Bis dahin hatten sie ihre Korrespondenz auf Deutsch geführt – jetzt wollte Rike Fred mit einem Versuch auf Englisch überraschen. Dafür wählte sie eine Karte mit einem Scherenschnitt auf der Vorderseite und den Worten »Wer wünscht sich nicht im Herzen tief solch einen großen Sonntags-Brief?«

15 Oct

Dear Fred!
I will try to write to you some words in my future-language. If there are many mistakes, you must not laugh, for it is a long time ago, that I write some English letters. I've worked today till my eyes closed themselves but I had to think of you and that is the matter. This card I found in the map of my past at home and I thought she'll please you like me. It's our wishing in short words with a nice picture. Oh, I have forgotten all my school-English and I shall better write in German, for I need a long time to form a sentence. (I believe that was in ›German English‹).
Good night! I shall dream of England.
Your friend, Rike

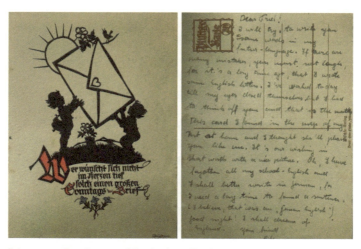

Rikes erste Postkarte auf Englisch an Fred

Feindes Liebe

15. Okt

Lieber Fred!
Ich will versuchen einige Worte in meiner Zukunfts-Sprache zu schreiben. Wenn es da viele Fehler gibt, darfst Du nicht lachen, denn es ist lange her dass ich einige englische Briefe schreibe. Ich habe heute den ganzen Tag gearbeitet bis meine Augen sich selbst zumachten aber ich musste an Dich denken und das ist die Sache. Diese Karte fand ich in der Mappe mit meiner Vergangenheit zu Hause und ich dachte sie wird Dich gefallen wie mir. Es ist unser Wünschen in kurzen Worten mit einem hübschen Bild. Oh, ich habe mein ganzes Schulenglisch vergessen und ich werde besser auf Deutsch schreiben, denn ich brauch eine lange Zeit um einen Satz zu bilden. (Ich glaube das war jetzt ›deutsches Englisch‹.)
Gute Nacht! Ich werde von England träumen
Deine Freundin Rike

Fred war ganz begeistert, dass sie sich die Mühe gemacht hatte, ihm auf Englisch zu schreiben. Dass sie lange gebraucht hatte, um Sätze zu bilden, konnte er gut nachvollziehen, schließlich war es für sie eine fremde und gänzlich ungewohnte Sprache. Wie lange hatte er damals, vor über zehn Jahren, an den Briefen an Helene und Karl gesessen! Jetzt musste er nur noch selten ein Wörterbuch zu Rate ziehen, aber auf Deutsch schreiben kostete ihn immer noch Mühe. Seine Briefe klangen gestelzter, als ihm lieb war, und auch wenn es noch nie seine Sache gewesen war, offen Gefühle zu zeigen, so war er doch hier noch weit befangener und wusste sich oft nicht recht auszudrücken. Rike dagegen wirkte lebhaft und unverkrampft, ihre Persönlichkeit strahlte aus jeder Zeile – er glaubte kaum, dass seine Briefe so auf sie wirkten. Ihre Postkarte auf Englisch las er mit Genuss und bei den Worten »meine Zukunfts-Sprache« spürte er einen Schauer – dass sie es so ausdrückte, ließ ihre Pläne und Träume in einem neuen Licht erscheinen: Wahrscheinlicher, realistischer, plausibler. Und, sinnierte er, sie träumte tatsächlich von ihm und von England. So setzte er sich hin und schrieb ihr auf

Nicht so einfach

Englisch zurück – nur eine Postkarte, keinen seiner langen Aufsätze in Briefform.

> Dear Rike
> Your English card was quite good, though there were mistakes.
>
> Liebe Rike,
> Deine englische Karte war recht gut, auch wenn sie nicht ganz fehlerfrei war.

(Er schüttelte den Kopf – da war er wieder in die Lehrerrolle gerutscht, hoffentlich nahm sie ihm das nicht zu übel. Schließlich wollte er sie doch ermutigen!)

> But in any case, you know more English than I knew German at your age. I went to Vienna when I was 21, and Dresden when I was 22. At school I learned a few words – we did very little German – and then much more with a gramophone and the radio. But I learned very quickly in Vienna. Every year makes it harder, I think, but you are still young enough to find it easy – I mean, to learn a new language.
>
> Jedenfalls kannst Du mehr Englisch als ich Deutsch in Deinem Alter. Ich war mit 21 in Wien und in Dresden mit 22. Aus der Schule kannte ich nur ein paar Brocken – wir hatten kaum Deutsch – und dann habe ich viel mit dem Grammophon gelernt und aus dem Radio. Aber in Wien ging es dann recht schnell. Mit jedem Jahr, das man älter wird, wird es schwieriger, aber Du bist noch jung genug, dass es Dir leicht fällt – eine neue Sprache zu lernen, meine ich.

(Das klang immer noch wie der Herr Lehrer, das wollte er gar nicht, er wollte ihr so gern zeigen, wie sehr er sie mochte, und jetzt schrieb er doch auf Englisch!)

> It's strange. I see many doubts and difficulties, and yet I find myself suddenly wishing you here as strongly as if I had long had

strong feelings about you. It seems a strange, unorthodox form of romanticism. And it makes me want to say to you, ›Come quickly!‹
Yours ever,
Fred

Es ist komisch. Ich habe dauernd Zweifel und sehe Schwierigkeiten, und doch merke ich auf einmal, dass ich Dich dringend hier bei mir haben möchte, es ist, als hätte ich schon lange eine tiefe Zuneigung zu Dir. Es kommt mir vor wie eine seltsame, bizarre Art romantische Liebe. Und ich möchte Dir zuzurufen, »Komm schnell her!«
Immer Dein
Fred

Erleichtert legte er den Stift beiseite, es war nicht viel, aber er hatte ihr auf Englisch geschrieben. Gut, er sprach fließend Deutsch und hatte schon viele Briefe geschrieben, aber er spürte immer noch eine Diskrepanz zwischen sich und dem, was er zu Papier brachte. Sein Deutsch war »richtig«, aber es waren oft Wörter und Wendungen, die er irgendwo gehört oder gelesen hatte, nicht seine eigenen. Manchmal klangen die Briefe etwas formal und kühl, manchmal nicht ganz natürlich. Zwei Sprachen zu sprechen, hieß zwei Leben zu führen und es standen einem viel mehr Wörter zu Gebote, aber wenn man sie hinschrieb, waren sie nicht ganz so authentisch wie die der eigenen Muttersprache. Das machte es umso schwieriger, Rike besser kennenzulernen und sich ihr gut verständlich zu machen.

***

Ungeachtet der ständigen Zweifel, ob ihre nur auf einer Brieffreundschaft beruhende Beziehung Bestand haben würde, widmete Fred sich doch den praktischen Fragen und überlegte, auf welchem Wege Rike es nach England schaffen konnte. Er wandte sich an das Deutschlandreferat des Außenministeriums in London, dort war man der Ansicht, Rike könne ohne allzu große Probleme auf Besuch zu Wolf nach Düsseldorf fahren, der dort weiter Medizin studierte. Die Verpflichtungserklärungen, die Fred abgegeben hatte, seien hinreichend für einen Aufenthalt in Düsseldorf, bis Rike nach Hamburg fahren und nach England fliegen konnte. Für den Besuch in Düsseldorf brauchte sie einen Ausweis und Fred war zuversichtlich, dass sie aufgrund seiner Briefe und Erklärungen einen Interzonenpass bekommen würde. Alles hing nun davon ab, ob Wolf ihr in Düsseldorf auf drei Monate Unterkunft besorgen konnte, denn so lange würde Fred für die Einreiseerlaubnis nach England brauchen. Bei einem Reisebüro erfuhr er, dass er Rikes Reisekosten nach England übernehmen konnte, wenn sie schriftlich versicherte, dafür keine Mittel zu haben. Wenigstens eine Hürde, die nicht unüberwindlich schien.

Fred schrieb an Wolf, beschrieb ihm seinen Plan und frage ihn, ob er sich um Rike kümmern und eine Bleibe für sie finden könne. Wolf hatte aber in der Zwischenzeit wieder mit Rike gesprochen und war nicht so optimistisch, wie Fred gehofft hatte. In einem Brief schrieb er ihm am 16. Oktober 1947:

> Wie Du vielleicht weisst hat Rike sich jetzt in Halle in einer Studentenbude recht nett eingerichtet und ist erst einmal zufrieden, dass sie dort studieren kann. Meines Wissens will sie wohl erst einmal irgend eine Grundlage schaffen, dass sie einmal irgendwo selbsttätig arbeiten kann. Sie möchte dieses Beginnen nun nicht unterbrechen und hierherkommen, da ein Übersiedeln hierher mit sehr viel Schwierigkeiten verbunden ist und ihr dann eine Rückkehr in die andere Zone nicht mehr möglich wäre. Das kommt alles durch den so stark beengten Wohnraum. Jede Gemeinde hat schon so viel Flüchtlinge und Ausgewiesene aufgenommen, dass beinahe nirgendwo mehr ein Zimmer übrig ist um einen neuen Hinzuziehenden aufnehmen zu können. So ist es beinahe unmöglich eine Zuzugsgenehmigung für Rike hier zu bekommen. Und ohne Zuzugsgenehmigung kann man keine Lebensmittelkarten bekommen. Ausserdem ist es fraglich ob es gelingen würde für sie hier die weitere Ausbildungsgelegenheit zu finden. So wirst Du verstehen dass sie nicht von dem Platz weggehen will den sie hat, ohne nachher einen neuen vorzufinden. So meint sie nun, dass Du

vielleicht doch ermöglichen könntest, nach hierher zu kommen. Ich weiss, dass das auch sehr schwirig ist aber ich will mich einmal erkundigen, ob wir Dich nicht von der Akademie einladen könnten einige Vorträge zu halten hier vor den Studenten. Ich nehme an dass dies wohl nicht unmöglich ist, da doch schon mehrere Dozenten und Professoren aus England hier waren. Ich weiss nur nicht, wie lange es dauern würde, bis die Behörden eine solche Einladung weitergeleitet hätten.

Im Moment ist die Ostzone von den drei Westzonen so gut wie abgeschnitten, das macht alles so kompliziert. Die vier Mal, die ich zu Hause war, habe ich illegal die Grenze überschreiten müssen. Dieses Unternehmen kann ich unmöglich meiner Schwester zumuten, da die Polizei und Besatzung an den Grenzen mit den illegalen Grenzgängern sehr unfreundlich verfahren. Ich glaube aber, dass selbst bei völliger Trennung von Ost und West immer noch die Möglichkeit bestehen wird, nach hier her über zu siedeln, wenn die Dringlichkeit von Seiten der Behörden bestätigt werden kann.

So muss ich wohl meiner Schwester beipflichten, wenn sie meint, dass es doch besser sei, wenn Du herüber kämst, auch wenn es erst in drei oder vier Monaten möglich ist. Ich weiss, dass dies nicht gerade Deinen Plänen entspricht. Ich möchte Dich aber bitten, doch dahingehend umzudisponieren.

Wenn Du einmal einen Monat lang keine Post vom Osten bekommst, so liegt das meistens an der heutigen Unzuverlässigkeit der Post. Ich selbst bin oft wochenlang ohne Nachricht von drüben.

Bitte grüsse Deine Mutter herzlich von mir und nimm für heute meine besten Grüsse
Dein Freund Wolf.

Konsterniert blickte Fred von dem Brief auf, er war jetzt völlig verwirrt. Wolf schrieb vor allem von den immensen Schwierigkeiten, die sie zu überwinden hatten. Rike selbst war viel optimistischer gewesen und zuversichtlich, den Umzug zu Wolf bewerkstelligen zu können. Hatte sie es ich anders überlegt? Oder hatte sie Wolf nicht klar gemacht, wie sehr sich ihre Beziehung mittlerweile vertieft hatte? Oder übertrieb es Wolf nur mit der Fürsorglichkeit? Andererseits hatten sie wohl beide, er und Rike, die Schwierigkeiten eines Umzugs nach Düsseldorf unterschätzt. Aber Fred war entschlossen, sich der Herausforderung zu stellen, gerade so wie zehn Jahre zuvor, als er Karl und seinen Bruder aus Wien herausgeholt hatte – gegen alle Schwierigkeiten. Er würde tun, was immer er konnte, alle Beziehungen nutzen, mit allen und jedem sprechen, um Rike nach England zu bekommen. Und als er in ihrem nächsten Brief, den er am 28. Oktober bekam, ihr Bild fand, war seine Motivation umso größer. Gleich am selben Tag schrieb er zurück und drückte ihr den tiefen Eindruck aus, den das Foto auf ihn machte:

> Dein Bild hat mir sehr gefallen, es hat Gefühle in mir erweckt, die ich nicht erwartet hatte. Du wirst mir nicht böse sein, denn es sind zarte, liebende Gefühle, die sonst vielleicht nicht vorhanden wären. Du hast ein rundes Gesichtchen, das mich an eine kleine, niedliche Katze oder einen Teddybär erinnert – entsetzliche, lächerliche Vergleiche! Katzen habe ich nur so halb gerne. Teddybären habe ich dagegen ganz leidenschaftlich geliebt – aber das war einmal. Vielleicht wie andere Männer immer eine Frau suchen, die sie an die geliebte Mutter erinnert, suche ich noch immer meine geliebte, verlorene Teddybärin.
> Ich habe viele Studentinnen in meinem Seminar, und ich amüsiere mich oft damit, ihnen nicht nur Latein-Zensuren in aller Öffentlichkeit zu verteilen, sondern auch geheime Schönheitszensuren. Was mir dabei auffällt ist, dass die Blonden so unzuverlässig sind. Wenn sie müde sind, einen Schnupfen haben, schlecht geschlafen haben oder irgendwie zu blass sind, dann sehen sie gar nicht so schön aus. Sie bekommen abwechselnd Einsen und Vieren, etwa wie Wolf in Englisch. Die Braunen bleiben sich mehr gleich und auf die Dauer gefällt mir das besser. Ich habe auch festgestellt, dass die mittelmässigen Lateinerinnen die schönsten sind, aber es gibt Ausnahmen.
> Du brauchst keine Angst zu haben. Ich verliebe mich weder in ihr Latein noch in ihre Schönheit. Ich vergleiche sie mit Deinem Bild und bin zufrieden.

Feindes Liebe

Rike musste über den Brief lachen – so viel Aufsehen wegen eines Fotos! Als die vernünftige Person, die sie war, wusste sie, dass Ehe viel mehr bedeutete als körperliche Anziehung, aber dennoch war es ein schönes Gefühl, begehrt zu werden. Und schließlich fand sie Fred ja auch attraktiv, körperlich ebenso wie emotional. Es klang verrückt, aber sie liebte den Mann. Ja, je mehr sie darüber nachdachte, desto mehr war sie überzeugt, dass sie ein gutes Paar werden konnten. Wolf mahnte zwar weiter zur Vorsicht, aber sie war jetzt entschlossen, sich die Chance eines neuen Lebens in England nicht entgehen zu lassen – eines neuen Lebens zusammen mit einem Mann, der ihr Herz zu erobern begann.

Halle, d. 3. Nov. 47

Lieber Fred!
Vor ein paar Stunden kam Dein Brief und er gab mir den Ansporn, gleich zurückzuschreiben. Du mein lieber Teddybär, ich bin ja so froh, daß Dich mein Bild nicht aus Deinem seelischen Gleichgewicht in die Hölle der Enttäuschung gebracht hat. Ich glaube bestimmt, daß Du nun auch von der Wirklichkeit nicht so sehr entsetzt bist. Na, in 6 Wochen bin ich im Westen und erwarte Dein »ticket«.

Man hat mich eingeladen, zu einer kleinen Feier, aber ich habe doch ›nein‹ sagen können, weil ich an Dich gedacht habe und weil ich wußte, daß diese Feier doch ein Besäufnis werden würde, wie sie mir nie gefällt, und so sitze ich wieder allein, d.h. nein mit Dir zusammen, und freue mich, daß ich mich selbst besiegt habe. Eigentlich ist es schon so geworden, daß ich mir jedes Mal überlege, wenn ich etwas unternehme, was Du wohl sagen würdest. Glaubst Du mir nun, daß Du schon einen großen Teil in meinem Herzen einnimmst.

Es ist so schön, daß wir uns gegenseitig so volles Vertrauen schenken können und wenn Du mich dann so anlachst und mir Mut schenkst, jeden Tag fröhlich anzufangen, dann weiß ich, daß ich ohne Dich nicht mehr so bin, wie ich eigentlich bin. Es soll keine Schmeichelei sein, mit der ich Dir um den Bart gehen will, sondern das entspricht der Wahrheit und ich bin froh darum!

Nicht so einfach

Wenn Du wüßtest, wie sehr ich mich schon heute auf den Augenblick freue, meinen lieben Teddymann zu sehen, und es dauert nicht mehr lange, bestimmt nicht!

Am Wochenende fahre ich zu meiner Schwester und werde noch einmal alle Einzelheiten mit ihr besprechen. Sie lächeln dort immer ein wenig über uns. Wir sind im Grunde des Herzens doch Romantiker, obwohl wir doch mitten in der Wirklichkeit stehen. Wir wagen etwas, aber ein altes Sprichwort sagt: Wer wagt – gewinnt! Wir werden beweisen, daß wir eine Insel bauen können, die Sonne, Wärme und Kraft birgt in sich, und wir werden uns mehr als andere schätzen lernen und werden nur füreinander da sein. Es ist das erste Mal, daß ich Dir so etwas schreiben kann, weil ich weiß, jetzt stellst Du Dir jemanden vor und vielleicht sagen Dir meine Augen, daß ich kein leeres Stroh dresche, sondern, daß es Wahrheit ist.

Sei nicht bös, wenn ich jetzt Schluß mache, es ist spät + der Bettzipfel winkt. Ich will ein wenig von unserer Zukunft träumen. Vielleicht ist der Brief ein wenig unglaublich für Dich, aber er ist wahr.

Auf Wiedersehen!

Deine Rike.

Die langen Brieflaufzeiten bedeuteten für Fred stets ein Wechselbad der Gefühle. Jetzt spürte er eine Welle der Erleichterung – eine Begegnung in Deutschland war zwar in weite Ferne gerückt, doch die liebevollen Briefe und die wachsende Zuneigung füreinander hatten sie jetzt schon zu dem Entschluss gebracht, den Schritt nach England zu riskieren. Sie schien doch weiter davon auszugehen, dass sie in die Westzone fahren würde, doch er wusste, dass nichts in Stein gemeißelt war und versuchte sich gegen Enttäuschungen zu wappnen.

Ihr nächster Brief kam von dem Besuch in Langebrück:

Langebrück, d. 9. Nov. 47

Lieber Fred!

Auch ein kurzer Besuch daheim soll nicht vorbeigehn, ohne daß Du ein ganz liebes Zeichen meines Gedenkens von mir bekommst. Meine Schwester und die Kinder sind schon ins Bett gegangen, und ich kann ohne Störungen meinen eigenen Gedanken nachhängen. Es war dieses Mal ein sehr, sehr schöner Kurzurlaub in Langebrück und ich mußte voll Kummer feststellen, wie sehr mein Herz doch an der Heimat hängt. Ich sag Dir das nicht, um Dich traurig zu machen, sondern um Dir meinen schwer gefaßten Entschluß nahezubringen. Ich komme ja zu Dir, denn wenn ich mich einmal zu etwas entschlossen habe, führe ich es auch bis zum Ende durch. Vielleicht finde ich auch in England eine neue Heimat. Nun sind es nur noch 6 Wochen, daß ich nach dem Westen umsiedle und wenn Du den Brief bekommst, sind es sogar nur noch 4.

Ich muß Dir noch für Deinen letzten Brief ›danke schön‹ sagen, und übrigens, ich habe keine braunen Augen, die Farbe ist schwer zu beschreiben. Ich glaube aber, daß tiefdunkelblau noch die beste Beschreibung dafür ist.

Ich bin auf den Fortlauf der Dinge so gespannt, daß ich kaum den Semesterschluß abwarten kann. In bösen Träumen sehe ich mich immer in London auf dem Flugplatz stehen mit wehendem Mantel und einem Koffer, der nicht sehr leicht ist. Du bist nicht da, und ich weiß nicht, wohin in dem fremden Lande ohne Geld und ohne jede Bekannte. Gottlob, daß das nur Träume sind. Ich glaube, ich erhängte mich vor Kummer am nächsten Wäschepfahl, wenn so ein entsetzlicher Traum Wahrheit würde! Deine Briefe lösen immer Freude aus, selbst wenn sie Dir nicht als gelungen oder deprimiert erscheinen, dann möchte ich nämlich jedes Mal bei Dir sein und Deine Wolken verschieben helfen, weil mir das immer besonders viel Freude macht. Meine Freundin in Halle behauptet schon immer, daß ich die Einzige bin, die ihre schlechte Laune vertreiben kann. Es ist eigentlich komisch, aber die Grillen anderer Menschen reizen mich immer, besonders fröhlich zu sein und zumeist gelingt es mir, sie aus ihrem »Schattental« herauszulocken.

Heute haben wir gegen Abend einmal die Jugendbilder meiner Mutter herausgekramt, und dann hat mir ein Flüchtling, der bei uns einquartiert ist, die Karten gelegt. Ich glaube zwar nicht an

Nicht so einfach

das Zeug, aber ich mußte doch lachen, als er mir die große Reise zu einem »schwarzen Herrn« prophezeite.

Jetzt muß ich ins Bett, ich bin sehr müde. Nimm meine liebsten Grüße und besten Wünsche.

Auf Wiedersehen

Deine Rike

***

Fred hörte nicht auf, über alles und jedes nachzugrübeln und sich Sorgen zu machen, und Rike war beides, die Quelle seiner Sorgen und der Fels im Sturm seiner Gefühle. Je länger desto mehr kam er zu der Überzeugung, nicht er würde ihr Retter sein, nein, im Gegenteil: Sie würde ihn von seinen Grübeleien erlösen. Anders als er war sie besonnen und lebenstüchtig. Sie war anders als er in ihrem Alter gewesen war, sie ging keine unnötigen Risiken ein und hörte auf Rat, besonders auf den Rat von Wolf, dessen praktische und emotionale Unterstützung sie beide schätzten. Fred hatte Wolf nie irgendeine Rolle bei seinem Plan zugedacht, und er nahm an, dass Wolf ihm ehrlich gesagt hätte, ›Ich kann mir einfach nicht vorstellen, dass ihr beide heiratet, Rike würde dein Wesen und deine Ansichten nicht verstehen‹. Aber trotz Freds Befürchtungen hatte Wolf nie etwas derartiges gesagt und er nahm das als gutes Zeichen. Und auch wenn Wolf den einen oder anderen Vorbehalt äußerte, so sah er darin keine prinzipielle Ablehnung und Fred gestand zum Beispiel zu, dass es übereilt wäre, wenn Rike ihren Studienplatz in Halle ohne Not aufgäbe. Rike wiederum war so feinfühlig, sie spürte seine Furcht und glaubte, sie könne ihm helfen, den inneren Frieden zu finden, den er so dringend brauchte:

> Ich wünsche mir für mich nichts weiter, als daß ich weiter fröhlich und gelassen sein werde, wenn ich bei Dir bin, denn das ist eine Kraftquelle und ich brauche sie, um anderen zu helfen. Mit meiner Gelassenheit habe ich mehr als einmal Menschen froh machen können, und warum sollte das bei Dir anders sein?

Fred las diese Worte wieder und wieder, sie gaben ihm Stärke und Trost. Allmähich begann er zu glauben, dass sie recht hatte.

Am 19. November schrieb ihm Wolf:

> Lieber Fred,
> Ich bin bis heute noch nicht weitergekommen mit meinen Bemühungen für Dich eine Einladung zu erwirken. Es ist doch schwieriger, als ich mir dachte. Inzwischen hat Dir wohl Rike mitgeteilt, dass sie zu Weihnachten mich besuchen will. Ich hoffe, dass es ihr gelingt.
> Du hast Recht, wenn Du meinst, dass Rike vorerst ihren Weg, den sie nun an der Universität begonnen hat, nicht so ohne Vorbehalte verlassen will. Es ist wohl ein Komplex von mehreren Gründen, die sie zaudern lassen. Sie ist nun zum ersten Mal wieder in einem Kreis von jungen Menschen und freut sich, sich da etwas entfalten zu können. Vielleicht fehlt ihr auch der Mut zu dem Sprung aus der Heimat. Nun, ich hoffe, dass sie das alles Dir selbst erzählt, denn wir wissen als Geschwister ja oftmals nicht recht, was uns gerade in dieser Beziehung bedrückt und wir wagen oft nicht darüber zu sprechen.
> Ich habe wohl Rike geschrieben, dass ich ihr gerne und immer mit meinem Rat zur Seite stehe. Aber die eigentliche Entscheidung muss sie selbst fällen.

Wolf hatte völlig recht, die Entscheidung lag bei Rike. Aber wie würde sie sich entscheiden? Er wusste, wenn er sich darüber den Kopf zerbrach, konnte ihn das in den Wahnsinn treiben, also verwendete er all seine Energie auf die Aufgabe, Rike nach England zu bringen. Wenn sie nur zusammenkamen, dann würde sich rasch erweisen, ob der Plan aufging. Die Vorbehalte, von denen Wolf berichtete, waren vielleicht echt, aber vielleicht hatte er auch als überfürsorglicher Bruder ihre Bedenken übertrieben dargestellt. In ihren Briefen war sie optimistisch und entschlossen, alles für diese Beziehung zu geben und er empfand das als wohltuend und erfrischend.

Doch sofort begann ein neuer Gedanke ihn heimzusuchen – vielleicht war es wieder seine ausgeprägte Unsicherheit, aber plötzlich quälte ihn die Vorstellung, sobald sie ihn sähe, würde seine kleine Statur sie abstoßen. Rikes gelassene, freimütige Antwort, auf diese und auf seine anderen Ängste, beruhigte ihn aber wieder ...

Halle, d. 23. Nov. 47

Lieber Fred!
Heute bekam mich Deinen ausführlichen Brief und will ihn gleich beantworten, auch wenn noch zwei andere da liegen. Ich wollte noch in die Mensa, war aber so neugierig, daß ich ihn schon auf der Straße aufmachte und las. Er machte mich lachen und weinen zugleich.
Da sind zuerst die 2 ½ cm Größenunterschied, über die ich sehr lachen mußte, weil ich wußte, ja, ich wußte schon eher, daß Du kleiner bist, und es hat mich nicht gestört. Für mich ist das eine Äußerlichkeit, die keine Bedeutung hat. Einen Zylinder finde ich die passende Lösung. Aber im Ernst: Warum soll man nicht ebenso viel Verehrung, Bewunderung, Liebe und Aufopferung einem Menschen gegenüber empfinden können, der 2 cm kleiner ist? Nie würde ich mich deshalb über ihn stellen wollen! Ich bin nicht ganz Deiner Meinung, daß die Ehe den Verzicht auf das gemeinsame Idealleben ist, sondern vielmehr möchte ich beweisen, daß man ein Leben wohl ideal gestalten kann (auch bei 2 ½ cm Zentimeter Unterschied).
Es scheint, daß es Dir ebenso mit Frauen geht wie mir mit Männern. Auch ich habe bei Frauen oder Mädchen stets den gewünschten Erfolg. Sie wollen mich stets und ganz für sich haben, aber einen Mann zu fesseln, ist mir noch nie gelungen oder besser gesagt konnte mir nicht gelingen weil ich, ebenso wie Du, bei Männern entgegengesetzt reagiere. Meine Freundin sagte einmal zu mir: »Ich verstehe Dich nicht, warum bist Du gerade zu den Männern, die Dir gut gefallen, so kratzbürstig.« Ich verstehe mich da selbst nicht. Und trotzdem weiß ich schon heute, daß es bei Dir einmal anders sein wird, weil wir von Anfang an anders zueinander kommen werden, als gewöhnliche Sterbliche. Ich glaube sicher, daß ich den Weg zu Deinem Herzen finden werde, wenn sich in der Realität nicht zu viel Steine in

den Weg rollen, die ich heute noch ein wenig unterschätze. Bisher ist es mir noch immer gelungen, die Steine, die den Weg verbauten, weg zu räumen oder darüber zu klettern.

Warum glaubst Du noch immer, daß mich die Wahrheit erschreckt? Habe ich Dir nicht erklärt, daß die Wahrheit das Grundelement in meinem Leben darstellt! Wer sie nicht verträgt, soll mir aus dem Wege gehen. Gerade das finde ich so häßlich, wenn sich die Menschen vor der Ehe etwas vorgaukeln, das später einmal völlig anders wird. Du brauchst keine Angst zu haben, daß ich mein Mißfallen irgendwie hinter dem Berge halte, sondern ich sage Dir in jeder Situation, wie mir etwas gefällt.

Ich weiß, daß ich Dir schon nach 14 Tagen sagen kann, ob ich mich für ein Leben an Dich binden kann. Jetzt kann ich es noch nicht fest, denn wir wollen uns doch erst richtig kennen! Und noch dieses: Wenn wir zusammen leben, dann wollen wir auf einem vollständigen gegenseitigen Verstehen aufbauen und ich glaube, ja ich fühle es, ich kann Dich verstehen. Ich will versuchen, Dir das zu verwirklichen, was Du träumst und vielleicht erleben wir das große Wunder, daß wir beide einander mehr sein können, als wir heute ahnen.

Rikes Briefe waren ein Rettungsanker für Fred. Sie war so vernünftig, so sachlich. Sie war, das wurde ihm immer klarer, die Frau, nach der er sich sehnte...

Am 28. November schrieb er:

Jetzt geht eine Woche zu Ende, in der ich Dir jeden Tag schreiben wollte, »Komm schnell, komm gleich!« Mehr denn je habe ich in dieser Woche gefühlt, dass ich Dich brauche mehr als umgekehrt, dass ich weniger zu bieten hatte, als ich verlangte, dass ich stolz und egoistisch gewesen bin.

Das akademische Leben lässt mich immer etwas unzufrieden und diese Woche wollte ich geradezu fliehen – weg von den Lehrsälen, weg von meinen älteren Kollegen, die mir plötzlich trockene alte Jungfern erschienen mit ihren spitzen Bemerkungen und gefühlsarmen Leben. Ich muss zugeben, dass ich mich von manchen Studentinnen angezogen fühle – ich bin nicht alt und ich bin nicht aus Stein – aber Du brauchst keine Angst zu haben. Die beiden Briefe von Dir, die heute kamen, liessen mich fühlen, wie Du für mich die Heimat und ein nicht unangenehmes Leben mit jungen Freunden und Freundinnen aufzugeben bereit warst. Ich fühlte mich verpflichtet, Dir ein anderes, neues, besseres Leben zu verschaffen, und ich fragte mich: »Wird das mir gelingen?«

Ich hoffe immer, es ist nicht zu schwierig mit mir. Meine Mutter sagte einmal: »Du hast keine Geduld. Du willst Rike Deinen ganzen Charakter von A bis Z mit allen möglichen Schattenseiten im Nu erklären. Das braucht ein ganzes Leben.« Und als ich mit George, meinem jüngeren Bruder, über unsere Pläne sprach und erzählte, dass ich gerade einen langen Brief geschrieben habe, in dem ich ziemlich ehrlich zu sein versuchte, sagte er sofort: »Was Du unter Ehrlichkeit verstehst! Du wirst alles verderben, mit Deiner grüblerischen Seelenforscherei und akademischen Wahrheitsliebe. Du wirst sie nur verwirren.«

Ich habe Deinen letzten Brief noch ein Mal durchgelesen, und dabei finde ich wirklich, dass ich alles zu kompliziert mache. Dein Brief ist so einfach und zeigt doch, dass Du das Hauptproblem verstehst und es überwinden willst.

Komm schnell, Rike, bitte!
Dein Fred.

Und dann wechselte er ins Englische:

Dear Rike,
I'm going to finish this letter in English. You will have to learn to be loved in English as well as in German. To hear ›darling‹ as well as ›Liebling‹, ›love‹ as well as ›Liebe‹. When I look at your picture it seems already possible to use these words. At first, I feared your picture might not please me, and that would be a cause of uncertainty and embarrassment, but now I fear that I may fall in love with your picture more and more while I am waiting and then, if I have to wait too long, risk idealising you too much.
Don't let me wait too long – darling
Fred

Feindes Liebe

> Dear Rike, I'm going to finish this letter in English. You will have to learn to be loved in English as well as in German, to hear "darling" as well as "Liebling", "love" as well as "Liebe." When I look at your pictures, it seem already possible to use those words. At first, I feared your pictures might not please me, and that would be a cause of uncertainty and embarrassment, but now I fear that I may fall in love with your pictures more and more while I am waiting and then, if I have to wait too long, be disappointed in you.
> Don't let me wait too long — darling.
> Fred.

Liebe Rike,
Diesen Brief will ich auf Englisch zu Ende schreiben. Du wirst dich daran gewöhnen müssen, ebenso auf Englisch geliebt zu werden wie auf Deutsch, »Darling« zu hören ebenso wie »Liebling«, »Love« ebenso wie »Liebe«. Wenn ich Dein Bild anschaue, dann glaube ich, ich kann diese Worte schon benutzen. Anfangs hatte ich Angst, Dein Bild würde mir vielleicht nicht gefallen und das wäre dann ein Anlass für Unsicherheit und Scham, aber jetzt fürchte ich eher, dass ich mich, während ich auf Dich warte, immer mehr in Dein Bild verlieben könnte und dann liefe ich, wenn ich zu lange warten muss, Gefahr, Dich zu idealisieren.
Lass mich nicht zu lange warten – Darling
Fred

Nicht so einfach

Ende November konnte Fred einen echten Erfolg vermelden: Er hatte Rike ein Flugticket von Hamburg nach London besorgt. Das wollte er nun an Wolf schicken. Es war ein Anfang, aber wie sollte Rike nach Hamburg kommen? Die Frage bedrückte ihn, sie beherrschte seine Gedanken und dominierte eine Zeit lang auch den Briefwechsel mit Wolf. Am 9. Dezember beklagte der sich über den veränderten Tonfall ihrer Briefe: ›Ich finde es zwar recht unerfreulich, dass unser Briefwechsel jetzt mehr einen fast geschäftlichen Charakter annimmt, aber es ist wohl nicht umgehbar, dass es so sich entwickelte‹, schrieb er und teilte Fred dann mit, dass es zwar einige Fortschritte gab, aber wie Rike nach Düsseldorf kommen sollte, war ihm immer noch nicht klar. Ein illegaler Grenzübertritt kam für ihn nicht in Frage, die Kontrollen wurden immer schärfer und man musste jederzeit damit rechnen, dass geschossen wurde, das war ihm zu gefährlich für Rike. Die einzige halbwegs sichere Möglichkeit war die Fahrt mit einem Militärzug von Berlin in die britische Zone. Das war weit weniger gefährlich, aber die Erlaubnis dafür konnte nur ein Vertreter der britischen Militärregierung im Rang eines Obersten erteilen. Wolf hatte keinerlei Verbindungen und drängte Fred, die notwendigen Schritte zu unternehmen, damit Rike diese Erlaubnis bekam. Wenn sie erst einmal in Düsseldorf war, dann würde ihr erlaubt werden, aus Deutschland auszureisen und nach England zu fahren, da war er sich sicher.

Wolf hatte vor, in den Weihnachtsferien nach Langebrück zu fahren und dort mit ihr zu besprechen, was sie noch brauchen würde. ›Voraussichtlich bin ich Anfang Januar wieder hier‹, schrieb er, ›ich hoffe, Du kannst die notwendigen Schritte unternehmen, dass Rike bald hier in Düsseldorf ist.‹ Es lag ihm auch daran sich bei Fred zu versichern, dass er sich seiner kleinen Schwester gut annehmen würde:

> Ich habe manchmal die Idee, dass sich Rike nicht voll bewusst ist, von der Tragweite des Entschlusses nach Liverpool zu fahren. Aber vielleicht sehe ich das nicht ganz objektiv. Sie bleibt ja doch für mich immer die kleine Schwester, selbst wenn sie inzwischen mündig ist und während der ersten Zeit der

russischen Besatzung ihren Mann voll gestanden hat, indem sie mutig unser Haus vor Plünderungen bewahrte. (Was sehr viel bedeutet.) Ich bitte Dich nun heute schon, und Du wirst sicher meine Bitte richtig verstehen, falls Rike nach England kommt, dass sie anfangs bei Deiner Mutter bleibt. Ich bin überzeugt, dass das der beste Weg ist. Deine Mutter wird sicher Rike eine gute Ratgeberin sein. Und anfänglich wird Rike ja auch einen älteren Menschen brauchen, der ihr die nötigen Ratschläge und uneigennützigen Hilfeleistungen darbringt und ich glaube sicher, dass das Deine Mutter gut kann. Ich weiß, dass sich beide sehr gut verstehen werden, da ich ja beide kenne. Außerdem wird Deine Mutter Rike in die Bräuche, Umgangsformen, Sitten und Kochgeheimnisse einführen, die ja doch anders sind als bei uns. Dazu braucht Rike eine Frau, weil das ein Mann nie so ganz kann.

Rike selbst gab sich erst einmal Mühe, einen guten Eindruck bei ihrer voraussichtlich zukünftigen Schwiegermutter zu hinterlassen. Sie hatte einen Brief von ihr bekommen, schrieb in ihrem besten Englisch zurück und versicherte ihr, dass sie nach England kommen wolle nicht um Fred sofort zu heiraten, sondern um sich zu prüfen, ob eine Heirat in ihrer beider bestem Interesse sein würde. Dann hoffe sie auch darauf, sie, seine Mutter kennenzulernen.

Inzwischen war es Anfang Dezember und Rike wollte Fred ein Geschenk zu Weihnachten schicken. Sie suchte überall nach etwas Passendem und konnte nichts anderes finden als ein Elefanten-Figürchen – das einzige was den Postweg nach England zu überstehen versprach. ›Ich schicke Dir diesen Elefanten zu Weihnachten‹, schrieb sie, ›es gibt sonst nichts, was ich Dir in dieser Nachkriegszeit schicken kann, aber zusammen mit dem Elefanten schicke ich Dir meine Liebe.‹ Und dazu ließ sie sich ein kleines Gedicht einfallen – »Ein kleiner Stimmungsscherz, der weder nach Versmaß noch nach Sinn fragt, sondern Dir nur ein wenig Spaß machen soll.«

Nicht so einfach

FÜR DICH!

Als ich heut vorm Laden stand,
und garnichts zum kaufen fand
fiel mein Blick mit leichtem Sinn
zu den Elefanten hin. –
Und weil gar so oft ich denke
Was ich meinem ›Guten‹ schenke,
dacht' ich's mir absonderlich,
so ein Tier auf Deinem Tisch. –
Es soll sagen dir fürwahr
Was Dir bringt das nächste Jahr.
Wer Dich da besuchen soll,
groß und rund und dick und voll!
Und noch schnell kannst Du's bedenken
Ob Du magst mir Liebe schenken.-
Doch in Wirklichkeit an sich
Ist's ein Talisman für Dich,
der die Grillen Dir vertreibt,
daß die Sonne nur verbleibt.
Er soll immer Dich begleiten,
sei's in Freuden oder Leiden.
Wenn Du einsam und allein,
wird ein guter Freund es sein,
denn er bringt Dir Liebe mit,
die bei mir er sich erstritt. –
Er mag helfen uns recht schön,
daß wir uns bald wiedersehn.
Und vielleicht führt er uns dann
In das Glück als Frau und Mann.

Und nach einigen weiteren Briefzeilen forderte die Nachkriegs-Realität ihren Tribut:

»Nun muss ich aber Schluß machen, um unser Stromkontingent nicht zu überschreiten.« ….

In einem Brief ein paar Tage später bemühte sie sich Fred Mut zuzusprechen – sie wusste ja, er machte sich ständig Gedanken. Sie war nicht so um die Zukunft besorgt, Fred sorgte sich genug für sie beide.

Feindes Liebe

Mein lieber Fred!
Wenn ich so in Deinen Briefen blättere, fällt mir Eines besonders auf. Du quälst dich mit Sorgen, die mir gar nicht als solche vorkommen und da möchte ich Dir jedesmal die Stirn glatt streichen und Dir sagen, daß alles viel leichter ist, als Du es denkst. Meine Sorgen sind ganz anderer Art, denn sie fußen auf viel praktischeren Dingen. Hoffentlich überwinden wir Deine und meine Sorgen gemeinsam und finden den Ausweg, den Du suchst und den auch ich als goldenen Zukunftsweg erträume. Weißt Du, ich glaube, meine frohe Lebhaftigkeit tut Dir gut. Mein Lehrherr sagte einmal zu mir: »Schade, Friederike, daß Sie nicht immer bei uns sind. In Ihrer Umgebung werde ich jeden Tag einen Tag jünger. Sie sind immer fröhlich, ob Sie Mist laden müssen oder kutschieren, ob Sie Pferde putzen oder Dünger streuen. Sie werden bei allem etwas zum Lachen und zur Fröhlichkeit, auch für die anderen, bringen.« Mein Vater war ein kluger Mann und pflegte uns mit Lebensweisheiten wohl zu versorgen. Einer seiner Lieblingssprüche war: »Vor der Zeit sich kränken, heißt der entfernten Not zur Ankunft Flügel schenken.« Ich glaube schon, daß wir nach spätestens 4 Wochen wissen, ob wir das Leben zusammen besser meistern können als allein. Und wenn es nicht sein kann, nun, dann studiere ich weiter und ich glaube sicher, daß es noch bessere, nettere und hübschere Mädchen für Dich gibt. Also quäle Dich nicht!
So, jetzt muß ich Schluß machen, denn mein Wirt hat heute Geburtstag und da bin ich feierlichst eingeladen zu Kaffee und Kuchen. Da sagt man heute nicht nein. – Sag mal, was ißt Du denn nun überhaupt gerne? Das würde mich ja schon einmal interessieren. Ich kann mich entsinnen, daß Wolf von dem fantastischen Hammelbraten Deiner Mutter erzählte, der ihm damals so ungeheuer imponierte. Ich muß doch anfangen umzulernen von Sauerkraut auf ???.
Nun leb' wohl für heute. Nimm alle lieben Weihnachtsgrüße und fürs neue Jahr alles Gute.
Herzlichst
Deine Rike.

Fünfzehntes Kapitel: 1947-1948
Zu neuen Ufern

Das alte Jahr endet für Fred mit einer Überraschung, die neue Perspektiven eröffnet – für ihn und vielleicht, hoffentlich, auch für Rike. Sie jedenfalls ist überzeugt, Silvester 1947 wird ihr letztes in Langebrück sein. Doch wie das gehen soll, weiß sie immer noch nicht.

Das Jahr 1947 ging zu Ende und je enger ihre Beziehung wurde, desto mehr wurde Fred bewusst, wie nötig eine langfristigere Perspektive war. Wie lange er noch an der Universität Edinburgh würde unterrichten können, war unklar, zudem war sein Gehalt dort auf die Dauer nicht hoch genug für zwei Personen. Eine Bewerbung bei der BBC war nicht erfolgreich. Bei den Studenten war er beliebt, aber eine akademische Laufbahn schien außer Reichweite; viele seiner Kollegen hatten während des Krieges weiter wissenschaftlich gearbeitet und er wusste nicht, ob er, bei aller Begabung, den Rückstand würde aufholen können. Eine bessere Stelle wäre schön gewesen, aber bei seinem Mangel an Erfahrung war es zweifelhaft, ob man ihn auf eine solche Stelle berufen würde. Zudem hatte ihn der Krieg verändert: Das Talent, das ihm damals als Student – wie lange das jetzt her war! – all die Auszeichnungen und Preise eingetragen hatte, war unzweifelhaft weiterhin vorhanden, aber sein Selbstvertrauen hatte schwer gelitten.

Die Rückkehr ins zivile Leben war auch nicht so einfach. Während des Krieges hatten andere den Tagesablauf für ihn organisiert und die Furcht, den Krieg nicht zu überleben, hatte ihn dazu gebracht, sich in seiner Freizeit ganz auf seinen Roman zu konzentrieren. Jetzt dagegen war er unfähig, die wiedergewonnene Freiheit kreativ zu nutzen, nicht einmal seine eigene Arbeit konnte er gescheit strukturieren.

Mitte November zeigte ein Kollege ihm eine Ausschreibung in der Zeitung: »Hast du das gesehen – Professur für klassische Sprachen an der Hochschule in Exeter? Ich bewerbe mich darauf. Du doch auch?«

»Wer, ich?«, prustete Fred, »da lachen ja die Hühner! Das krieg ich nie im Leben.«

»Würde ich nicht sagen«, meinte der Kollege, »Du hast schließlich so einiges zu bieten, mehr als ich zum Beispiel. Ich hab die letzten Jahre nur Latein gemacht und dein Griechisch ist ebenso gut wie dein Latein.«

»Also ich weiß nicht«, hielt Fred dagegen, »mir geht es wie Shakespeare: Nur wenig Latein und noch weniger Griechisch. Jedenfalls kommt es mir so vor.« Das war sein Problem – der Krieg hatte ihn ganz aus der Übung gebracht.

»Also, ich meine, du solltest es genauso versuchen, wie ich – wer's am besten macht, gewinnt.«

»Dann wird es keiner von uns«, lachte Fred.

Im Dozentenzimmer wurde über die Stelle auch gesprochen und hier hieß es, die Anzeige von Exeter sei wohl nur der Form halber erschienen, die Stelle sei praktisch schon vergeben, weil der ausgewiesene Lateinkenner Jackson Knight dort schon seit 1942 außerordentlicher Professor für klassische Literatur war. Der hätte es auch verdient, dachte Fred, er hatte Knights Buch über Vergil gelesen und war beeindruckt gewesen. Was hatte er dem schon entgegenzusetzen? Ein Buch, das niemand las? Sein Roman war nicht gerade eine hinreichende Qualifikation dafür, klassische Sprachen zu unterrichten, egal ob in Exeter oder anderswo.

Er war unter Zeitdruck und rechnete sich sowieso keine Chancen aus, deshalb steckte er nur rasch den Lebenslauf für die Stelle bei der BBC in einen Umschlag. Zu seiner Verblüffung wurde er zum Vorstellungsgespräch eingeladen.

Am 5. Dezember war die Vorstellung in Exeter, von Edinburgh aus war das eine Tagesreise. Fred machte sich keine großen Hoffnungen und spätestens als jemand aus der Kommission ihn fragte, »Wie steht es denn jetzt mir Ihrer Gesundheit?«, war die Sache für ihn gelaufen. Irgendjemand aus seinem alten College musste seine Krankheit erwähnt haben, dort hatten sie sich ja bestimmt über ihn erkundigt. Immerhin war er eingeladen worden und hatte erlebt, wie so ein Vorstellungsgespräch ablief, das war eine wichtige Erfahrung.

Sein Gegenüber sah ihn fragend an.

»Danke, ich bin ganz wiederhergestellt«, erwiderte Fred. Jedenfalls hoffe ich das doch sehr, dachte er bei sich. Ganz sicher war er sich nicht – die schreckliche Erfahrung des Zusammenbruchs hatte sein Selbstvertrauen gehörig erschüttert. Würden sie ihm abnehmen, dass er wieder gesund war? Würden sie ein solches Wagnis eingehen? Wohl kaum.

Als er wieder hereingerufen wurde, erwartete er ein höfliches »Das Gespräch mit Ihnen war sehr interessant, leider müssen wir…« Fred blickte den Vorsitzenden der Kommission an, er kannte ihn, Gilbert Murray, emeritierter Regius-Professor für Griechisch an der Universität Oxford, einer der führenden Köpfe seines Faches. Der grauhaarige Mann sah ihn scharf an – und Fred traute seinen Ohren nicht. »Mr. Clayton«, sagte Murray, »wir haben uns entschieden, ein Wagnis einzugehen.«

»Ein Wagnis ist es sicher, Sir«, erwiderte Fred. »Aber vielen Dank, ich werde mein Bestes tun, dass Sie und das Institut die Entscheidung nicht bereuen müssen.«

Er war wie in Trance. Ein Wagnis, ja. Aber er war ja mit Wagnissen vertraut, schließlich war er gerade dabei, selbst eines einzugehen: Sie hatten ihn nach seinem Familienstand gefragt und er hatte von seinen Hoffnungen gesprochen.

Es war, als hätte Gott sich erbarmen lassen. Fred war der Berufungskommission so dankbar, für ihn waren sie das Erbarmen Gottes in Person. Wo hätte es ihn wohl hinverschlagen, wäre ihm nicht dieses Erbarmen begegnet? Dankbarkeit empfand er auch gegenüber seinem alten College, dort hatten sie sich offenbar seiner erinnert und ihn empfohlen.

»Und wann soll ich anfangen?« Die Antwort würde wohl Februar sein, oder März, überlegte er.

»Wir sähen es gerne, wenn Sie zum kommenden Trimester anfingen«, erwiderte Murray. »Gleich am 7. Januar, das wäre doch ein guter Einstieg in das neue Jahr.«

»Ja, Sir, gerne, Sir.« Fred war hocherfreut. Was für eine Überraschung! Gut, er musste jetzt einen Umzug vorbereiten, und viel früher, als er gedacht hätte, aber das konnte seine Begeisterung nicht dämpfen. Entgegen allen Erwartungen hatte er plötzlich eine Zukunft, für sich und, wenn alles gut ging, für Rike ebenfalls.

Feindes Liebe

Im Zug zurück nach Edinburgh fing er gleich einen Brief an Rike an, er konnte es kaum abwarten, ihr alles zu erzählen: Er war ein richtiger Professor, ein Ordinarius mit doppelt so viel Gehalt wie in Edinburgh, und mit zehnmal so viel Verantwortung. Exeter kam ihm vor wie ein Traum für einen gemeinsamen Neubeginn, es war eine kleine Stadt mit einer schönen, ländlichen Umgebung. Nur dass er im Januar anfangen sollte, machte ihm jetzt doch Sorgen – vielleicht war er genau in der Zeit, zu der Rike nach England kam, mit seiner neuen Anstellung beschäftigt und so eingespannt, dass er sich nicht genug um sie kümmern konnte – und es wären auch noch die Tage und Wochen, in denen sie eine schwerwiegende Entscheidung würden fällen müssen.

In Liverpool unterbrach Fred die Zugfahrt. Am Abend erzählte er seiner Mutter von seinen Bedenken. »Ich werde so wenig Zeit für sie haben, und am Ende kommt sie auch noch an einem Tag in London an, an dem ich sie nicht einmal abholen kann. Ja und wir müssen uns in der Zeit doch auch kennenlernen – wie soll das alles gehen?«

»Mach dir um das Abholen keine Sorgen«, erwiderte seine Mutter, »ich sehe zu, dass ich sie auf jeden Fall willkommen heißen kann. Aber sie kommt ja nicht meinetwegen, sie will dich kennenlernen und du bist derjenige, der sie mit dem Leben in England vertraut machen muss.«

Am nächsten Tag auf der Weiterfahrt schrieb er den Brief zu Ende – es wurde der erste von dreien hintereinander: In Edinburgh lag schon ein Brief von Rike, es war ihre Antwort auf den Brief, der ihn so in Unruhe versetzt hatte – wie würde sie reagieren? Sie ließ keinerlei Zweifel erkennen und ihr Gruß am Schluss war »doch noch Deine«. Fred stieß einen langen Seufzer der Erleichterung aus und fing sofort mit seiner Antwort an. Am nächsten Tag konnte er an nichts anderes denken und schrieb gleich noch einen Brief hinterher – diesmal fing er mit »Rike darling« an und der erste Absatz war auf Englisch, denn »ich muss doch anfangen, Dich auf Englisch lieb zu haben, jedenfalls hoffe ich, dass ich das muss. Ich probiere es aus, um festzustellen, wie es klingt, und es ist überraschend, wie überzeugend es klingt und wie wahr. Das beweist nicht, dass es wahr ist oder wahr werden wird, aber es beweist, wie sehr ich wünsche, dass es wahr wird.«

Den Rest des Briefes schrieb er wieder auf Deutsch, Herzensergießungen wie er sie jetzt gewohnt war zu schreiben. Diese Briefe waren für ihn wie eine Katharsis, wenn er seine Gedanken, Sorgen und Zweifel Rike gegenüber aussprach, merkte er, wie sie schwanden. Immer noch sorgte er sich, dass er es mit diesen Selbstoffenbarungen übertrieb, dass Rike sich abgestoßen fühlen könnte, aber seine Entschuldigung war, je mehr er von sich preisgab, je ehrlicher er war, desto besser würde sie ihn kennenlernen.

Doch alles in allem war Fred zuversichtlicher. Die Zukunft schien hoffnungsvoll, die neue Stelle war ein echter Neubeginn, er hatte jetzt das Gefühl, mit Schwierigkeiten umgehen zu können und gemeinsam mit Rike würden alle Probleme eine Lösung finden, davon war er überzeugt, Zu seiner Freude hatte Exeter auch eine landwirtschaftliche Fakultät, sogar mit einer eigenen Farm, so dass Rike vielleicht weiterstudieren konnte. Und es gab in der Gegend viele hübsche Häuser, wo sie sich ein Nest bauen konnten. Liebevoll betrachtete er ihr Bild, so oft schon hatte er es angesehen, ein Gesprächspartner vieler Stunden. »Ich brauche dich, liebe Rike. Ich brauche deine Lebenslust, deine Geduld und ein wenig Verständnis für meine wechselnden Stimmungen. Das alles brauche ich – aber wirst du auch mich brauchen?« Es war die Frage, an der alles hing. Würde sie kommen? Würde sie ihn lieben können?

Kurz vor Weihnachten bekam Fred Rikes Weihnachtspost mit dem kleinen Elefanten. Die Grüße und das Geschenk räumten einige seiner Zweifel aus, aber ganz beseitigen konnten sie sie nicht. Das konnte nur Ihre Gegenwart in England. Hoffentlich würden sie sich nicht mehr so lange zu schreiben brauchen, hoffentlich war die Zeit nicht mehr so fern, wo sie sich wirklich kennenlernen konnten. »Bitte komm so rasch wie möglich – und dann bleib bei mir«, flehte er das Bild an.

Rike hatte inzwischen einen festen Entschluss gefasst: Sie würde nach England fahren. Das Semester in Halle hatte sie erfolgreich abgeschlossen und stellte sich nun darauf ein, ihrem Heimatland Adé zu sagen. Weihnachten wollte sie nicht in Langebrück verbringen, wegen der Lebensmittelknappheit und auch wegen des gespannten Verhältnisses zu ihrem Schwager Fritz. Stattdessen fuhr sie auf den Hof, wo sie gearbeitet hatte. Die Bauersleute waren herzlich und freundlich, und sie konnte bei der Weihnachtsfeier für alle auf dem Hof mithelfen.

Der Weihnachtsgottesdienst war eine Enttäuschung, die Kirche war nicht geschmückt und in der Predigt ging es seltsamerweise nicht um die Weihnachtsbotschaft. Sie hatte sich auf ein festliches Gefühl an ihrem vielleicht letzten deutschen Weihnachtsfest gefreut; es wollte sich nicht einstellen. Seit ihrer Konfirmation im Mai 1941 war es das erste Mal, dass Rike in der Kirche war, an Weihnachten war sie mit ihren Geschwistern immer zum Grab ihrer Eltern gegangen, dort hatten sie die Weihnachtsgeschichte gelesen und bei Kerzenschein Weihnachtslieder gesungen. Dieses gemeinsame Erleben hatte die Familie während der schweren Zeit zusammengehalten und Rike hatte darin immer die wahre Bedeutung von Weihnachten gesehen.

Als die Feiertage vorbei waren, fuhr sie doch noch nach Langebrück, denn Wolf war über Neujahr dort und sie wollte ihre Pläne mit ihm besprechen. Er plädierte weiterhin dafür, dass sie sich unbedingt erst mit Fred treffen solle, bevor sie eine endgültige Entscheidung fällte. So war er: Erst denken, dann handeln, alles hin und her wenden und aus jeder möglichen Perspektive betrachten. Wenn sie sich emotional auf Fred einließ, ohne ihn selbst gesehen zu haben, war das seine Sache nicht.

Silvester verlief wie in der Familie üblich, keine große Feier, und Rike mochte es so. Sie wusste, sie war vielleicht zum letzten Mal in den Weihnachtsferien in Deutschland, das machte dieses Silvester besonders und anrührend. Früh am Abend legte sich Mädis Familie schlafen und Rike saß mit Wolf allein im Wohnzimmer. »Was meinst du«, sagte er, »es ist bald Mitternacht, Neujahr steht vor der Tür – sollen wir unsere letzte Flasche Rotwein aufmachen?«

»Gute Idee«, erwiderte sie. Wolf stand auf, holte den Wein und setzte den Korkenzieher an, dann goss er zwei Gläser ein. Eine Weile saßen sie schweigend beieinander, wie zwei gute Freunde. Es hatte sich so vieles verändert im nun zu Ende gehenden Jahr. Wolf sah sie liebevoll an. »Du bist jetzt nicht mehr meine kleine Schwester«, sagte er, »du bist so erwachsen geworden.«

»Ich bin schließlich fast zweiundzwanzig«, beschwerte sie sich.

»Ich weiß, ich weiß, aber du warst die ganze Zeit meine kleine Schwester und ich hab immer auf dich aufgepasst, besonders seit Mutti und Papa tot waren.«

»Ja, ich weiß, und ich hab mich darüber immer gefreut. Das weißt du doch?«

Er nickte.

»Und«, fuhr sie fort, »ich freue mich auch darüber, was du in den vergangenen Monaten alles für mich unternommen hast, damit ich nach England komme.«

»Ist doch klar, dafür sind große Brüder da. Außerdem, wir sind noch nicht am Ziel, es gibt noch eine Meng zu klären.«

»Ich weiß«, seufzte sie, »es will einfach nicht aufhören. Glaubst du, ich komme jemals da hin?«

»Aber natürlich, bei deiner Beharrlichkeit. Du bist so couragiert, dafür habe ich dich immer bewundert.«

»Und wird es auch gutgehen?« Plötzlich schien sie zu zweifeln.

»Das wird sich zeigen«, sagte er. »Fred ist ein guter Kerl, durch und durch anständig. Ein guter, treuer Freund, er würde dich niemals schlecht behandeln. Und eins ist auch klar – wenn ihr nicht miteinander auskämt, würde er dich nicht zwingen zu bleiben, so einer ist er nicht.«

»Ja, das versichert er mir in seinen Briefen immer wieder, und ich glaube ihm das aufs Wort. Weißt du, er macht sich so viele Gedanken – manchmal hab ich schon überlegt, ob ich mir nicht zu wenige Gedanken mache. Er hat solche Angst vor Missverständnissen zwischen uns. Ich hab da keine Angst, ich würde mich sogar freuen, wenn es Diskussionen und Missverständnisse gäbe, ich bin nämlich ganz sicher, dass wir uns immer einigen würden. So etwas kann ich fühlen. Und ich habe irgendwie das Gefühl, es soll so sein mit uns – nur, wenn wir uns dann begegnen, wirklich miteinander reden, kann es natürlich immer anders ablaufen.«

»Also, du wirst es erleben, kleine Schwester ... es wäre wunderbar, aus meiner Sicht, wenn du mit einem meiner besten Freunde verheiratet wärest, aber ich will das Beste für dich, nichts anderes. Du verdienst es, nach allem, was wir durchgemacht haben.«

»Tja«, sagte sie, »wenn wir wissen wollen, wie es ausgeht, dann gibt es nur eins…«

»Nur eins? Was meinst du?«

»Bleigießen«, lächelte sie.

Bleigießen war in der Familie Büttner-Wobst eine Tradition zum Jahreswechsel, wie bei vielen anderen Familien auch. Rike zündete eine Kerze an und gab Wolf das Gedicht zum Bleigießen: »Würdest du uns die Ehre erweisen und es vorlesen?«

»Aber mit Vergnügen!«

In der Silvester-Nacht
Wird das Blei zum Schmelzen gebracht.
Es wird gekippt in Wasser, kalt und klar;
Rate, was stellen die Figuren dar?
Schau sie an, so wie sie sind,
rätst die Gestalt du nicht geschwind,
halt sie hinters Licht,
das Schattenbild dir mehr verspricht.
Kommt es dir nicht in den Sinn,
schau auf dieses Büchlein hin.
Es sagt dir frank und frei
So allerlei…!

Jetzt ließ Rike das Blei über der Kerze schmelzen und ins Wasser gleiten, wo es rasch erstarrte. Sie sahen sich das Stück Blei im Wasser an und versuchten zu erraten, welche Form es angenommen hatte und was das für das kommende Jahr bedeuten konnte. Rike nahm so etwas nicht ernst, es war nur ein Spaß, aber sie war doch neugierig, was das Blei für dieses Jahr, für dieses so wichtige Jahr prophezeien würde.

Wolf beobachte sie: »Und, wie sieht es aus?«

Sie griff in die Schüssel und nahm es heraus.

»Ich weiß auch nicht. Oder, warte mal – ja, es sieht aus wie ein Schiff – ein Dampfer.«

»Du weißt doch, was das bedeutet?«

»Ja«, nickte sie, »Sie werden eine Reise machen.«

»Und«, er suchte in der Liste der Bedeutungen, »es kann auch heißen, Sie werden Ihr Vorhaben glücklich zu Ende bringen.«

»Na, wenn das Blei uns das verspricht, muss es ja so kommen!« lachte sie.

In ihren Briefen nach Weihnachten tauschten Fred und Rike sich über die verschiedenen Gebräuche zum Fest und zu Silvester aus. Rike erzählte von ihrer Zeit in Langebrück und dem für Engländer ungewohnten Brauch des Bleigießens, sie wiederum fand Freds Berichte über britische Weihnachtbräuche spannend, dass es dort zu Weihnachten Truthahn gab oder eine seltsame Süßspeise namens »Christmas Pudding« – offenbar eine recht alkoholische Angelegenheit. Wie sie wohl das nächste Weihnachten verbringen würde? Hoffentlich würden sie zusammen feiern, und vielleicht konnten ja sie die besten Bräuche der beiden Traditionen zu etwas Neuem verbinden. Sie wünschte sich so vieles. In wenigen Wochen würde sie wissen, ob ihre Wünsche in Erfüllung gehen würden.

Sechzehntes Kapitel: 1948
Papierkrieg in Berlin

Fred beginnt sein neues Leben als Professor und kauft ein Haus – für sich und Rike. Allmählich zeichnet sich ein Weg ab, wie sie aus der SBZ herauskommen kann, aber Rike muss all ihre Energie und Hartnäckigkeit einsetzen und darf sich nicht entmutigen lassen, nicht von der deutschen, nicht von der russischen Bürokratie. Können Freds Beziehungen ihr helfen? Es steht Spitz auf Knopf.

Doch wie sollte kam Rike nach England kommen? Mit diesem Rätsel sah Fred sich immer noch konfrontiert, als das neue Jahr anbrach. Nichts ging voran, er bewegte sich im Kreis. Es war alles so kompliziert! Sie musste in die britische Zone, soviel war klar, aber wohin, und wie? Am aussichtsreichsten schien es, dass Wolf sie zu sich nach Düsseldorf holte, aber selbst das war alles andere als einfach. Immerhin hatte Fred Beziehungen, eigene oder über seinen Bruder George. Er kannte Tom R. Creighton und John Hemmings, die beide in Berlin im York House arbeiteten, dem Hauptsitz der britischen Militärregierung. Vielleicht konnten sie Rike helfen, die notwendigen Papiere zu bekommen, oder kannten wenigstens jemanden, der dabei helfen konnte. Fred war bereit, alles und jedes zu versuchen, er würde hundert Briefe schreiben, wenn das nur Rike zu ihm brachte – das war sein größter Wunsch.

Am 5. Januar zog Fred nach Exeter und trat seine neue Stelle an. Er wusste, er musste Geduld haben – etwas, was ihm seiner Mutter zufolge besonders schwerfiel. Zum Glück war er mit seinem neuen Beruf beschäftigt und auch mit der gar nicht so einfachen Aufgabe, ein Haus für sich und, so hoffte er, für Rike zu finden. Seine Eltern boten ihm an, ihm bei der Suche zu helfen, damit Rike wenigstens gleich nach Exeter kommen konnte. Ihm war noch gar nicht klar, ob er sich ein Haus überhaupt leisten konnte, kurze Zeit überlegte er sogar, ob nicht ein Haus zusammen mit seinen Eltern die Lösung wäre, obwohl ihn der Gedanke, mit seinem Vater im selben Haus wohnen zu müssen, schaudern ließ.

Halwill. Fred schreibt an Rike: ›Ich hab ein Häuschen gekauft... es wartet schon auf dich.‹

Aber dann fand Fred ein Haus, am Stadtrand, anderthalb Stockwerke, typisch dreißiger Jahre mit weißem Kieselrauputz, kleiner als er gehofft hatte aber in schöner Hanglage mit Blick auf Wiesen und Wälder und im Hintergrund die Hügel von Devon. Auch wenn das Haus selbst klein war, es hatte einen großen Garten, allerdings fast ganz am Hang, was ihm Kopfzerbrechen gemacht hätte, wäre er allein dafür verantwortlich gewesen. Für Rike war es sicher eine Herausforderung und die Aufgabe, etwas Schönes zu gestalten, wo er nur potenzielles Chaos sah. Das Haus hatte wie viele in der Nachbarschaft einen Namen: »Halwill«, was so viel bedeutete wie »Holy Well«, Heilige Quelle. Seine Erlebnisse während der letzten Jahre hatten ihn dazu gebracht, an der Existenz Gottes zu zweifeln, aber der Gedanke, an einem Ort der Heilung und des Lebens zu wohnen, gefiel ihm. Alles in allem schien es ihm der ideale Ort, an dem sie gemeinsam ihre Zukunft gestalten konnten.

Auch wenn ihre Pläne jetzt immer mehr Form annahmen, quälte ihn das Gespenst der Furcht. Wenn sie nun nach England kam, ihn richtig kennenlernte und ihn nicht lieben konnte, nicht bei ihm bleiben wollte? Es war ein unerträglicher Gedanke, aber die Vernunft gebot ihm, diese Möglichkeit in Erwägung zu ziehen. Sie sollte sich nicht zu etwas verpflichtet fühlen, und das schrieb er ihr auch wieder und wieder:

> Die Bedingung für Dein Visum ist, dass ich meine Zusage erkläre, Dich zu heiraten. Wenn der Staat mit seiner hohen Politik uns daran hindert, uns richtig kennenzulernen und zugleich eine absolut feste Absicht von uns verlangt, dann glaube ich, wir sollten uns bereit erklären zu heiraten, um der Form und den Buchstaben Genüge zu tun. Du hättest eine garantierte Existenz hier, englische Staatsbürgerschaft, und Deine Freiheit. Und wenn Du Dich später scheiden lassen wolltest, hätte ich nichts dagegen.
>
> Ich glaube, ich kenne und verstehe mich gut genug, um versprechen zu können, dass ich Dich doch frei entscheiden lasse, wenn Du einmal hier bist.

Er hielt inne. Wie seltsam das alles war! Sprach man so über Heirat, so geschäftsmäßig, als würde ein Vertrag abgeschlossen? Wo blieb die Romantik? Dabei wollte er doch nur gut für sie sorgen und ihr das Gefühl einer Verpflichtung nehmen und die Angst vor einer ungeliebten Ehe. Nein, so ging das nicht. Seufzend fuhr er sich durch den Haarschopf und schrieb weiter…

> Meine liebe Rike, es wird Dir vielleicht schwer fallen, mich richtig zu verstehen. Vielleicht komme ich Dir immer seltsamer und fremder vor. Vielleicht wirst Du sogar meinen, ich verstehe nichts von Liebe, Ehe, Frauen, wenn ich so etwas schreibe. Es wird Dir vielleicht alles sehr theoretisch und unwirklich erscheinen. Aber mir scheint es ist Dir schon gelungen, manches bei mir richtiger zu verstehen und einzuschätzen als ich gedacht hatte.

Damit schloss er das Ringen mit seinen Gefühlen ab und kam zu etwas Positiverem, Aufregenderem: Ihrem Zuhause.

> Liebe Rike, ich habe ein Häuschen gekauft. Meine Mutter soll es nächste Woche besichtigen. Hoffentlich wird sie nicht schimpfen, aber die Preise sind hier furchtbar – in Liverpool haben sie sich verdreifacht, hier verfünffacht. Es ist also ein kleineres und doch teureres Haus, als ich kaufen wollte. Es wird auf Dich warten. Kannst Du, willst Du, wirst du bald kommen?

Seine Sehnsucht konnte die Lage nicht ändern, auch ein Brief von John Hemmings aus Berlin schien Rikes Ankunft nicht beschleunigen zu können. Er war noch relativ neu in seinem Amt, aber sehr hilfsbereit und willens herauszubekommen, wie Rike zu helfen wäre. Zufällig hatte er Anfang des Jahres in Düsseldorf zu tun, da wollte er sich mit Wolf treffen und sich bei der Passbehörde erkundigen, welche Papiere sie für eine Aufenthaltsgenehmigung in Düsseldorf brauchte. Dann konnte er sich auch erkundigen, was sie brauchte, um zwischen den Besatzungszonen reisen zu können. Er wusste, dass Deutsche die Grenze der SBZ offiziell nur im Interzonenzug aus Berlin überqueren konnten, der von der Britischen Rheinarmee betrieben wurde. Am 30. Dezember schrieb er über die Lage an der Zonengrenze:

> Natürlich gibt es daneben den steten jammervollen Strom von Flüchtlingen in Richtung Grenze, den die Russen auch kaum aufhalten. Wenn man auf der Autobahn durch die russische Zone von Helmstedt (in Niedersachsen) nach Berlin fährt, die

wir für den Kontakt nach Berlin nutzen dürfen, sieht man immer wieder klägliche Grüppchen von Deutschen sich am Rand entlangmühen. Ich weiß nicht, ob die Deutschen in unseren Militärzügen nur aus den Westsektoren von Berlin kommen oder auch aus der russischen Zone; ich versuche, das herauszubekommen.

Mein Brief wird Ihnen, fürchte ich, wenig Hoffnung machen. Ich weiß auch nicht, ob ich überhaupt etwas für Sie tun kann, aber ich will es gerne versuchen. Vielleicht weiß ich in eine paar Tagen schon mehr.

Wenig Hoffnung, wie wahr. Immer noch war alles völlig unklar. Eins wollte Fred bestimmt nicht: Dass Rike auch in einem dieser »kläglichen Grüppchen« auf der Suche nach einem besseren Leben außerhalb der russischen Zone die Autobahn entlangzog. Aber er war dankbar, dass jemand mit mehr Einfluss als er oder Wolf sich sein Problem zu eigen machte. George hatte John einen feinen Kerl genannt und Fred glaubte ihm, wenn er zu helfen versprach.

Währenddessen wartete er ungeduldig auf Nachricht von Rike. Er wusste nicht einmal, wo sie jetzt war. Hatte sie es schon zu Wolf nach Düsseldorf geschafft, oder steckte sie immer noch in der Ostzone fest? Briefe aus Dresden waren so ewig lang unterwegs und er wartete und wartete. Zum Glück brachte die neue Anstellung in Exeter viel Arbeit mit sich, so dass er kaum zum Grübeln kam – wenn mehr Zeit zum Nachdenken gewesen wäre, hätte das nur seine Frustration wachsen lassen. Es war schon so frustrierend genug, nicht zu wissen, wie es ihr ging und wo sie war, ganz abgesehen von seiner Ohnmacht in dieser Situation.

Ein Brief vom 16. Januar 1948 von Wolf aus Düsseldorf trug nur wenig zur Klärung bei:

Nun zu dem etwas komplizierten Fall von Rikes Reise. Ich weiss ja, dass niemand ausserhalb Deutschlands sich überhaupt ein Bild machen kann von den immerhin sehr verwickelten Kompetenzverhältnissen. Dadurch ist auch alles masslos schwieriger als es sich so ansieht. Als ich damals nach England fuhr brauchte ich ein Visum und dann konnte ich fahren. Heute braucht man mindestens 10 verschiedene Papiere. Schwirig ist es jedes von den Papieren zu erhalten. Meistens fehlt irgendeine Vorbedingung für die Ausstellung. Bei Rike ist alles noch schlimmer, weil sie noch nicht einmal in der britischen Zone registriert ist. Sie will aber auch ihr Heimatrecht in der sovietischen Zone nicht aufgeben. So ist eigentlich schon die Vorbedingung für die Ausreise nicht erfüllbar. Wenn sie sich jetzt restlos entschliessen könnte nach hier zu kommen, wäre alles leichter. Aber das will ich nicht von ihr verlangen, weil ich nicht weiss, wo ich sie hier unterbringen könnte. Es wohnen noch Dreitausend Düsseldorfer im Bunker. Ich habe ihr alle Papiere einschliesslich Flugzeugbillet ausgehändigt und sie nach Berlin fahren lassen, damit sie dort sich erkundigt, ob sie nicht aus der britischen Zone von Berlin, nach Erledigung aller Formalitäten von Berlin aus durch die dortigen CCG Behörden, direkt nach Hamburg und von dort zu Dir fahren könnte. Nun weiss ich aber nicht, was sie dort erreichen wird.

Leider (und das ist ja auch etwas, was die meisten sich im Ausland nicht vergegenwärtigen) kann ich erst in drei Wochen mit Post von drüben rechnen. Solange dauert jedenfalls im besten Fall ein Brief von Dresden nach Düsseldorf. Jetzt sitze ich nun hier und muss abwarten, bis ich etwas von dort höre. Es ist sehr bedauerlich aber ich kann es nicht ändern. Ich habe Rike gleich die Adressen geschickt, damit sie eventuell noch einmal bei einzelnen vorsprechen kann. Viel verspreche ich mir nicht von dem Berliner Unternehmen. Aber ich will nun einmal nicht, dass Rike illegal nach hier fährt.

Ich habe mich gefreut, dass ich mich einmal in Langebrück mit ihr aussprechen konnte. Sie sprach recht vernünftig und nicht ohne Herzlichkeit über ihre Pläne. Ein restloses Bild, wie sie innerlich zu dem Plan steht, habe ich mir nicht machen können, ich habe nur bemerkt, dass sie ihm positiv gegenübersteht. Ich darf Dich noch einmal herzlichst bitten die Tatsache, dass wir in der Angelegenheit der Ausreisegenehmigung noch keinen Schritt vorwärts gekommen sind, nicht auf bösen Willen meinerseits auszulegen, höchstens auf meine Unfähigkeit mit unseren heutigen Beamten zu verhandeln.

Mit den besten Grüssen

Dein Wolf

Feindes Liebe

Jetzt war Fred womöglich noch verwirrter. Er wusste weder wo Rike war noch wie sie nach Hamburg gelangen sollte. Zu Wolf nach Düsseldorf würde sie demnach doch nicht kommen können, dieser Plan war nicht durchführbar, daran würde auch John Hemmings kaum etwas ändern können. Um Rike machte er sich immer mehr Sorgen – er hatte jetzt seit über zwei Wochen nichts von ihr gehört und selbst wenn er die ewigen Verzögerungen inzwischen gewöhnt war, das war doch eine sehr lange Zeit. Dazu kam die allgemeine politische Unsicherheit, die machte es noch schlimmer. Als endlich ein Brief von Rike eintraf, war er mehr als erleichtert und in den dann folgenden Wochen hielt Rike ihn brieflich auf dem Laufenden über die Erfolge – oder Misserfolge – ihrer Bemühungen.

Hochweitzschen, d. 4.I.48

Lieber Fred!
Heute muss ein völlig nüchterner Brief Dir einmal alle meine Sorgen und Nöte berichten, denen ich bei meinen bisherigen Bemühungen zu meiner Übersiedlung begegnet bin. Wolf hatte für mich in Düsseldorf versucht, eine Zuzugsgenehmigung zu bekommen, jedoch ohne Erfolg, da ich selbst noch nicht an Ort und Stelle war. Einen Interzonenpaß aber bekomme ich erst in 2 Monaten, sodaß er mir garnichts mehr nützt. Um jedoch die Ausreisepapiere zu erhalten, muß ich im britischen Sektor gewohnt haben. Die augenblickliche Lage macht es mir unmöglich schwarz über die Grenze zu gehen. Ach, es ist alles wirklich so schwer! Die nötigen Unterlagen habe ich fast alle zusammen. Nun fahre ich nächste Woche nach Berlin und will versuchen, ob ich einmal mit dem Beamten im Außenamt selbst verhandeln kann. Vielleicht kann er mir wenigstens eine richtige Fahrkarte nach dem Westen besorgen, oder er kann die Dinge von Berlin aus regeln. Vielleicht brauche ich dann keinen Zuzug nach dem Westen, es würde die Dinge sehr beeilen.
Und nun zum zweiten Hauptgrund: Ich muß unter allen Umständen noch einmal nach Deutschland zurück, um meine Wäsche, meine Möbel und all meine Habseligkeiten nach England zu holen, wenn alles sich so entwickelt, wie wir es

Papierkrieg in Berlin

wünschen. Du mußt nun endlich doch auch wissen, daß ich kein ganz armes Mädchen bin und das es der Stolz der Eltern war, mir schon früher meine Aussteuer ein wenig anzusammeln. Du wirst verstehen, daß ich all die Sachen holen möchte. Ist das wohl möglich???
Lachen mußte ich über Deine »lange« Bahnfahrt von 13 Stunden von Edinburgh nach Exeter. Wenn ich Dir erzähle, daß ich unter den heutigen Verhältnissen ebenso lange von Halle nach Langebrück fahre, dann wirst Du wahrscheinlich staunen. Und alle Schwierigkeiten in England sind glaube ich nicht so schwierig wie der Papierkrieg in Deutschland. Schade wäre es allerdings, wenn Du nicht am Flugzeug sein könntest, vor allem, weil ich Angst habe, daß ich mich mit deiner Mutter sehr schwer verständigen kann, aber es wird schon schief gehen. Heute Nacht habe ich geträumt, ich war mit meiner Mutter zu Dir gekommen und Du hast mich abgeholt, aber Du warst 2 Köpfe kleiner. Sonst hast Du mir sehr gut gefallen und die 2 Köpfe haben unser Glück keineswegs beeinträchtigt. Nun, dann werden es 2 cm auch nicht.
Dieser Kampf darum, zu Dir zu kommen, es ist als nähme ich es mit unbesiegbaren Mächten auf, so viel stärker als ich – aber ich bin bereit dafür! In sechs Monaten habe ich Dich so lieb gewonnen, ich kann Dich nicht mehr aus meinem Leben wegdenken, nicht einen Tag. Weißt Du, ich kann es wirklich nicht mehr erwarten, bis es los geht, hinein ins Flugzeug und … ach, wenn es schon so weit wäre!

Als Fred diesen Brief las, standen ihm weniger die Schwierigkeiten vor Augen oder die »unbesiegbaren Mächte«, die sich ihnen in den Weg stellten – wichtiger war ihm diese außergewöhnliche Frau, die all die Schwierigkeiten als Herausforderungen betrachtete, die sie zu überwinden entschlossen war. Und wundersamerweise schien diese Frau ihn zu mögen, mit all seinen Unsicherheiten und Eigenheiten, ja, sie wollte ihr Leben mit ihm teilen. Das war nicht sein Verdienst, dessen war er sich völlig bewusst, aber er war sich ebenso dessen bewusst, dass er ihr gegenüber dieselben Gefühle hegte: Ein Leben ohne sie schien ihn undenkbar.

Feindes Liebe

Beschäftigte sich der Brief vom 4. Januar vor allem mit Problemen, so gab ihm der nächste Brief, den er ungefähr eine Woche später bekam, doch wieder Grund zu Hoffnung.

Halle, d. 14. Jan. 1948

Lieber Fred!
Endlich bin ich von meiner Berliner Reise zurück und will Dir gleich ausführlich berichten. Am letzten Sonnabend bin ich also nach Berlin mit dem Auto gefahren, draußen war es stürmisch und während der ganzen Fahrt prasselte Regen vom Himmel. Man setzte mich an der U-Bahn ab und ich fuhr zu einer Tante meines früheren Lehrherren. Ich hatte die Weihnachtsgans abzugeben. Die alte Dame nahm mich rührend auf und sie hat mich in den Tagen in Berlin besser als eine Mutter versorgt. Sie bekommt aus Amerika Pakete und ich habe das erste Mal seit Jahren Kakao getrunken, Reis gegessen, Bohnenkaffee getrunken und eine wirklich gute Zigarette geraucht.
Am Montag habe ich also erst einmal das York House gesucht, und als ich mein Anliegen vorbrachte, daß sich eine Fahrkarte für den Militärzug brauchte, lehnte man mir meine Bitte überall ab. Ich müßte mir eben beim Russen eine Ausreisegenehmigung holen oder einen Interzonenpaß. Am Nachmittag versuchte ich dies, aber völlig erfolglos. Nun ließ ich mich am nächsten Morgen dem Passport-Control-Officer melden. Ich füllte noch einmal einen Antrag auf ein Visum aus und gab meine sämtlichen Papiere mit ab. Ich wurde zu dem Officer gerufen, und als ich ihm meinen hoffnungslosen Fall schilderte, gab er mir den Rat, mich besuchsweise in Berlin anzumelden. Er versprach mir, daß er dann unsere Sache beschleunigen wolle. Nun habe ich direkt wieder Hoffnung. In reichlich 8 Tagen siedle ich nach Berlin um. Es ist nicht so einfach, das kannst Du mir glauben. Obwohl die Verhandlung mit euren Stellen nicht unangenehm war, sind mir all diese Papierkrämer so verteufelt unsympathisch. Es sind Leute, die aus, die am Papier so fest kleben, als wären sie mit Verordnungen und Gesetzen verheiratet. *Per aspera, ad astra!*

So nun hast Du also einen trockenen, dieses Mal hoffentlich einleuchtenden Bericht. Du solltest nur sehen, daß ich mich redlich bemühe, zum Ziel zu kommen.

Die Semesterferien sind bei uns anders, als bei euch. Das Jahr hat nur 2 Semester und da wir keine Kohlen haben, um die Unigebäude zu heizen, sind die Ferien von Januar bis 15. April. Dafür sind im Sommer nur 3 Wochen Ferien. Wenn also mein Plan klappt, und ich in 3 Wochen bei Dir bin, habe ich noch Zeit genug zur Rückkehr.

Jetzt, wo nun für mich tatsächlich unser ganzer Plan eher Wirklichkeit wird, weil ich endlich aktiv etwas dazu tun kann, habe ich ein wenig Angst vor all dem Neuen und Unbekannten. Ich werde da ganz sicher einen sehr guten Kameraden brauchen, der mir meine Selbstsicherheit im fremden Land wiedergibt, dessen starken Arm ich fühle und der mir Schutz ist. Aber ich glaube, es wird doch nicht so schlimm, oder?

Schluß für heute! Der Brief soll endlich fort! Sobald ich in Berlin genauen Bescheid habe, telegrafiere ich die Ankunft nach Liverpool. Auf baldiges Wiedersehen! Deine Rike.

Als Fred den Brief las, war der 22. Januar. Rike konnte also gut gerade in Berlin sein und ihre Pläne und Träume der Wirklichkeit den entscheidenden Schritt näherbringen. Nichts davon zu wissen war eine Qual. Er bewunderte sie ungemein, auch wenn sie von Besorgnis sprach und von »ein wenig Angst« vor dem Unbekannten. Wie konnte sie so hartnäckig bleiben, so unbedingt positiv? Er an ihrer Stelle, das wusste er, wäre das nicht. Er hoffte, all ihre Mühen würden sich einmal lohnen und er könnte ihren Wunsch erfüllen, ihr ein starker Arm sein und Schutz geben. Er würde sein Bestes tun.

In den folgenden Wochen bekam Fred wieder mehr Briefe von Rike, so dass er besser über ihre Situation Bescheid wusste, auch wenn ihm schmerzlich bewusst war, dass sein Kenntnisstand immer mindestens zwei Wochen hinter den Ereignissen zurücklag. Nie war er ganz auf der Höhe der Zeit und es konnte sich in der Zwischenzeit alles wieder verändert haben.

***

Anfang Februar war Rike wieder in Halle, nachdem sie eine Woche bei einer Freundin in Schleiz verbracht hatte. Eigentlich hatte sie dort ein wenig Ski fahren wollen, aber es lag, wie sie Fred schrieb, »kein Krümelchen Schnee«, dafür konnte sie aber die Natur bei ungewöhnlich warmem sonnigem Wetter genießen. Auch in Halle war es ungewöhnlich warm, doch die Stadt war grau und schmutzig. Schleiz war sehr schön gewesen, die Familie ihrer Freundin hatte sie herzlich bei sich aufgenommen und sie hatte sich wie zu Hause gefühlt. Der Vater hatte, als sie von ihren Plänen berichtete, viel von seinen Erlebnissen bei einem Besuch in England im Jahr 1902 erzählt und ihr ein Buch über London gezeigt.

Aus Thüringen war Rike mit neuer Energie und dem festen Willen zurückgekommen, sich allen Herausforderungen zu stellen. Bestärkt wurde sie darin von drei Briefen von Fred, die in ihrer Abwesenheit in Halle eingetroffen waren. Ganz besonders angetan war sie davon, dass Fred ein Haus gekauft hatte, das ein Heim für sie beide werden sollte. Sie würde alles in ihrer Macht Stehende dafür tun, dass dieser Traum in Erfüllung ging. Begeistert von den Aussichten für eine gemeinsame Zukunft schrieb sie an Fred:

Halle, d. 3. II. 48

Lieber Fred!
Drei Briefe von Dir, mit die schönsten, die ich je bekam, und noch nie habe ich so empfunden, wie gut und wie lieb Du an mich denkst. Vielleicht habe ich Dich noch nie so verstanden wie dieses Mal, die Briefe sprechen so viel Wärme aus und Deine Entschlüsse sind nur zu selbstlos. Ich glaube bestimmt, daß ich mich in Berlin durchzusetzen verstehe und dann sind alle Komplikationen von vornherein aus dem Weg geschafft.
Mit meinen Sachen habe ich schon einen Ausweg gefunden, sobald ich in Klarheit bin, ob ich in England bleibe, werde ich

die Sachen über Berlin nach dem Westen transportieren lassen und dann wird man sie wohl über den Kanal bringen können per Schiff oder mit dem Trajekt. Das sind aber doch momentan solche unwichtige Dinge, viel wichtiger ist im Augenblick die Ausreise. Alles andere wird sich schon finden. Morgen früh fahre ich also los nach Berlin, dann kann ich übermorgen zum Außenamt gehen.

Genug davon, ich bin des Büroschimmels so überdrüssig und möchte Dir lieber ein wenig erzählen. Heute war ich recht unsolide und habe mir einen lustigen Tag gegönnt. Morgens hatte ich noch allerhand zu erledigen auf dem Sekretariat der Universität, da ich zunächst mein Anrecht als Hörer ruhig aufrecht bestehen lasse. Es ist doch viel einfacher, dann alles schriftlich zu erledigen, wenn es wirklich so weit ist, finde ich. Heute Nachmittag war ich mit meiner Freundin 2x im Kino. Ist das nicht Verschwendung? Aber es war doch schön! Du bekommst ein sehr vergnügungssüchtiges Mädchen zu Dir, aber ich will Dir ehrlich sagen, daß ich das alles nicht brauche, wenn ich »mein Wäldchen« habe und nicht in Steinmauern eingepfercht sitzen muß. Lieb von Dir, daß Du das Häuschen ein wenig nach meinem Geschmack ausgesucht hast. Hoffentlich wird alles einmal so, wie wir's uns denken. Ich bin ja so gespannt.

Heute Abend bin ich müde und Du wirst nicht böse sein, daß ich schließe. In Berlin wirst Du wieder Post von mir bekommen. Vielleicht wird es doch eher als Du denkst! Auf jeden Fall mußt Du Dich nicht wundern, wenn ich Dir telegrafiere! Das Erkennungszeichen ist auf jeden Fall mein weißer Pelzmantel, den ich zur Überfahrt anziehen werde. (Eisbären sind Dir doch wohl bekannt?)

Nun leb' wohl bis zu unserem Wiedersehen! Ein wenig Geduld und wir schaffens noch!

Bis dahin bleibe ich Deine noch ferne
aber doch die Deine
Rike

Am 4. Februar fuhr sie nach Berlin, um sich die notwendigen Papiere zu besorgen. Die Stadt sah trostlos aus, schmutzig und mit Schutthaufen an jeder Straßenecke. Die meisten stehengebliebenen Gebäude waren vom Krieg gezeichnet, überall Einschusslöcher, zerbrochene Fensterscheiben, auch in der Jugendherberge, wo sie unterkam. Ständig kam sie an Soldaten mit Gewehren vorbei, einige sahen sie misstrauisch an, andere musterten sie mit eindeutigen Blicken. Sie schauderte und dachte an ihre Begegnungen mit russischen Soldaten in den letzten Kriegstagen. Es schien, als habe sich alles gegen sie verschworen: Gib auf! Fahr zurück! Aber sie ließ sich nicht einschüchtern. Für sie gab es jetzt kein Zurück, es war Fred – oder gar nichts. Doch nach drei Tagen Kampf mit den Behörden war kein Fortschritt in Sicht, sie würde nach Halle zurückfahren müssen, ohne etwas erreicht zu haben. Sie war erschöpft und enttäuscht ...

Berlin, d. 6. II. 48

Lieber Fred!
Drei Tage unnützes Umherlaufen und ich bin überdrüssig und müde. Morgen muß ich unverrichteter Dinge wieder abziehen. Schade, und ich hatte gehofft es gibt bei meinem ausgeklügelten Plan keine Klippen mehr zu überwinden. Über 100 Umwege habe ich eine Adresse im amerikanischen Sektor bekommen, wo man mich für die Zeit, in der meine Ausreiseerlaubnis läuft, beherbergt. Als ich nun beim Bürgermeister vorsprach, sagte mir dieser, daß die Amerikaner die Anträge nicht bearbeiten, solange man nicht als hier wohnhaft gemeldet ist. Zuzugsgenehmigung gibt es auch nicht na usw. Nun fahre ich also wieder los und versuche eine Adresse im englischen Sektor zu bekommen. Wieder 14 Tage versäumt! Es ist wirklich zum heulen. Wenn es nun wieder nicht klappt, dann weiß ich wirklich keinen Ausweg mehr! Selbst eine formelle Heirat nützte mir in diesem Fall sehr wenig. Es ist doch ein ewiger Papierkrieg. Aber nur Geduld ich werde es schon noch schaffen! Irgendwo wird schon noch jemand so 'ne alte Tante in Charlottenburg zu wohnen haben, wo ich die kurze Zeit unterkriechen kann. Es ist nämlich vor allem schwierig, weil ich mich mit den Lebensmitteln nicht

hier anmelden darf, da Berlin gesperrt ist. Aber wie gern nähme ich 3 Wochen auf, wenn es dann endlich klappte.
Soweit also meine Erfolge, bzw. Mißerfolge. Mit der Zeit wird aber auch ein dummer Esel raffiniert. Das wirst du bald sehen... Nun aber noch ein wenig zu Deinen Briefen. Ein Wunschtraum war der Flugzeugtraum wohl, weil ich gar zu gerne die Amtswelt umgangen hätte. Aber so klein wünsche ich wirklich nicht, daß Du bist. Im Gegenteil, Du sollst doch die Hauptsache in meinem Leben werden, da darfst Du nicht so klein sein. Zur Not lege ich auf mein Haupt ein paar Ziegelsteine, damit ich wieder ein bißchen zusammenschrumpfe. – Mit den Festen des Jahres glaube ich schon, daß wir uns da einig werden. Von all den schönen Bräuchen Deines und meines Landes suchen wir uns die schönsten raus und dann werden wir die allerschönsten Feste gemeinsam feiern, die es gibt auf der Welt. Bist du auch der Meinung? Vielleicht können wir es zu Ostern einmal versuchen. Ich will gern den deutschen Osterhasen spielen! Ob man nicht mit diesem Tarnmittel über die Grenze kommt? – Von Wolf habe ich übrigens schon lange wieder keine Post. Beinahe bin ich eifersüchtig, daß er Dir so oft schreibt. Vielleicht bekomme ich bei Dir später auch mehr Post. Auch meine Schwester hat lange nichts von sich hören lassen, aber sie wird sich sicher einmal blicken lassen oder ich fahre noch einmal nach Langebrück, ehe ich zurückkomme. Nun aber Schluß für heute. Ich muss schlafen gehen. Morgen fängt wieder ein fröhliches Quetschen in der Bahn an.
Herzlichst Deine Rike

Am 7. Februar war sie wieder in Halle und zwei Tage später feierte sie dort ihren zweiundzwanzigsten Geburtstag – den letzten in Deutschland, das war ihr größter Wunsch. Dass dieser Wunsch nicht in Erfüllung gehen könnte, wagte sie nicht zu denken. Dennoch, sie war des Treibens müde, die ganze Fahrerei von Halle nach Berlin und ohne jeden Erfolg wieder zurück, das nagte an ihrer Zuversicht: Ob sie diesen Berg an Bürokratie je überwinden würde? Aber so schnell gab sie nicht auf. Es musste doch jemand zu finden sein, der Bekanntschaft oder Verwandtschaft im britischen Sektor von

Berlin hatte! Und tatsächlich, nach tagelangem Herumfragen hatte sie schließlich zwei Adressen. Nun hatte sie alle Papiere zusammen und nur der Widerstand der Bürokratie konnte ihre Pläne noch zum Scheitern bringen. Sie war fest entschlossen, nichts unversucht zu lassen.

Dann gab es einen Hoffnungsschimmer. Fred bekam einen Brief mit Datum 26. Januar von einem anderen Kontakt in Berlin, Tom Creighton, der in der Erziehungsbehörde der Militärregierung arbeitete. Tom meinte, er könne Rike helfen, wenn sie zu ihm in sein Büro im britischen Sektor von Berlin käme. Von dort aus könne er ihre Fahrt in die britisch besetzte Zone bewerkstelligen. Er befürchtete allerdings, dass sein Hinweis Rike vielleicht nie erreichen würde, weil Nachrichten wie seine von den russischen Zensoren abgefangen werden konnten und Rike dann an der Ausreise gehindert würde. Man wusste nie, wie die Russen sich verhalten würden.

Es war ein maschinengeschriebener Brief, aber Creighton hatte von Hand noch hinzugefügt:

Wenn sie nach Berlin kommt und bei jemandem im britischen Sektor höchstens drei Wochen unterkommt, dann kann sie die Reisedokumente und das Visum hier bekommen und direkt nach London fliegen. Dazu musst Du einen Brief schreiben, und zwar an

H.M. Consul-General, Political Division, HQCCG, Berlin , B.A.O.R. 2,
mit der amtlichen Bestätigung, dass Du
1. Britischer Staatsbürger bist,
2. Für eine Heirat kein Hinderungsgrund vorliegt
3. Du Dich verpflichtest, sie innerhalb von zwei Monaten nach ihrer Ankunft in England zu heiraten.

Du musst £ 16 bei der Fluggesellschaft (B.E.A.C.) in London einzahlen und dort müssen sie ihr Berliner Büro darüber informieren, dass ein Flugticket für sie jederzeit abgerufen werden kann.

> Das wird alles nicht mehr als drei Wochen in Anspruch nehmen. Ich kann ihr bei der Beschaffung der Reiseunterlagen behilflich sein, aber sie wird vielleicht Probleme mit der Unterkunft und mit Lebensmittelkarten im britischen Sektor Berlins haben. Ich kann versuchen dafür zu sorgen, aber ich kann dafür nicht garantieren.
>
> Sie kann auch das Ganze in der britischen Besatzungszone machen, überall, wo ein britisches Konsulat ist, wenn euch das lieber ist. Es wäre dasselbe Vorgehen, nur dass es in Berlin vielleicht schneller geht, und außerdem haben sich die Russen in letzter Zeit etwas angestellt, wenn wir Deutsche in Zügen über die Grenze bringen wollten.
>
> Aber wenn sie zu mir kommt, kann ich ihr einen Passierschein für die britische Zone besorgen.
>
> Wenn das alles geklappt hat, habt ihr Glückwünsche mehr als verdient!
>
> TRMC

Fred fiel ein Stein vom Herzen, seine Beziehungen schienen endlich zu etwas zu führen. Er wusste jetzt, wie es weitergehen konnte – Rike musste nach Berlin in den britischen Sektor, dann konnte Tom Creighton ihr die notwendigen Reiseunterlagen beschaffen. Was das im Einzelnen bedeutete, war zwar noch nicht klar, aber zumindest hatten sie jetzt einen einflussreichen Fürsprecher vor Ort in Berlin, der etwas für sie erreichen konnte. Nun konnte er Rike doch einmal gute Nachrichten schicken:

> University College of the South-West,
> Exeter,
> den 5tn Feb.
>
> Liebe Rike,
> Heute habe ich einen Brief vom Passamt in Berlin bekommen, der mich ziemlich optimistisch stimmte; sollte es weitere Schwierigkeiten geben, glaube ich, dass mein Freund *Creighton* im Office of the Educational Adviser in Berlin helfen würde. Er hat mir neulich in diesem Sinne geschrieben.

Feindes Liebe

Ich habe auch in der Zeitung gelesen, dass Verhandlungen im Gange sind, um deutsche weibliche Arbeitskräfte hier einzusetzen. Bei unserem Mangel an Arbeitskräften und der Zerstörung der deutschen Wirtschaft habe ich solche Schritte vorausgesehen. Es stärkt meinen Eindruck, dass es mir möglich sein wird, Dir eine gute Existenz zu garantieren, weil der Widerstand gegen Einsetzung ausländischer Kräfte auf allen Gebieten allmählich schwächer wird.

Meine Mutter hat sich das Häuschen angesehen, und findet es ein entzückendes, sehr teures Kistchen. Sie gibt zu, dass man sich in die Lage verlieben kann, und dass alle Preise hier sehr hoch sind. Wir haben abgemacht, dass meine Eltern mit mir einziehen werden – erst gegen Ende März – und so lange bleiben, wie wir alle – Du, ich, sie – wollen. Das Haus in Liverpool werden sie vermieten – wohl an meinen jüngeren Bruder – aber nicht aufgeben. So kannst Du also mich, sie, das Haus und die Wirtschaft alle gleichzeitig kennenlernen und hoffentlich alle in einem schönen Frühling.

Wir haben eine Kuh (in einer Wiese) als Nachbarin, und sie scheint ganz freundlich, obgleich wir uns noch nicht gegrüsst haben. Wir haben selber eine kleine Wiese, wo der jetzige Besitzer Gänse hat. Im Garten sind ein paar Johannisbeeren, Himbeeren, Stachelbeeren, ein Haselnussbaum, ein Apfelbaum. Schneeglöckchen und Primeln sind schon da, bald werden auch die ›daffodils‹ – ?Waldnarzissen? – sichtbar sein.

Das Haus liegt auf einem Hügel, und sieht auf die Hügeln jenseits des Flusses. Steigt man etwas höher hinter dem Haus, dann sieht man das Tal, den Fluss – und auch die Eisenbahn. Wo wir sind, verbergen die Bäume das Tal und die Eisenbahn. Das Haus hatte 7 winzige Zimmer, alle im selben Stock: Eine Küche, ein Badezimmer und 5 Wohn- oder Schlafzimmer wie wir es haben wollen.

Nun, gefällt es Dir? Ich habe wirklich an Dich dabei gedacht, und auch an mich selber: »Gut gelegen. für die Bibliothek«, dachte ich, »und die Kuh. Die neuen Universitätsgebäude und die Bäume.« Und so weiter.

Also?

Dein Fred.

Jetzt sah zwar alles danach aus, dass die Vorbereitungen für Rikes Ankunft in England auf gutem Wege waren, aber Fred hatte keine Ahnung, wie Rike in Deutschland vorankam. Er hatte schon über zwei Wochen nichts von ihr gehört, war deprimiert und fühlte wieder die altbekannte Angst in sich aufsteigen, die er nur mit Mühe niederkämpfte. »Ich mache mir Sorgen um Dich, ich habe jetzt seit 16 Tagen nichts von Dir gehört. Diese Unsicherheit wird langsam unerträglich«, hatte er ihr Ende Januar schon geschrieben. Es war gut, dass seine Arbeit ihn unter der Woche ganz in Beschlag nahm und, wo er schon Rike nicht direkt helfen konnte, war es ihm ein Trost, seine Energie auf den Hauskauf zu verwenden, da konnte er immerhin etwas bewirken.

Nach allem, was er sich zusammenreimen konnte, änderte sich Rikes Situation ständig; er hatte zwar den Brief aus Berlin bekommen, wusste aber nicht, ob sie im britischen Sektor war oder noch nicht. Der Brief war auch wieder neun Tage unterwegs gewesen, dauernd lief er den Ereignissen hinterher. Wenn sie wenigstens einmal telefonieren könnten!

***

Rike selbst war kurz davor gewesen aufzugeben, sich mindestens auf eine längere Wartezeit einzustellen. In einem Brief aus Langebrück vom 12. Februar schrieb sie:

> In 8 Wochen fängt mein neues Semester an und wenn es keinen Ausweg gibt, muß ich mich mit neuer Wonne in die Arbeit stürzen. Allerdings wünsche ich es mir beinahe schon, daß ich dann längst schon bei Dir bin und mit Erfolg mein Studium an den Nagel gehängt habe und die weibliche Hausfrauenpraxis begonnen habe. Eigentlich ist es schrecklich, daß ich mit dem Gedanken der neuen Umwelt schon so vertraut bin, daß ich sehr enttäuscht wäre, wenn alles nur ein Traum gewesen wäre.

Fred hatte ihr ein so anheimelndes Bild von dem Häuschen gemalt, das er für sie beide gekauft hatte, es stand ihr Tag und Nacht vor Augen. Und als dann der Brief mit der Nachricht von Tom

Creighton und der Aussicht auf ein Visum kam, gab ihr das neuen Mut. Am 16. Februar fuhr sie wieder nach Berlin – diesmal würde sie nicht unverrichteter Dinge wieder umkehren, das war ihr fester Entschluss. Sie ging erneut zum York House, wo sie Tom Creighton aufsuchen sollte. Er war zwar selbst nicht da, aber seine Sekretärin ging mit ihr die erforderlichen Papiere durch. Die Sekretärin war eine Frau mittleren Alters, die beeindruckend gut Deutsch sprach; sie bot Rike ein Glas Wasser an und als sie von Rikes vielen bisher erfolglosen Versuchen hörte, die bürokratischen Hemmnisse zu überwinden, bekam sie Mitleid mit der jungen Frau und sagte freundlich:

›Fräulein Büttner-Wobst, ich bedaure, dass Sie solche Schwierigkeiten haben. Ich kann mir gar nicht vorstellen, was Sie schon durchmachen mussten. Es tut mir leid, dass Mr. Creighton nicht selbst hier sein kann, aber ich soll Ihnen von ihm ausrichten, er wird Ihren Antrag bevorzugt bearbeiten. In drei Wochen müssten Sie das Visum haben, Sie brauchen also nicht mehr so viel länger zu warten.‹

Drei Wochen, das war nicht mehr so lange hin. Rike spürte, wie Tränen der Erleichterung ihr in die Augen stiegen. Aber sie wollte nicht vor einer Fremden zu weinen anfangen und konnte nur ein ersticktes »vielen Dank« herausbringen. Sie war so aufgeregt, sie musste Fred so schnell wie möglich Bescheid geben, ihn beruhigen. Noch in Creightons Büro schrieb sie:

> Wir haben die längste Zeit gewartet! Es ist uns viel geholfen! Sorgen deinerseits sind völlig unbegründet. Mir geht es noch immer sehr gut und ich freue mich, daß es nun doch voran geht. Falls Du keine Post hast, liegt es wohl an der Verbindung, denn ich habe brav geschrieben.
> Schluß für heute. Bald bin ich bei Dir in Deinem kleinen Häuschen.
> Ich glaube schon, für immer
> Deine Rike

Vier Tage später, am 21. Februar, hatte sie eine Adresse im britischen Sektor, unter der sie sich anmelden konnte. Sie ging wieder zum York House ihre Ausreisegenehmigung abholen, aber Creightons Sekretärin musste ihr mitteilen, dass er noch nicht wieder in Berlin war. Rike war konsterniert. Sollten aus den drei Wochen jetzt vier, sechs, acht werden? Das durfte nicht passieren. Sie besprach ihre Zwangslage mit der Sekretärin, die riet ihr, sich an den Bürgermeister von Wilmersdorf zu wenden, das auch im britischen Sektor lag. Im Bürgermeisteramt traf sie auf eine überaus hilfsbereite Mitarbeiterin, die sich bereit erklärte, ihre Angelegenheit bei den britischen Behörden zu unterstützen. Sie gingen zusammen wieder ins York House und innerhalb von fünf Minuten erhielt sie die Berechtigung für eine Ausreisegenehmigung, ohne dass sie einen Berliner Personalausweis vorlegen musste.

An diesem Abend schrieb sie glückselig an Fred:

Fröhlich + guten Muts zog ich am nächsten Tagen zum Gesundheitsamt + der Onkel Doktor war schon bei meinem Anblick überzeugt, daß ich völlig gesund bin. Also war auch diese Instanz überwunden. Anschließend mußte ich zur Fremdenpolizei, da sie auch noch bestätigen muß, daß ich raus darf. Da biß ich allerdings einmal wieder auf Granit, denn er sagte: »Was, Sie haben keinen Berliner Ausweis? Dann kann ich Ihren Antrag nicht bearbeiten. Der Engländer verlangt den Ausweis.« Als ich ihm erklärte, daß ich die englische Zustimmung ja schon habe, erwiderte er nur, er habe seine Vorschriften. Nahm mir den Antrag aber doch ab. Nun werde ich am Montag sehen, ob der Herr geruhte, mir den einen Stempel zu geben. Sonst muß ich doch warten, bis Creighton zurückkommt. Nun habe ich noch eine Bitte an Dich: Schicke mir doch bitte umgehend als Zusatz zu meiner Flugkarte von Hamburg noch die Fahrkarte Berlin-Hamburg. Sonst macht die Reise unnötige Schwierigkeiten. Die Nummer meiner Fahrkarte ist 63 235. Falls Dir das nicht möglich ist, schicke bitte die fehlenden Kosten an Creighton. Besser wäre allerdings, Du schicktest die Fahrkarte. Es ersparte mir viel Lauferei. Bitte schicke auch sie an Creightons Adresse. Da weiß ich wenigstens genau, daß sie ankommt + ich hole sie mir dort ab.
Ich bin so froh, wenn ich endlich im Flugzeug sitzen werde. Nein, helfen kannst Du mir nichts mehr, denn Eure Behörden sind

nicht so stur wie unsere, + deshalb hilft selbst der beste Freund nichts, wenn die deutsche Polizei »ihre Vorschriften« hat. An und für sich dauerte der ganze Salat dann nicht mehr lange. 10 Tage, dann habe ich das exit permit und 10 Tage später das Visum. Aber es wird wohl noch so vielerlei dazwischen kommen, daß ich meinen »Polar bear« Mantel wirklich nicht mehr brauche. Jetzt wäre ich ganz froh, wenn ich ihn schon hier hätte, denn es ist wieder sehr kalt geworden. Wenn Zeitungsnachrichten stimmen, habt ihr den späten Winter auch genießen können. Schluß für heute, Montag mehr!
Herzlichst Deine Rike

Rike freute sich unbändig darüber, dass sie endlich etwas Greifbares in Händen hielt und sie wusste, Fred würde ihre Freude und Erleichterung teilen. Wie lange waren sie kaum vom Fleck gekommen und nun ging es plötzlich rasend schnell – so schnell, dass sie nicht einmal Zeit fand, den Brief einzuwerfen und schon musste sie ein Postskriptum hinzusetzen – es war die Nachricht, auf die sie beide so sehnsüchtig gewartet hatten. Sie hatte Tränen in den Augen, als sie diese Zeilen aufs Papier warf:

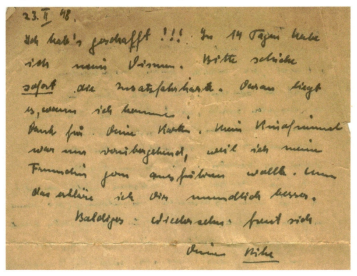

Die entscheidende Nachricht: »Ich hab's geschafft!!! In 14 Tagen habe ich mein Visum. Bitte schicke sofort die Zusatzfahrkarte. Daran liegt es, wann ich komme.«

Fred zitterten die Hände, als er den Brief las. Er weinte vor Erleichterung. Endlich war es so weit, sie kam wirklich. Was war sie doch für eine unglaubliche Person. Er bewunderte sie so sehr für ihre Hartnäckigkeit und ihre Willensstärke und er konnte es kaum fassen, dass sie seinetwegen, nur seinetwegen den weiten Weg übers Meer kam.

Siebzehntes Kapitel: 1948
Und neues Leben blüht

Die Utopie wird Wirklichkeit: Wie Rike die ersten Tage in England erlebt, berichtet sie selbst. Sie kommt in die Zeitung und heißt nun nicht mehr Büttner-Wobst, sondern – Clayton.

Nun bereitete Rike sich darauf vor, ihrem Heimatland Adé zu sagen. Sie hatte seit 1943 ab und an Tagebuch geführt, in diesen folgenschweren Tagen vertraute sie sich wieder dem großen roten Heft mit dem Ledereinband an. Fünf Jahre waren dort verzeichnet, in denen so viel geschehen war – und jetzt sollte sich alles ändern. Ihr war, als beobachte sie das alles von außen.

7. III.

Als sie endlich ihre Papiere alle beisammen hatte, holte sie sich von seinem Freund eine Luftfahrkarte und telegrafierte den Geschwistern. Abfliege Montag den 15.2. mittags.

14. III.

Sie kamen auch, der kärgliche Rest der Familie, Wolf + Mädi + brachten die letzte Flasche Arac mit + der Abschied wurde mit fröhlichem Rommé bei der guten Tante Anna begossen.

15. III.

Am nächsten Morgen war sie doch ein wenig aufgeregt und glücklicherweise konnten Mädi und Wolf nicht mit zum Flugzeug, weil Wolfs Zug nach Eisenach (unser alter Interzonenonkel) schon um 11:00 Uhr morgens fuhr und Mädi (unser gutes Arbeitstier) mußte abends in Leipzig sein. Überfüllte Straßenbahnen machten den Abschied ganz kurz. Nicht einmal das Versprechen Mädi nach Wannsee zu bringen konnte sie erfüllen, denn als sie zur BEA kam, war es schon 12h und 13:30h war spätester Termin der Rückkehr. Nun stand sie wieder einmal ganz allein wieso oft schon in im Leben. Aber im Herzen die Freude in 5 Stunden sah sie den Mann, der sie fürs Leben glücklich machen wollte.

Und neues Leben blüht

In Berlin brachte sie einen Autobus nach Gatow und als sie dort die leidige Paßkontrolle ertragen hatte stieg sie endlich in das Flugzeug. Sie saß neben einer Engländerin, die sehr neugierig war. Aber sie wollte + konnte nicht sprechen. All die neuen Eindrücke waren zu frisch und die Erwartung war so groß. Berlin – Hamburg – London.
Berliner Aufstieg in Dunst + Nebel aber doch bis Hamburg einigermaßen Sicht. In Hamburg 40 Min Aufenthalt mit Sandwiches (Weißbrot mit Schinken, den ersten gekochten seit vielen Jahren). 17:05 Abflug v. Hamburg und leider fast ganz im Nebel + doch wunderschön. Um uns der Abendhimmel, unter uns ein Meer von Wattebergen. Ab und zu ein Stückchen Holland + dann die dunkle See. Hitze und allmähliche Dunkelheit macht müde. Sie lehnt sich zurück und versucht zu schlafen, leider macht es ihr ihre Nachbarin unmöglich. Sie ist zu neugierig + will so vieles wissen. Wahrscheinlich ist es ihre erste Reise, denn sie ist für ihre 20 Jahre reichlich aufgeregt. Dann kommt das Abendbrot (oh wie materialistisch aber schön) mit Fleischpasteten, weißer Semmel und Käse und Buttercremetorte. Draußen ist es dunkel geworden und im Coupé unerträglich heiß. Ein bißchen Sprühnebel streift die Fenster. Man hat kein anderes Bedürfnis als einmal richtig frische Luft zu schnappen.
8h Northolt, West-London. Sie steigt aus dem Flugzeug, keiner ist da. Nach der Kontrolle auch keiner da. Ein wenig Herzklopfen + doch noch Mut, der Bus fährt in die City. Sie sieht noch immer keinen. Nun, dann muß man sich ein billiges Hotel mieten, usw. und – halt.... doch, da hinten ist er. Ja, er ist es. Helle Augen ein hübscher Mund + schwarze Haare. Das halbe Jahr war nicht umsonst! Bei mir ist in kurzer Zeit das Eis gebrochen. Ich erzähle + er muß den furchtbar schweren Koffer tragen. Er muß nicht, aber er will. Anmelden + dann bei »number 629« – 6th floor. A host of golden daffodils und a Tasse of tea. 2 wunderschöne Plauderstunden. Sie weiß nicht, ob er nicht enttäuscht ist, aber sie weiß, daß sie ihn schon sehr lieb hat.

Feindes Liebe

17. III.

Gestern waren sie zusammen in London. Birmingham Palace, Queen Victoria Denkmal, Westminster Abbey, Downingstreet, St Pauls Cathedral, Royal Gerichtssaal + Verhandlung! Eine völlig unzerstörte Stadt, eine Stadt mit gepflegten Menschen, gepflegten Schaufenstern (armes Deutschland, was hast du alles verloren). Mittags à la carte. Alles das ist wie ein neues Land für sie und sie fragt sich noch immer, ob es Wahrheit ist oder ein Traum. – Eine lange Fahrt bringt die beiden nach langen Umwegen ins Kino: Quired Wedding + ein französischer Landfilm, Fröhlichkeit und ein wenig Landluft. Quer durch die Stadt, »to have a tea time« in einem kleinen netten Lokal.

Im Hotel angekommen, lassen die beiden sich erschöpft nieder + doch nicht erschöpft genug, um eine Diskussion anzufangen, die sie eigentlich nicht ganz verstehen kann. Er redet von der Psychose eines überreizten Menschen und Dingen, die sie nicht ganz versteht. Sie möchte es gern verstehen, aber sie kann es nicht. Sie nimmt sich vor, einmal mit der Mutter davon zu sprechen.

Auch nach dem Abendbrot sitzt man ein wenig gemütlich zusammen. Bei einer Zigarette + bei Bildern aus der Heimat.

½ 12 , Porter will you please 627 and 629 to morrow 8 o'clock. Gute Nacht, schlaf schön.

Exeter, d. 20. III. 48

Am nächsten morgen fuhren sie also zum Station mit der Taxe, denn 10^{55} Uhr ging der Zug. Ein sehr gesprächiger Porter unterhielt sie bis zur Ankunft des Zuges. Sie stieg ein und er hatte schon die Reiselektüre (auch eine Züricher Zeitung fehlte nicht natürlich nur ihretwegen. Der Porter mußte wohl etwas gemerkt haben.) Auf jeden Fall wünscht er ihr »gute Reise«. Vielleicht das einzige deutsche Wort, was er je gehört hat.

Die Fahrt war schön, der beginnende Frühling war ihre ganze Freude. Das Land war beinahe eben. Schon waren Kühe + Pferde auf der Weide. Die Kätzchen blühten und auch in den Gärten wurde es grün.

11^{30} – lunch I. Klasse Speisesaal. Oh, Leben wie bist Du süß!

Und neues Leben blüht

Fred und Rike, endlich zusammen!

Um 3 h waren wir in Exeter. Wir stiegen direkt gegenüber vom Bahnhof ab (Rougemont Hotel) und dann ein Spaziergang in die alte schöne Stadt und zu dem entzückenden Häuschen, was vielleicht später die Heimat sein sollte. Dann holte er sich ein wenig Arbeit und sie versuchte zu schreiben aber es gelang ihnen nicht recht. So beschlossen sie, daß er morgen zu seiner Wirtin zieht, er muß die Semesterabschlußarbeiten korrigieren. So ist sie am nächsten Morgen auf sich selbst angewiesen. Sie geht spazieren in die Stadt + schreibt an ihre Schwestern.

Das Wetter ist wunderschön und nach dem Lunch wollen sie das Wirtschaftsamt aufsuchen, da sie ohne Marken nicht im Hotel bleiben darf.

Schneller als beide vermutet haben, ist die Sache erledigt. So fahren beide nach Exmouth zur sea und haben einen wunderschönen Plaudernachmittag mit der tiefblauen See. Schon 7h ist es als sie mit dem Bus zurückfahren. Ein kurzer Abschied + sie geht alleine ins Hotel. Das Abendessen geht gegen alle Erwartungen prima. Dann geht sie ins Bett, liest und träumt. Am nächsten Tag ist sie wieder allein. Sie geht in die Stadt, kauft »sewing needles« und »twist«, besucht die alte Burg und dann stopft sie Strümpfe und Wäsche. Schon ½ l h klopft's. Please come in, aber niemand kam, nun, dann macht sie auf. Wie schön, er war da, um sie zu holen.

Erst gegen 3 h geht er wieder + kommt um 5 h schon wieder. Bis zum Dinner wird erzählt. Es ist schön einen so klugen Freund zu haben.

Als sie im Bett liegt, wird sie traurig, unten spielt fröhliche Tanzmusik + sie liegt allein im Bett. Nun, sei nicht undankbar, Du hast's viel viel besser als tausend deutsche Mädchen.

Sonntag d. 21. III.

Endlich Sonntag für sie beide. Er holt sie ¾ 10 zu einem Spaziergang ab. Obwohl das Wetter nicht besonders schön ist, wird der Spaziergang recht unterhaltsam. Erst zum Lunch kommen sie zurück, müde und zufrieden. Nach dem Essen wollten wir uns ein wenig ausruhen. Wozu hat sie auch ein Zimmer mit zwei Betten. »Ich glaube, ich kann nie mehr von dir fort.«

Montag d. 22. III.

Wunderschönes Wetter das sie mit einem Spaziergang nach Schneewittchenhausen belohnt. Ach, sie glaubt beinahe, daß es ein verwunschenes Schloß ist. Nachmittags gehen sie ins Kino (Great expectations). Ein etwas fantastischer Film, aber zuvor ein sehr dummer Vorfilm. Sie ärgert sich ein wenig, denn so dumm waren wir doch nicht. Anschließend spazieren sie sehr fröhlich miteinander + als es 5 to 7 h ist schießen sie wie die angeschossenen zum Theater (The Linden tree). Ehrlich gesagt hat sie nicht viel mitgekriegt, aber man behandelt auch hier das Nachkriegsproblem! Ein wenig oberflächlich, aber ziemlich typisch.

Dienstag, d. 23.

Sie fahren nach Liverpool, ein rücksichtsloser Schaffner, der ihre einträchtige Fahrt stört und in Shrewsberry unheimlich viel Soldaten. Ein wenig müde ist sie, aber die Angst vor dem Neuen hält sie wach. 11^{30} a.m. Liverpool – Mossley – Hill: Er rannte nach dem großen Gepäck und sie stand auf dem Bahnhof + nicht weit von ihr ein Mann mit Hund. Er kam auf sie zu: Where is Fred? Natürlich bringt sie kein Wort heraus vor Schreck, aber sie zeigt auf das keuchende Etwas, das sich mit 2 Koffern plagt. Man bestellt eine Taxe, muß ½ Std warten + sitzt dann wie ein Hering zwischen Koffern, jedoch der Hund lächelt ihr aufmunternd zu. Dann sind sie daheim + Freds Mutter zeigt als erstes: lavatory, bathroom + bedroom. Andere Worte konnte sie nicht verstehen. Es gibt zum Abendbrot Fisch + Chips. Sie muß ein wenig würgen. All das Neue hat sich ein wenig auf den Magen geschlagen. Am nächsten Morgen ist sie beizeiten munter.

***

Sie gingen zusammen durch den großen Park unweit von Freds Elternhaus. Es war ein warmer Frühlingstag mit strahlendem Sonnenschein, nach zwei angespannten Tagen im Kreis der Familie war es schön, einmal für sich zu sein. Fred war immer noch beklommen, er kam innerlich nicht zur Ruhe. Rike schien glücklich, aber er wusste, sie war auch überwältigt von all dem Neuen. Er wollte unbedingt wissen, was wirklich in ihr vorging, aber zugleich fürchtete er sich auch davor, die Wahrheit zu erfahren. Schließlich holte er tief Luft und sprach die Frage aus, die ihn schon seit ihrer Ankunft vor zwei Wochen quälte: »Darling« – seine Stimme zitterte – »Darling, bist du glücklich?«

»Ja, das bin ich. Sehr glücklich«, gab sie zurück.

»Weil, weißt du, wenn du nicht glücklich bist, dann musst du das nicht machen. Ehrlich. Ich würde das gut verstehen, und meine Eltern genauso. Wir wissen, was wir dir abverlangen.«

Rike blieb stehen. Sie wandte sich Fred zu, ergriff seine Hände und sah ihn fest an. Er wandte den Blick ab, Furcht in den Augen.

»Fred, schau mich an«, sagte sie, »du machst dir so viele Gedanken, nicht wahr? Immer machst du dir Gedanken. Ich habe in einem Brief mal geschrieben, dass vieles von dem, worüber du dir Gedanken machst, sich in den ersten vierzehn Tagen klären wird, die wir zusammen sind, und dass wir beide zu vernünftig sind, um zu heiraten, wenn wir keine gemeinsame Grundlage finden. Weißt du noch?«

»Ja ich erinnere mich.« Sein Mund war trocken, er konnte kaum schlucken. Ihn graute vor dem, was jetzt kommen musste.

»Die Zeit ist um, ich bin jetzt seit zwei Wochen hier bei dir. Und ich möchte dir sagen…«

Fred sah sie an, ihr Blick war so ernst. Er schloss die Augen und spürte den Abgrund, der ihn zu verschlingen drohte, in dem alle seine Ängste lauerten.

Dann sprach sie weiter und er sah sie wieder an.

»Ich liebe dich. Ich will deine Frau werden. Ich will nicht weiter herumschauen, ich brauche niemanden mehr zu suchen, egal wo. Du bist alles, was ich zum Heiraten brauche – auch wenn du kleiner bist als ich! Natürlich wird es nicht einfach, aber was ist schon einfach. Ich glaube, wir bekommen das zusammen hin. Gemeinsam können wir die Hindernisse, die sich uns in den Weg stellen, überwinden.«

Fred sagte – nichts. Ganz gegen seine Gewohnheit war er sprachlos. In seinem Inneren tobte ein Sturm von Gefühlen, er traute sich nicht, den Mund aufzumachen, die Fähigkeit, Worte aneinanderzureihen, schien ihm abhandengekommen. Er war so auf Ablehnung gefasst gewesen.

»Fred, schau mich an«, sagte sie wieder und legte ihm ihre Hand unters Kinn. »Ich liebe dich.« Dann nahm sie seinen Kopf in beide Hände und zog ihn zu sich heran. Zum ersten Mal küssten sie sich. Am Anfang war es ungewohnt und er hatte Angst etwas falsch zu machen, doch dann gaben seine Lippen nach und all die Angst, die Fragen und der Zweifel lösten sich in diesem Moment der Liebe. Seine Arme hatten steif heruntergegangen, jetzt umarmte er Rike und zog sie an sich.

Hand in Hand gingen sie weiter. »Weißt du«, sagte Fred, »ganz am Anfang, als ich davon geträumt habe, dich zu heiraten, also, ich muss zugeben, da sah ich mich als Ritter in schimmernder Rüstung, der ein armes Waisenkind beschützt und rettet. Dann habe ich gemerkt, es ist genau andersherum: Du hast mich gerettet, du kannst dir gar nicht vorstellen wie sehr. Ich brauche dich. Ich hatte solche Angst, dass du nicht bleiben würdest – du würdest sehen, wer ich bin, und dich abwenden. Willst du auch wirklich bei mir bleiben?«

»Ich sehe, wer du bist, Fred, und ich wende mich nirgendwohin. Ich habe mich entschieden dich zu heiraten. Ich entscheide mich für dich.«

***

Am 18. April füllte sich die Matthäus-Jakobus-Kirche in Mossley Hill mit einer Hochzeitsgesellschaft. Das Gebäude trug noch die Spuren des Luftangriffs vom August 1940, damals war diese Kirche als erste in Großbritannien bombardiert worden. Die Kirchenfenster waren noch nicht wieder eingesetzt und das Mittelschiff endete in einem Schutthaufen. Fred saß ganz vorne, er blickte sich um. Wie passend es war, dass sie gerade in dieser Kirche heirateten – selbst an ihrem Hochzeitstag konnten sie dem Krieg nicht entkommen, der ihrer beider Leben seinen Stempel aufgedrückt hatte, ebenso wie dem Leben aller anderen. Seine Verwandten und Freunde nahmen hinter ihm auf den Kirchenbänken Platz. Von Rikes Familie hatte niemand die weite Reise unternehmen können, deshalb hatte Freds Onkel James die Rolle des Brautführers übernommen. Fred hoffte, Rike würde sich nicht einsam fühlen; er hoffte, er konnte ihr Familie sein.

Neben ihm saß George, sein jüngerer Bruder, mittlerweile Dozent an der Universität von Liverpool. Fred hätte sich keinen besseren Trauzeugen wünschen können – in den dunklen Tagen seines Nervenzusammenbruchs Anfang 1946 war George es gewesen, der ihm geholfen hatte, ins Leben zurückzufinden. Jetzt sprachen sie nicht viel miteinander, sie verstanden sich auch ohne Worte.

»Bereit?« fragte George kurz.

»Ja, einigermaßen«, gab Fred zurück. Er war sich wohl bewusst, welch bedeutsame Worte er gleich sagen und welche Versprechen er abgeben würde, aber sie machten ihm keine Angst mehr. Er spürte eine tiefe Gelassenheit.

Die Gemeinde erhob sich, als nun seine deutsche Braut durch das Kirchenschiff schritt, feierlich, entschlossen und in einem geliehenen Brautkleid. Als sie auf ihn zu kam, stiegen ihm Tränen in

18. April 1948, Rike und Fred heiraten in der Kirche von Mossley Hill. Hier mit Freds Trauzeugen, George, dessen Verlobter Rhian und Dons Tochter Hilary als Brautjungfer

die Augen. Sie war strahlend schön. Die Frage, ob sie eine deutsche Braut war, spielte keine Rolle mehr, sie war einfach – seine Braut.

Er sah sie voller Bewunderung an. Sie hatte alle Hindernisse überwunden, alle Herausforderungen gemeistert und er war überwältigt in dem Wissen, sie hatte all das für ihn getan. Und nun stand sie neben ihm, drückte seine Hand und flüsterte, »Ich entscheide mich für dich«.

Und neues Leben blüht

Liverpool Echo, 18. April 1948

Die Braut kam aus Deutschland:
Liebesgeschichte eines jungen Liverpooler Professors

Ein deutsches Mädchen, bis vor kurzem noch in der russischen Zone in Deutschland, schloss heute die Ehe mit einem jungen Liverpooler, einem Professor, den sie vor dem Krieg als Lehrer in Dresden kennenlernte.

Bräutigam war der dreiunddreißigjährige Frederick W. Clayton, Professor für Latein und Griechisch an der Universität Exeter, der zweitälteste Sohn von Willam Clayton, Schulrat i.R., und seiner Ehefrau, aus Rangemore Road in Mossley Hill. Die Braut war Frederika Buttna-Wobst, sie kam vor einem Monat mit dem Flugzeug nach einer aufregenden Reise aus ihrem Heimatland nach England.

Die Hochzeit fand in der Kirche von Mossley Hill statt, wo sich Verwandte und Freunde des Bräutigams in großer Zahl versammelt hatten.

Als F.W. Clayton Lehrer in Dresden wurde, hatte er bereits beachtliche akademische Erfolge vorzuweisen, zuerst während seiner Schulzeit an der Collegiate School in Liverpool und danach in Cambridge. In Dresden waren unter seinen Schülern zwei Jungen, die ihn während der Ferien zu sich nach Hause einluden. Ihr Vater war Arzt. Zu der Familie gehörten drei Töchter und es entspann sich eine Liebesgeschichte zwischen Frededrika und dem jungen Sprachlehrer.

Der Krieg kam dazwischen, F.W. Clayton ging zur Luftwaffe und diente als Major des Geheimdiensts in Indien und Burma. Seine jetzige Stelle trat er im Dezember vergangenen Jahres an.

Vonseiten der Braut war heute niemand zu ihrer Hochzeit zugegen. Brautführer war James Jones aus Wallasey, ein Onkel des Bräutigams; Trauzeuge für den Bräutigam dessen jüngerer Bruder George, Professor an der Universität Liverpool. Brautjungfern waren Fräulein Rhian Jones, Verlobte von George Clayton, und eine neunjährige Nichte des Bräutigams, Hilary Clayton.

»Das ist das erste Mal, dass ich in der Zeitung stehe«, sagte Rike, als sie am folgenden Morgen die Meldung las.

»Sie hätten wenigstens deinen Namen richtig schreiben können.«

»Umso besser, dass jetzt Clayton heiße, oder?« schmunzelte sie. »Nicht so schwierig für euch arme Engländer wie mein hochherrschaftlicher Name.«

»Und dann behaupten sie noch, wir hätten uns in Dresden ineinander verliebt…«

»Ja und, vielleicht war ich ja schon damals ein bisschen in dich verknallt, Herr Lehrer…« Sie lächelte ihn an.

»Und wie ist es heute?«

»Heute bin ich's noch viel mehr, Herr Lehrer, Herr Ehegatte, und es war mir wirklich ernst damit.«

»Womit war es dir ernst?«

»Mit den Worten, die wir in der Kirche gesprochen haben, egal ob auf Englisch oder auf Deutsch – ›lieben und ehren, in guten und in bösen Tagen, bis der Tod uns scheidet.‹ Es war mir mit jedem Wort ernst. Und, glaubst du mir jetzt?«

Sie hatten es geschafft, sie waren am Ziel, das Warten war vorbei. Auch wenn alles dagegengesprochen hatte, jetzt war ihr Traum wahr geworden: Allen Widrigkeiten zum Trotz hatten sie eine Brücke geschlagen, eine Brücke, die ein Leben lang halten würde.

Epilog
Juli 2000

Es war bewölkt und ungewöhnlich kühl in Langebrück, der Wind auf dem Bahnsteig ließ Rike frösteln. Sie hätten sich wärmer anziehen sollen, den anderen war auch kalt – ihre jüngste Tochter Barbara war mit hier und ihre beiden Söhne. Vom Bahnhof aus schlug Rike den altvertrauten Weg ein, fünfzig Jahre lang war sie ihn nicht gegangen, aber sie hätte ihn mit verbundenen Augen gefunden. Die beiden Jungen liefen vorweg, so voller Tatkraft, sie konnten es nicht abwarten. Und ja, so hatte sie sich hier auch einmal gefühlt. Jetzt war alles anders und die neue Hüfte schmerzte sie. Doch selbst wenn sie mit den Jungen hätte Schritt halten können, sie wäre langsam gegangen, hätte diese kostbaren Momente genossen, alles um sich herum bewusst in sich aufgenommen.

Natürlich, im Verlauf eines halben Jahrhunderts hatte sich manches verändert, aber vieles war auch so geblieben wie damals, vor so vielen Jahren. Langebrück hatte zum Glück nicht das Schicksal von Dresden erleiden müssen. Viele Gebäude standen noch wie ehemals und dort drüben die Bäume, die war sie hochgeklettert, hatte darunter gespielt, sich dahinter versteckt. Die Blätter rauschten im Wind als hießen sie sie zu Hause willkommen.

»Sind wir bald da, Großmama?« Die beiden Jungen drehten sich nach Rike um.

»Ja, gleich, Blumenstraße ist die nächste links – Nummer vier, ein Stück die Straße hinunter, auf der rechten Seite das große weiße Haus.« Sie stürmten um die Ecke.

»Ich kann nicht so schnell, Barbara, tut mir leid, meine Liebe. Meine Hüfte … und überhaupt alles …«

»Das macht doch nichts, Mama, wir haben es nicht eilig. Die Jungen sind eben aufgeregt. Wie geht es dir, wie fühlst du dich?«

Ja, wie fühlte sie sich? Bei der Ankunft in Dresden tags zuvor hatte ein Gefühlssturm sie überfallen, ein innerer Aufruhr. Sie war aus dem wieder aufgebauten Hauptbahnhof getreten und es hatte sich alles um sie zu drehen begonnen. Sie hörte wieder das Brummen der Flugzeuge wie in ihren ständigen Albträumen, ihre Augen schienen zu tränen von beißendem Rauch, Gestank von verbranntem

Fleisch lag in der Luft. Sobald sie in ihrem Hotel ankamen, war sie auf ihr Zimmer gegangen und hatte sich hingelegt; sie hätte es nicht aushalten können, jetzt darüber zu sprechen. »Mach dir keine Sorgen, Liebes, ich bin müde von der Reise«, hatte sie zur Entschuldigung gemurmelt.

Sie erkannte die Stadt nicht wieder, auch wenn einige Stellen wiederaufgebaut waren. 1948 hatte sie eine Trümmerwüste verlassen, eine bedrohliche Leere mit zwischendurch ein paar rußgeschwärzten Gebäuden, die dem Bombenhagel getrotzt hatten. Die Stadt, wie sie sie einmal gekannt hatte, gab es nicht mehr – die Schule, auf die ihre Brüder gegangen waren, die Praxis ihres Vaters, die Häuser und Wohnungen von Verwandten, es war alles verschwunden, ausgelöscht.

Heute jedoch war es anders. Heute war sie zu Hause.

Als ihr Vater den Entschluss fasste, mit seiner Familie von Dresden ins nahegelegene Langebrück umzuziehen, war es ihm vor allem um die bessere, gesündere Luft dort zu tun gewesen. Er konnte nicht ahnen, dass sein Entschluss ihnen allen das Leben retten sollte. Die furchtbaren Bombennächte im Februar 1945 hatten sie nicht selbst erleben müssen, ihr Zuhause war nicht in Flammen aufgegangen. Und doch, es war für alle eine schlimme Zeit gewesen, auch sie hatte viel gelitten und viel Leid gesehen.

Rike fuhr sich mit der Hand über die Augen und blickte auf. Nein, jetzt wollte sie nicht an all das Schreckliche denken, jetzt war die Zeit, sich daran zu erinnern, was das junge Mädchen erlebte, das seine Heimatstadt verlassen und die Reise ins Land des Feindes angetreten hatte, um einen Mann zu heiraten, den sie kaum kannte. Feindes Liebe hatte sie erlebt, fünfzig Jahre Ehe, vier Kinder, sechs Enkelkinder, ein Leben voller Vertrauen und Liebe.

Vor zwei Jahren hatten sie Goldene Hochzeit gefeiert, im Kreise ihrer Kinder und Enkel, dazu Nichten und Neffen – George war dabei gewesen mit seiner Frau, wie bei der Hochzeit. Ja, sie und Fred, sie hatten es allen gezeigt, die geunkt hatten, dass es mit ihrer Ehe niemals gut gehen würde. Sie musste an Mädis Mann Fritz denken und wie er sich über ihren Traum vom Heiraten lustig gemacht hatte. Er schuldete ihr noch die fünfzig Mark!

Epilog

Rike im Jahr 2000, nach über fünfzig Jahren wieder in ihrer Heimatstadt zu Besuch

Jetzt kam das Haus in Sicht, das Haus ihrer Kindheit. Sie hielt einen Moment inne und spürte, wie ein Gefühl des Stolzes in ihr aufstieg. Ja, sie hatte dieses Haus geliebt, es war ein Teil von ihr, aber nun war sie stolz darauf, dass sie und Fred gemeinsam sich etwas ganz Eigenes aufgebaut, eine ganz eigene Familie geschaffen hatten. »Die Vereinten Nationen« hatte Fred ihre Familie immer genannt – drei ihrer vier Kinder waren mit Partnern aus anderen Ländern verheiratet, Italien, Frankreich und Irland.

Sie ging weiter bis zum Haus. Über dem Eingang war immer noch das Motto zu lesen, »*Thue recht scheue niemand*«, darüber war die Stelle, wo sie damals mit Marianne zusammen das Stahlhelm-Relief abgeschlagen hatte aus Angst, es könnte die russischen Soldaten provozieren. Rike dachte daran, wie sie damals den russischen Soldaten Trotz geboten hatte, und so war sie ihr Leben lang gewesen, entschlossen und mutig. Auch darauf war sie stolz.

»Ist dir nicht gut, Mama?« Barbara sah sie besorgt an.

»Doch, alles in Ordnung, Liebes. Ich war nur in Gedanken. Ich bin … ach, ich bin eine ganze Menge auf einmal. Dankbar, ein bisschen traurig, aber auch stolz. Und irgendwie habe ich auch das

Gefühl, ich bin nach Hause zurückgekommen. Es war wunderbar hier, eine schöne Kindheit.«

»Gerade wie in Halwill, unserem Zuhause«, erwiderte Barbara.

»Ja, ich habe mir alle Mühe gegeben, etwas entstehen zu lassen, wie ich es erleben durfte.«

»Das ist dir auch gelungen, für uns und auch für unsere Kinder wieder. Die Jungen sind immer so gerne bei dir.« Barbara sah sie liebevoll an. »Ach ich wünschte, Papa wäre jetzt hier.«

Rike lächelte unter Tränen. Ihr lieber, lieber Mann. Er war in Exeter als Professor für alte Sprachen hochgeschätzt gewesen und ihre nimmer fehlende Fürsorge hatte ihm dafür die notwendige Sicherheit gegeben. Er hatte auch erleben dürfen, dass sein lebenslanger Traum, Vater zu werden, in Erfüllung ging: Zuerst zwei Jungen, Timothy und Peter, und dann die Zwillingsschwestern Margaret und Barbara. Die Kinder waren ihm eine Freude, ein Glück, das zu erleben er nie zu hoffen gewagt hatte.

Zwar hatte er seine Kriegserlebnisse nie verwinden können, er war von ihnen gezeichnet und dazu kam, dass er bis zur Verletzlichkeit sensibel war, aber die Liebe und der Halt zu Hause hielten die stets drohende Depression viele Jahre in Schach. Als ihn dann die letzte Krankheit befiel, hatte sie nichts mehr tun können: Die Demenz hatte ihn unerbittlich Stück für Stück seiner Geisteskräfte beraubt. Als er starb, war es eine Erlösung, das Ende seiner Qualen.

Fred Clayton war ihr ein guter Mann gewesen, ein Mann, der zu seinem Wort stand, ein Mann von seltenen Geistesgaben, ein Mann, der in der Liebe zu seiner deutschen Frau nie schwankend wurde.

»Das wünschte ich auch, meine Liebe, das wünschte ich so sehr.« Der Sommerwind trug ihnen das Lachen der Kinder zu, sie legte ihren Arm in den ihrer Tochter und zusammen blickten sie zu dem Haus hinüber, wo alles begonnen hatte.

ANHANG

Nachwort des Autors

Als mein Großvater 1999 starb, war ich 18. Er hatte in seinen letzten Lebensjahren an Alzheimer gelitten und ich wusste nicht recht etwas mit ihm anzufangen. Ich erinnere mich, dass er bei Tisch gern erzählte, er nahm mich manchmal mit in die Universitätsbibliothek von Exeter, aber alles in allem hatte ich als Heranwachsender keine sonderlich enge Beziehung zu ihm. Sein Begräbnis und die darauffolgenden Wochen waren eine Offenbarung für mich.

Sein jüngerer Bruder George hielt eine bewegende, leidenschaftliche Grabrede und mir wurde mit einem Male klar, dieser alte, etwas zurückhaltende Mann, den ich als Großpapa kannte, hatte ein ganz außergewöhnliches Leben geführt. Von bescheidenen Anfängen an einem Gymnasium in Liverpool war er ans King's College der Universität Cambridge gekommen, wo er schon als Student mit seinen Leistungen Aufsehen erregte. Er erhielt eine Menge an Auszeichnungen und der berühmte Alan Turing sprach von ihm als »dem belesensten Mann, der mir je begegnet ist«.

Als »die eine Rettungstat in meinem Leben« bezeichnete er es, dass er zwei jüdische Jungen aus Österreich nach England holen und sie so vor dem sicheren Tod retten konnte. Ich war jetzt so stolz auf meinen Großvater – als ich meine Frau kennenlernte, erzählte ich ihr gleich an unserem ersten gemeinsamen Abend von ihm.

Zu meiner Großmutter (für mich war sie die Omi) war das Verhältnis anders. Wir verstanden uns immer gut, sie war so warmherzig, so offen, bei ihr fühlte ich mich zu Hause. Stets war sie an meinem Ergehen interessiert und sie war stolz darauf, dass Deutsch eines meiner Prüfungsfächer im Abitur war. Meine Bewunderung für sie ist heute noch größer, nachdem ich ihre Briefe und ihr Tagebuch gelesen habe – sie war auf ihre Art eine ebenso bemerkenswerte Person wie mein Großvater.

Die Geschichte meiner Großeltern erhielt eine neue Bedeutung, als ich 2014 eine Pfarrstelle in Coventry antrat. Coventry und Dresden hatten im Zweiten Weltkrieg ein ähnliches Schicksal erlitten und zwischen den beiden Städten hatten sich enge Bande der Versöhnung entwickelt. Im Februar 2015 fuhr eine Delegation aus Coventry zum 70jährigen Gedenken an die Bombardierung nach Dresden – der

Nachwort des Autors

Erzbischof von Canterbury, der Bischof von Coventry, der Oberbürgermeister, der Dekan der Kathedrale und eine Reihe anderer Persönlichkeiten (im Vorwort ist davon die Rede). Ich spürte ein dringendes Verlangen, bei diesem Besuch mit dabei zu sein, und zu meiner großen Freude stimmte mein Bischof dem zu.

Über die Geschichte meiner Großeltern und meinen Beweggrund, mit nach Dresden zu fahren, hatte ich einen Blog geschrieben und zu meiner Überraschung stieß dieser Text auf Interesse. Im Verlauf einer fast surreal anmutenden Woche fand ich mich in der Kirchenzeitung, der Church Times erwähnt, war im Radio Coventry und Dresden, ja sogar im deutschen Fernsehen. In meinem unsicheren Schul-Deutsch erzählte ich, in Gegenwart des Erzbischofs, meine Geschichte in der wieder aufgebauten Frauenkirche, die erst zehn Jahre zuvor neu geweiht worden war. Es war ein außerordentliches Erlebnis, hier, am Ort des vielleicht schlimmsten Bombenangriffs des Krieges, die Geschichte meiner Großeltern lebendig werden zu lassen. Diese Erfahrung war prägend für mich.

Einige Monate später unterhielten wir uns in einer kleinen Runde darüber, was wir während einer Freistellung tun würden, und ich meinte, ich würde wohl die Geschichte meiner Großeltern niederschreiben. In der Diözese Coventry höre man davon und zu meiner Überraschung wurde der Gedanke für gut befunden – damit fing alles an.

In den Monaten vor Beginn meines Sabbaticals sah ich mich auf dem Dachboden meines Elternhauses um und fand einen wahren Schatz an Schriften und Dokumenten, auf denen das Buch zum großen Teil beruht – die Notizbücher meines Großvaters, in denen er seine Eindrücke in Wien, in Dresden und in Indien festgehalten hatte, die Tagebücher meiner Großmutter und, am allerwichtigsten, die Briefe, auf denen ihre Beziehung sich gründete und die zu ihrer Heirat führten.

Es ist mir auch gelungen, eines der wenigen heute noch vorhanden Exemplare von »The Cloven Pine« ausfindig zu machen, dem Roman, den mein Großvater unter dem Pseudonym Frank Clare 1942 bei Secker & Warburg veröffentlichte. Im Original ist er vergriffen, eine deutsche Übersetzung ist 2003 unter dem Titel »Zwei Welten« in Hamburg erschienen. Der großenteils autobiografische Roman beruht auf seinen Erlebnissen in Dresden und Wien, die Ereignisse sind literarisch verfremdet, gehen aber auf wahre Begebenheiten zurück und ich habe den Roman als Quelle für die Passagen über Dresden 1936 benutzt, stellenweise auch die Dialoge übernommen.

Die Briefe lagen alle auf Deutsch vor; ich bin den Personen zutiefst dankbar, die mir so großzügig bei der Erschließung geholfen haben – Evan Rieder, Katy Coupe und ganz besonders Richard Parker, der aus eigenem Antrieb Zeit und Mühe auf die Übersetzungen verwendet hat, die in »Loving the Enemy« abgedruckt sind. Ohne seine Kenntnisse und Fähigkeiten hätte ich das Buch nicht schreiben können.

Mein Dank gilt ebenso Dr. Patricia McGuire, der Archivarin des King's College, die mir Zugang zu den Materialien über Freds Zeit in der Universität Cambridge gab und Photos von Fred als Student am College zur Verfügung stellte. Liam Sims von der Universitätsbibliothek danke ich dafür, dass sie mir Kopien von Freds Veröffentlichungen im Cambridge Review zukommen ließ. Dank dieser freundlichen Unterstützung rundete sich das Bild von Fred als jungem Mann im ersten Kapitel.

Als der erste Entwurf des Buchs fertig war, lernte ich Rainer Barczaitis aus Dresden kennen, wir sind Freunde geworden, er hat mein Vorhaben stets unterstützt und mir Informationen über das Leben in Dresden vor dem Krieg zugänglich gemacht. Dank seiner Hilfe konnte ich im Februar 2019 in der Kreuzkirche aus meinem Manuskript lesen – der Kirche, in der Rike konfirmiert wurde. Die nun vorliegende Übersetzung ins Deutsche war sein Vorschlag, dafür bin ich ihm sehr dankbar.

Die Biografie Alan Turings von Andrew Hodges war eine wertvolle Quelle, darüber hinaus danke ich Andrew Hodges dafür, dass er das Manuskript gelesen hat und für seine hilfreichen Hinweise.

Ich wollte in diesem Buch die Geschichte von Fred und Rike so wahrheitsgetreu wie möglich erzählen; dort, wo meine Materialien Gespräche vermuten ließen, habe ich mir erlaubt sie auszugestalten und lebendig werden zu lassen.

Auf dem Umschlag von »Loving the Enemy« steht mein Name, aber das Buch ist ganz bestimmt keine Einzelleistung. Neben den bereits genannten möchte ich einer ganzen Reihe von Personen danken, die sich in den verschiedenen Stadien für mein Vorhaben eingesetzt haben, allen voran meiner Familie: Meiner Frau Liz, meiner Tante

Nachwort des Autors

Margaret Tudeau-Clayton, meinem Vater Gerald, und ganz besonders meiner lieben Mutter Barbara für die vielen schönen Stunden, die wir gemeinsam an dem Manuskript gearbeitet haben, und Jonathan Clayton, der immer mit Rat und Tat zu Stelle war.

Mein Dank geht ebenso an Bischof Christopher Cocksworth, der mich 2015 ermutigte, mit nach Dresden zu fahren und vor allem für sein berührendes Vorwort; an seine persönliche Assistentin Christine Camfield für ihre Begeisterung und ihr Engagement – sie hat sofort gesehen, welches Potential diese Geschichte hat (und wenn sie einmal verfilmt wird, hat sie daran großen Anteil!); an Naomi Nixon, die das Sabbatical ermöglichte, während dessen ich recherchieren und den ersten Entwurf schreiben konnte, und schließlich an die Gemeinde der St. Christopher's Church von Allesby Park und Woberley in Coventry, die drei Monate auf ihren Pastor verzichten musste, und für alle Liebe und Unterstützung aus ihren Reihen.

Simon Green danke ich vielmals, er hat mir schon früh Mut gemacht, und Janice Lacey, Karls Tochter, die sich mit mir in Verbindung setzte und mir deutlich machen konnte, wie wichtig Fred für ihren Vater war. Ihre Wertschätzung des Manuskripts schon in den frühen Stadien ermutigte mich immer wieder, »Loving the Enemy« zu veröffentlichen. Rowan Somerville bin ich Dank schuldig für die literarische Expertise, mit der er detaillierte Anmerkungen zu dem Manuskript machte; wenn Fred und Rike in der Erzählung lebendig werden, so hat er mich dazu ermutigt.

Als unbekannter Autor das erste Buch zu veröffentlichen, ist eine echte Herausforderung – ich danke dem Team, das mich dabei unterstützt hat: Vielen Dank, Andy Kind, Kevin Bates, Nikolai Press, Debbie Niblett, Katy Coupe, Liz Carter, Zoe Lawton, Marc Lalonde, Jo Philpott, Michelle Giampaglia, Martin Saxby, Simon und Helen Green, Owen Entwistle, Dave Truss, Steve Legg, Jen Jenkins, Barbara Bell, Nick Bell, Yolande Davis, Susanna March, Alastair Duncan, Fiona Turner; und, last but not least, Stuart Hart, der Korrektur gelesen hat.

Dankbar bin ich schließlich Fred und Rike selbst für den beispielhaften Mut, mit dem sie es gewagt haben, Brücken zu bauen, wo andere sie zerstörten, und gegen alle Widerstände die Liebe triumphieren zu lassen. Möge ihre Geschichte, die auch nach mehr als siebzig Jahren eine große Resonanz findet, noch viele Menschen bewegen und inspirieren.

Andy March
Coventry, im Oktober 2021

Anmerkungen des Übersetzers

Im November 2016 hielt ich in Coventry einen Vortrag, es ging um die vielen britischen Reisenden, die, beginnend mit dem 16. Jahrhundert, Dresden besucht haben und um ihre Erinnerungen an die Stadt. Hinterher kam ein junger Mann zu mir: »Kennen Sie eigentlich die Geschichte meines Großvaters?« Ich kannte sie nicht – irgendwie hatte ich es fertiggebracht, 2015 seine Erzählung in der Frauenkirche komplett zu verpassen (in seinem Nachwort berichtet Andy davon). Nun spitzte ich die Ohren: Was er mir in der Kürze der Zeit erzählte, klang spannend und berührend.

Als ich wieder in Dresden war, schrieb ihm eine E-Mail, um mehr von seinem Projekt zu erfahren. Mit der Antwort schickte er mir sein Manuskript, das mich danach oft beschäftigte. Wir traten in einen regen Austausch und mir wurde immer klarer, diese Geschichte musste in Dresden bekannter werden. Damit war auch klar, es würde auf eine Übersetzung hinauslaufen. Diese Übersetzung liegt nun vor. Sie hat in dreifacher Hinsicht mit Freundschaft zu tun: Freundschaft zwischen Andy und mir, Freundschaft zwischen Fred und Rike, Freundschaft zwischen Coventry und Dresden.

Eine Botschaft des Romans ist die Aufforderung, Brücken der Freundschaft zwischen Menschen zu bauen, auch wenn zwischen ihren Völkern Feindschaft herrscht. Diese Botschaft ist 2023, im Jahr des Erscheinens der Übersetzung, in Europa wieder sehr aktuell. Ich hoffe, die Übersetzung kann zeigen, dass Gegnerschaft nicht zu unversöhnlicher Feindschaft zwischen Menschen führen muss. Coventry und Dresden sind beide bemüht, Feinde zu versöhnen und Menschen zueinander zu bringen.

Zur Übersetzung:

Ein Übersetzer ist doppelt verpflichtet: Dem Autor gegenüber ebenso wie den Leserinnen und Lesern des deutschen Texts. Ich habe mich bemüht, die Geschichte, die Andy March in »Loving the Enemy« erzählt, in »Feindes Liebe« unverfälscht wiederzugeben. Dazu waren kleinere Veränderungen gegenüber dem Original unabdingbar: Wer

Anmerkungen des Übersetzers

die Geschichte in Deutschland, insbesondere in Dresden liest, wird manche erläuternden Anmerkungen nicht brauchen, ich habe sie daher weggelassen, sie hätten sonst den Fluss der Erzählung unnötig aufgehalten. Stattdessen gibt es hier und da (und hoffentlich unauffällig) erläuternde Zusätze im Text, wo er sonst für Deutsche schwer verständlich gewesen wäre.

Einige weitere Änderungen habe ich in Absprache mit Andy vorgenommen – wir haben uns ständig über die Übersetzung ausgetauscht und waren uns einig, dass diese Änderungen nichts an der Aussage verändern.

Briefe und persönliche Aufzeichnungen sind ein wichtiger Teil des Buches, ich bin Andy March sehr dankbar dafür, dass er mir die deutschen Briefe und Rikes Tagebuch zur Verfügung gestellt hat. Bei Durchsicht der Briefe habe ich hier und da Stellen in die Übersetzung übernommen, die für englische Leserinnen und Leser nicht so aussagekräftig gewesen wären und die daher im englischen Original nicht berücksichtigt wurden. Die Auszüge aus Rikes Tagebuch in Kap. 17 habe ich in der dritten Person belassen, wie Rike sie geschrieben hat. Bei der Transkription habe ich mich exakt an die handschriftlichen Originale gehalten. Fred z.B. schreibt nie ein »ß«, sondern immer »ss« – ich habe das ebenso belassen wie in Rikes Briefen die alte Schreibweise (mußte statt musste, etc.). Auch grammatische Fehler (die kaum vorkommen) wurden belassen und wenn z.B. Rike von London erzählt und dabei einen »Birmingham Palace« erwähnt, so sehe ich darin vor allem die Tatsache, dass sie in einem völlig fremden Land ist, nicht einen zu korrigierenden »Fehler«, ebenso bei dem Filmtitel »Quired Wedding« statt »Quiet Wedding«.

Am Ende des ersten Kapitels wird ein Ausschnitt aus einem Gedicht von Fred zitiert, für das er einen Preis der Universität Cambridge bekam. Meine Übersetzung versucht, die gereimte Form beizubehalten und weicht damit ein wenig vom Original ab. Es sei abschließend hier zusammen mit einer mehr auf Inhalt abzielenden, ungereimten deutschen Wiedergabe hergesetzt:

Oh, if I love that blue, why hate
Blue smoke drifting on blue slate,
Steel-blue swords of light that quiver

Feindes Liebe

On the gasworks, by the river,
Where slag makes hills and where oil makes
Many-coloured water-snakes?
Why should I loathe those rainbows there,
And love a rainbow in the air?
But, whatever comes, I'm cheated,
I'll not see my foes defeated:
I'll not see the meadowsweet,
Back from exile, in this street.
I'll not have the earth to tread,
When the fools fly overhead.
But certain is it that I hate
This red of brick and blue of slate,
This England that I know so well,
This *other E*den, demi-hell.

Oh, wenn ich dies Blau doch liebe, warum dann hassen
Den blauen Rauch, der über blauen Schiefer zieht
Stahlblaue Schwerterklingen Licht, die zitternd
Überm Gaswerk stehen dort am Fluss,
Wo Schlacke Hügel aufwirft und wo Öl zu
Vielfarbigen Wasserschlangen wird?
Warum sollte ich die Regebögen dort verabscheuen
Und in der Luft einen Regenbogen lieben?
Doch, was immer kommt, ich bin betrogen
Ich sehe meinen Feind nicht besiegt
Ich sehe nicht die Wiesenkönigin
Zurück aus dem Exil, in dieser Straße
Ich habe keine Erde meinen Fuß darauf zu setzen
Wenn über mir die Narren fliegen.
Doch einem gilt mein Hass bestimmt:
Dem Rot der Ziegel und dem Blau des Schiefers,
Diesem England, das ich so gut kenne,
Diesem *andren* Eden, dieser halbe Hölle.

(Die letzte Zeile bezieht sich auf William Shakespeares ›Richard II‹, 2. Aufzug 1. Szene: »This other Eden, demi-paradise«)

Danksagung des Übersetzers

Eine Übersetzung verdankt sich zunächst und vor allem dem Original. Das mag trivial klingen, aber ich möchte zuvörderst Andy March danken dafür, dass er die erstaunliche Geschichte seiner Großeltern aufgeschrieben und somit allen zugänglich gemacht hat. Danken möchte ich ihm auch für die Geduld und das Verständnis, mit dem er die Übersetzung begleitet hat: Ich habe ihm zu jedem Abschnitt viele Frage gestellt und auch Vorschläge gemacht, über die wir stets im Dialog waren. Es ist nicht selbstverständlich, dass ein Autor so mit dem Übersetzer kommuniziert.

Für die Gestaltung des Umschlags danke ich Gudrun Trendafilov herzlich, sie hat mir großzügig Einblick in ihr umfangreichen Werk gewährt und großes Interesse an dem Buch gezeigt. Die Verbindung mit ihr hat Kerstin Franke-Gneuß hergestellt, dafür auch ihr mein Dank.

Dr. Francis Jarman, Berlin, hat mir zu den in Indien spielenden Kapiteln mit seiner Expertise etliche Fragen beantwortet, die mich sonst ratlos zurückgelassen hätten.

Für Auskünfte und Rückmeldungen zu Einzelfragen und zum Text der Übersetzung danke ich Nikolai, Mark, Christoph, Helga, Frank, Bettina, Irina, Eva, Dorothy und Jost, dazu vielen anderen, die sich von meiner Begeisterung für dieses Buch haben anstecken lassen.

Dem Thelem-Verlag und seinem Leiter, Dr. Viktor Hoffmann, gebührt mein Dank, nicht zuletzt für das Verständnis für Verzögerungen bei der Übersetzung. Vor allem danke ich aber Frau Lucie Weigelt für die Begleitung und die sorgfältige Ausstattung des Buches – mit ihr zusammenzuarbeiten war und ist eine Freude.

Während der gesamten Entstehungszeit dieser Übersetzung musste meine Frau Lenka immer wieder den Satz hören, »Ich muss jetzt an den Schreibtisch« – ohne ihre nimmer fehlende Gleichmut und Geduld hätte ich die Übersetzung nicht zu Ende gebracht. Ihr sei »Feindes Liebe« deshalb gewidmet.

Dresden, im Oktober 2022
Rainer Barczaitis

Ausgewählte Quellen

Um Kenntnislücken bei den Lebensumständen von Fred und Rike zu schließen, habe ich mich auf eine Reihe von Quellen gestützt:

Presseartikel, Online-Quellen

Liverpool Collegiate Old Boys Association – The Notable – FREDERICK WILLIAM CLAYTON 1913-1999 http://www.liverpool-collegiate.org.uk/NOTABLES/F_NOTABLE_CLAYTON.htm

Wiseman, T.W. Obituary: Professor F.W. Clayton, 24 December 1999 https://www.independent.co.uk/arts-entertainment/obituary-professor-f-w-clayton-1134399.html

Neugebauer, Lt. Gen. M. Norwid ›The Defence of Poland, September 1939‹, http://felsztyn.tripod.com/germaninvasion/id11.html

Dresdner Anzeiger ›Sachsen vernichten polnische Scharfschützen‹, 18. Oktober 1939

King's College Cambridge Annual Report: Frederick William Clayton – The Man and his Work

The Cambridge Review, University of Cambridge, 1935

Bücher

Clare, Frank *The Cloven Pine*, London, 1942 (Deutch: *Zwei Welten. Eine Jugend im nationalsozialistischen Deutschland.* Aus dem Englischen von Dino Heiker, Hamburg, 2003)

Hodges, Andrew *Alan Turing: The Enigma*, London, 1983 (Deutsch: *Alan Turing, Enigma*, Wien-New York, 1994)

Smith, Michael *The Emperor's Codes: Bletchley Park and the Breaking of Japan's Secret Ciphers*, London, 2000

Smith, Michael *The Secrets of Station X: How the Bletchley Park codebreakers helped win the war*, London, 2011

Russell, Alan (ed.) and Clayton, Anthony (ed.) *Dresden: A City Reborn*, Oxford, 1999

Taylor, Frederick *Dresden: Tuesday, 13 February, 1945*, London, 2004
(Deutsch: *Dresden, Dienstag, 13. Februar 1945*, München, 2014)

Taylor, Frederick, *Exorcising Hitler: The Occupation and Denazification of Germany*, London, 2011
(Deutsch: *Zwischen Krieg und Frieden,* Berlin, 2011)

Bildnachweise

Alle Fotografien aus dem Familienarchiv Clayton-Büttner-Wobst, außer:

S. 18, ›Freshmen, 1931‹ King's College, Cambridge Archives by kind permission of the Provost and Scholars of King's College, Cambridge

S. 21, ›Bodley Court‹: Photo © Peter Church (cc-by-sa/2.0)

S. 24, ›B.A.s 1934‹, King's College, Cambridge Archives by kind permission of the Provost and Scholars of King's College, Cambridge

S. 37, ›Dresden-Altstadt. Georgplatz. Kreuzschule‹, SLUB Dresden / Deutsche Fotothek / Reinhard Kallmer

S. 103, ›Alan Turing‹, Shutterstock

S. 124, Freds große Reise…, erstellt mit Scribble Maps © 2021 Scribble Maps, Open StreetMap.

S. 192, ›Ruinen an der Lüttichaustraße, im Hintergrund Hauptbahnhof‹, SLUB Dresden / Deutsche Fotothek / Günter Reichart